U0738361

文明互鉴：中国与世界

游走于暗夜与光明之间

——矛盾视域下的开高健文学

胡学敏◎著

四川大学出版社
SICHUAN UNIVERSITY PRESS

图书在版编目（CIP）数据

游走于暗夜与光明之间：矛盾视域下的开高健文学 /
胡学敏著. — 2 版. — 成都：四川大学出版社，2024.4
（文明互鉴：中国与世界 / 曹顺庆总主编）
ISBN 978-7-5690-6630-2

Ⅰ．①游… Ⅱ．①胡… Ⅲ．①开高健（1930-1989）
—文学研究 Ⅳ．① I313.065

中国国家版本馆 CIP 数据核字（2024）第 051558 号

书　　名：游走于暗夜与光明之间——矛盾视域下的开高健文学
　　　　　Youzou yu Anye yu Guangming zhijian——Maodun Shiyu xia de Kaigao Jian Wenxue
著　　者：胡学敏
丛 书 名：文明互鉴：中国与世界
总 主 编：曹顺庆

出 版 人：侯宏虹
总 策 划：张宏辉
丛书策划：张宏辉　欧风偎
选题策划：张　晶　于　俊
责任编辑：于　俊
责任校对：余　芳
装帧设计：墨创文化
责任印制：王　炜

出版发行：四川大学出版社有限责任公司
　　　　　地址：成都市一环路南一段 24 号（610065）
　　　　　电话：（028）85408311（发行部）、85400276（总编室）
　　　　　电子邮箱：scupress@vip.163.com
　　　　　网址：https://press.scu.edu.cn
印前制作：四川胜翔数码印务设计有限公司
印刷装订：四川五洲彩印有限责任公司

成品尺寸：170 mm×240 mm
印　　张：18.5
插　　页：2
字　　数：309 千字

版　　次：2020 年 4 月 第 1 版
　　　　　2024 年 4 月 第 2 版
印　　次：2024 年 4 月 第 1 次印刷
定　　价：88.00 元

扫码获取数字资源

四川大学出版社
微信公众号

本社图书如有印装质量问题，请联系发行部调换

版权所有 ◈ 侵权必究

前　言

　　本书在矛盾的视域下研究开高健文学。笔者运用矛盾的辩证方法和立体思维对开高健的文学世界进行全面解读，对开高健文学的矛盾性进行一番学理的剖析与辩证的论述，为开高健文学的解读和阐释找到一种不同于单一静止视角的、更为宽广的、兼容并蓄的视角。本书不仅讨论矛盾二元对立的双方，还考察矛盾冲突相悖所产生的结果，寻找矛盾现象背后的辩证统一性。

　　第一章"开高健人生经历精神世界之矛盾"，对开高健文学中呈现的矛盾追本溯源，从开高健的成长环境、人生经历入手，参以历史的、文化的、社会的语境，分析矛盾的成因、呈现和影响，找寻开高健文学矛盾的原点；并以当今世界躁郁症研究领域权威，美国精神病学专家凯·雷德菲尔德·杰米森（Kay Redfield Jamison）的精神分析理论为主要依据，运用病机学的研究方法，走进开高健精神世界的内里，分析开高健躁郁的矛盾性格对其人生和文学创作的影响。

　　第二章"开高健文学创作之矛盾论"，从开高健小说叙述模式的转变、纪实创作与文学表达两个方面考察开高健创作手法和文体上的矛盾及其对开高健文学创作的推动作用。（1）叙述模式方面：以"自我的退隐与显露"为主线，考察开高健的文学创作在各个时期呈现出的不同叙述风格，"内"与"外"的矛盾在其文学创作中从此消彼长到统一的过程。（2）纪实创作与文学表达方面：考察报告文学《越南战记》的纪实创作手法，体味作者在非虚构前提下的文学表达特色。同时，沿着纪实创作与文学表达矛盾发展的轨迹，探讨小说《光辉之暗》的文体魅力，分析作品在纪实与虚构的辩证统一中的文学性飞跃。

　　第三章"开高健文学作品之矛盾论及其归宿"，走进开高健文学的文本世界，以其主要代表作品《皇帝的新装》、《日本三文歌剧》、

《夏之暗》、《OPA!》系列、《珠玉》为研究对象，通过深入的文本解读和意蕴挖掘，探索矛盾思想下开高健文学作品独特的叙事魅力，审视一组组矛盾对立又统一的现象所包蕴的人生真相，领会开高健文学艺术世界所拥有的巨大情感张力和深刻思想内涵，并在此基础上考察矛盾思想在开高健文学作品中的归宿，以求全面把握开高健用矛盾概念构筑起来的文学作品世界。

第四章"开高健文学之矛盾美"，从矛盾美的角度，对开高健文学进行横向与纵向的综合分析研究，品味开高健文学的矛盾之美。开高健文学的矛盾美体现为"丰盈"之美、"新生"之美、"隔"之美、"圆融"之美。"丰盈"之美，包括创作手法的多元化、文本的丰富性、思想的深刻性。"新生"之美，带来创作手法的更新和文本情节的推进。"隔"之美，源于作品中的非常态意象与现实之间形成的"虚实之隔"，它产生强大的张力，引导读者去思索、体悟。"圆融"之美，是开高健的人生经历、精神世界、文学创作、文学作品在包孕了种种矛盾后的和谐统一，它们以不同的声音传达相同的信念——求索真实。

本书通过以上四个方面的论述，全面分析开高健充满矛盾思想的文学世界，最终取得在矛盾视域下对开高健文学的整体性研究成果。最后得出结论：各种矛盾在开高健的人生经历、精神世界、文学创作和文本世界之中分流，又汇聚融合，共同生成开高健文学的矛盾美。开高健在暗夜里遥望光明，在光明中洞察黑暗，在暗夜与光明之间求索真理。矛盾是开高健文学的特质，矛盾赋予开高健文学以丰富、深刻、真实和魅力。

目　录

绪论

第一节
研究对象及内容

　　20 世纪 50 年代中后期，日本逐步摆脱战争的阴影和战后的萧条，开始迈入经济恢复与高速发展阶段，社会相对稳定，但又面临新的矛盾和危机。和平与发展的表象下是尔虞我诈、荒诞异化。摆在人们面前的各种问题与矛盾不再与战争、战败密切相关，而是在经济发展、政治重压、社会问题下自我存在的孤独与焦灼，以及人与人、人与社会、人与时代既彼此依存又相互疏远的矛盾关系。文学敏锐地再现了这一时代特征，紧贴时代的脉搏而跃动。继"第一、第二战后派"和"第三新人"作家之后，石原慎太郎、大江健三郎、开高健等一批新锐作家走上文坛，他们批判地继承了战后派的社会视野和政治意识，借鉴了"第三新人"着眼战后社会现实的创作手法，代表了日本战后文学复兴的第三波潮流。他们捕捉社会实相，揭露市民社会和现实秩序中的伪善；他们关注和平生活状态下日本国民的心理世界，追求自我的真实和人生的价值；他们以崭新的批判意识、独特的人文主义视角，富于情感的笔墨、精当深刻的作品意蕴，在日本战后文学史上绽放出熠熠光芒。

　　开高健被日本文学评论家佐佐木基一称为"第一战后派的嫡传弟子"①。文艺评论家金子昌夫认为："开高健的文学体现了战后这一

---

　　① 佐々木基一. 戦後の作家と作品［M］. 東京：未来社，1967：16. 本书所引日文资料若无特别注明，均由笔者自译。

具有划时代意义时期的本质。"① 开高健的一生，经历了第二次世界大战、战败初期及战后重建这三个充满动荡激变的历史阶段。他是战争悲剧的目击者，痛彻心扉的战争体验在其内心深处留下梦魇一般的记忆；他从学生时代便开始打工维持家计，大学毕业后曾一度就职于三得利制酒股份公司宣传科，他社会经验丰富，目睹了战后日本社会的世态人情，怀有强烈的社会责任感和正义感；他积极参加文学同人活动，大学时代便开始尝试文学创作。1957 年，他在《新日本文学》上发表短篇小说《恐慌》，初露锋芒；1958 年，他的《皇帝的新装》击败大江健三郎的《死者的奢华》，荣膺第三十八届芥川奖；他作为朝日新闻社特派记者亲赴越南战场，近距离观察、记录战争，在枪林弹雨中九死一生；他钟爱旅游、垂钓、美食，足迹遍布世界，他以新闻记者的敏锐嗅觉广泛捕捉题材，被誉为行动派作家……独特的经历、广阔的视角、生死边缘的特殊体验、强烈的社会参与意识，使开高健成为日本文坛极具个性的作家。他采用与传统私小说截然不同的创作手法，走出自我，依靠远离内心世界的"离心力"向社会取材。开高健的成长记忆、战时的军国主义和战后的混乱扭曲、压抑下的心理伤痛和生存困境，构成其文学作品的内在质素。他以极具话题性和现实感的主题，展开对时代的清醒思考。开高健既是作家，又是一名具有敏锐眼光和卓越行动力的报社特约记者。他将文学创作和纪实性手法相结合，自由地穿梭于虚构与非虚构之间，构建其独特的文学世界。开高健多次到日本各地采访，发表了《日本人的游玩场所》《东京即景》等纪实报道，以丰富的事实材料，展示了日本现代社会生活风俗的生动画面。他甚至走出国门，获取切身的战争体验，写下了报告文学《越南战记》，并在此基础上酝酿提炼，从小说家的角度构思创作了《光辉之暗》。开高健为增强小说的艺术感染力做出了不懈的努力，可谓真正用身体和生命进行写作的作家。同时，开高健注重语言和文体的锤炼与探索，大阪市井平民的语调以及继承了春团治落语传统的饶舌体是他显著的语言特色，多种手法兼收并蓄。开高健一生创作了小说、随笔、报告文学等多种体裁的优秀作品，内容涉及社会、人性、战争、政治、旅行、美食等诸多方面。开高健擅长使用寓意形式的表现手法，运用天马

---

① 金子昌夫. 蒼穹と共生——立原正秋・山川方夫・開高健の文学［J］. 東京：菁柿堂，1999：188.

行空的想象，甚至加入荒谬的意象和晦涩的象征，勾勒日本社会的世态万象，表达丰富的内涵和深刻的寓意。其作品主题严肃，风格幽默，在离奇的情节和新颖的构思中嘲讽阴暗，在荒诞中表达对现实世界、现代文明的强烈批判。笔锋所至，入木三分，让人更加清醒地认识到生存环境的可悲。司马辽太郎评价道："从《日本三文歌剧》时，我便开始注意开高健文体的挖掘力。我惊叹于他那犹如将钢爪深深埋进大地，不断进行挖掘的巨型土木机械一般的文体创造和成长。直至《夏之暗》，其仿佛由特殊金属制造的文体，终于显示出了妖魔般的力量。"①

开高健带着战争的创伤，渴望新生。他密切关注当今之世，对人类命运迷茫忧虑而又孜孜求索。他在既定的境遇中奋力抗争又焦躁不安，在迷惘中备受煎熬，在进退两难的夹隙中饱尝辛酸。开高健的思想代表了第二次世界大战后日本一代知识分子追求理想的迫切心理与无力走出困境的矛盾状态。这是现实主义与理想主义的悖谬，也是一种矛盾式的困窘。开高健在人生道路与文学道路上曲折前行，在平衡现实与文学关系的过程中，他经历着内心的纠结矛盾，不断革新创作理念和手法，试图在文学的世界演绎现实中相反相对的概念和思想，在矛盾的相克中，呈现现实世界和理想人生的悖论，追求生命的本真和价值。开高健用一支写实的笔，揭露时代的黑暗，又凭借天马行空的想象力，勾勒出理想世界的模样。日本文学评论家向井敏指出："开高健对人类情感的两面性倾注了无限思索，并以其析出的思想为内核，构筑了意蕴深刻的文学世界。"②

开高健的文学创作过程，就是在矛盾哲学思辨推动下进行的大胆的艺术探索过程。童年时代的战乱与艰辛，青年时代的狂热激情和理想主义，中年时代的重新发现和找回自我，晚年时代灵魂的救赎与自救的煎熬——开高健一直游走在本我、自我、超我的对立斗争中，在文学之路上摸索前行。他带着吟唱孤独青春的颓伤的作品《印象生活》和《学生的忧郁》踏上文学道路。在邂逅萨特的《呕吐》后，他毅然决定走出自己幽闭的世界，以将"我"浓缩为视点的方式，从旁观者的立场去审视现实、思索历史，因创作出《恐慌》《巨人

---

①　司馬遼太郎. 後世を流れつづける大河開高健へ［J］. 東京：文藝春秋，2001：353.

②　向井敏. 開高健——青春の闇［M］. 東京：文藝春秋，1992：68.

与玩具》《皇帝的新装》等洋溢着新时代气息的作品而备受瞩目。在获得芥川奖后，他患上了严重的抑郁症，一度封笔。为了突破创作的窘境，他曾冒着生命危险奔赴越南，战场上九死一生的经历带给他灵魂深处的震颤，使他产生了自我介入的强烈精神诉求。从此，他改弦易辙，直面社会现实，同时回归内心世界，用纪实与虚构相结合的方式创作出《光辉之暗》，并以此为转折点，依靠"向心力"深度挖掘自我内心，写下了被他自己称为"第二处女作"的《夏之暗》等系列作品。在晚年的文学创作中，为了将二元矛盾进行统一，他企图通过"物"来构建超现实的世界，追求人的内在性，追求外部现实和内部情感的双重异化。开高健的文学生涯一直陷于走出自我与回归自我、纪实与虚构等创作理念和方法的悖论中，经历了矛盾与痛苦的蜕变过程。矛盾的碰撞看似是势能上的一个间断，造成一个瞬间的创作阻滞。然而，对抗意味着激活和新生，矛盾摩擦交汇出新质的火花，使断中有续。断中的续所暗含的力量是一种冲破阻碍之后的爆发，是"柳暗花明又一村"的豁然开朗。开高健在挣脱困境中做过几多尝试和搏斗，每一次突围均带来作品艺术特征的转变，从而提供了更多的创作可能和更为广阔的创作空间，使其文学艺术趋于立体丰满。开高健文学在矛盾的推动中萌发、舒展、绽放、消寂，矛盾赋予其绚烂的色彩。

纵观开高健的文学作品，《恐慌》借鼠害揭露了官僚机构的昏聩无能和畸形社会对人性的压抑；《皇帝的新装》挖掘了在社会价值坐标本末倒置状态下隐藏在我们灵魂深处的天真纯洁的人性美；《巨人和玩具》则是资本主义商业社会中残酷竞争的缩影，它将读者带入风雨如晦的商战，感叹个性必须让位于资本调配的无奈；《光辉之暗》关注处于战争绝境中的人们的生存状态，揭露战争的残酷本质，倾注对生命意义的深入思考；《夏之暗》以一对对现实失望、离群索居的中年男女为描写对象，体现了当代都市人在困境中的无力挣扎……这些作品虽然主题各异，但文本中的个体都不是超然独立的存在，而是群体中的个体，是作为社会属性和自我属性这对矛盾中的一极存在的。作品中的人物总是在与组织、与群体、与社会的抗衡对立中追求自我价值，又在畸形社会的尖锐矛盾中被异化、抛弃，最终陷入无法确认自我的失落和空虚之中。作者在其作品世界中呈现了种种矛盾的组合，如现实与理想、集体与自我、天真与伪善、昂扬与沉沦、忍耐与逃离、战争与和平、光明与黑暗、社会角色与自我存在。这些充满矛盾对立的元素，让读者感受到开高健文学中无处不在的矛盾特性。二元对立的哲理意味使他的文本超越了传统的非此即彼的单一性与片面性，成了一种非此非彼、亦此亦彼的"混合体"。多重对立因素的"混合体"在横向上构成文本形式的丰富与广博，而对立因素的矛盾冲突在纵向上创生文本意味的深刻与隽永。矛盾公式的纵横交错打破了单一的平面描摹，赋予文学作品特质的丰富性和内蕴力，立体并深刻地展示出丰富细致的社会层面，烛照人性中隐藏的善与恶。唯其矛盾，方见张力。矛盾构成了文本内在顺逆激荡的波折，形成焦灼突兀的紧张感，彰显了文本巨大的叙事感染力和艺术表现力，能将读者带入文本世界，让读者听到历史在个人心灵上发出的颤音，体悟到作者的社会良知和悲悯情怀。用矛盾的手法写矛盾的社会，给人深沉的思辨，给人惊警的启迪，给人隽永的回味——这就是开高健作品独特的艺术魅力。

　　大千世界，绚烂多彩，千姿百态。人类对美的认知和感悟随着历史的发展而不断演变。在传统的审美理念中，人们以和谐为美。古希腊最具代表性的哲人之一毕达哥拉斯曾明确提出"什么是最美——和谐"的论断。和谐是希腊古典美的基本品格，也是整个西方古典美学最基本的规律之一。东方古典美学与此遥相呼应。中国人素来推崇温柔敦厚的"中和之美"，力主天与人、主观与客观、感性与理性、自然与人文的和谐统一。先秦典籍《礼记·中庸》指出："致中和，天地位焉，万物育焉。""致中和"是天人合一的理想境界，是天下之大本与达道。日本随笔的嚆矢《枕草子》开篇以柔美的笔触和敏锐细腻的感受力描写春之拂晓、夏之夜晚、秋之黄昏、冬之清晨，四季的美景蕴含着人情的意趣，构成美妙灵动的画面。无论是清少纳言的《枕草子》，还是千利休的"空寂茶"、芭蕉的俳句，都呈现出人在大自然中品味吟赏、流连其间的和谐意境，蕴含着日本民族自古形成的与自然共生共处的平和之美。到了近代，看似不和谐的矛盾冲突美越来越受到人们的关注。西方近代现实主义、浪漫主义提倡把人与自然、主观与客观、情感与理智、内容与形式尖锐地对立起来，形成一种新的崇高型的艺术。朴素的和谐美逐渐发展到对立的崇高。英国经验主义美学家伯克这样论述崇高的美学特征："伟大的东西则是凹凸不平和奔放不羁的。"[①] 最能给人带来心灵震撼的是对立面的反差，对立反差产生充满张力的美，真正的艺术永远是在冲突中产生的。文学作品的矛盾冲突在美学

---

① 伯克. 崇高与美：伯克美学论文选 ［M］. 李善庆，译. 上海：上海三联书店，1990：16.

理论上有它独特的美学价值和意义。文本中感性形态上的强烈反差、情节模式上的"事与愿违"、作品人物精神世界的纠结挣扎，多重二元矛盾对立互构，在文本的动态存在与阐释过程中折射出动感丰富的美，文学审美的形而上意味由此产生，文学撼动人心的艺术魅力亦由此生成。西方现代派的若干作品就是这种冲突美的例子。如斯特林堡的《鬼魂奏鸣曲》、卡夫卡的《变形记》、贝克特的《等待戈多》等，无论是在思想内容还是在艺术手法上，都有激烈冲突的成分，它们将尖锐矛盾以及由此产生的精神创伤、变态心理、悲观绝望情绪演绎得淋漓尽致，使读者体会到张扬人性、向往生活的美。艺术的辩证法往往相反相成。文本中矛盾的存在不仅彼此相互对立，而且相互观照联通，在冲突抗衡中取得调和，在矛盾中彰显独特的审美艺术性，共同构成一个完整和谐的文本结构。这便形成了一种包蕴各种矛盾冲突的大美——对立统一的和谐美。素朴的和谐美经过对立的崇高，再向对立统一的和谐美螺旋式发展，这一辩证的前进运动使和谐美的内涵不断充实和丰富，成为完整而深邃的美学概念。

　　开高健深谙"矛盾"之道。起起落落的人生经历，形成了开高健"复眼"看世界的独特方式；分裂困厄的精神世界，使他在饱受情绪起伏折磨的同时拥有深刻的洞见。个人生活和文学创作中产生的种种矛盾促使他不断修正自己的文学创作方式，勇于挑战崭新的创作领域。开高健将切身体会、观察和思考的各种冲突悖论诉诸文本，一组组深刻强烈的二元对立，曲体斡旋、顺逆相荡、张弛有致，体现了生活与人性的真实。他运用矛盾的艺术辩证法，形成高度凝练的故事张力，产生新颖而警策的美学效果，构建起动人心魄又耐人寻味的文学世界。可以说，从开高健的人生经历、个人的精神世界，到文学创作理念和手法的对立统一，以及体现在文本中各种矛盾抗衡消长、动感激变的审美形态，再到晚年二元矛盾的和谐统一，开高健以矛盾法则为哲学依据的美学追求贯彻始终。开高健运用独特的艺术探索、细腻的体验、新奇的角度和大胆的想象，揭示现实社会的冲突抵牾和人类精神的异化流浪。开高健在困惑中不止一次忧郁地面对战后日本社会和自身命运的矛盾，在种种人生窘境中展开对生存矛盾悖谬的深刻反省，去昭示对生存意义的本质性领悟。开高健的文学世界里熔铸着作家人生的幻灭和悲哀，贯穿着对人类生存方式、道德选择和生命意义的追索，折射出难以超越的局限中的超越意识。在其绝望的内里，回响着希望之音。开高健文学的异彩，正是在矛盾的相互交错中碰撞、融合而呈现出来的，矛盾的哲学法则赋予了开高健文学超越时代的艺术感染力。

对于开高健文学的研究，无论在日本还是在中国，都不及对大江健三郎等同期作家的研究丰富。尤其是关于开高健文学的矛盾性研究，在日本的先行研究中虽略有提及，但未见系统的梳理总结，而中国学界对该方面的研究则是空白。因此，本书以开高健文学的矛盾性作为研究对象，尝试运用矛盾的辩证方法和立体思维，对开高健的文学世界进行全面解读，对开高健文学的矛盾性进行一番学理的剖析与辩证的论述；为开高健文学的解读和阐释找到一种不同于单一静止的，更为宽广的、兼容并蓄的视角。研究的基本思路是基于对开高健的人生历程及矛盾性格的触摸和把握，研究其文学创作的理念和手法上体现的矛盾现象，以及矛盾对其文学创作的推动作用；以矛盾作为考察开高健作品的主线，从文本的情节、人物、意象、主题等方面，对开高健的主要代表作品进行解读分析，探究矛盾现象在文本中如何呈现，产生怎样的张力，又是如何在其晚年的作品中找出归宿和落脚点；最后在此基础上论证开高健文学所体现的矛盾美，最终形成矛盾视域下对开高健文学的整体性研究成果。

第二节
中日两国的开高健文学研究

1. 日本学者对开高健文学的研究综述

日本学界对开高健文学的研究已取得一定成果，但不及同期的作家（如大江健三郎）丰富。1982 年，《鉴赏日本现代文学〈24〉野间宏·开高健》出版。在此书中，编者吉田永宏引用了"为何一本开高论都没有写出，有关评价也还保留着不确定的部分呢？"[①] 和"并不是难以理解的作品，然而论

---

① 田村钦一. 研究资料现代日本文学〈2〉小说·戏曲 II［M］. 东京：明治书院，1980：3.

述开高健的评论甚少"两则评论，指出"我们的确一直不合理地将开高健置于评论对象之外"。① 对于造成此种状况的原因，陆续有作家和评论家做出了分析：《鸽子!》的开高健特集（1991 年 12 月号）登载了全共斗时期的文艺评论家堀切直人和作家坪内祐三的对谈。坪内认为开高健只创作了一些短篇，堀切评论开高健初登文坛时给人的印象很强烈，但之后逐渐模糊。大江健三郎在和石原慎太郎的对谈中也提出和坪内祐三相似的观点：由于写钓鱼的文章太多，相比之下小说显得量少。栗原裕一郎在《为何开高健让人感到"模糊"》（《开高健诞生 80 周年纪念总特集》）中，在堀切直人和坪内祐三对谈的基础上，从两个方面论述了开高健文学"逐渐模糊"的原因。第一，在与"第三新人"作家的关联上，大江健三郎和石原慎太郎将"战后派"到"第三新人"的"战后"切断，而开高健为了更新"战后派"的文学意识又有意采取了迂回的方法，因而开高健应该属于"第三新人"的旁系；第二，开高健曾经提出要克服、更新日本传统自然主义式的"告白"。《夏之暗》中主人公"我"的内心袒露接近于萨特的《呕吐》中罗康坦的内心告白，但却很难理解这种"内心告白"究竟是在哪些方面实现了对日本传统自然主义式"告白"的突破。此外，吉田春生指出，全面把握开高健文学的流变是困难的；谷泽永一认为评论界对于开高健创作初期否定"内心"的态度难以理解，因此导致有关开高健的论著迟迟未能出现。

根据日本国立情报学研究所（National Institute of Informatics，简称 NII）的数据，截至 2020 年 1 月 15 日，有关开高健及其作品的学术论文有 384 篇：1940—1959 年，1 篇；1960—1969 年，72 篇；1970—1979 年，38 篇；1980—1989 年，37 篇；1990—1999 年，54 篇；2000—2009 年，123 篇；2010 年至今，59 篇。对开高健文学最早的关注和评论可以追溯到 1951 年 9 月 26 日，日本评论家须藤和光在"新日本文学会"大阪支部机关报上以《关于忧郁的学生》为题编辑的一期开高健文学特集。而关于开高健最新的研究资料，笔者找到的是 2015 年 6 月由河出书房新社出版的《开高健诞辰 85 周年纪念总特集　诞生于体验的文学》（增补新版）。鉴于我国已有学者

---

① 小久保実. 開高健と小田実「國文学」特集文学・無頼の季節 [M]. 東京：學燈社，1970：52.

对日本的开高健文学研究状况进行过分期式的梳理，本书将从日本学界对开高健的传记式述评、作家论、创作方法论、作品论等方面进行分类总结。

（1）关于开高健的传记式述评

传记式述评是以作家的人生经历、人格特征为主要内容，参考社会背景、历史因素、文化思潮等，结合其文学创作和文学特质进行的综合性考察。传记式述评为全面了解作家的生平和文学活动提供了具体可靠的资料。截至 2015 年 12 月，日本出版了三部有代表性的开高健传记，分别是向井敏的《开高健青春之暗》（1992）、谷泽永一的《回想开高健》（1999）、菊谷匡佑的《有开高健的光景》（2002）。向井敏、谷泽永一、菊谷匡佑都是开高健的好友，他们对开高健的观察和回忆有很高的可信度，颇具价值。1992 年，回忆开高健前半生（29 岁前）的《开高健青春之暗》付梓，向井敏想一鼓作气接着写开高健的后半生（第二部），并将第一部、第二部合为《物语开高健》，完成更加贴近开高健真实面貌的系统性评传。遗憾的是，向井敏于 2002 年辞世，未能如愿。向井敏生前回顾了开高健从学生时代到创作《日本三文歌剧》为止的青年时代的经历，包括打工经历和打工时的徒劳感；与谷泽永一的结识、交流、绝交又和好的过程；《铅笔》《VILLON》等文学同人志活动；与妻子牧羊子的相识、结合，长女开高道子的出生；入职"寿屋"公司宣传部，编写广告词，编辑《洋酒天国》杂志；处女作《恐慌》的创作；获得芥川奖后陷入抑郁；与《群像》杂志的纠纷；《日本三文歌剧》的创作等。谷泽永一的《回想开高健》同样是以回忆开高健的青年时代为主，内容也涉及与开高健的交往过程、"寿屋"公司的工作情况、婚恋情况、文学同人活动和芥川奖的获奖经历。不同的是，谷泽还详细回顾了开高健的家庭变故、初期作品《印象采集》《学生的忧郁》的业内反响、系列报告文学的创作，并总结了开高健的孤僻、自恋、专注与追求完美的特质，和与生俱来的小说创作天赋、严谨的文学态度及其对文学创作独特的见解。谷泽永一和向井敏是开高健从青年时期就开始交往的挚友，然而在 1955 年开高健一家迁居东京后，他们与开高健的关系逐渐疏远，因此，《光辉之暗》以及之后有关开高健的情况均未出现在两人的评传中。开高健后半生与菊谷匡佑交往甚密。菊谷所著的《有开高健的光景》分酒、食、妻、多才、生死、暗、寓言、悼文、垂钓、夏、女、玉、美食、独居、旅、谜、病、死等 18 章，对开高健生活的方方面面进行了回忆，展示了开高健的真实形象。

（2）关于开高健的作家论

目前日本学界对开高健的作家论主要从以病机学的研究方法对开高健的精神及与文学创作的关系分析、开高健在日本战后文学中的特殊性、开高健的"物"的思想、开高健的自然观等方面展开。

加贺乙彦的《开高健与躁郁》以开高健一生中短暂的小说创作时期为切入点，考察了开高健精神状态变化与其作品的关联，指出开高健时而狂躁、时而沉郁的文风正是在其躁郁的性格气质影响下形成的。高桥英夫认为开高健的一生处于狂躁和忧郁的两极，直至晚年才步入佳境，成就了《珠玉》。佐伯彰一在《〈追求"净福"〉的时间〈珠玉〉后记》中指出开高健动辄远赴海外旅游，热衷垂钓，他的行动是对内在忧郁的精神疗法。佐佐木基一在《开高健全作品〈小说3〉》月报中评价道，"对这个作家来说，垂钓和海外旅行，完全是维持精神健康不可或缺的常备药"，并指出开高健为了从抑郁症中恢复而热衷于垂钓和旅行，为其文学创作带来了成就。大冈玲在《开高健说"向外"》中指出："开高健是极易陷入不安定内部的精神消极者。如果以他内部的悲恸为基点思考其文学，便不难感受到开高作品的深意。"山田和夫在《时代·风土中的创造与治疗》（《日本病理学杂志》第52号）中提出：开高健一生中，抑郁和焦躁屡次交替发生，是典型的"内因性躁郁症"。柏濑宏隆在《文学者与忧郁开高健》中也确认开高健患有躁郁症，并在狂躁期和抑郁期写出了不同的作品。仲间秀典的《开高健的忧郁》（2004）是对开高健文学病机学研究的专著，该书大量援引开高健挚友的证言、开高健文学研究者的评论以及开高健本人的述怀，梳理开高健文学和开高健本人精神波动的关系，从"执着性""抑郁亲和型性格"两点论证开高健有抑郁症型精神障碍。开高健一生中出现的狂躁行为，如旅行、钓鱼，被认为属于抑郁中的兴奋状态，称为"抑郁的龟裂"；并以《光辉之暗》前后作品文体的转变为切入点，指出其前期作品采取"离心力"，即远离自我的写作方式，是因为开高健意识到了自己的抑郁，为了避免内向性的文学使自己陷入更加不安定的精神状态而有意为之的。然而，越南战场的悲惨体验带来的灵魂震颤使他一贯"向外"的文学创作方法受创，转而沉潜于内部世界。《光辉之暗》之后的《夏之暗》《花落之暗》《珠玉》都沿袭了《光辉之暗》的写作手法。最后笔者得出结论：经历了由依靠"离心力"向外扩张到凭借"向心力"朝内挖掘的开高健文学，是开高健为了"驯服"抑郁这一疾病，在倾其一生的苦心经营中，创造出的丰饶的言语世界。

对于开高健在日本战后文学中的特殊性，吉田永宏在《开高健其人及作品》中指出，由于开高健的特殊生长环境，在第一战后派"无战后"、第二战后派和第三新人"无战前"，即在欠缺社会连续性的历史意识、仅描写时代某个截面的日本战后文学背景中，开高健的出现是具有划时代意义的，他背负着日本战后文学的嫡子的使命。在文学语言表达方面，开高健敏感、精准。深厚的汉文功底、生活化的外文表达、对上方落语的传承，是其语言表达丰富的要素。吉田永宏认为：开高健是名副其实的"语言的猎人"。

对于开高健的"物"的思想，小田实在《"物"与"人"》中写道：物之思想在开高健文学中心地位的确立源于开高健在《光辉之暗》中的经历。之后的作品，如《罗马尼甘地·一九三五年》《玉碎》《珠玉》，都是以"物"展开的作品。"物"中寄托了作者的思想、记忆和记忆中的风景。《珠玉》是以"物"为基础的开高健文学的集大成之作。作者借"石"抒发自我的精神世界。作品中的"石"、"女子"、观察"女子"的作者的分身都是"物"的化身。

对于开高健的自然观，高田宏在《不动的放浪者——开高健的"自然"》中指出：开高健的自然观认为，人和人的精神都属于自然的一部分，开高健所怀有的"子宫回归愿望"，是回归自然，被自然同化，他是与自然融为一体的放浪者。井尻千男在《宏大壮丽的无为——开高健是现代的高僧》中总结道：开高健从萨特《呕吐》的内囿世界中逃离，以东方人的睿智转向与森罗万象的大自然对话。在越南九死一生的经历更加深了他对生死的体悟，促使他用独特的饶舌文体创作出丰饶宏伟且无为的文学。丸谷才一在《水边的插话》中认为：开高健是一位礼赞生命力、歌颂丰饶的作家。不受战争干扰，养鱼卖鱼的自给自足生活正是他憧憬的生存方式。

（3）关于开高健的创作方法论

关于开高健文学创作方法的讨论，主要集中在其前期作品"向外"与《光辉之暗》后的后期作品"向内"的写作方法转变上。在开高健前期作品创作特色的探讨中，大冈玲的论文《开高健说"向外"》是颇具代表性的研究成果。大冈玲认为，开高健所谓的"向外"的宣言，反而表现了他是囿于自己内心之人。开高健是不幸的，他屡次经受"内部"的崩溃，但正因为遭遇了无数次的不幸，他的人格、他的文学才拥有了独特的魅力。平野荣久在《驰骋暗夜的光芒》中指出，开高意识到自己与生俱来的"内"的资质，由此朝"外"确定了小说的标的，他的这一选择是正确的。矶田光一在《新潮日本文学〈63〉开高健集》解说中论述道：开高健的初期作品与那些突显自我内心、极力渲染内心的阴暗的文学是泾渭分明的。这是因为开高健早就意识到"朝自我内部的开掘，所得到的只是一片混沌"，"对于内部的执着，最终只会以凄凉的孤独收场"。对于当时的开高健来说，值得相信的内部真实是不存在的。对于《光辉的暗夜》所发生的文体变化，三浦雅士在《感觉的交响——至〈耳朵的物语〉》中认为一直游离于现实外、以冷峻之眼注视世界的作家，终于触碰到现实中生的残酷，回归到顺应切身感觉的表达文体。青野聪在《开高健光辉的达成》中评价说，开高健终于决心克服"竭力保持含糊不清的中立立场，生怕双手被弄脏的清高、羸弱的知识分子习气"，用"鼻子、耳朵、肌肤、舌头、足心"去感受战争的现实，让天赋的诗情才智从"禁欲的圣域"中解放。远藤伸治在《开高健试论——行为、认识、感觉、连接外界与内部之物》中的分析则涵盖了开高健从前期到后期的整个创作过程。远藤认为：在《恐慌》《皇帝的新装》《日本三文歌剧》等前期作品中，作者向外探求复归之路，即向官僚、社会组织以及日常诸种关系寻找自我实现的可能。在发现向外的自我救赎最终还是虚无和绝望后，作者以采访越战为新生的契机。然而，作者发现自己又消融在越南现实的虚无中，逐渐走向崩溃。而当死亡的危险降临时，求生的本能欲望被唤醒，在生死关头，作者寻回了自我。《夏之暗》中，对人生感到虚无、倦怠的"我"通过睡、吃、垂钓等带来的兴奋感获得瞬间的拯救，找到了摆脱空虚、实现自我的另一种可能。而"女人"却一直面对自己的空虚和孤独，她是作者以前的化身。于是，作者决心与过去的自己告别，重新踏上越南之旅，希望利用纯粹的行为和感觉获得灵魂的净化。最后远藤提出了质疑：没有人是置身于社会关系之外生活的，所以作者试图通过旅行来达到自我救赎的方法真的可行吗？

（4）关于开高健的作品论

以下为迄今关于开高健主要作品的代表性研究成果和观点。

①《恐慌》

平野谦在 1957 年 7 月 19 日的《每日新闻》上称赞《恐慌》为"本月第一等杰作",并避开了当时盛行的伊藤整的"组织与个人"论,肯定了开高健的想象力。平野谦的评价对开高健顺利登上文坛起到了决定性作用。吉田永宏也指出,将《恐慌》的主题归为"组织与个人"的关系,这是一种时代的误读,吉田认为,开高健对于官僚机构和个人关系的把握和理解是客观辩证的,并指出《恐慌》的新颖之处在于作者对巨大能量的爆发运动近乎战栗的感动。谷泽永一在《〈恐慌〉读后感》中认为,《恐慌》之所以能免于沦为以表现人在大自然暴力前的弱小无力为主题的通俗性童话,是缘于作者从生活的层面对主人公俊介的形象进行的立体、细腻的捕捉,同时也指出了"作者思考态度停滞性的缺陷"。矶田光一在《作为集团的人——〈恐慌〉的动物界》中以《恐慌》中的动物为切入点,总结了作品的两大特色。第一,开高健以自然界进化论的眼光,肯定了动物间的捕食行为及旺盛的生命力。第二,开高健以寓言式的文体描写鼠群的盲目行动,以此讽喻日本人在战时、战后的集体盲从行为,质疑战后推动经济的冒险与繁荣中发酵的欲望。

②《巨人与玩具》

平野谦评价道,《巨人和玩具》在描写被体制和特定状况所牵制的个人命运方面,与《恐慌》有着同样的文学效果。但与将人物置于特定环境中的"环境"文学相比,作家更应该着眼于环境状况与人物的角逐和斗争,塑造"人物性格"(《每日新闻》)。原田义人先肯定《巨人和玩具》以精当生动的文笔描写了糖果公司间白热化的宣传战,但指出也有一种读周刊曝光内幕报道的感觉,不如《恐慌》(《东京新闻》)。高桥义孝认为,作者想要面面俱到,却顾此失彼,读后无法形成统一的印象,给人"女子化妆室般嘈杂"的感受(《图书新闻》)。臼井吉见指出,作者故意夸大一个普通的话题,显得虚张声势,矫揉造作(《朝日新闻》)。白井健三郎认为,作品描写了资本运作下工薪阶层的自我异化,表达了对资本主义制度的愤懑和不满。意图单纯直白,手法千篇一律。作者缺乏对人性的深度挖掘(《日本读书新闻》)。野间宏、北原武夫、本多秋五肯定了作品流畅的文笔和丰富的想象能力,同时指出,"我"的定位不够明确、京子的形象塑造有待深化等问题(《群像》)。

③《皇帝的新装》

中村光夫称赞作品既有故事性，又有文明批判要素，比前期作品更加优秀（《朝日新闻》）。唯一不足的是作者对"我"的处理过于绝对化，无条件地肯定"我"的观察和想法。因而，"我"更像一个从未卷入事件的故事讲述者，凌驾一切，批判一切。对人性的理解和对现代文明的批判，都给读者自以为是的印象。臼井吉见肯定了作品对少年太郎细致入微的形象刻画，同时质疑作者以"我"作为一切价值、是非的判断基准。白井健三郎赞扬作品并未一味停留于社会批判，而是将视点转移到孩子和"我"充满情谊的交流上，这就避免了社会批判型小说千篇一律的写法，因此取得了成功（《日本读卖新闻》）。村松刚认为，《皇帝的新装》排除了自然主义以来对人的感性描写，肯定了开高健在创作中用"干练的文体""像把握事物一样捕捉人物"的努力。

④《日本三文歌剧》

佐伯彰一认为《日本三文歌剧》是对人的诸种感受、欲望做出的率直、积极的肯定和接纳，是对"美的节制""日本式抒情"的反抗，让人感到潜藏于河底淤泥之中的美。平野谦指出《日本三文歌剧》同样是描写集团中的个人，《恐慌》中大群的老鼠在此化作被称为"阿帕切"族的治外法权集团而复活，《恐慌》中对于集团的外部描写在此转为从内部捕捉。作者对这一集团粗野狂放的原始生命力量尽情赞美，表达了对集团潜在能量的期待和能量被无谓浪费的惋惜之情。佐佐木基一提出，不愿仅仅做现实旁观者的开高健以谐谑的文体为武器，想要与现实进行格斗，尝试参与现实。吉田永宏认为，《日本三文歌剧》表达了作者对个体自由的憧憬，并指出了作品的黑色幽默和文体上饶舌体的语言特色。

⑤《懒虫》

平野谦在《每日新闻》中评论，《懒虫》凸显了主人公泽内"野生的性格"，这是一种个人的能量，是对现代巨大的个人疏离状况的对抗。濑沼茂树认为，《巨人和玩具》描写了公司内部、公司之间残酷的商战，体现了人存在于组织中的空虚感，带有消极性（《图书新闻》）。与此相对，在《皇帝的新装》和《懒汉》的创作中，作者直面消极的人性根底，从无奈顺应转向顽强反抗，展现出对现代旺盛的批判精神；并指出在《懒虫》主张的用来反叛顺从的动物性生命力上，有一种新的可能性，可以作为新一代追求的方向。

⑥《流亡记》

藤井荣三郎在《"徒劳"的哲学——〈流亡记〉》中认为，"巨大能量的浪费和徒劳"是从《恐慌》到《流亡记》系列作品共同的主题。《流亡记》的文体超越平板的写实，掺入真实，包含"徒劳"的"哲学"，构成意蕴深刻的寓言世界。作品借古喻今，勾勒出现代政治的轮廓，具有预见性。矶田光一称赞《流亡记》是开高健作品中最为出色的中篇小说，并指出开高健作品中挥之不去的"徒劳感"，揭示了开高健固守自我又归于无果的孤独的作品主题。堀田善卫指出，应如何对待和接受人和历史所具有的"庞大的徒劳"这一命题首次作为开高氏的文学主题，以明确的形式在《流亡记》中呈现出来（《中央公论》文艺特集号）。

⑦《看了》《动摇了》《被笑了》系列小说

高桥英夫在《谓语式立意的文学——〈看了〉〈动摇了〉〈被笑了〉》中以小说题目隐藏了主语这一表象作为切入点，指出虽然这三部作品都有明确的主人公，但这些主人公只不过是茫茫人海中的一员，是某种意义的能指符号。作者的根本目的是凸显他们的"人"之躯壳下隐藏的"生"之意识。这三部作品中充溢着主体不在的虚无感，传达出作者对先于"人"的生命的感知律动极为人性的、排他的关心，这也是开高健文学思想的"原质"。

⑧《蓝色星期一》

宫本研认为，《蓝色星期一》是一部带有苦涩味道的自传体小说，作品中有战后的情景，也有受战后浸润的青春（《书评》）。吉田永宏在《开高健其人和作品》中指出，开高健从"动词过去式"的系列作品开始走进自我内心，并以此为跳板，开拓了《蓝色星期一》的新领域。他认为，《蓝色星期一》不同于一味追求真实、展现生活、暴露自我的传统私小说，作者将"我"完美地客体化，以冷峻的双眼凝视战后世界。

⑨《光辉之暗》

平野谦《书评》（《朝日周刊》1968－05－17）认为，作者亲眼看见前线上敌我厮杀、越共少年被枪决的惨状而无能为力。作者用"视奸"来表达痛苦的心情，并以此作为全篇作品的基调。丸谷才一指出，作品的主题设定是以"太平洋战争之眼来凝视越南——战争机器受害者"。作者的态度是一个文学者应有的态度，虽然特立独行却极其正确。矶田光一指出，存在于这部作品最深处的是作者意识到"看"的徒劳后内心所产生的空虚感。吉田永宏在《开高健其人和作品》中评论，作品中的越南正是日本社会的缩影，作品蕴含了对于战败20年后日本社会的深刻反省和批评，因此超出了报道的范畴，具有经久不衰的文学价值。埴谷雄高在《函之推荐文》中评论道，呈现现实形式的各种社会力量的冲突对抗和人性的复杂性，正是文学对象的旨趣所在，对于非整齐划一、不贴标签的人物形象的追求正是开高健文学创作的本意。

⑩《夏之暗》

很多研究者认为，《夏之暗》代表了开高健文学的最高水平。大冈玲评价《夏之暗》是"开高健文学中的至上杰作"，将其看作战后日本文学的总决算之一；菊谷匡祐赞扬《夏之暗》不仅是开高健文学的最高峰，也是战后日本文学的代表作之一；青野聪认为，开高健奇迹般地将自己的全部艺术天赋、优质的艺术性凝聚在《夏之暗》中，使这部作品成为开高健的不朽代表作；谷泽永一简明地指出，"就作品而言，我认为《夏之暗》是巅峰之作"；司马辽太郎在开高健的悼词中充分肯定《夏之暗》，认为它是一部具有里程碑意义的作品；脑科学家茂木健一郎将《夏之暗》视为最佳作品，认为文学作品中的"qualia"（质感）是构成作品原动力的核心，其令人惊叹的魅力亦由此可见。菊田均在《空白之暗——开高健论》中将《流亡记》《光辉之暗》等作品与《夏之暗》相比较，认为从初期作品开始将"我"浓缩为视点的旁观者身份一直延续到小说《光辉之暗》。而《夏之暗》是首次将"我"作为现实生活中的当事者深入描写"我"内心的作品。《夏之暗》是在日常的背景下描写既是观察者又是被观察者的"我"。同时提出，作品中日常的保留性和作为逃离出口的越南的设定都证明了《夏之暗》的中间性格并非彻底的"日常"，亦非绝对的"忍受"。宫内丰在《现代的奥勃洛莫夫——〈夏之暗〉》中认为，《夏之暗》的主题即"人格剥离"，既有特殊性，又有普遍性。在经济高速发展的日本社会中，人们无目的地向前奔走，失去自我却浑然不知，难逃"人格剥离"的命运。小说表现了现代日本人的精神困境，有叩问生命的真意。山崎正和的《惆怅的陶醉》是少数对《夏之暗》作品构造进行正面分析的作品论。文章以"时间""历史""存在""惆怅""忧郁""龟裂"等关键词展开论述，精当地把握作品内含的时代意象。这篇文章从时间性远近法缺失的视角对

《夏之暗》中时间认识障碍所致的自闭症世界进行了鞭辟入里的分析。

⑪《花落之暗》

吉田永宏在《开高健其人和作品》中认为，《花落之暗》将《光辉之暗》的外部批判与《夏之暗》的内部批判有机结合，在时代的洪流中描写人与人的关系纠葛，如果完成，将会形成日本所经历的战后 30 年的所谓现代社会的精神映象。

⑫《fish·on》等系列纪实文学

吉田永宏在《开高健其人和作品》中评价道，《fish·on》《更远!》《更广!》等系列作品以文学的形式描写世界，反映时代，探讨社会问题，思考经济问题，展现出文学对全球化时代的态度。它们既是报道又是文学作品，是开高健对日语表达新领域的积极探索。

⑬《罗马尼甘地·一九三五年》等系列短篇小说

秋山骏（《献给虚无的贡品——短篇集〈罗马尼甘地·一九三五年〉》等）认为，短篇小说集《罗马尼甘地·一九三五年》具有与《光辉之暗》《夏之暗》等长篇小说不同的魅力，它所描写的身边之物和内心所感，让人倍感亲切。作品主题多样，如《玉碎》中老舍的料理和球形污垢，《饱满的种子》中吸食鸦片，《做贝冢》中烹饪钓得的鱼，《黄昏之力》中一边喝松子酒一边观看浅草的影片，《在岸边》中的海之冰原，《罗马尼甘地·一九三五年》中品罗马尼酒……作品以丰富多样的形式体现了作家与艺术的关系。以《罗马尼甘地·一九三五年》为代表的系列短篇，是开高健创造的"献给虚无的贡品"。

⑭《珠玉》

佐伯彰一认为，"《珠玉》是浓缩的回忆式小说"。开高健在意识到生命将尽时，写下这部作品，想要"用尽最后所剩的生的力量，集中地、全身心地重新体味生命，重建人生"。关川夏央认为《珠玉》带有浓浓的轮回思想，是开高健自知不久于人世而留下的遗书。司马辽太郎认为《珠玉》是一部开高健在韬光养晦中"独自度过余生，为自己操办葬礼，为自己咏诵"的"悼文"般的作品。

从研究的发展脉络上说，日本学界对开高健的研究经历了从多见于报纸的简短评论，到集中于初期几部作品的作品分析，逐步转移至探讨《光辉之暗》

在开高健文学中的文学意义、《夏之暗》在开高健文学中的地位，以及后期的报告文学、短篇小说和遗作《珠玉》的论述上。这些研究对开高健及其文学创作进行了鞭辟入里的分析，在不同程度上反映了开高健文学的特质，具有很重要的参考价值。从不同的视角导入的研究方法，极大地拓展了开高健文学研究的空间，对今日的开高健研究具有启发性。然而总体来说，对开高健文学微观层面的个案研究较多，宏观向度的系统分析把握不足。尽管平野荣久的《驰骋暗夜的光芒》（1991）、吉田春夫的《开高健旅行和表现者》（1992）、仲间秀典的《开高健的忧郁》（2004）在一定程度上填补了开高健文学研究专著的空白，对开高健个人及其文学有了相对系统的、整体性的把握，但仍然缺乏对开高健文学多角度的阐释和全景式的研究。

2. 中国学者对开高健文学的研究综述

与日本学界对开高健的研究现状相比，中国学界对开高健的研究成果屈指可数。根据中国知网的数据统计，截至 2020 年 1 月 15 日，有关开高健及其作品的学术论文有 22 篇，其中发表于期刊的论文 15 篇、硕士论文 6 篇、博士论文 1 篇。发表于期刊的论文主要如下：李德纯的《开高健：底层意识和新人文精神》、莫邦富的《日本现代派小说家》、陈泓的《开高健浅论》《试论开高健的小说艺术》、张青和毕忠安的《追求心灵的自由——卡夫卡〈万里长城〉和开高健〈流亡记〉》、孙永嘉的《开高健的文学世界》、马永平的《开高健〈皇帝的新装〉人物分析——"我"所体现的理想教育》、林进的《挽救纯真的世界——日本作家开高健的小说〈皇帝的新装〉评析》、杨华和邹圣婴的《开高健对〈恐慌〉主人公性格的设定及主题的彰显》等。

李德纯在《开高健：底层意识和新人文精神》中，评论《恐慌》是一个兼具现实性和理想主义色彩并带有讽刺性寓意的文本，提到了《皇帝的新装》和《日本三文歌剧》等作品中所反映的人格异化，并称赞了开高健幽默的文风。莫邦富的《日本现代派小说家》主要介绍了开高健的人生经历和《恐慌》《巨人和玩具》《皇帝的新装》三部初期作品的内容和特色，指出开高健在艺术表现上受西方新的文学流派影响甚深。陈泓在《开高健浅论》中回顾了开高健从《恐慌》到《光辉之暗》的创作历程和写作特点，在《试论开高健的小说艺术》中总结了开高健作品的艺术特色，认为开高健主要从主题的哲理性追求、素材选取范围的扩大、表现手法上大胆而新颖的尝试三个方面体现了对传统自我文学的超越。张青、毕忠安的《追求心灵的自由——卡夫卡〈万里长城〉和开高健〈流亡记〉》将卡夫卡的《万里长城》和开高健的《流亡记》进行了比较，指出两部作品的相似点是通过时间的空间化再现不同时代的社会结构，不同点在于"共同体意识"的维系上。产生差异的原因是两位作家的写作动机不同：卡夫卡旨在通过古代中国的"长城"之共同体，表现第一次世界大战的时代背景；开高健是想通过描述自古以来的传统劳动体系（农业共同体）在现代社会中的崩溃，批判人们丧失了共同体的感觉，进而落入被疏离的现代人的生存境遇。两部作品从不同的视角启发人们思考：在自由度有限的现实世界中，人们应该如何认识和调节自己的生活观念，找到自我存在的价值和意义？孙永嘉的《开高健的文学世界》研究了开高健的生平以及他的文学创作之路，并分析了开高健文学世界的特征，探寻形成其特征的原因。马永平的《开高健〈皇帝的新装〉人物分析——"我"所体现的理想教育》通过对"我"以及以"太郎"为代表的孩子们的人物分析，力图梳理开高健心中有关教育的基本轮廓。林进的《挽救纯真的世界——日本作家开高健的小说〈皇帝的新装〉评析》认为，小说不仅深刻表现了现代社会中人的异化现象，更重要的是在探求如何去挽救那失去的"纯真"世界。杨华、邹圣婴的《开高健对〈恐慌〉主人公性格的设定及主题的彰显》分析了主人公俊介兼具积极、妥协、抗争、精明于一身的立体性格，以及作品的时代批判主题。

现有的 3 篇有关开高健研究的硕士论文，分别是杨华的《试论〈恐慌〉——以主人公的性格和作品的主题为中心》、柴方超的《〈恐慌〉与〈鼠疫〉的比较研究》、陈沫的《从〈流亡记〉看开高健的徒劳意识》。杨华分析了主人公俊介积极、妥协、反抗的复杂性格，并指出徒劳、集体中的个人和官僚机构之恶是《恐慌》的主题。柴方超的《〈恐慌〉与〈鼠疫〉的比较研究》运用文本解读法研究《恐慌》与《鼠疫》两部作品中共通的荒谬、反抗与孤独三个文学主题，并分析其不同点，从多个角度探讨了两部作品的相关寓意。陈沫的《从〈流亡记〉看开高健的徒劳意识》主要探讨了《流亡记》中开高健徒劳意识的表现及形成原因。曹欢的《开高健〈夏天的阴翳〉作品主题的浅析——以主人公人物形象分析为中心》分析了《夏天的阴翳》中男女主人公的形象，并从实证的角度联系开高健本人的心路历程进行了论述。张凯丽的《论开高健小说中的批判意识——以〈恐慌〉和〈皇帝的新装〉为中心》从"对人性的批判""对现实社会的批判""对政治体制的批判"三个层面考察分析了《恐慌》和《皇帝的新装》中的批判意识。王馨梓的《从〈闪光的黑暗〉看开高健的战争认识的深化——以旁观者意识为中心》以《闪光的黑暗》为研究对象，以旁观者意识为中心分三章论述了开高健对战争认识的深化。谈到存在主义对开高健的影响时，陈沫以卡夫卡、加缪、萨特的观点为中心进行了讨论，并从开高健的人生经历、精神状态探讨了"徒劳"感形成的原因。

胡建军的《日本战后"废墟一代"的空虚与悲哀——开高健文学研究》是目前国内唯一一篇系统研究开高健文学的博士论文。论文结合日本战后"废墟"时代、经济高速发展时期、大众消费时代的社会背景，通过细致的文本解读，对开高健文学在各阶段所呈现出的特征进行了详细的论述，深度挖掘和阐释了开高健文学中蕴含的社会思想，具体分析了开高健早期的文学创作如《无名的城市》《忧郁的学生》等带有"私小说"痕迹、时代感的作品特色，指出经济高速增长期的代表作品如《恐慌》《巨人与玩具》《皇帝的新装》《流亡记》等将"我"浓缩为视点，以宏观的视角审视社会中的人生百态，使文学介入现实生活，具有鲜明的社会现实意义；论文认为一系列关于越战的作品是开高健走出日本，在世界格局下对战争中普通士兵和百姓予以密切关注，基于人道主义立场对战争与和平以及人类命运所做的严肃思考，深刻揭示了潜藏于现代文明美丽光环下的阴暗面，也提出越南战场的经历给开高健内心带来的冲击，使他选择回归内心世界，以抒情的方式创作了小说《夏之暗》，并指出在《夏之暗》的创作中，开高健对日常生活的整合和深入内心的挖掘让生命呈现"人格剥离"症状，为了寻找生命的救赎方式，他沉迷于"垂钓"和"美食"，写下了一系列有关钓鱼和冒险的游记；论文总结了遗作《珠玉》的"玩物"主题，认为这是开高健后期垂钓游记乃至其整个文学生涯的最终归结点，反映了第二次世界大战后日本社会的精神虚无和文学空洞化的社会现实。最后得出结论：作为"废墟一代"的开高健，出生于战争期间，成长于追问生命意义和"深度挖掘人生意义"的现代，穷其一生探索个体生命价值，到了老年却又遭遇到"生命意义"的失落与宏大历史叙事的消解，这既是开高健个人境遇的悲哀，也是日本现代社会"废墟一代"的悲哀。

综上所述，中国学界对开高健的研究相对匮乏和滞后。现有的多数研究也集中在《恐慌》《皇帝的新装》《流亡记》等几部初期的作品上，而且有的论文停留在作家生平和作品介绍上，缺乏对开高健文学的深入探讨。2014 年底，胡建军的博士论文《日本战后"废墟一代"的空虚与悲哀——开高健文学研究》对开高健文学的细致梳理和开高健文学思想和特质的系统性、整体性把握为我国的开高健研究做出了重要的贡献，也为之后的开高健研究提供了大量的资料和有益的观点。不过，对于开高健文学的研究，还有大量的空间值得我们开掘。

3. 与本书相关的开高健文学研究综述

本书从矛盾的哲学视角来研究开高健文学。对于开高健语言上的汉语矛盾构词法、思想上的矛盾性和文学作品中的矛盾特色，少数评论者略有提及。比如平野荣久认为，《夏之暗》将"自我凝集和自我放下均表现到极致"①，作品蕴含了构成开高健文学的矛盾特性，但又巧妙地维持了两极的平衡。吉田春生指出，开高健文学作品在文体上包含的"分裂型矛盾"，正是文体上的矛盾导致了开高健文学创作的艰难，造成《花落之暗》未能完成。然而，迄今，无论在日本还是在中国，几乎没有关于开高健文学矛盾性的总体性研究出现，唯一一篇与此有关的研究成果是日本文艺评论家向井敏的论文《情感的矛盾性——开高健文学的构思法》。向井敏以《印象采集》《流亡记》《光辉之暗》《夏之暗》为例，分析开高健文学在构思上的矛盾性，提出其文学思想中"失坠与昂扬""下降与上升"等矛盾体现，并得出结论：开高健深入思考人类情感的矛盾性，并以矛盾的产物为核心，构筑成其丰富的文学世界②。

---

① 平野栄久. 開高健——闇をはせる光芒［M］. 東京：オリジン出版センター，1991：179.
② 向井敏.「情念のアンビバレンス——開高文学の発想法」［J］. 國文学：解釈と教材の研究. 學燈社，1982，11（第 27 巻 15 号）：52 - 57.

第三节
研究方法与意义

1. 研究方法

　　本书在矛盾的视域下研究开高健文学，运用矛盾的辩证方法和立体思维对开高健的文学世界进行全面解读，对开高健文学的矛盾性进行一番学理的剖析与辩证的论述，为开高健文学的解读和阐释找到一种不同于单一静止视角的，更为宽广的兼容并蓄的视角。本书不仅要讨论矛盾二元对立的双方，还要考察矛盾冲突相悖所产生的结果，寻找矛盾现象背后的辩证统一性。具体研究角度包括七个方面。（1）对开高健的生平进行研究。从开高健的成长环境、人生经历入手，参之历史的、文化的、社会的语境，分析矛盾思想的成因、呈现和影响，找寻开高健文学矛盾的原点。（2）以当今世界躁郁症研究领域权威，美国精神病学专家凯·雷德菲尔德·杰米森（Kay Redfield Jamison）的精神分析理论为主要依据，运用病迹学的研究方法，走进开高健精神世界的内里，分析开高健抑郁和躁狂的矛盾性格，考察这一分裂性格对其人生和文学创作的影响。（3）从叙述模式上"自我的退隐与显露"的矛盾入手，分析开高健的文学创作在各个时期呈现出的不同叙述艺术风格。考证"内"与"外"的矛盾在其文学创作中从彼消此长到统一直至终结的过程。（4）从文体上纪实创作与文学表达的矛盾出发，研究报告文学《越南战记》中纪实前提下所兼顾的文学性，并从作品的现实性和思想性两方面深入考察长篇小说《光辉之暗》从纪实创作到文学性的质的飞跃。（5）以开高健文学主要代表作品为研究对象，通过深入的文本解读和意蕴挖掘，探索矛盾思想下开高健文学作品独特的叙事魅力，挖掘出一组组矛盾对立统一现象所包蕴的人生真相，领会开高健悖论式艺术世界的巨大情感张力和深刻思想内涵，展现开高健用矛盾概念构筑起的文学作品世界。（6）从开高健后期的系列作品入手，分析开高健在"物"中寻求统一矛盾的方式及这种方式带来的矛盾心境，并在其遗作《珠玉》中寻找开高健文学矛盾思想的最终归宿。（7）从矛盾美的角度对开高健文学进行横向与纵向的综合分析研究，从"丰盈"之美、"新生"之美、"隔"之美、"圆融"之美四个方面，展现矛盾造就的开高健文学的审美意涵。

2. 研究意义

日本评论家吉田春生曾评价说："辻邦生写小说的态度是具有一贯性的。他不断地将由精神作用在观念和感性连绵不断的流程中形成秩序的过程创作成小说。如果将开高健的文学创作和辻邦生的一贯性相比，我们可以将开高健看作一个文学创作急剧变化的作家。"① 开高健的人生经历丰富，文学形式多变，文学思想也不易把握。因此，对开高健文学进行总体梳理和分析，是中日两国研究者公认的难点。从矛盾的角度研究开高健文学，对于笔者来说无疑是一项巨大的挑战。但是，相信本课题能对开高健文学的解读和研究找到一种崭新的、有效的视角，从而真实、全面、立体地呈现矛盾视域下开高健文学的整体风貌，以填补目前学界对开高健文学矛盾性研究的空白，为开高健文学的研究添砖加瓦。

日本文学评论家饭田桃曾指出："开高健文学是研究战后文学虚化、现代文学繁荣中的空洞化、昭和文学停滞现状等问题时，不可以绕开的一大关口。"② 开高健文学因其强烈的时代感和对社会、时代中个人思想意识的高度关注而契合了第二次世界大战后日本社会和国民的需要，是日本战后文学的重要一环。对开高健文学进行研究，可以帮助我们更好地把握战后日本文学的状况和流变，了解战后日本社会发展的进程和矛盾，感知现代日本普通民众在走向现代化过程中的生存意识变化。

开高健与大江健三郎几乎同时期登上日本文坛，他曾与大江共同角逐第38届芥川文学奖并摘取桂冠，曾与石原慎太郎、大江健三郎一同被称为战后文学新时代的新兴作家代表，他的小说《玉碎》曾被选入美国的中学教科书，是双栖于新闻与文学领域的"行动派"作家。然而，我国对于开高健的介绍

---

① 吉田春生. 開高健·旅と表現者［M］. 東京：彩流社，1992：9.
② 飯田桃. 國文学：解释と教材の研究［M］. 東京：學燈社，1963：20.

和研究却相对薄弱，甚至不见开高健作品在国内的译本。笔者希望本书能让中国的日本文学研究者和爱好者进一步认识开高健这位作家，为开高健文学在中国的传播献上一份绵薄之力。

第一章

开高健人生经历及精神世界之矛盾

　　经历了第二次世界大战、战败初期及战后重建的开高健，目睹了战争的惨绝人寰，见证了战后日本经济腾飞的奇迹，洞察了经济繁荣背后的精神空虚和荒芜。他身处社会变革的浪头，无时无刻不在感受着新旧裂变的震荡和时代大潮的冲击，不断被那些矛盾冲突汇成的漩涡中心所吸引。他在困惑中忧郁地面对社会发展和人类命运的矛盾，经历着内心的冲突纠结。同时，他描写这种困惑目光注视下人类精神的冲突抵牾、矛盾悖谬，构建出立体深邃的文本空间，赋予其作品强烈奇特的文学审美意义。开高健的作品世界，既充斥着战败废墟上的绝望与空虚，又饱含着绝境重生的希望与能量，既诉说着被异化的苦闷和孤独，又流露着对自我的探索与执着……开高健在时代的冲突和内心的矛盾中，讲述着一则则充满悖论又极富寓意的故事，在反映战后文明的危机和传统价值观念的失落的同时又闪烁着追寻理想的不灭精神之光。

　　拉康的"镜像论"认为："自我的建构离不开自身也离不开自我的对应物，自我的确立通过对镜子中自我镜像的认知而实现。文学创作中的主人公形象塑造可以说是作家进行自我认知的有效手段，作家把自己对现实问题的认识、对自我价值的思索、对理想与现实间差异的认知通过作品人物来予以呈现，以实现其自我书写。"① 作家的亲身经历或其身边之事是作家写作的现实诱因，作家生活的原初体验、人生际遇会给作品打上深深的烙印，作家的精神情绪、人格意志都能在文本中得到象征性的隐喻书写。文学作品，是作家身份书写的场域，是作家所思所感的流露，是作家人格气质的投射。平野荣久指出："无论看上去多么观念化的文学作品，其核心都是作家的体验。对于文学家而言，其出生和成长作为原初体验的核心部分尤为意义重大。这一点，对于身为自传型作家的开高健来说更是如此。"② 开高健的作品与他的人生是统一的，其文学创作来自他在战中、战后的日本以及全球化发展的大时代背景下，对生命、社会、现实、存在的切

---

① Catherine Clément. The Lives and Legends of Jacques Lacan [M]. trans. Arthur Goldhammer. New York：Columbia University Press，1983：100－101.

② 平野栄久. 開高健——闇をはせる光芒 [M]. 東京：オリジン出版センター，1991：56.

身体验和感悟。战争的创伤、时代的疼痛、内心的波澜在其作品中得到真实的书写，使得他的文学有着真诚的力量。作品中所描述的诸多悖论状态，如《恐慌》中的集体与自我、《懒汉》中的追寻与失落、《皇帝的新装》中的虚伪和天真、《流亡记》中的昂扬与徒劳、《光辉之暗》中的光明与黑暗、《夏之暗》中的挣扎与沉沦、《OPA！》中的充溢与虚无，都是开高健在现实生活中切实感受到的，开高健独特生命过程的参与给了它们展示的舞台。正因为目睹和经历了那么多的忧患和世态炎凉，开高健笔下的人物才陷入和作者如出一辙的矛盾困境。开高健所遭遇的悖论是促使其不断思索的原动力，悖论是他文学创作的情感源泉的泉眼，悖论所产生的魅力使得他的作品常读常新。

本章将对开高健文学中呈现的悖论追本溯源，从开高健的成长环境、人生经历和精神世界入手，参考历史、文化、社会和心理学语境，分析其矛盾现象及成因，找寻开高健文学矛盾的原点。

第一节
向死而生——生存与死亡的矛盾

海明威曾说过，一个作家早期的训练，就是"不愉快的童年"。童年和青少年时期的经历对一个人的世界观和人生观的形成至关重要。这一阶段的记忆作为人生的原初记忆，会变成一种心理积淀，在作家的整个创作生涯中如影随形。此外，人生经历在某种程度上决定着作家观察世界的角度，"不愉快"的精神历程往往使作家对底层百姓的疾苦感同身受，铸就作家悲天悯人的精神气质，并渗透到他的创作追求之中。由此，"不愉快的童年"，即早期的艰辛生活能使作家站在关怀人类生存的高度来把握时代的本质内涵，揭示人类文化发展的本真状态。

开高健在童年和青少年时期就过早地面对"生与死"的矛盾。父亲的意外离世让他悲痛欲绝，战争和极度的饥饿使他挣扎在生死的边缘，他的人生被死亡染上浓重的绝望色彩。然而，对生的渴望使他接近绝望又探索希望，深陷黑暗又感知光明，从死亡之痛中体悟生之可贵。井尻千男指出："没有作家像开高健那样目睹无数的'死'，亲手触摸无数的'生'。我想要断言：近年来他（所取得）的文学成果，都是这些（体验）带来的。"①"生与死"的矛盾使开高健更加贴近生命的真实，他将对生死的悖论思考化作想象力之源，生成令人敬畏的情感，构思并描绘出天堂和地狱的样子。

1. 父亲之死

1930 年 12 月，开高健出生于大阪市天王寺区东平野町的一个普通的知识分子家庭。开高家祖籍为福井县坂井郡高椋村一本田（现丸冈市），外祖父开高弥作 25 岁时只身到大阪闯荡，当过小工，做过人力车夫，经过多年的奋力打拼，逐渐积累资产，不仅在家乡购置了农田，在大阪也拥有几处可供出租的房产。开高弥作身体健壮，好奇心强，勤奋好学。体力劳动、放债、喝酒、下棋、抄经典、编词典，凡是能接触到的东西他都积极尝试，乐此不疲。开高健曾回忆道：外祖父年逾古稀，学习的劲头也丝毫不减；每每遇到报纸杂志上出现的生僻词汇，他便会逐一记录下来向子孙和熟人请教，并汇编成新语词典。开高健父亲原名北川正义，是开高弥作的姐姐嫁到北川家所生之子。他于1924 年入赘开高家，与二女开高文子结婚。正义毕业于福井师范大学，成绩优秀却少言寡语，就连自己大学毕业成绩位居第一之事也从未向家人提起，直到在其去世的葬礼上，妻子文子才从前来吊唁的同班同学口中得知。毕业后，正义任教于福井东十乡村小学，入赘开高家后，调至大阪市鹭洲第三小学任教，后担任第二鹤桥国民学校校长，直至离世。外祖父卓越的行动力和旺盛的求知欲、父亲超群的学习天赋，在开高健身上产生了潜移默化的影响。他们是开高健成长为一名触觉灵敏、文笔精湛的"行动派"作家的楷模。开高健在《页之背后·1》中这样回忆年少时在战火纷飞中的读书经历："虽然每一天都在仓皇躲避空袭和机枪扫射，饥肠辘辘地从事重体力劳动，但一有机会我便会看书。昭和时期以来的文学全集、戏曲全集、个人全集、世界文学全集，由于

---

① 井尻千男. 壮大にして壮麗なる無為——開高健は現代の高僧である［J］. 學燈社，1982，11（第 27 巻 15 号）：122.

不能被人们装进疏散的行李中带走，散落于每家每户，我便一本接着一本，如痴如醉地乱读一通。"据谷泽永一编纂的开高健年谱记载，开高健于大阪市立北田边国民小学毕业时，获得"操行善良学力优等"奖，并作为学生代表在毕业典礼上致答谢辞。就读于天王寺中学的五年间，他担任副班长，加入体操部，每学年的成绩除了一两个"良"之外，全是"优"。中学时代的同班同学铃木亨讲述道，学生时代的开高，穿着整洁的立领学生服，上课从不缺席，博览群书，语言天赋出类拔萃。另一方面，父亲开高正义沉默内向的性格对于开高健也不无影响。谷泽永一回忆，在《文学室》的月度讨论会上，开高健曾从头到尾一言不发。开高健的文学生涯中，曾一度对私小说袒露自我的创作手法嗤之以鼻，他反对倾诉内心的私语，提倡远离内心用明晰的语言写作。这种态度，与父亲的内敛气质或许也有些许联系。

开高健的童年时期，祖孙三代同堂，生活无忧无虑。"到了12月，清吉便从福井带来越前蟹、野鸡、羽二重饼等好些土特产，我和外祖父一边用家乡话聊天一边不停地喝着酒。"开高健的出生地——大阪市天王寺区东平野町，是普通百姓的生活之地。开高健8岁时，开高一家搬至外祖父弥作购置房产的住吉区北田边町（现东住吉区驹川町）。新居位于当时大阪市南部住宅区的东端，那里的房屋宽敞气派，是专门面向中级工薪阶层新建的。靠着外祖父前半生辛苦打拼下来的资产和父亲学校的工资，开高一家从"平民区"迁至"中级工薪阶层的住宅区"，顺利融入都市的中流阶层。也是从那时起，开高健与鱼结下了不解之缘。位于当时大阪市南郊的新居，四周全是田地、空地、草丛和水池，是童年开高健的天然乐园。每当课后，开高健便和堂弟拿着水桶去抓鱼。"即使上课也完全听不进去老师的声音，总是走神，恍惚间仿佛看到眼睛和教科书之间，有无数的鲤鱼和鲇鱼在悠然自得地游来游去。"[1] 游来游去的鱼儿代表着生命的律动，给年少的开高健极大的新鲜感。忘我的快乐记忆化作开高健一生痴迷的爱好，"钓鱼"是他成年后在粗粝的生活和命运的夹缝中找到的生命与自然的结点，滋润自己的内心，实现自我的救赎。

然而，少年开高健的幸福生活却因突如其来的家庭变故戛然而止。1943年5月5日，刚刚升入天王寺中学一个月的开高健遭遇了人生的第一次重创。

---

① 開高健. 破れた繭 [M]. 東京：新潮社，1989：36.

父亲开高正义患伤寒被庸医误诊不幸去世，年仅 48 岁。父亲的死亡让开高健始料未及，原本凭着外祖父的资产和父亲的工资，生活还算相对优越的开高家，从此只能靠外祖父的积蓄勉强度日。然而，这种捉襟见肘的生活也没能维持多久，长年的战乱和战败最终将开高家逼上了绝境。第二次世界大战后，美国在日本强制实行了一系列民主改革，其中包括将所有田地归还给农民的"农田解放"政策。当年外祖父在北田边町购置的房产和家乡的田地全部被政府收回，其他资产也因战后的通货膨胀而迅速贬值。于是，开高家失去了最后的依靠，经济状况跌入谷底。"可是没有想到，因为战争失败，所有的一切都落空了，外祖父又回到了 80 年前从家乡出来时（一无所有）的状态。也不知道他的心情是否舒畅，之后就随云烟而去了。作为第三代人的我被置于一种和外祖父从家乡爬出来时一样的境地之中。"①

父亲的逝去对于尚未成年的开高健而言，不仅是一种生活上可以触摸到的损失，更是一种不可估量的精神重创。

> 如果与死亡相遇会在心中刻上年轮的话，那么这个五月的下午我即被刻上了第一道。由于打击太大，我毫无痛觉，也没有落泪。第一次感觉不幸从耳朵、眼睛长驱直入，第一次体会到死亡渗透到全身每一个细胞，悄无声息地盘踞体内，我只是垂着双手呆立不动。悲伤、寂寥、不安随后而至，久久不散。走在路上眼泪不禁滑落，我只能不停地用手擦掉继续前行。当我知道了憎恨庸医可以些许减轻内心的疼痛时，我就对其恨之入骨了。②

悲伤、绝望、死亡的气息浸透每一寸肌肤，手足无措，充满恨意——这是开高健人生中第一次遭遇死亡时的感受。死亡是如此面目狰狞、阴森可怖，它将原本幸福的生活强行砍断，彻底击碎了一个孩子对美好的所有想象。开高健在一片愕然中被迫接受这突如其来的不幸，他悲痛欲绝，束手无策，绝望至极。开高健回忆道，失去顶梁柱的家瞬间变得阴沉昏暗，无论把灯开得多么明

---

① 開高健，山崎正和.「原石と宝石」[J]. 國文學：解釈と教材の研究. 學燈社，1982，11（第27卷15号）：19.

② 開高健. 破れた繭 [M]. 東京：新潮社，1989：37.

亮，都感觉"黑影蔓延到每个角落"，根本无法抵御悲凉的侵袭。死亡带来地狱般的阴冷气息使他仿佛置身于一片黑暗中，明亮的灯光照不进内心，驱不散阴霾。此时，在少年开高健的内心，死亡的阴影已悄然扎根，敏感、孤独、绝望、仇恨的情绪开始萌生。"生与死"构成的矛盾的人生困境使开高健第一次切身体会到生命的无常，他开始思考死亡，产生了对生命飘忽不定、祸福难测的感悟。刻骨的丧父之痛，让人心悸的冷寂、孤独，对人生空幻的体悟，影响了开高健性格的形成和以后的人生道路。

父亲的早亡把生活粗粝的一面过早地拽到了开高健面前。经历了父亲去世和外祖父资产化为泡影的双重打击，面对一家人朝不保夕的拮据生活，作为长子的开高健不得不肩负起生活的重担。于是，在 1945 年冬天，15 岁的开高健开始了白天上学、夜晚打工的生活。尽管对于一个大家庭而言，打工所挣之钱不过杯水车薪，但这种打工生活整整持续了近十年。十年间，开高健干过各种各样的工作：在面包店通宵烤面包，将中药碾碎装袋，当石棉瓦工厂的搬运工和车床轧钢厂的见习工，卖过彩票，在黑市当伙计，在市政府和电通公司做调查员。进入大学后他当家庭教师，为澡堂张贴海报，做选举宣传员，代写、翻译书信；摘译流行杂志；在夜间英语培训班当口语教师等。这段经历对正处于人生观和世界观形成期的开高健的影响可想而知。夹缝中的生存不仅使他饱尝了生活的艰辛、人情的冷暖，更让他陷入了一种缺失的焦虑和行动上的压抑处境，培育了他孤独、敏感的神经。父亲去世和家庭变故带来的生活压力、经济的窘迫和生活的困顿、对世事人情的逐渐认知，使得开高健的青春黯淡沉重。

2. 战乱之"死"

如果说父亲之死是开高健命运的一个转折点的话，那么，战争彻底改变了开高健的人生轨迹。战乱之中无数生命的逝去、人性的扭曲、尊严的丧失，严重撼动了他的人生观和世界观，给他留下了一生无法消除的阴影。

1944 年，14 岁的开高健升入天王寺中学二年级。这一年，第二次世界大战局势日趋明朗，日本在战场上节节溃败，战败已成定局。由于日本为战争投入了大量人力、财力、物力，国家资源几乎耗尽。面对内忧外患，犹作困兽斗的日本政府发起"勤劳动员"命令，想要通过扩大军需，拉动经济，起死回生。尚未从丧父之痛中走出的开高健也无一例外地被卷入这场运动，天王寺中学被征用为兵营，学校全面停课。开高健就读的班级被勒令同宪兵一起在城东线（现大阪环状线）森之宫站清查乘客，去八尾机场耕番薯田，到和歌山的深山里修建火药库，参加国铁龙华调车场的推车作业。直到战争结束，开高健的每一天都伴随着饥饿，在严酷劳动中度过。开高健曾自我调侃："本来，要是日本没有战败，我或许就进了京都大学之类的学校，研究下普鲁斯特什么的，然后写一些极尽装腔作势的文章。"战争给开高健的人生带来了无法逆转的改变，然而更为可怕的是战争对其身心造成了严重创伤。

1945 年初，日本在太平洋战场以及东南亚地区的主要军力消耗殆尽，国内经济濒临崩溃，民不聊生。同时，美军升级了对日本的空袭强度，炮火纷飞中，曾经的文明轰然坍塌，无数生命惨遭涂炭。无一例外，昔日繁华热闹的大阪市也变得面目全非。在一次空袭后，开高健惊讶地发现从天王寺车站的天桥上可以望见地平线。他的眼前是无边无际的赤红色的荒野，到处都是残垣断壁、废弃的烟囱和钢筋、瓦片和石块。昔日苔藓般拥挤不堪的房屋不见踪影。一切化作乌有，只剩一片被火烧过的荒野，在凄风苦雨中氤氲着令人窒息的热气。学校的校园和雨天操场上，摆满了尸体，它们被放置在门板、草席、铁皮和毯子上。人们从旁边走过，不断地望向尸体的脸，或是凑近去看尸体胸前的名牌。还有人伏在自认为是自己家人的尸体身边，时而爆发出像笑声一样凄厉的叫声。尸体被烧得漆黑，手脚萎缩，背部蜷曲，嘴巴还和死去时一样大张着。男的、女的都像婴儿一样。眼睛破了，鼻子碎了、歪了，有的皱着眉头，有的作万分惊恐状。血、泥、污水、黏液、油脂、脓、尿，各种液体缓缓浸入混凝土地，尸体开始腐烂，发出令人作呕的腐臭……战争造成了巨大的物质破坏和生命摧残，死亡近在咫尺，把一切推入灾难的深渊。"文明之死"滋生迷茫、虚无和绝望，"同胞之死"带来恐惧、痛心和战栗。开高健置身于充满恐怖和罪恶的人间炼狱，笼罩在死亡与幻灭的阴影之中。

在自传小说《蓝色星期一》中，开高健叙述了自己和同伴佐保在龙华调车场遭遇美军空袭那惊心动魄的一幕。"我"和佐保被安排在同一个班工作，我们的工作是上午在机车库洗车，下午核对车票。所谓"洗车"，就是机车熄火后用水清洗，然后用沾满机油的抹布擦拭驱动轮和车轴。由于车库内光线昏暗，一切都是在摸索中进行，我们不时会摸到机车从旅途中带回的"土特产"——一些人的胳膊和腿，令人不寒而栗。而下午核对车票的工作是在有阳光的露天完成的，轻松很多。某天下午，"我"和佐保沿着货物列车逐辆核对检查。由于阳光过于强烈，我们每清点完一列车，便会坐在货车的阴影下休息片刻。佐保跟"我"讲押川春浪的小说，"我"告诉他"我"去河边玩耍的趣闻和在树林中遇到的食树仙人的故事，佐保听完捧腹大笑，"我"也开心无比。不知不觉中，我们来到了调车场的尽头。这里杂草丛生，几乎不见车辆，只有两三条废弃的铁路，旁边便是农田。突然间，刺耳的空袭警报声划破长空。与此同时，四散在调车场的机车鸣着尖锐的汽笛，甩开货车慌乱逃窜。不远处传来短促激烈的机枪扫射声，好几架顾莱曼 P51 式战机俯冲下来。这是每天下午的"定时"空袭，可是今天却提前了，而此刻我们距离平日躲避的地道太远。远处，机车手、副手、调车员纷纷跳车逃命，同伴们也瞬间不见了踪影，只剩下吓得魂飞魄散的"我"和佐保。定睛一看，"熊蜂"机群已解散队形。根据以往的经验，这是要开始回旋射击的信号，战机在片刻倾斜高飞后会猛然俯冲过来，一阵狂射后一掠而过。趁着战机调试方向这几秒钟的空当，我们决定跑向农田逃命。"我"和佐保踢开枕木和碎石，踩倒杂草，跳过铁路，奔向农田。汗水迷糊了"我"的双眼，隐约间"我"发现了一条狭窄的田间小路。"我"东倒西歪地跑着，感觉跟在"我"身后的佐保的脚步声像是从远方传来似的。突然，爆炸声在脑后响起。脚下的土地、身边的稻谷都在摇晃，"我"双腿发软，膝盖颤抖。"熊蜂"对我们穷追不舍！"我"猛然明白过来：今天"我"穿着白色上衣，在宽阔的、一片绿色的、没有任何移动物体的田野里这显然是最佳目标。只要把身体埋进泥土里就安全了——于是，"我"气喘吁吁地停下脚步准备跳进田里，孰料身后跟跄跑来的佐保却和"我"撞个满怀。瞬间，"我"条件反射似的抓起佐保又打又踢又踹。佐保哭喊着抓住"我"的腰带。"我"发疯似的打他的脸，踢他的胸和肚子，"我"的脚甚至隔着鞋子都感觉到佐保细细的肋骨在颤抖。"饶了我吧！饶了我吧！"佐保发出凄厉的哀号。他哆嗦着起身，将原本压在他身上的"我"反压在身下，力气大得骇人。"你要干什么？想杀了我吗？混蛋！"他一边骂着一边两眼通红地咬住"我"的手。"我"被他的声音震住了。他的声音有一种异样的力量，仿佛从肠子里迸发而出，猛烈奔放又肆无忌惮。平日里弱小的佐保突然变得强大凶悍。"妈妈！妈妈！……"他大哭着，我俩扭作一团滚进泥里，水花四溅。就在这一瞬间，"熊蜂"紧贴着地面掠过，低得差点削掉我们的脑袋。透过泥浆，"我"看见沾满机油和煤、画着星星的硬铝制机身；看见机头上用彩色油漆画的、抡起胳膊的大力水手波比；看见机关炮喷着火苗在狂轰滥炸；透过防弹玻璃，"我"甚至看见驾驶舱里的美国兵那戴着巨大防风眼镜、泛着不可思议的蔷薇色的脸正快活地笑着。"我"第一次知道，原来人在杀人的时候居然可以笑！"我"是兔子，一只被身穿皮夹克的蔷薇色的狗追赶的黄色兔子。"我"闭上眼睛，屏住呼吸，将脸埋进温热的泥浆里。天空中，"熊蜂"的"洪水"呼啸而过……

　　战争揭开美好崇高的外皮，把人性丑陋残忍的一面在一个少年面前暴露无遗。"大力水手波比"是开高健从早逝的父亲遗留下的书中得知的漫画人物，是一个孩子快乐的记忆和符号，可如今这个亲切的人物却出现在那架想要杀死自己的战机上；"蔷薇色"是开高健在描写美国士兵的脸时多次使用的词语，可如此温柔美好的颜色却带着杀戮的气息；"笑容"是善意的表达，是最让人感到温暖的表情，可是居然会在杀人的时候呈现！亲切、美好、温暖——这些意象与"杀戮"构成矛盾式的反讽，凸显了战争的暴戾、人性的扭曲和现实的荒诞。战争使人类将怜悯之心和同胞之爱统统抛在脑后，让兽性暴露、人性泯灭。美国士兵对两个尚未成年的孩子穷追不舍，想要置之于死地，甚至还露出麻木不仁的笑容。"我"在危急关头"条件反射"般对同伴拳打脚踢，兽类的生存欲望让"我"彻底失去了理智，变得疯狂凶残。正如"我"所想的："我"是兔子，美国兵是身穿皮夹克的蔷薇色的狗——战争让我们统统失去了良知，变成了毫无人性的冷血动物！

　　和佐保回到调车场宿舍的"我"，陷入深深的自责和不安。"我"忘不了佐保在田地里的叫声和他惊人的臂力，被佐保咬破的手背渗着血，隐隐作痛。"我"担心佐保会向同伴告发，于是屏息凝视着他的一举一动，"我"对这样卑劣下作的自己厌恶透顶。"在那个明亮的午后的田间小路发生的事最终没有被任何人知道。既然没人知道就不会有所洞察。没人知道的事就是不存在。只要不告诉别人就有可能连我自己都不知道。小路上的非常事件只不过是一瞬间的黑影，是我的错觉。既然是我的错觉那它就是错觉。"① 这种极力掩盖隐瞒自己卑劣行为的诡辩看上去无知可笑，但究其根底，是源于内心深处对自己行为的羞耻感，是复苏过来的人性与兽性的对峙。"我不知道为什么，不知道怎

---

① 開高健. 開高健全作品·小説 7［M］. 東京：新潮社，1974：67.

么会成这样？我意识到自己是一个卑鄙、阴毒、愚蠢、敏感、无耻的人，这种感觉就像钻心的牙疼一样。……今天，我生平第一次打别人的脸。真的是人生第一次，打了别人那单薄的、柔软的、温润的脸。在我身上也应该发生了什么。但是我不知道，我不知道发生了什么，我一无所知。"①"我"陷入良心的苛责之中，对自己的行为，他自惭形秽，但是他不愿谈及，甚至是回避"在我身上产生了什么"。笔者认为，在"我"身上产生的，应该是一种自我否定和疏离感。在泯灭人性的战争到来时，仁慈和关爱常常会变得不堪一击，甚至连本应该是天真无邪、充满阳光的少年的世界都受到了污染。"生平第一次打了别人的脸"——这或许连"我"自己都感到不可思议，战争竟然让自己也变得自私凶狠。惊恐、失望、羞耻、自卑，种种复杂的情绪汇成对自己深深的厌恶，形成强烈的自我否定。人可以不顾一切地置对方于死地，可以为了自己逃命就殴打、抛弃同伴，战争将同类相惜之情和对弱者的恻隐之心摧毁殆尽，把本应通过信任和爱相互依存的人与人之间的关系变成对立隔绝，最后甚至连自己都变得陌生可憎。残酷的现实让少年开高健产生了对己对人的怀疑和恨意，使他感到与外部世界的疏离，将其抛入深深的孤独和绝望中。

1945 年 8 月 15 日，日本军国主义战败投降，日本成了一片废墟，哀鸿遍野，民生凋敝。在被战火烧成荒野般的都市中，开高健和家人经受着饥饿带来的炼狱般的折磨：

> 吃完三个白薯，就没有其他东西了。忧郁和饥饿充斥在脑袋里，眼睛快看不见了。妈妈在煤油灯下嘤嘤地抽泣，每天如此。连肚子都吃不饱怎么还会有这么多的眼泪来浪费？我横躺在草席上，莫名的怒火炙烤着我的胃和肺。巨大的愤怒胀满了我阴暗的身体，火花四散。血管膨胀发热，让我坐立不安。怒气犹如酸素，每当它浸入，我的身体和情感就开始衰弱、腐败、生锈。……我每一天都在想杀人，只要肚子一饿就想，不饿就不想。想着杀人这件事，比想其他任何事情都让我充满力量，忘掉饥饿。吃白薯的时候，不会想到杀人，但是一吃完，却袭来比吃前更加强烈的饥饿感。比"饥饿感"更强烈的应该说是疼痛。壮汉、有钱人、黑市商人、

---

① 開高健. 開高健全作品·小説 7 [M]. 東京：新潮社，1974：67.

军人、政治家、天皇、地痞、农民，所有让我痛苦的人都该杀掉。隐约中，我变成了没有军队的独裁者、孤独的巨人。我两手一拍，东条英机便像苍蝇一样一命呜呼。他粉身碎骨、血肉模糊，变成了一块胶冻。我把他扔进阴沟里……我要让富裕者、当权者、饱食者、丰衣者都在我膝下悲鸣、求饶、恸哭，然后毫不留情地统统杀掉。①

饥饿作为一种生存困境，其意义不仅仅是代表一种身体的渴求，也是人类从肉体到精神所经受的种种磨难。在饥饿的煎熬面前，人或因痛苦而恐慌，或因隐忍而扭曲，或因求生而残暴。这个在黑暗中倍受饥饿摧残的羸弱少年，因极端的饥饿而"忧郁"，可又束手无策，只能无奈地躺在草席上，可是饥饿感丝毫未减，于是"莫名的怒火"升腾起来，怒气腐蚀着他的身体和意志。饥饿带给开高健的濒死体验比战争时期的空袭来得更加频繁，它如影随形、无时不在，以致他"每一天都在想杀人"。饥饿就像催化剂，将开高健当年痛失父亲时对庸医的"恨"无限发酵扩大，最终演变为对所有带来痛苦和灾难的人物"恶"的"恨"。他痛恨带来饥饿的战争，痛恨发起战争的军国主义政权，痛恨私欲膨胀的利己者，痛恨弱肉强食的社会，痛恨所有让他痛苦的人。他将仇恨化作杀戮的狂想，以麻醉自己的神经，宣泄积压在心底的愤怒。然而，臆想终归只能带来一时的神经麻痹：

> 幻想杀人最为痛苦的，就是想过之后。由于太过充满快感，强烈、深刻，它穿过身体之后留下的无力感和衰弱感就显得无比沉重。冷酷无情的现实让我明白，正是因为衰弱才会喜欢死和杀戮。结束充满力量的幻想后，我仍然不过是一个蜷曲在破草席上的营养失调的初中生。我意识到这一点，感到无法忍受的孤独。②

陶醉于臆想带来的片刻快感后，"我"又重重地跌入残酷的现实中。"充满力量"的幻想反衬现实的"衰弱"，幻想与现实的矛盾冲突加剧了"我"的

---

① 開高健. 開高健全作品・小説7［M］. 東京：新潮社，1974：111–112.
② 同上，第112页。

孤独感，"我"感到了绝望，无能为力。幻想的畅快感觉转瞬即逝，而饥饿的刻骨记忆却挥之不去。开高健在《页之背后》写道，他常因梦见第二天没有吃的而惊醒，这种噩梦自从战败后就常驻他的大脑，反反复复出现，让他感觉一切都恍如昨日。饥饿在少年开高健的心上打下深深的烙印，化作难以忘记的沉痛的生命记忆。开高健一生对于"食"的执着，也是源于对饥饿的持久焦虑与恐慌。因饥饿而生的仇恨、孤独、绝望，则成为开高健复杂性格的重要质素，投影到他的文学世界中。

战争是把双刃剑，由日本军国主义发动的那场罪恶的战争，在给被侵略国家带来深重灾难的同时，也给日本国民带来了巨大的伤害。战乱给开高健带来种种痛苦的体验，让他感受到"死亡"无处不在。他在战火纷飞中目睹自己的家园毁于一旦；在哀鸿遍野间，感受着生命的陨灭；在生死攸关之际，迷失于人性和兽性的较量；在极度的饥饿中，经受着身心的双重煎熬。"文明之死"滋生迷茫与虚无，"同胞之死"带来恐惧和悲痛，"良知之死"导致自我否定以及与外部的疏离，"濒死的饥饿感"使他深陷仇恨和孤独的泥沼。战争的残酷、灾难的无情、人性的裂变带来无法承受的剧痛，销蚀了开高健的青春，成为永远的噩梦。开高健伤痕累累的内心充满了矛盾和困惑，"战乱之死"带给他的是社会历史的不可知，是生命的虚无，是人性的异化，甚至是对自我的否定和厌恶，是怀疑、失望、悲观、绝望的"死亡焦虑"。在战乱的废墟上，开高健背负着这些"死亡焦虑"，开始艰难地寻找生之希望。

在此，笔者指出，在以上的描述中，包括开高健自己在内的日本国民，是作为战争受难者的形象出现的。我们不仅要从人道主义的角度认识战争危害的普遍性，更应该铭记战争非正义的特殊性。第二次世界大战是德、意、日法西斯军国主义政权发起的非正义、非人道的侵略战争。日本军国主义给整个世界，特别是给以中国为首的亚洲人民带来的痛苦是绝对不容忽视和掩盖的。

3. 绝境之生

开高健曾将自己的少年和青年时期称作"一场永无停歇的宿醉"。对此，吉田永宏指出："宿醉中洋溢着生命力——这种认识应该是这位作家的本质。"[1] 他这样评价《蓝色星期一》中作为开高健化身的"我"："作品中的主

---

[1] 吉田永宏. 鑑賞日本現代文学〈24〉野間宏・開高健 [M]. 東京：角川書店，1982：363.

人公'我'在困境中泼辣辣地生活着。即使身处苦难的年代，也品尝着生的喜悦。"① 吉田永宏敏锐地捕捉到了与开高健这段时期的生命历程中有关"生"的命题，肯定了开高健对"生"的向往和追求。但是，笔者认为，"洋溢着生命力"和"品尝着生的喜悦"的说法失之偏颇，这种说法忽视了当时战乱动荡的时代背景和开高健所经历的种种不幸。或许用矛盾式的表达更为贴切：这个时期的开高健，在黑暗中寻觅"生"的微光，在虚无中感知"生"的温度，在绝境中摸索"生"的可能。

在《蓝色星期一》中，开高健写道：某日，"我"拿着国铁职工全线通票从梅田乘坐阪急电车来到了神户。这座城市已被燃烧弹化作红色的废墟，"我"站在码头上，眼前是一望无垠的水平线，灯塔的灯光、沉没在湾内的货船那锈迹斑斑的船腹和折断的桅杆使"我"恍惚。天空、光线和风景虽不在最佳的瞬间，但"我"却不知道还有什么能比这庞大的物质的毁灭和荒凉更美。没有任何东西能像烧毁的废墟那样带来使"我"迷醉的"清洁感"。那是巨大、彻底的意志无情穿越后留下的痕迹，猛烈、痛快。我感觉不到丝毫的悲叹和懊恼。再也没有另一种自然美能比这猛烈、痛快的气魄更能撼动自己了。② 开高健在毁灭和荒凉中发现了"美"，在废墟中获得了"清洁感"。"巨大、彻底的意志"将摧枯拉朽，其猛烈、痛快之势使开高健无比震撼。而剥去现实荒诞、虚无的外壳后，呈现出的返璞归真的自然美则让开高健欣喜不已。这种新奇的感觉使他如痴如醉，于是——

　　第二次世界大战期间的每次空袭后，天一亮我就会去被轰炸过的地方。黑雨中人们背着一家人的生活用具漫无目的地走着，无数被烧成黑炭一样的尸体还未僵硬，淌着血水——这种惨状总是让我毛骨悚然。但与此同时，在彻底扫荡后几乎可以一直望到地平线的光景中，总能感到一种奇妙的、莫可名状的、生机勃勃的跃动。我无法知晓这座生我、养我的城市是否还会再次化作"物"的原野，但即使那一天来临，在痛苦的同时，如果能获得在一瞬间窥见一切被消灭得干干净净的跃动的话，对于我而

① 吉田永宏. 鑑賞日本現代文学〈24〉野間宏・開高健［M］. 東京：角川書店，1982：357.
② 開高健. 開高健全作品・小説7［M］. 東京：新潮社，1974：100.

言，仅仅是重新回到十四岁的出发点而已。①

"彻底扫荡""消灭得干干净净"与上文的"清洁感"相呼应。在此，开高健进一步指出了一切回归为"物"的原野后那"奇妙的、莫可名状的、生机勃勃的跃动"。彻底的毁灭意味着重新开始的可能，那片蕴含着勃勃生机的"物"的原野，昭示着生命和希望。在痛苦绝望中挣扎的开高健，终于看到废墟下的一丝光亮。他期待在这片"物"的原野中找回失落迷惘的自己，在"生机勃勃的跃动"中开启新的人生。佐伯彰一评价道：

> 在开高健那里，这两方面是分不开的。这是一种二重视力、一种基于复眼视野认识世界的（方法）。一方面，因为确认到了大都会这一文明存在背后的基础是将一切外壳剥下后的"物的原野"，因此他难以抑制内心的兴奋；同时，他的内心又被那种被残酷地剥脱了的物的一切（的社会现实），却毫不气馁地、赤裸裸地迸发出的生命活力所吸引。另一方面，他受到"一切被消灭"的空无的影响，深感人类文明的不可靠，同时，他又几乎不无条件地承认生命能量的巨大。如果将开高健一极在广义上称作虚无主义的话，另外一极就可以叫作乐观的、肯定的生机主义。这两方面作为对立的两极构成了一个磁力圈，在这两极之间迸发着令人紧张的火花。②

一方面在残酷的战争面前，生命不堪一击，人类文明灰飞烟灭，人性也被扭曲异化；而另一方面，一切剥下外壳后的"物"的原野却毫不气馁地、赤裸裸地迸发出生命的活力——历史以对立冲突的姿态呈现在开高健的"复眼"前，形成由"虚无主义"和"生机主义"构成的对世界和生命意义的矛盾式认识。如果说，开高健的"虚无主义"来自战争和饥饿带给他的幻灭感，那么，他的"生机主义"则源自给他孤独的灵魂带来慰藉的"物"。在"勤劳动员"的严苛劳动期间，他便与"物"结下了不解之缘。开高健回忆说，他最

---

① 開高健. 開高健全作品・小説 3 ［M］. 東京：新潮社，1973：272.
② 佐伯彰一. 開高健論〈2〉開高健・その位置と原型 ［M］. 開高健全作品小説・5・附録. 新潮社，1979：6.

喜欢沐浴在阳光下的户外劳动。肩膀、腰、手臂、腿、肌肉的力量顺着精巧的轨迹运作着，成效感传递到全身，令人无比畅快。支配泥土和铁块的感觉远比在教室里记忆充满例外和偶然的语法、揣摩作者晦涩的用意舒畅。完工的成果哪怕只是一丁点，但意识到是由自己独自操作而引起的小面积或少量的变化，便会感觉到其他任何东西都无法给予的快乐。无论是挖防空洞、蓄水池，还是用肩膀将满是树脂的松木枝从一座山头扛到另一座山头，都是他喜欢干的活儿。在面包店彻夜工作的感受也让开高健记忆犹新。他双手托起被发酵后熟透的面块儿，扔到放着秤的操作台上，一边揉面一边扭断。手不会像眼睛那样欺骗人，和面的时候，他会沉醉在一种和读书完全不同的忘我境界之中。被消耗的体力迅速变成几十个面包，从铁盘子搬进竹笼里。冒着热气的面包被扔进竹笼发出轻柔的声音，使他的心情得到了片刻的安宁。这是难以把握的文字的世界中所没有的确实可靠的魅惑。这种力量由手悄然扩散到全身，透过皮肤渗入内脏。当结束一晚上专心致志、汗水淋漓的工作迎来苍白的清晨时，内心升腾起一种毫无腐败气息的感动。对于开高健而言，"物"是唯一可靠的外部世界，"手"是将自己与"物"连接的桥梁，通过用"手"感知"物"，来确认生命的存在感。在《页之背后·2》中，他这样写道："烧过的废墟是一片没有边际的瓦砾的荒野，只有所谓的'物'，是无机质的原野，但却总使我觉得亲切。或许它冷酷无情，但'物'会一直保持一定的形状，固守着现有的位置，任何时候去看它都和昨天有同样的质和量，这让我感到无上的善意和虔诚。尤其到了晚上，这些静谧沉默的'物'则显得更加温和。它们不会化脓，不会出汗，不会污浊。它们是彻底的无，彻底的有，彻底的清净，彻底的永恒。"①黑暗的时代让一切变得不可知、不可信，唯有"物"是可触碰、可感知、可依靠的。"物"是"彻底的无"，它没有死亡，没有痛苦，没有异化，"物"是"彻底的有"，它有形状，有触感，甚至有永恒的生命。"物"是虚无中的真实，是无常中的不变。开高健借助"物"来缓解内心世界的生存焦虑，以"物"来寻求"生"的意义。

如果说"物"让开高健在黑暗中寻觅到了"生"的微光，那么与日本投降几乎同时出现的黑市那狂放不羁的活力则点燃了开高健那如同荒原般的懵懂

---

① 開高健. 開高健全作品·小説 3 [M]. 東京：新潮社，1973：272.

之心，激起了他对"生"的无限憧憬和狂热渴望。他写道：在阿倍野、难波、大阪车站等终点站一带的红色荒野中，黑市正在逐渐发芽，并蓬勃地成长着。那种奔放、丰饶、恣肆的活力令人瞠目结舌。在《蓝色星期一》中，开高健细致地描述了黑市带给自己的惊讶、兴奋，以及久违的美食带来的感动：这种剧变让"我"一时难以理解。战争刚一结束，不知来自何处的人们、营养、活力便涌向这条街道。鱼、肉、蔬菜、大米、酱油、油、咖喱粉、砂糖、罐头、香烟，所有物品开始泛滥。车站前的广场变成了沙漠之民的野营地，完全像童话一样……天王寺车站、动物园、新世界，昨天都已几近枯竭，今天却充斥着大量的物品和营养。直至昨天，"我"都认为日本是个连最后一滴血都被榨干的枯木似的列岛，而黑市为何如此泛滥？这么多的精力、财富、汁液、油脂为何一直隐藏到现在？它们之前藏在何处？眼前的泛滥让"我"瞠目结舌。昨天那里开了家鱼店，今天这里又卖起了鞋油，仅仅数数这些店铺，就会忘掉饥饿，变得飘飘然。"我"永远无法忘记第一次吃沙丁鱼时的感动。妈妈凑齐仅有的一点点钱来到黑市，买回了沙丁鱼。新鲜的沙丁鱼闪着银色和青色的光，被烘烤后不停地滴着油，冒着热气。"我"那平日里只能接触到高粱、番薯叶、玉米之类锉刀般粗糙食物的舌头，在放上一片被烤得开裂起泡的沙丁鱼后颤抖了。"我"应该是干涸太久了。在舌头触碰到热腾腾的鱼片的那一瞬间，"我"仿佛看见脂肪、蛋白质、钙、热量、火的味道、气泡，所有的要素闪着光，泛起微波，浸入包括指尖和脚尖在内的身体每一个角落，"我"甚至还听到了它们发出的声音。"我"震颤、茫然，深切感受到那并不清澈的物的热度和甘美。沙丁鱼带给味蕾的刺激像潮水一样漫过开高健干涸的身体，唤醒了他快要枯萎的细胞，给予了他生的实感。当然，饥荒年代里美食带来的安慰必定是昙花一现，而黑市的出现却带给开高健相对持久的感动，甚至成了他的一个生命印记。日本评论家村松刚将开高健称为"废墟和黑市的一代"。开高健刚刚目睹了一切毁灭殆尽的废墟，突然又置身于充满原始生命力的黑市。瞬间的毁灭、瞬间的泛滥让他惊愕又兴奋。仿佛在饱受黑夜的苦难与悲哀后，突然感受到阳光下的生命的温暖与明亮，开高健前所未有地感动了。他沉醉于喧闹、旺盛的"生"的氛围中，忘记了饥饿，忘记了所有的痛苦。诗人中西绿郎曾经感叹：黑市是我的故乡，是教会我"生"的意义的伟大教师。我的生命也因它的教诲而顽强了许多。同样，洋溢着真实生命力的力量、蕴含着顽强生命力的热能、呈现出强有力的生命力图景的黑市也告诉了开高健绝境中"生"的可能，暗暗地培育出他对生命的向往。

与此同时，与黑市的原始生命力截然不同的另一种力量也在生成——虽然地面上还是一望无际的瓦砾和杂草的原野，但在昏暗的站台上，不知何时已挤满了无数不知来自何处的上班族。他们俨然是一群生活在秩序、印章、冷静、账簿、数字中的人。这群人有着和从前没有任何承接感的神情，恭敬地微笑着、寒暄着。他们礼貌、安静、沉稳、斯文，却让人感到莫名的傲慢、冷酷、不讲情面。他们用冷漠的眼神向"我"一瞥，便匆匆奔赴各自的目的地。开高健写道：比起黑市里的那群人，这些人让我感到更加畏惧；这群将要担当起日本战后经济复苏重任的既温和又冷酷的人，使我产生了夹杂着憧憬的敬畏之情，感到新秩序的胎动。

在战争和饥饿带来的黑暗的绝境中，"物"传递给开高健"生"的温度和触感，将他从崩溃的边缘拉回，意识到自我的存在；化作"物"的原野的红色废墟下蕴藏着"生"的微光，昭示着新生和希望；喧嚣的黑市中热流涌动，原始的生命感喷薄而出，"生"的可能在此实现。在战后的废墟上，开高健用自己独特的感觉追寻"生"的踪迹，诠释"生"的含义。

4. 向死而生

日本文艺杂志《新潮》原总编坂本忠雄在《开高健生诞80年纪念总特集》的开篇中写道：开高健（文学）的多样性来自何处？这当然与其卓越的天赋有关，但是我们不能忽略另一个重要原因——他以昭和五年（1930年）出生的一代所特有的细腻的感受和复眼式的思考，对激烈动荡的战中、战后时期的混沌状况的把握和认知。[①]战乱中化作一片废墟的大阪，旺盛与衰弱、营养与饥渴、暴力与感伤、原始与现代，纠结缠绕。开高健置身于错综复杂的现实中，亲历了时代浪潮的巨大冲击，体验了人生的跌宕起伏。他一方面背负着"父亲之死"和"战乱之死"带来的沉重的死亡焦虑，另一方面亲眼看见、亲手触摸、亲身体会到"绝境之生"。极致的生命体验和跌宕的生活经历，形成开高健对世界复眼式的认知。生与死的矛盾，使开高健对于生命有着独特的思

① 坂本忠雄. 開高文学の生命力［M］// 開高健生誕80年記念総特集. 東京：河出書房新社，2010：8.

考和把握。关注现实人生、正视生命历程、探寻生命的价值和意义成为开高健精神思想的底流，贯穿他的人生历程和文学创作。

孔子曰："未知生，焉知死？"泰戈尔亦在其诗歌中写道："死之流泉，使生之止水跳跃。"生与死的激烈碰撞碰出生命的火花，凸显了"生之欲"。开高健在死亡的绝境中触摸生的希望，以死亡反观生命的真谛。他将对死亡的厌恶转化为对生存的热望、对生命的渴求和饱满的生活状态，用行动诠释自己对生命的领悟。辻邦生评论道："开高健所达成的，是将脱离近代意识的'物的魅惑'置于现实的根底。即他能把石头、树木、水、篝火、大海等作为生的魅惑去深挚地热爱。"①

开高健酷爱旅游，是同时代作家中屈指可数的旅行家。他在随笔中写道：30 岁后，我像是得了什么热病，一有机会就跑去国外。从 30 岁起直到 58 岁去世的前一年，开高健在世界各地"徐徐疾行"②：他曾受邀访问中国、罗马尼亚、捷克斯洛伐克、波兰、苏联；为做三得利啤酒的生产调研，和佐治敬三历访北欧、西德；作为朝日新闻社、文艺春秋社等特派记者，报道越南战争、巴黎动乱、比夫拉战争、中东战争；参加日本航空主办的演讲旅行，与安冈章太郎等巡游伦敦、杜塞尔多夫、布鲁塞尔、巴黎；受朝日新闻社和三得利公司派遣，驾车穿越南北美洲大陆；不远万里到巴西、白令海、阿拉斯加、哥斯达黎加海域、蒙古等地垂钓和探险；甚至在去世的前一个月都还在积极筹划寻找成吉思汗陵墓的蒙古之旅……对人类和世界的强烈好奇心使开高健不知疲惫地穿梭于世界各地，他在大自然间纵情遨游，山川草木、鸟兽虫鱼、森罗万象尽收眼底，在"疾行"中慢慢品味生命的无穷魅力，洞悉人世百态。开高健将国际局势纳入视野，从旅途中的见闻取材，以全球性的思维，创作了《fish·on》《OPA！》《更远！》《更广！》等脍炙人口的系列佳作。这些作品并非传统意义上的纪实报道，而是将文学创作和纪实手法相结合，以文学的形式描写世界，反映时代，探讨社会现象，思考经济问题。这些作品寄托了他对人类生存境况的见解与思考，展现出文学应对全球化时代的积极态度，被日本媒体称为现代版的《奥之

---

① 辻邦生.「物の魅惑」に憑かれた友. 悠々として急げ——追悼開高健［M］. 東京：筑摩書房，1991：112.

② 徐徐疾行：笔者根据"悠々として急げ"译成。"悠々として急げ"是开高健常说的一句话，多次将此作为自己对谈集的题目。

细道》，甚至有西方评论者盛赞《更远！》《更广！》两部作品就是现代版的《荷马史诗》。

开高健的旅行中，垂钓和美食是必不可少的内容。年少时热衷捉鱼的开高健在 37 岁时拿起鱼竿，从此垂钓成为他一生痴迷的爱好。在亚马孙腹地，他与威猛的水虎鱼、不屈的"河之虎"鳉鳅、跳跃的孔雀鲈邂逅，感受生命的鲜活与力量；在阿拉斯加，当他成功钓起梦寐以求的重达 60 磅的大麟鲑时，"34 个小时的焦躁、紧迫、疲劳顿时烟消雾散"；在流经渥太华的利多沃河，他与长着野兽般巨眼和牙齿的北美狗鱼较量，唤醒疲惫的身心，获取重生的力量……开高健绕地球半圈写下的《fish·on》，成为日本关于海外钓鱼游记的嚆矢，横跨南北美洲的垂钓游记《更远！》《更广！》上下两册以 7000 日元的高额定价，创下了超过 10 万册的销售佳绩。开高健描绘垂钓的文字灵动精巧，修辞手法瑰奇新颖，引来无数追随者的竞相模仿。日本有关垂钓的文章也因此一改往日之风，表达丰富多彩、妙趣横生。开高健既是垂钓能手，又是美食家。幼时痛苦的饥饿记忆使开高健对美食有着异乎寻常的执着。为了品尝最高品质的鱼子酱，他不远万里前往巴黎，也曾到原产地俄罗斯的伏尔加河垂钓，甚至在加拿大的弗莱萨河将钓起的鲟鱼剖开取出鱼卵，然后将其缝合放生。他端着一大碗越前蟹大快朵颐，用葡萄酒烹饪内脏，在南美的大草原烧烤乳牛，在巴黎品尝醇美的罗马尼甘地，在西贡和劳工们席地而坐吞咽烩菜……开高健用味蕾来接触世界，联络自然，一路饱尝人间真味。他将纵情享受美食美酒的体验化作精妙的文字，创作了《罗马尼甘地·一九三五年》《最后的晚餐》《新的天体》《地球绕着玻璃杯沿儿转动》等系列作品，张扬现代社会中高度膨胀的"食"之欲望，并以"食"来思考政治，探讨人生。

开高健的人生在旅行、垂钓和美食中得到了酣畅淋漓的抒发。菊谷匡祐评价他是"五官全开"的作家，开高健用自己的行动和感官体味生命的绚烂多彩，又将目光聚焦在生之种种可能性上，用饱含激情的笔不遗余力地全方位展开对"生"的表达。开高健的文学创作有一个主题，即描写"原始生命力"：《恐慌》中伯劳将幼鼠的尸体挂满枝头，黄鼠狼把捕鼠器上的老鼠吃得只剩下脑袋，鼠群给人类带来灾难后集体跳湖自杀……生态系统中为生存而搏杀的动物群像充满着原始生命力量，迸发出生存竞争的快感；《日本三文歌剧》中，食不果腹的"阿帕切"族趁着夜幕，在警察的眼皮底下奋力挖掘和搬运废墟里的"宝藏"，那原始劲健的生命力和生机盎然的自由狂放精神，让人动容，甚至憧憬。开高健密切关注寻常百姓的生存境况，描写大阪市底层民众生活的《日本三文歌剧》、刻画被抛弃在北海道荒野中人们艰难困境的《鲁滨孙的末裔》等作品无不饱含着作家对弱势群体的关爱和同情。其芥川奖获奖作品《皇帝的新装》通过描写少年纯真天性的回归，以原始天真对抗模式化世界，表现出了真正具有现代意义的生命意识和主体意识的觉醒。《光辉之暗》中，目睹越共少年被枪决带来的巨大灵魂震撼，丛林战中死里逃生的极致生命体验促使作家对生命意义进行严肃思考，反对战争、尊重生命的悲天悯人的生命观跃然纸上。开高健不遗余力地展现生命意志、张扬生命意识，生命力的巨大能量在其笔端流泻，生命本源的浓烈和甘醇在其文中绽放。开高健坚持对人类生存状态的探寻、对个体生命的关注，以作家的责任感逼近生命本真，洞悉生命，纵情生命，构筑起生命价值的独特审美世界。

开高健终其一生追求"生"，然而求之不得的痛苦和迷惘始终如影随形。战争和饥饿带来的死亡危机无处不在，使死亡内化为一种心象风景，转化为对自身生存境遇的焦虑。面对战后现实，人们所产生的徒劳、空虚与幻灭感，是死亡阴影下生命焦虑的必然结果。这种心灵的分裂与冲突是经历过战争的日本人的普遍写照，极具典型意义。开高健在《更广！》的开篇中引用了海明威的《一个干净明亮的地方》中的一段文字：

> ……一切都是虚无，一切都是为了虚无，一切只不过是虚无。我们的虚无就在虚无之中，虚无是你的名字，你的王国也叫虚无，你将是虚无中的虚无，因为原本就是虚无。给我们这个虚无吧，我们日常的虚无，虚无是我们的，因为我们是虚无的，我们无不在虚无之中，可是，把我们从虚无中拯救出来吧。为了虚无。欢呼全是虚无的虚无，虚无与汝同在。①

战争的不堪过往，摧毁了开高健对世界的信念，改变了他原有的世界观和人生观。战争的恐怖、濒死的体验、人性的扭曲，使开高健感到一切都难以把

---

① 開高健. もっと広く！〈南北両アメリカ大陸縦断記〉［M］. 東京：文藝春秋, 1981：2. 此段文字系笔者据原文译出。

握，所有皆是徒劳和虚无。他虽然侥幸在战乱中活了下来，却无法再回到过去，找不回失落的美好和纯真。开高健带着挥之不去的幻灭感生活在战后的日本，对现实焦虑，对未来担忧，对自我犹疑。平野荣久评论道："如果说海明威是第一次世界大战失落的一代，那么开高健就是第二次世界大战失落的一代。他在战中、战后失去了太多东西。而且，对开高来说，他甚至是失去了'战后'。无法像数学运算那样负负得正。这里，有着他对'战后'丧失的彻底放弃。"① 为了驱散内心的阴霾，开高健无数次"逃往国外"，报道战争，旁听审判，钓鱼狩猎，品味美食，他试图以各种方式逃离日本的日常，然而总是在获得须臾的充实感后，又重重跌入颓丧、幻灭的深渊。在亚马孙钓起"河之虎"鲯鳅的几天后，他写下了以下这段文字：

> 数日后我们回到了库亚巴机场。我扛着鱼竿走在机场大厅的人群中，突然身后袭来"灭形"② 之感（幻灭感）。有一种肩膀被打似的冲击，让我瞬间崩溃。空气、水、丛林、鱼筑成的东西像卡片的城堡一样轰然垮塌。……刹那间我崩溃了，那熟悉的、荒寥的，不可名状的忧郁笼罩着我。从今后我又将成为一摊没有形状的、腐臭的淤水度日。③

"灭形"一词，由梶井基次郎所创，在其代表作《冬日》中第一次使用。对这个在《广辞苑》等日语权威词典中均查不到的独特词语，开高健情有独钟，屡次在小说和自述中使用。"灭形"是开高健思想和文学的显著特色，对此笔者将在本章的第二节、第三节详细论述。须藤松雄认为："'灭形'是非常罕见的词语。它带有一种强烈的语感。作者这样具有敏锐语感的人之所以用这个词完全是出于迫不得已的需要。所谓'灭形'是指对一个失去生活热情、濒临生的崩溃的人来说，风景虽然映入眼帘，但那只不过是丧失了生动统一性的虚无的形式而已。"④ 开高健痛感人生的无常，认为一切终将灰飞烟灭，化

---

① 平野栄久. 開高健—闇をはせる光芒［M］. 東京：オリジン出版センター，1991. 9：214.
② "灭形"日语写作"滅形"，由梶井基次郎所创，开高健在其作品中屡次使用。笔者在本书中译为"幻灭感"。
③ 開高健. 『OPA、OPA!!』アラスカ至上篇［M］. 東京：集英社，1990：236.
④ 须藤松雄. 梶井基次郎研究［M］. 東京：明治書院，1979：117.

作乌有，他将这种浓浓的徒劳情绪投射到作品中，巨大能量的浪费和徒劳成为他的主题：《恐慌》中的鼠群破坏粮仓、毁坏林木、袭击儿童，在带来骇人灾害后集体跳水自杀，俊介的一切努力付诸东流，唯有无奈和倦怠在心中久久盘踞；《流亡记》中不计其数的劳工在统治阶级的苛政下日复一日、年复一年地修着长城，却无法实现抵御外敌的初衷，相反自己被禁锢其中；《日本三文歌剧》中"阿帕切"族披星戴月，挖掘掩埋在大阪炮兵工厂遗址下的废铁，一番轰轰烈烈之后云消雾散；《鲁滨孙的末裔》中被派遣到北海道的垦殖民豪情万丈，与严酷的自然苦斗，却最终败北……开高健将"巨大能量的浪费和徒劳"①的主题一以贯之，让生命力在昂扬之后统统回归失落。昂扬与失落的矛盾，显现出能量狂热背后隐藏的精神空洞与漂浮不定。同时，悖谬冲突碰撞出虚无的余音久久不散，产生张，给人和启示，引导读者展开对现实的思索、对生命价值和真实的叩问。

　　然而，尽管开高健在《流亡记》中用了几十页来描写失落和徒劳，但小说在即将结尾的最后几行突然笔锋一转：男子在绝望的深渊，用仅剩的一点力气望向在长城那边的沙漠中疾驰的匈奴人，感受到他们那"异常昏暗而凛冽的，虽然不知方向却充满着奔放速度的力量"，他毅然决定乾坤一掷，投身匈奴，寻求新生。他"扔掉背上的砖头，奔向沙漠"，小说在这里结束。开高健在男子的喃喃自语中，传达了自己的意念——漫长的失落，必有与之匹敌的一瞬的昂扬，失落不等于沦丧消亡，"向死而生"的意志永不消失。正是因为有着这样的情怀，他奔赴战争前线，出生入死，提笔为枪，行文为炮，反对战争，呼吁和平；他以富于使命感和责任感的写作态度，借古喻今，针砭现实，思索未来；他对生命的存在形式和价值予以真切关注，积极探索人类灵魂栖居的家园。大冈玲这样评价开高健："他感觉自己仅仅是个影子，尽管如此，他还是惨烈地求'生'，求生存。这是一种甚至想要战胜神灵活下去的壮烈。他是了解这两方面的（生与毁灭——笔者注）。一方面都已经如此竭尽全力的求'生'，另一方面却对'生'没有自信。"②开高健在生与死的悖论中，迷惘、

---

　　① 藤井栄三郎.「徒労」の哲学——「流亡記」[J]. 國文学：解釈と教材の研究. 學燈社，1982，11（第27卷15号）：70.

　　② 大岡玲.「外へ」と開高健は言った [M] // 開高健その人と文学. TBSブリタニカ，1999：32.

失落又摸索、参悟，他那摇摆、蜕变的灵魂兼容了沉稳克制的忧郁气质与顽强向上的生命力。他以向死而生的姿态，将颓败与生长、吐故与纳新混合在一起，讴歌生命的本体意义，描绘出哀感顽艳的心灵图景。

第二节
荒原中的呐喊——现实与理想的矛盾

对于一生的挚友开高健，谷泽永一这样评价："开高健不像任何人，也没有一个人能像开高健。"开高健经历了战乱之苦，忍受过饥饿的煎熬，他带着对生死的独特感悟迎来了风云变幻的日本战后。他是日本战争中"失落的一代"，失去了过去的美好和对未来的信心，迷失在现实的混沌之中。他在战后的精神荒原中思索人生的意义、生活的价值，却和现实社会格格不入。他在作品中吐露自己对现实的焦虑迷惘和整整一代人理想的幻灭与绝望。然而，内心强烈的社会责任感和不灭的理想，又使他在阵痛中不断挣扎，在绝望中奋力求索。对于现实，开高健始终保持清醒、理性的思考，坚持冷静、严肃的写实精神，怀着使命感和责任感来描述现实世界，揭露社会的伪善。对于理想，开高健从未停止追寻的脚步。他歌颂真实，呼唤独立和自由，释放出"生"的热能。开高健"有讥有托"，将现实与理想的矛盾呈现于作品之中，他以批判现实的手法，解构人文精神式微的现代"荒原"社会，又用理想主义的信念，建构乌托邦的理想国，尝试在现实的阴暗中发现人性的光明。开高健行走于现实与理想之间，他的身上体现了知识分子的矛盾和困惑，内心充满着寻找人类心灵家园的渴望。他以自己独特的方式对时代进行思考和回应，发出呼唤人性、追寻自我的呐喊，在现实的嘈杂之中敲响了澄澈之音。

1. 从战败废墟到精神荒原

第二次世界大战日本彻底失败。"战败当时的日本，国土荒芜，经济衰竭，民不聊生。"① 战争造成了巨大的生命摧折和物质破坏：死伤者数百万人，无家可归者不可胜数，东京、大阪等多个城市被夷为废墟，广岛和长崎遭受原子弹的轰炸，经济崩溃，出现严重的失业、通货膨胀和粮食短缺问题。更大的重创还体现在国民心理上：昔日称霸一时的"皇国"沦为被占领国，曾经被斥为"鬼畜"的美英成了胜利者和统治者；至高无上、神圣不可侵犯的天皇被迫发表"人间宣言"，狼狈地走下神坛；站前和战时被推向极致的国家主义土崩瓦解，"家国观"等传统思想文化受到猛烈冲击……日本人在物质和精神两方面都陷入了"虚脱状态"。政治的狂热消退后日本究竟何去何从？如何在战败的废墟上生存下去？如何把握自我和民族的命运？人们深陷梦魇后的迷茫之中，失去了目标和方向，看不到希望，一时无所适从。

日本战败投降后，美国对其实行全面军事占领。出于消灭日本法西斯军国主义以使其不再成为侵略战争的策源地和不再形成对美国威胁的目的，美国推行了旨在实现日本的"非军事化"及"民主化"的五大改革，即废除专制政治、实行经济制度民主化、解放妇女、鼓励组织工会和教育自由化。当时以吉田茂为首的日本政府，也把恢复和发展经济作为国家的首要战略目标，先后实施了民主改革、解散财阀和农地改革等措施，并于1946年8月成立经济安定本部，实行"倾斜生产方式"，率先启动和发展煤炭生产，从而带动其他产业发展，促进整个经济的恢复与发展；同时提出均衡预算、强化税收、限制贷款、稳定佣金、安定物价、改善贸易、改善物资比重、改善粮食生产的经济安定九原则。这些政策很快收到效果，1948年日本经济开始起死回生。此处，随着冷战的开始，美苏对抗不断加剧，远东地区的局势急剧变化。1948年1月6日，美国陆军部长罗亚尔在旧金山发表的对日政策演说中，认为占领初期的非军事化目标同当前日本经济的自立化这个新的目标已经难以并存，明确表示要帮助日本政府建立健全自立的经济。以罗亚尔演说为标志，美国对日本的占领政策从"非军事化"转为"经济复兴"。为了使日本经济尽快复兴，美国采取了向日本提供资金和物资援助、振兴日本的对外贸易、削减日本的战争赔偿等一系列有效措施。1949年2月1日，美国总统特使约瑟夫·道奇来到日本，在吉田内阁的支持和配合下，制定"道奇路线"，对日本经济进行了大刀

---

① 内野达郎. 战后日本经济史［M］. 赵毅，等译. 北京：新华出版社，1982：15.

阔斧的改革。"道奇路线"的主要内容如下：增加税收，实施超平衡预算，停止复兴金融贷款业务，改变多重汇率为单一汇率，设立对日援助回头资金，废除经济统一管制。"道奇路线"实行的超平衡预算，使日本国内需求受限，导致经济陷入通货紧缩状态，但总体上日本经济开始稳定，向市场经济的方向转变，与国际经济接轨，走上了自立发展的道路。内外双管齐下，日本经济的重建和复兴在 20 世纪 40 年代末期初见成效。

1950 年 6 月，朝鲜战争爆发。美国将距朝鲜最近的日本作为物资与休养基地，在日本大量采购军需物资，这为当时内需严重不足的日本经济提供了绝好的发展契机。随着战争的进行，西方各国也开始扩军备战，纷纷从日本采购军火和给养。到 1952 年，日本仅特需收入就高达 10 亿美元。源源不断的"特需"订单复苏了日本的军事工业，刺激了钢铁、机械、汽车等重工业的发展，日本经济景气复苏。朝鲜战争带来的广阔市场、大量美元的注入和技术的转移，大大激发了日本企业的生产和投资活动，带动了轻工业的生产，日本工业的潜在力量得到恢复和发展。同时，"特需"解除了日本的经济封锁，促进了对外贸易的复活，为日本海外市场的拓展奠定了基础。持续三年的朝鲜战争特需，将日本经济从战后废墟中拯救了出来，到 50 年代中期，日本经济已基本恢复到战前水平。1955 年，日本政府制定出战后第一个经济发展规划，当年便迎来"神武景气"。从此，日本经济进入了以实现国民经济现代化为中心的高速增长时期。同年 11 月，日本自由、民主两党组成自由民主党。自此，日本政治舞台上就出现了保守政党自民党在议会中形成稳定多数、长期执政，而革新政党社会党成为主要在野党的局面，从而结束了战后 10 年的"小党林立"的多党化时代。日本政界把这种以自民党与社会党两大政党为主导、保守与革新相对抗的政治体制，称为"55 年体制"。"55 年体制"的形成，使日本政局趋稳，为国内经济的发展提供了相对稳定的政治和社会环境。1956 年，日本经济企划厅以"现在已不再是战后"为副题发表《经济白皮书》称"战后恢复已经结束"。1956 年的石桥内阁和 1957 年的岸信介内阁时期，日本的经济进入起飞阶段。同时，鉴于国际形势的变化和日本经济实力的增强，岸信介政府向美国提出修改《日美安全保障条约》的要求，其目的是在美国新的亚洲战略之下加强日美军事同盟。这是对 1946 年颁布的《日本国宪法》第九条"永远放弃战争"的背弃，日本卷入战争的危险性增加。因此，日美谈判激起全社会公愤，引发了著名的"反安保"运动。1960 年 5 月，岸信介政府以践踏议会制民主的形式在国会强行通过《新日美安全保障条约》。《新日美安全保障条约》的签订，使日美加强了军事同盟，日本进一步得到美国的大力扶持，但也引发了日本国民对岸信介内阁的强烈不满，导致岸信介迫于民众的压力而宣告下台。接替岸信介上台的池田勇人首相慑于民众的压力，为了缓和对立，转移视线，采取了"宽容""忍让"的政策，将施政的重心放在经济上，提出了为期 10 年的"国民收入倍增计划"。至此，日本战后的社会发展从以占领、变革、调整为重点的"政治时代"转向以建设、发展、稳定为核心的"经济时代"。在这个时期，日本历届内阁都把发展经济放在首位，"55年体制"得以巩固，政权长期稳定。加之 60 年代中期爆发的越南战争带来的特需订货和美国采取的向日倾斜的对日贸易政策，终于在"明治维新"100周年，也就是 1968 年，日本国内生产总值超过联邦德国，一跃成为仅次于美国的资本主义经济大国。从 1955 年日本经济进入高速成长期，直到 1973 年世界石油危机爆发，在这将近 20 年间，日本先后经历了"神武景气""岩户景气""奥林匹克景气""伊奘诺景气"，经济保持大约 10% 的高增长率，明显高于同时期美国与西欧各国的发展速度，实现了当时世界经济史上前所未有的高速增长。这一阶段是日本经济发展最辉煌的时期，经济与社会始终保持高速发展的态势，社会结构和社会生活呈现出新的面貌，普通国民的收入和生活水平不断提高，家用电器等消费品迅速普及，阶层消费开始瓦解，大众消费时代来临。日本社会迅速完成了工业化、城市化的转型，并于 80 年代进入高度发达的资本主义现代化社会。

日本在不到 30 年的时间内，由一个被战火摧毁的战败国发展成世界经济强国。然而，在经济突飞猛进的背后，却经历着思想领域的巨大动荡和精神危机。战败后的日本随即被美国占领，那些曾经跟着这个法西斯国家一起狂热、疯癫、欢呼，对"神国不灭，皇军不败"深信不疑的日本国民，目睹了自己的国家由甚嚣尘上的战争狂热到坍塌崩落，沦为战败国，内心充满屈辱、苦涩和痛楚。战争留下的创伤还没有疗愈，又处于美国的占领和军事管制之下，对于外在的强大力量，人们无能为力，深感前途渺茫。对于战败的日本，美国按照自己国内的政治制度模式，实行了包括废除日本天皇的政治实权，实行"政教分离"，制定和平宪法，解除日本拥有军队的权力，建立起西方民主化政治制度模式，清理和解散大量右翼政治团体，构建和平化政治环境等一系列民主化改造等一系列措施。美国占领军当局强力推行的美式民主政治制度同传统日本政治中的权威主义完全相左。在美国式民主的异质政治下，绝对主义的天皇制被象征天皇制所取代，神圣不可侵犯的国体精华回归到其本来的世俗地位；日本传统制度受到严峻挑战。与此同时，西方的各种现代思想形成一股强大的人文主义思潮涌进日本，猛烈地冲击着传统的思想体系和价值体系。战后初期，"日本人的文化认同重新回归到追随'先进样板'，否定自身文化的劣性认识，以寻求摆脱"①。日本文化界开始对日本国民的劣根性进行反思，试图从批判和反省中解读日本战败的原因，同时为建立民主主义国家树立新的文化认同。川岛武宜对日本传统的"家文化"进行了批判，将日本的"家"文化作为封建性的前近代因素加以彻底否定；岸田国士提出"日本人畸形说"②，指出日本人缺乏批判精神，对女性的歧视近乎病态，装腔作势的虚礼、排场、面子的背后隐藏着的是畸形膨胀的自尊心和自卑心；大文豪志贺直哉将被奉为日本文化瑰宝的"日本语"，斥为不完整、不方便的语言，主张以最优美的法语代之；著名"无赖派"作家坂口安吾发表《堕落论》，大胆质疑天皇制，辛辣讽刺日本人的国民性，呼吁恢复日本人的正常人性……强调日本文化优秀特质的论调灰飞烟灭，传统的文化体系和思想观念土崩瓦解。在新旧时期交替之际，在东西方文化的交汇冲撞中，曾被传统文化浸润的人们丧失了归属感，陷入思想上的真空状态和深深的文化焦虑中。

战败后日本国民惶恐不安，深陷战后社会的混沌之中，无法看清未来，却又被卷入创造未来的行列中。20世纪50年代，日本摆脱了战后一穷二白的社会现实，步入经济快速发展的轨道，然而，资本主义社会固有的种种矛盾和危机也逐渐显露。在资本主义社会，最大限度地获取利润是一切生产行为的目标，全部活动都得严格地遵照"效益原则"运转，在这个非人化的体系中，个人被当作"物"而不是人来对待，人的丰满个性被压榨成单薄无情的分工角色。同时，战后的日本企业延续了战前在天皇制和集团主义影响下形成的家族主义的经营传统，通过"终身雇用""年功序列"等制度将劳动者牢牢拴

---

① 青木保. 日本文化論の変容 [M]. 東京：中央公論新社，1999：67.
② 岸田国士. 日本人とは何か [M]. 奈良：養徳社，1948：17.

住，培养劳动者对企业的归属感和忠诚意识。尤其进入 60 年代以后，企业更是在整个国家经济中发挥着举足轻重的作用，出现"企业国家"① 的倾向。在这样一个社会中，人们认为应该"克己奉公"，极富献身意识的"企业战士"不断涌现，他们不知疲惫地为企业挥洒青春和热血，却在不知不觉中失去了自我，生活日渐陷入公式化，"过劳死"屡见不鲜。长期被企业组织管理操控的人们，独立人格消失了，依附性增强了，自由精神退化了，工具意识加强了。人们失去自我主体性，失去反抗客体的力量，感受到自我的异化。对于现代资本主义社会中人的异化状态，弗洛姆论述道："由于人失去了他在一个封闭社会中的固定地位，所以也失去了生活的意义。其结果是，他对自己和生活的目的产生了怀疑……他被一种个人无可救药、一无所有的感觉所笼罩。天堂永远地失去了，个人孤苦伶仃地活着，孤零零面对这个世界，就像一个陌生人被抛入一个漫无边际和危险的世界一样。新的自由不可避免地带来了深深的不安全、无力量、怀疑、孤独和忧虑感。"② 这个时期的日本人，处于这种尴尬的境地：在一个变革的时代里，在一个效益至上的城市里，身处茫茫人群之中，臣服在巨大的组织控制之下，自我变得微不足道，被裹挟在浪潮中身不由己，无法掌控自己前进的方向，所有的努力都只是徒劳，摆在面前的是一个阴沉压抑、没有出路、没有前途的世界。

此外，由于 1955 年 11 月 "55 年体制"的实施，保守党自民党凭借掌握着日本国会的压倒性多数席位，建立起了"一党独大"的长期政权。一党长期支配独裁和"政、官、财"三位一体的结构，带来严重的政治腐败。同时，历届内阁片面强调发展经济的政策也使社会发展失衡。60 年代前期，日本国民为反对岸信介政府勾结美国签订的《新日美安全保障条约》，发起了声势浩大的"反安保"运动。斗争虽然把岸信介赶下台，但却未能阻止修改安保条约，全民以失败告终。面对现实，日本国民产生了深深的挫败感和无能为力感。60 年代后期，"全日本学生共同斗争阵线"（简称"全共斗"）发起反对运动，反对战后日本不合理的政治体制、教育体制，反对将经济实力当作衡量

---

① 企业作为架构在统治者国家和被统治者社会大众之间的桥梁，既是国家经济成长的基轴、产业型社会赖以存在的基础，又是社会大众经济生活的共同体组织，是他们实现和维持富裕生活的根据地。

② 弗洛姆. 逃避自由［M］. 刘林海，译. 北京：国际文化出版公司，2007：46.

一切事物标准的资本主义工业社会的价值观。经历了轰轰烈烈的"反安保"运动、"全共斗"运动，也由于生活水平的不断提高，"中流意识"成为社会大众的思想主流，日本社会步入摈弃精神、排斥思想、崇尚物质的畸形发展时期。

20世纪70年代是日本现代化高度发展的时期，所有"战后"性质的现实和意识纷纷解体，日本社会全面转型。飞速崛起的经济神话一次次刷新光怪陆离的物质世界，同时也遮蔽了大众的真实感受，导致人们内心空虚。"伴随着'战后'这一概念的消失，一种没有模式的、没有目标的'空白社会'笼罩着日本列岛。……这种社会最大的弊端在于人生的意义丧失了，人们不知道为什么而活？怎样活？因此，传统的日常性也随之消失，出现在人们面前的主要是'空白的日常'。"① 如果说战争把日本人推到了直面生死的前线，那么盛极一时的经济在使得人们可能拥有丰富物质生活的同时，也以无处不在的压力逼迫他们进入"空白"的精神荒原。在这样一个被经济强化了"恶"的时代，人的原始生存与自然状态被迅速推进的现代化所击碎，现代化的生产方式使社会分工进一步细化，造成了人与人产生隔膜、疏离感、陌生感。金钱和商业价值成为评判一切的依据，人们为了利益和所谓的成功尔虞我诈、阳奉阴违，正义和关爱被抛诸脑后。同时，商品社会排挤了人的生存空间，大众社会和大众文化羁绊着个人的生活，人们时刻被有组织的力量控制、臣服，个性被压抑和抹杀，人与社会产生隔膜，不断走向边缘化。与人、与社会的紧张关系导致个人无法看清自己、承认自己，精神失去依托，理想无法实现，自我意识逐渐弱化甚至消失，最终导致人与自我关系的异化。在高度现代化的日本社会里，在人与人、人与社会、人与自我的尖锐矛盾中，人们长期处于精神失落、意义缺失的迷茫之中，个体对幸福的追求成为一句空话，无奈承受着被异化的痛苦。"日本社会强调一致的特点使其成为一个'驯化'远远重于多样化或者'异化'的'驯化社会'。"② 经济的繁荣、生活的优越、现实的残酷、理想的幻灭，促使物质主义和享乐主义在社会上蔓延。物欲占了统治地位，利益成了时代的伟大偶像，发酵的欲望使人们变得利欲熏心、不择手段，良知、怜悯被虚

---

① 谢志宇. 20世纪日本文学史——以小说为中心 [M]. 杭州：浙江大学出版社，2005：272 - 273.

② 神島二郎. 現代日本の政治構造 [M]. 京都：法律文化社，1985：20 - 21.

伪、冷漠代替，整个社会价值倒错，道德滑坡，荒诞无稽。在社会的张力下，人们的生活模式发生极大的变形和扭曲，人们追求物质享受，渴望新鲜刺激，沉溺感官欲望，而一切狂欢退尽，接踵而来的是精神上的空虚与失落、颓丧和焦灼。种种人的关系的危机以及人的个性的危机由此产生，物质文明的进步和精神生活的落后之间的文化矛盾日益凸现。人们身处模棱两可的现实，面对孤独破碎的自我、贫瘠的精神荒原。

战后 50 周年，加藤典洋在《群像》杂志上发表的《败战后论》中，使用"人格分裂""自我欺骗""精神扭曲"等关键词来概括日本战后 50 年走过的历程。在战后的数十年间，在繁华与发展的背后，对大规模战争的恐惧、对传统价值观念的失望、对未来的怅惘、对现代化生产中人被异化的忧虑……这一切汇合成一股汹涌的潮流，荡涤着一切，冲击人们的观念、信仰、思考和结论。

2. 荒原中的呐喊

（1）解构现实世界

三浦信孝在《法国的诱惑·日本的诱惑》一书中写道："对于战后的日本知识分子与学生来说，法国是最耀眼的启明星。……以萨特、加缪为首，马尔罗、莫利亚克、阿拉贡的名字在战后的任意杂志中都可以见得到。"① 伴随第二次世界大战中日本军国主义的溃败，日本的传统思想观念和价值体系也濒临崩溃。在美国的占领下，西方思潮伴随货币进入日本，使日本国民混乱的精神尚未恢复正常便又陷入另一种动荡：人们既承受着战败的惶惑不安，又洋溢着重建的澎湃激情；既对未来心怀憧憬，又无法逃离虚无的心境。时代的虚无在个人心灵上投射出黯淡的光影，使人们不得不反复追问和确认自身的存在感，以此努力维持自己走在悬崖边上那摇摇欲坠身躯的平衡。而于痛苦和绝望中探讨人性的扭曲、追求人的终极自由的西方存在主义哲学正好迎合了当时日本人惊恐不安、忧虑、苦闷的心理，于是以萨特为代表的存在主义思想在日本广泛流行，并于 20 世纪 60 年代达到了鼎盛。和同时期受西方存在主义影响的大江健三郎、安部公房等作家一样，开高健也在"乱读"中如饥似渴地吸收存在主义思想。"如同住在破旧小屋的人也能为布鲁斯特高贵的气质而陶醉，一边

---

① 三浦信孝. フランスの誘惑·日本の誘惑［M］. 東京：中央大学出版部，2003：18.

在仓库里用柴刀轧中药，一边沉浸于勒阿弗尔的浓雾中——这并不是一件奇怪的事。铅字的毒进入了我的脑袋。"① 在文学世界中的流连，引起了开高健对现实社会的强烈不满，激起了他对文明的无限憧憬和对知识的狂热渴望。从文学作品中吸吮的养分，培养了他冷静思考的能力与特立独行的艺术家气质。开高健吸纳了萨特的"存在先于本质""人类有自由选择自己的行为的权利"的存在主义主张，以及加缪的以存在主义思想为核心的人道主义精神，并践行萨特提倡的"文学介入论"，尝试以象征、调侃和反讽的方式来表达变形、怪诞化的现实世界和人的内心世界，还原现代社会中人生存的真实本质，探索自我救赎与日本文化的出路，体现了积极的人道主义立场和人文理想。同时又受到萨特的"人类社会本来就是荒谬的"、卡夫卡的孤独与荒谬思想影响，作品中总有挥之不去的孤独、徒劳、荒诞等情绪。

除了在理念上学习西方存在主义的先进思想，打工经历、职场生涯和社会实践也使开高健体验到了普通百姓的日常生活和真正的大众文化，透彻认识到日本战后社会的本质。学生时代的开高健，在面包店烤过面包，在中药铺碾过中药，当过石棉瓦工厂的搬运工和车床轧钢厂的见习工，卖过彩票，在黑市当过伙计，做过市政府和电通公司的调查员，当过家庭教师，为澡堂张贴过海报，做过选举宣传员，代写、翻译过书信，摘译过流行杂志，在夜间英语培训班当过口语教师……这段打工经历不仅让开高健饱尝了生活的艰辛，也培养了他的底层意识，使得他能更加关注处在社会底层或社会边缘的人群。由于对底层民众的遭遇感同身受，他同情弱者，痛恨权势，以悲悯之心、平等之态书写普通人的生活，揭示普通人的生存困境，展现普通人的生存欲望，维护普通人的生命尊严。在大学毕业前夕，开高健进入北尾外文书店工作，翌年接替妻子牧羊子加入寿屋制酒公司的宣传科。为了编写供零售店阅读的公司宣传杂志，开高健在全国各地奔走取材，之后还曾担任过《洋酒天国》杂志的主编。从寿屋制酒公司辞职后，他创办了自己的广告公司；出任三得利文化财团理事；数次作为团队的领导，策划海外之行……丰富的工作经历不仅为开高健的文学创作提供了丰富的素材，也加深了他对资本主义社会生产运作和组织框架结构的认识，切身体会到了个人在社会组织中工作的实质。高桥英夫曾这样评论企

---

① 開高健. 開高健の文学論［M］. 東京：中央公論新社，2010：226.

业经历对开高健产生的影响："在此之前，开高健作为广告词撰写人掌握了新颖的大众宣传方法。与其说他见证了所谓的大众文化、日常文化时代的开启，不如说其用自己的双手参与了那个时代的开启。"① 为收集写作素材，开高健曾深入大阪炮兵工厂旧址采访"阿帕切"族，远赴北海道大雪山的上川地区访问开拓民；曾受朝日新闻社委托，考察东京等地的风土人情，写下《东京即景》《日本人的游玩场所》等脍炙人口的报告文学佳作；曾旁听在国会召开的关于"安保"的特别委员会议，远赴以色列旁听艾希曼审判；曾作为报社特派员，观察报道越南战争、巴黎动乱、比夫拉战争、中东战争；曾作为越南和平联合会召集人推动促成了在美国纽约时报整版刊登反对越南战争的广告……与时代"中心"的近距离接触，使他对都市流行文化、消费文化有了深刻的了解，能够敏锐地把握住日本经济高速增长期的时代本质与社会核心问题，真切地体会"工业化"和"现代化"进程给普通百姓带来的生存困境，揭露被现代文明的灿烂光辉遮蔽的阴暗面。同时，对于现实的清醒认识，以及现实社会对人性的压抑、扼杀等不公现象也激起了开高健对理想世界的无限渴望。

高尔基曾经说过，创作的欲望可以在两种不同的情况之下发生：一种是生活的贫乏，一种是生活的丰富。在前一种情况之下就产生了美化生活、装饰生活的浪漫主义，在后一种情况之下就产生了真实地赤裸裸地描写生活的现实主义。正因为开高健心怀梦想又熟知现实，所以他的目光总是能穿透浮华的表象，投射在那些被人们忽视、漠视或不敢正视的地方。他在《fish·on》的开头写道："都市是石块的墓地，不是人所住之处。"② 都市的千般繁华在开高健眼中，不过是满目苍凉的墓地。他用手中的笔将现实赤裸裸地解构，似一阵飓风，吹开现实纷繁斑驳的面纱，暴露生活的本质。开高健的文本世界展示了战后初期和经济高速发展时期日本社会的图景：社会只重视商品生产和经济效益，不关心人的命运；拜金主义、物质主义盛行导致社会的浮躁与畸变；人性在社会的压抑下变得异化和扭曲，人类精神空虚，人文理想失落。他将作品作

① 高橋英夫. 述語的発想の文学「見た 揺れた 笑われた」[J]. 國文学：解釈と教材の研究. 學燈社，1982，11（第 27 卷 15 号）：77.
② 高田宏. うごかない放浪者——開高健の「自然」[J]. 國文学：解釈と教材の研究. 學燈社，1982，11（第 27 卷 15 号）：119.

为现实世界的一面镜子，反映活生生的生活现实，又将现实中的各种冲突悖论诉诸文本，揭露物质混乱、精神匮乏、人心惶恐的生存困境。《恐慌》《巨人与玩具》《皇帝的新装》均写于日本进入经济高速发展时期后的 1957 年。三部作品紧贴时代发展的脉搏，以个体与群体的冲突与矛盾为主题，对日本迈向现代社会中的官僚体制、经济组织和社会现状进行了还原式的书写，反映日趋高度组织化的日本社会中的个人的生存意识和状态，解构既存的价值观念和意识模式，具有深刻的现实意义。这几部作品，"虽然手法上存在些许差异，但都能让人感觉到作者是一位对社会组织、集团这类新范畴反应敏锐的社会派作家，可以说世人将开高健理解为新社会派旗手也是不无道理的"①。《恐慌》将某地方县厅作为矛盾冲突的发生地点，揭露了官僚机构内部从职员到官员的麻木、昏聩和腐败。山林科职员俊介意识到鼠群异常繁殖的严重性，为防患于未然，制作了缜密的对抗鼠灾计划，然而却未被县厅的官僚机构采纳。山林科科长贪污腐败，掩盖灾情；同事们循规蹈矩，隔岸观火。鼠灾不出所料地降临了："一万町步的林木全毁，经济损失超过 6 亿元，儿童被咬死，屋顶被掀开，那骇人的力量让人不禁想起中世的恐怖，唤醒了人们对于贫困、腐败的政治的不满，让领导者不得不反思自己虚伪透顶的诡计。"鼠灾的爆发将官僚腐败、政府体制僵死、政党斗争、组织内钩心斗角、民众无知等社会之"恶"暴露无遗。《巨人与玩具》讲述了三大食品企业之间激烈的商业营销竞争。作者用《圣经》中有名的大力士"参孙"、希腊神话中的大力士"赫拉克勒斯"和光明的化身"阿波罗"为这三家企业命名，喻指战后日本的垄断资本和大财团像神话中的巨人一般牢牢地掌控着日本社会和普通大众。在三大公司掀起的一轮又一轮广告大战中，以合田和"我"为代表的销售员们，为了业绩挖空心思、疲于奔命；原本平凡的少女"京子"被迅速纳入并顺应资本营销团体，成为贴上"物"的标签的形象代言人；消费者们因经销商炮制出的各种消费幻象而趋之若鹜，逐渐丧失了独立思考和选择的能力，沦为商品交换价值主宰下的消费奴隶……整个城市被物欲淹没，所有的人被异己的力量左右，成为"巨人"玩弄于股掌之中的"玩具"。《皇帝的新装》揭露了压抑儿童天性

---

① 高田宏. うごかない放浪者——開高健の「自然」[J]. 國文学：解釈と教材の研究. 學燈社，1982，11（第 27 卷 15 号）：119.

的自私卑琐、虚伪扭曲的成人世界：太郎的父亲大田是不折不扣的"工作狂"，他把所有心思放在公司的经营上，对儿子的教育和成长不管不顾；大田夫人按照自己的心愿将太郎课内课外的学习和生活安排得紧凑有序，却根本没有考虑孩子的性格、爱好和心理；山口老师和评委们人云亦云、趋炎附势，虚伪的外表下难以掩饰丑恶的灵魂和精神的空虚……开高健对战后日本社会的种种弊端进行了淋漓尽致的揭露和毫不留情的鞭挞，又用敏感的笔触捕捉到了这个时代人们的痛苦，刻画了许多无法融入主流社会的边缘人形象。《恐慌》中的俊介，对饲养室那些被驯养得只知摇尾谄媚的动物感到倦怠，对"连手和脖子都散发着酸臭味的"科长感到厌恶，周围的一切让他觉得窒息和绝望，于是，对付鼠灾成了他"摆脱无聊的生活"的手段。然而，孤军奋战的他根本无法控制日益严重的鼠灾，最终所有努力以徒劳告终，陷入"巨大的、新鲜的无力感"。《懒汉》中的堀内也是一个被时代排挤、吞噬的角色，他发现自己与城市生活格格不入，于是搬到了城市边缘的一户农舍，期望以此来拒绝现实世界，坚守自我，但生存的压力迫使其不得不重新回归现实生活，理想与现实的矛盾使他迷惘，只能游走在社会的边缘。《夏之暗》描写了一对对现实失望、离群索居的中年男女沉溺于"食和性"的"日常生活"。男子"我"不甘心沉沦于"人格剥离"的痛苦处境，以各种各样的方式寻求摆脱危机，然而却总是在须臾的欢愉后跌入更深的绝望谷底。女人为了向日本"复仇"出国求学，而在如愿拿到博士学位后，却又丧失了生活的目标，重新陷入虚无……这些主人公在困境中无力挣扎，用其孱弱的精神人格诉说着被现代社会异化和边缘化的痛苦。孤独、悲凉、幻灭、虚无，有心反叛却无力挣脱，这正是现代都市人真实精神状态的写照。人们用智慧和双手创造了体制和物质的空间，而自己却被禁锢其中，物质日益富裕，而心灵愈发贫瘠，在庞大的社会机制面前，显得如此卑微和迷惘。这种作茧自缚、自残自戕的命运无不是充满悖论的嘲讽。

除了揭露现实之"恶"，洞察人性百态之外，开高健还用重构历史、借古喻今的手法来实现对现实世界的解构，《流亡记》就是一个典型的文本。关于《流亡记》的创作动机，开高健这样阐述："正如我在小说开头所写的献词那样，《流亡记》是我尝试着把相同主题的弗兰兹·卡夫卡的零碎的笔记以自己的方式组合起来写下的小说。（写这部小说）私下还有一半的目的是训练文体。关于当时长城建设的方法，好像几乎都没有留下任何数据，文中有很多将作为'史实'流传下来数据故意更改的地方，那是我有意为之的。"① 从这段叙述中我们不难看出，开高健的兴趣似乎并不在于历史本身的钩沉索引，而是想要以自己的方式再现历史，言说现实，思索未来。《流亡记》作为一部寓言式文本，充满了历史隐喻意义的符号。对此，我国研究开高健文学的学者胡建军博士做过细致精当的分析。胡建军指出："城墙"象征以"天皇制"为中心的共同体社会意识；没日没夜修建毫无防御目的的城墙的民众，喻指精神上和价值观念被"天皇思想"完全支配的战前日本人民形象，和战后面对精神与物质双重打击不知何去何从的、无可奈何的日本民众的形象；"服装店一家被虐杀事件"影射战争给日本普通百姓带来的生存困境；"父亲之死"隐喻"天皇父权制"国家体制的彻底崩溃；"全国统一"指代"55 体制"带来的自由民主党长达 38 年的连续执政；修建"万里长城"则是在政治上实现"全国统一"后，庞大的日本战后社会重建计划的开始；被编入"修建万里长城"的科层组织中，修建毫无防御功能的长城的盲目行为预示了在"重建战后社会"浪潮中，人们失去个性和人性，一切终归徒劳的悲剧命运。一部《流亡记》，可以称得上是一幅现代日本社会寓言的全景图。② 开高健以开阔的视野和全新的思维来重构历史，观照现实，穿越时空背景，流露出对时代的哲学沉思和对人性的悲悯情怀。他以历史的意象解构现实社会，引导读者认清现实、反思现实，扩展了文本的外延空间，赋予了文本的警世意义。正如平野荣久的评价："《流亡记》是开高健作品中想象力和现实擦出紧张火花的最为成功的作品。"③

吉田永宏指出：波澜壮阔的日本战后时代，需要具有能够直面社会、描写社会的方法意识、目的意识和方向感觉的作家，而开高健的出现恰巧顺应了这一时代要求，他"背负着（战后文学）正统嫡子的宿命"④。中村光夫评价开高健文学视角新，内涵醇厚，蕴藏着批判精神。作为一名成长于战时和战后的

　　① 開高健. 屋根裏の独白後記 [M]. 東京：中央公論新社，1959：98.
　　② 胡建军. 日本战后一代的空虚与悲哀——开高健文学研究 [D]. 长春：吉林大学，2014：78 - 86.
　　③ 平野栄久. 闇をはせる光芒 [M]. 東京：オリジン出版センター，1991：129.
　　④ 吉田永宏. 鑑賞日本現代文学〈24〉野間宏・開高健 [M]. 東京：角川書店，1982：276.

作家，开高健的可贵之处，不仅在于他能紧贴时代脉搏、捕捉社会风貌，更在于他能从文化的维度和人文关怀的高度，将笼罩在经济高速发展的瑰丽神话中的日本战后社会解构，呈现出一个充满冲突抵牾和异化流浪的精神"荒原"。开高健的文学作品呈现了理想与现实、个人和社会、精神和物质之间的尖锐冲突，展现了现代人共同面临的人性、情感、道德、社会文明的困境，字里行间渗透着作家对文明的忧思、对灵魂的关注、对人性的悲悯、对存在意义的追问。开高健以自己独特的思考对战后日本社会做出言说和回应，以最本质的穿透力奏响自我与社会何去何从的启示之音。

（2）建构理想之国

开高健以一个愤怒思考者和无畏角斗士的果敢姿态，对物质主义价值观主导的社会进行反拨与解构，同时，又不断谋求得以解脱的有效途径，以一个仰望自由的呐喊者的气概，展现出探索与求真的建构意识。

这种建构意识，首先体现在作品主人公自我意识的觉醒和主张上。这是一种处在个人与社会坚固体制的绝望性对立之下，虽然带着无奈和凄凉，但不愿沉沦，仍憧憬着美好的精神信念。作品的主人公们怀着这种信念，自觉或不自觉地向生存困境发起反抗，探索自我的价值和存在的意义。《恐慌》中，俊介密切观测老鼠的繁殖情况，制订出详尽的治鼠措施；面对科长的反感和同事的排斥，他以"孤独的奔走者"自居，并打算借鼠灾之机揭发科长贪污腐败的恶劣行径；当鼠灾引发的恐慌发展成为政治的动荡时，他逐渐觉悟，要想一改周遭压抑的氛围必须革命；在老鼠集体自杀、所有努力付诸东流后，虽然惆怅失落，耳边却依然回响着一个要求革命的青年骑摩托车在深夜的大道上飞驰的声音，心中仍然期待着"深夜大街上年轻的声音能够进入人们的梦乡"——俊介用已经拥有的明显的自我意识来与集体抗衡。《皇帝的新装》中，"我"是一位有艺术道德和社会良知的画家，当意识到太郎的心灵受到严重扭曲后，"我"决心帮助太郎解除精神上的压抑。"我"带太郎到河边抓螃蟹，让他把手伸进温暖的淤泥，希望借助大自然的力量帮助太郎寻回失落的天真；面对"带着各种缺陷来画塾学绘画"的孩子，为了解放他们被压抑的思想，"我"联系丹麦哥本哈根文都省儿童美术协会，筹划让两国儿童互相交换自己所画的安徒生童话的插图；"我"向孩子们讲述自己改编的安徒生童话，想通过日常生活把安徒生童话的主题真正融入孩子们的内心，"我已经把这一群幼小的孩子视作画布了"；当太郎根据自己的理解画出安徒生童话中描绘的"穿着新装的皇帝"——"一个只有一块兜裆布遮着下身的裸体男人，在松林葱郁的护城河畔迈着大步。他的头上梳着古代武士的发髻，一根棍子插在系着兜裆布的带子上，像士兵那样挥动着胳膊"——"我"的心猛地一震，"我"为太郎的纯真天性得以恢复而欣喜万分。这幅画作被"我"带到了太郎父亲举办的绘画比赛现场，却被评委们嗤之以鼻。当"我"说出这幅画的作者就是大赛的出资者大田先生的少爷时，评委们一片哑然、面面相觑。"我激烈的憎恶转变成了一种难以抑制的想笑的冲动。"①《懒汉》中的堀内鄙视周围的生存环境，"一想到互助会窗口前散发着阵阵臭味、拥挤不堪的学生群，他就觉得很是郁闷，懒得连手脚都不愿意弹"。为了回避现实世界，他选择蜷缩在城郊农舍的一隅，希望以此拒绝社会对自己的整合，坚守心中的理想；为了平衡理想与现实，他反复在"物"的世界中寻找自我的存在感，尽管精神陷入"失坠"的泥淖。相比纤弱颓丧的堀内，泽田是一个食欲旺盛、青春躁动，"充满野生能量的人"②。为了生存，泽田应聘为保守党选举运动的宣传员，做选举宣传时，他巧舌如簧、无所不能，而当认识到党派选举运动的虚伪本质，发现越来越多的学生被利用时，他果断地将选举的宣传单统统扔进了臭水沟。候选者阴谋败露后，面对选举参谋的哀求和笼络，泽田断然拒绝，并揭开其虚伪的假面。正如濑沼茂树所言："尽管《懒汉》在关于被社会放逐的学生的生存方式方面还存有问题，但作为反叛顺从的象征，《懒汉》——主张的是存在于孤独个体内心深处的，作为异质能量源的动物性生命力，我认为那里有一种新的可能性，作为新一代追求的方向。"③ 无论是消极退守，还是主动寻求，他们都以自己的方式反抗现实，主张自我。尽管前途未卜，也许终归徒劳，但用加缪的话来说，就是"有意义的徒劳"，人生的意义恰恰就在这徒劳的反抗之中，人类正是在希望—失望—希望的二元模式中成长进步。这些行为，作为自我情感的能动表现，蕴含着反抗现实的精神，闪烁着人性力量的光芒，是作者确立个人理想的存在的有益尝试。

　　开高健在塑造叛逆形象、呼唤人的主体意识的同时，也在试图建构心目中

　　① 開高健. 開高健全作品·小説 2. 東京：新潮社. 1973；162.

　　② 平野謙. 毎日新聞. 1958，大阪版 2：21.

　　③ 瀬沼茂樹. 図書新聞［N］. 1957，第 2 期.

的理想之国。这种尝试，在《皇帝的新装》中已初见端倪。某日，"我"推掉了周末的工作，带着太郎来到城郊的河边抓螃蟹——

> 我和太郎屏息凝视着水里的世界。水中有牧场、狩猎林和城堡，充满了森林的气息。池塘中正是花开的季节。水面附近不知从什么地方成群结队地游来了幼小的雅罗鱼，在森林中，小鱼的腹部像刀锋般闪闪发光。[……] 眼看着池塘中的生命就要到达顶点，突然水声响起，我看见了飞奔进森林的影子。雅罗鱼四散，虾也不见踪影，沙地上冒起无数轻烟。在影子重量的影响下，森林一时间摇晃不止。①

"森林"般茂密的水藻、成群结队的鱼虾、神秘穿梭的"影子"，池塘中的一切都是那么生机勃勃，自然的生命力让被现代物质社会挤压得失去弹性的灵魂得到治愈，也反衬出现实世界的荒芜乏味。在小说中，大田家所居住的府邸同"我"和太郎眼中的水底世界形成鲜明对比，那里"华美、整洁、纤尘不染却莫名空虚"，"完全感觉不到任何声音"的室内，每个房间都被"美丽而厚重的墙壁"隔开。整个府邸就如同一个"死亡的细胞"，大田一家都被这个"死亡的细胞"包裹着。水底世界和大田府邸分别代表了天真烂漫的儿童世界和被金钱扭曲的成人世界。山田有策指出："摇曳的水藻和泥土的芳香正是大田氏之流遗弃的世界，换言之就是战后日本在发展中所丧失的世界的暗喻，'我'与太郎共有这个世界，这就是'我'所能做的，对于大田微弱抵抗的第一步。"② 开高健以真实、健康、纯粹的大自然之力，解构虚伪、孱弱、空洞的物质化世界，同时又在这童话般的水底世界里，感受人与自然、与生命、与万物的情谊，寻觅灵魂的栖息地，勾勒出心目中理性之国的模样。

在《流亡记》里，作者积极建构的力量有了进一步的增强。藤井荣三郎评论道："这部小说充分利用万里长城这一好题材和中篇小说的优点，自由自在且又紧凑地表现了巨大的能源浪费和纯属徒劳的主题。能在包含所有混杂的同时追求清澈透明，并在思想上达到了一定的深度，仅这点即可说它使开高健

---

① 開高健. 開高健全作品·小説 2. 東京：新潮社，1973：124.
② 山田有策. 日本の近代文学編 [M]. 東京：学術図書出版社. 1984：289.

的文学达到了一个新的高度。"① 小说中的秦帝国以"防御北方民族的侵略"
为由，将全国人民统一在"修建长城"的共同作业之下：士兵必须在规定的
时间内把所需人员送到自己负责的区域；被抓壮丁的劳工必须如期到达目的
地；官员每天必须处理 120 公斤的公文；医生每天必须给 120 人的额头刺上
字；科员每天必须给 120 公斤的竹简刻上字……所有人都被强有力的制度牢牢
控制起来，若有违反便会被处以极刑。当初为了抵御匈奴、确保安全而建的长
城，早已异化成一座禁锢自由的监狱，人们被囚禁其中，自我的权力与个性被
抹杀，沦为被时间、空间、数字量度，决定生死的可悲之"物"。而当人们逐
渐认识到自己耗费全部体力和精力修建的长城根本起不了任何防御作用时，曾
经修建城墙时血脉相连的"共同体意识"轰然瓦解，徒劳感陡增：

> 　　下午三点过的发作将我们变成肉体的空壳。在那一瞬间，长城以它那
> 宏伟的规模和骇人的重量让我们理解到了它的意义。当遭到透明的打击内
> 压力降为零时，我在砖墙下踉跄着听到前后左右所有的劳动者不约而同发
> 出的呻吟声。呻吟声从身体到身体、从工具到工具扩散、浸透，瞬间在天
> 空下形成一个巨大的、空幻的宫殿，而后又在漫天黄沙中飞散。我无法张
> 嘴睁眼，卸下了肩上的砖头。②

　　在无边的徒劳感中，"我"用仅剩的一点力气望向在长城那边的沙漠中疾
驰的匈奴人。此刻，他们正沐浴着阳光，自由驰骋在那广袤的沙漠之中。无拘
无束的匈奴人让处于监禁状态的"我"无比震撼和向往：

> 　　没有人知晓是为何目的，也不明白是朝向何方，我只知道要摆脱掉这
> 庞大的徒劳，唯有奔向匈奴。他们是否会接纳额头上刻有杀戮者刺青的
> 我，只有试一下才会知道。大概是他们那异常昏暗凛冽的，虽然不知方向
> 却充满奔放速度的力量扎进黄土地带的深处，而让我的身体震颤。他们是
> 唯一不需要修建长城的种族。他们住在脂肪丰腴的娟妇般的地带，在没有

---

　　①　藤井荣三郎. 流亡记——徒劳的哲学 [J]. 國文学：解释と教材の研究. 學燈社，1982，11
（第 27 卷 15 号）：17.
　　②　開高健. 開高健全作品·小説 9 [M]. 東京：新潮社，1974.

政府的状态下能将这种力量挥洒到何时，我不得而知。但是，我们的时代已经很久没有接触到这种新鲜的上升力了。我们必须依靠他们苏醒。我扔掉砖头，奔向沙漠。①

长城外匈奴人驰骋的那片沙漠不受政府管辖，没有"方向"约束，到处充盈着野性的力量，身体和心灵自由飞翔，人与自然和谐地融为一体。这个闪烁着个体自由徜徉、独来独往的梦幻之光的地方，正是"我"心中的理想之国。于是，"我"毅然决定扔掉肩上的砖头，不顾一切，奔向这片自由之境。开高健为深陷黑暗深渊的"我"投以希望的光亮，带"我"走出绝境通往自由，实现逆转。在此，自由的意象与追求自由的主张成为开高健建构理想之国的崭新元素，理想之国的轮廓更加清晰。

与《流亡记》同年（1959 年）完成的《日本三文歌剧》，更加凸显了开高健大胆的、充满理想色彩的建构意识。《日本三文歌剧》是一部描写盗窃团伙的"恶汉小说"，独特的题材和"饶舌体"的文体使这部小说成为当时文坛不折不扣的"异类"。故事发生在 20 世纪 50 年代，地点位于大阪市东区杉山町的原大阪炮兵工厂。进入 50 年代，日本已基本摆脱贫困，逐渐进入经济高速发展时期，1956 年，日本经济企划厅发表《经济白皮书》称"现在已不再是战后"。然而，在繁华的大都市中央，却有一块被历史遗忘的"空白之地"。这里曾是亚洲最大的炮兵工厂，因 1945 年 8 月美军的轰炸而沦为废墟。由于废墟下掩埋了大量的贵重金属，故被称为"杉山矿山"。朝鲜战争的余波使金属的需求有增无减，于是，埋在这片废墟下的宝藏吸引了全国各地的流浪汉、地痞和在日朝鲜人。这些赤贫者聚集在"杉山矿山"附近，形成了"阿帕切"族部落。徘徊在城郊闹市胡同里饥肠辘辘的流浪汉"福助"，也被带到了这个部落。"阿帕切"人的工作就是将这些沉睡在废墟下，被政府明文规定为国有财产的金属偷偷挖出，然后运到废品回收站换取生活费用。每当夜幕降临，他们便犹如觊觎着猎物的野兽一般穿梭在夜色中，遇到警察的机动部队袭击时，就用朝鲜语或冲绳话打着暗号，结队迅速逃走。他们神出鬼没，狡黠精明，干劲十足。他们奋力挥舞着手中的铁镐、榔头，在劳动中忘掉了饥饿甚至疲劳，

---

① 开高健. 开高健全作品·小说 9 [M]. 东京：新潮社，1974：172.

感受到了自己的存在。在这里，每个人都是"阿帕切"的劳动者："福助"被编入废铁探测班，获得了"勘探员"的身份；没有手指的老头也能在工地上卖水为生；连小孩子都可以给大家望风指路……这些曾经由于能力、疾病、学历、国籍等种种原因被主流社会蔑视、抛弃的人们，终于在"阿帕切"部落有了立足之地，实现了自己的价值。这里不存在本质意义上的领导，没有统领性的指导和方向定位，更没有阶级划分。劳动时，"阿帕切"人组成集体，相互协助又各司其职；劳动结束，就一哄而散。对于"阿帕切"人来说，只要劳动就能获得尊严，他们不用看雇主的脸色，也不用顾忌他人，他们是自由独立的个体，通过自己的劳动来决定自身价值。"这是由乞丐绅士构成的'市民社会'。被外部社会排斥的弱者自由地生存着，从这个意义上说，这个第二社会似乎更加合理并且民主。这里也有着痛切的幽默。"① 开高健在繁华的大阪市中心，发现了这块"空白"之地，又在"空白"的世界中，创造出原始生命力的奇幻空间，用丰饶的生命力反衬出现代文明的贫瘠——繁华与空白、现代与原始、丰饶与贫瘠，形成矛盾二元的巧妙互构，以"痛切的幽默"引人深思。然而，这个原始的"乌托邦"部落却难逃现代元素的入侵。在媒体的报道下，四面八方的流浪汉蜂拥而至，猛增的人口将地下资源迅速开发得所剩无几，警方也加强了取缔行动。面对多种生存威胁，"阿帕切"族最终轰然四散。正如吉田永宏的评论："某一天福助不期而至，又在某一天所有人流落各处、杳无音信，可以说它是一部对这样一种能够实现自由丰沛个体的社会无限憧憬的文学（作品）。这里有哄笑，有存在于底流的憧憬，我认为，作者内心深处是想要探寻在不依靠他人的情况下，个人究竟能够发挥多大的活力。从这一方面来看，《日本三文歌剧》是一部可以称得上是空想小说的作品。"② 《日本三文歌剧》是开高健以卓越的生命感知力和丰沛的想象力构筑的理想之国。开高健正是通过对一个自由空间的诞生和衰亡的寓言性书写，挑战国家的历史、法令，解构整齐划一的现代社会秩序，建构一个没有国籍、没有制度、没有阶层、没有约束，信赖感觉、张扬个性、崇尚自由的乌托邦。在日本战后机制的整合时期，面对着工业社会下生命力逐渐萎缩、个性日趋消失的现状，开

---

① 倉数茂. 近代の〈約束〉——ポリティカルフィクションとしての「日本三文オペラ」. 開高健生誕 80 年記念総特集［M］. 東京：河出書房新社，2010（1）：197.

② 吉田永宏. 鑑賞日本現代文学〈24〉野間宏・開高健［M］. 東京：角川書店，1982：329.

高健从本初的层面完成了人性之真的建构，以诗意地对抗现实，发出理想的呐喊。

3. 边缘与真实

现实与理想的矛盾，是每个人尤其是敏感多思的作家，都无法逃离的悖论命运。加缪曾用诗化的语言描述现实与理想以及两者的悖反冲突产生的荒诞之间的关系：非理性、人类的怀念和它们的会面中冒出来的荒诞，这就是一出悲剧的三个人物。人怀有希望的精神和使之失望的世界之间发生着断裂：一方面，人身处毫无意义、杂乱无章的非理性世界，它是希望的对立面；另一方面，人又心怀理想、憧憬自由。这种对美好的向往与世界不合理之间的对抗最终产生了荒诞，荒诞清楚地说明了现实和理想的背离造成的人生悲剧。作为睿智的观察者，作家敏锐的洞察力和强烈的社会责任感使他们对现实有着深刻的体认和透彻的思考，对生存窘境的清醒认识则更激起了他们对自由与真实的无限向往，然而，理想的求之不得使作家痛感现实世界的荒诞。作家深知自己不能与现实的生活环境彻底决裂，但又不愿在现实中随波逐流，于是，选择栖身于荒诞世界的边缘地带坚守自己的理想。作家从边缘向现实社会投以关注的目光，欢呼真善美，鞭挞假恶丑，悲愤昂扬地一路呐喊。而每当自己炙热的理想被冷漠的现实击得粉碎时，难以排解的苦闷和不可愈合的失落便油然而生。作家在现实与理想之间的不归路上孤独地踯躅前行，尽管每走一步的代价都是一寸生命的碎裂与毁灭，但他仍然重复着求索、受挫、再求索的过程。作家在孤独中遐想，在艰难中创作，不屈不挠地追求艺术。正因如此，他们的思想才会傲然独立，星光闪烁，散发着智慧而夺目的光芒。

身为作家的开高健，试图在现实的荒原中发出理想的呐喊，却逃不开悖谬的宿命。开高健背负着战争的伤痛伫立在战后日渐繁华的都市，眼前是拔地而起的高楼，耳边是溢满欲望的喧嚣。然而，轰鸣的汽笛不能鸣响往昔，摇曳的灯光无法摇醒记忆，他如断梗飘蓬心无归宿。正如日野启三的评价："从某种意义上说，他作为时代的先驱，已经触碰到了现代社会的浮华空虚之处。因此可以说这种与时代保持一定斜度的姿态，即认为经济高度成长的时代与自己并不合拍的感觉，他是早就产生了的。"① 在人们沉浸在经济高速发展的瑰丽神

---

① 日野啓三，三向井敏. 開高文学の「輝ける闇」[J]. NDL 東京：雑誌記事索引，1990：323.

话中昏昏然时，开高健无疑是喧嚣时代里的异类，他保持难得的清醒，洞悉战后日本社会的扭曲，感受到生活在现代社会中的幻灭。于是，他选择逃离到社会的边缘，警惕、防范、排斥社会的"异化"，并从边缘向主流社会挑战，发出对理想的呼唤。然而，现实的重压屡屡袭来，加剧了他的精神焦虑。开高健在现实与理想的夹缝中孤军奋战，承受着灵魂的煎熬。深深的怀疑和心智的疲惫，使开高健抑郁型气质日益明显，并最终郁结成文。在作品中，开高健或是借物抒情，或是塑造大量作为"自我镜像"的"边缘人"形象，吐露难以排遣的孤独和失落感，"灭形""失坠""剥离"成为体现其作品基本心理内涵的关键词。

阅读过开高健作品的人，都会注意到"灭形"一词，这个生僻晦涩的汉语词语成为贯穿于开高健文学的一种精神基调。开高健第一次使用"灭形"，是在其初期三部曲的《巨人与玩具》中。这是在去拜访物理学者回来的十字路口等红灯时所经历的一幕：

> 因为是傍晚，微暗的夜幕夹杂着汽油的味道笼罩在柏油路上。车流看上去像是由金属和玻璃组成的河。各种型号的车熙熙攘攘，发出尖锐的悲鸣疾驰而过。忽然，一顶礼帽飞进了车流之中。在风的作用下礼帽一路飘着，勉勉强强避开拥挤的车流停了下来。这是一顶一尘不染、崭新的亮灰色礼帽。帽子柔软轻盈，有着异常新鲜的肌肤。……然而，就在我刚松口气的一瞬间，一辆汽车从眼前掠过。帽子被车轮轻而易举地压扁了。刹那间我感到强烈的灭形。车开走后，只剩下一张扁平的布紧紧贴在路面上。
>
> 我抬头望向周围的人群。傍晚时分，人们在一片嘈杂声中若无其事地匆匆赶路。我好像是处在异常的领地。对于我来说这是一起事件。……的确有异常情况发生。我感觉到气力抽离后身体深处的崩溃感，自己几乎快被压倒。……我无法抵抗自己深重的衰弱。①

误入滚滚车流的帽子是现代人与社会关系的隐喻，象征着被抛入冷酷现实中个人的渺小脆弱和无依无靠的孤独感。被车轮碾压后帽子的毁灭让"我"

---

① 開高健. 開高健全作品·小説 2［**M**］. 東京：新潮社，1973：100－101.

产生强烈的"灭形"感，这是被现实生活挤压异化、自我支离破碎、精神崩溃瓦解的必然感受。这种无法抵抗、挥之不去的"灭形"感继而在《懒汉》中以"失坠"的形式出现。堀内是一个靠打工养活自己的学生，在工作中，他体会到自己与"物"之间"紧密的纽带"，甚至产生快活的感觉。然而，他也毫无例外地遭遇了人生的第一次"灭形"。这是堀内在某文具店当宣传员的最后一天，他套着墨水瓶的模型在街上走着，忽然一阵冲动袭来，他连同墨水瓶一起栽进了空地上的草丛里。

> 脱掉墨水瓶（模型）的那一刻堀内"失坠"（丧失——笔者注）了。单词、刀刃、美利坚粉都离他而去。堀内深切地体会到对于素材和技术的可能性的幻觉穿过四肢流向了草丛中消失不见。他觉得自己和旧轮胎、铁皮桶一样，不过是泥土的分泌物，丝毫不能动弹。空地对面的街道工厂里，工人弯腰蜷在车床下，变色的指甲攀绕在被仔细端详的金属的肌理中，鱼一样的眼睛凝视着四溅的火花。堀内感到时间的刻盘在松动瓦解。他无法阻止铺满碎片的道路苏醒过来和空地的风景融为一体。他为自己一直以来伴装做加工者和雕刻家度日的天真感到羞耻，他站起身来，拖着丑陋的白铁皮的残骸离开了空地。①

此处的"失坠"是指丧失了一切和现实联系的纽带，它和"灭形"一样，都是形容被现实疏离的孤立无助感。当"失坠"感袭来时，堀内失去了自己一直赖以生存的"物"，蜷在车床下的背脊、变色的指甲、凝视着火花的眼睛，这些与"物"融合的人的意象同他产生背离，曾经架空的感情轰然碎裂。过去的坍塌、现在的失落、未来的无望使堀内感到"时间的刻盘在松动瓦解"，而"铺满碎片的道路"象征的现代工业文明正在以无法阻止的速度与堀内退守的空地"融为一体"，堀内的生存空间遭到排斥，即将失去最后的栖身之地。时间和空间的双重瓦解将失去所有赤裸裸的堀内抛入孤独的深渊。而《懒汉》中"灭形"的正式登场，出现在堀内和泽田在公共浴池洗澡的一幕。浴池里，一个使用香皂的美国兵把浴池弄得满池香皂泡。在泽田的怂恿下，堀

---

① 開高健. 開高健全集・第 2 卷 [M]. 東京：新潮社，1992：187.

内一边在脑袋里整理着英语主谓宾的语法结构，一边走向美国兵。就在这时，一个少女被浴池主人带了进来，她用蹩脚的英语喊道："嗨，杰瑞。不可以，香皂，在水里！"少女的喊声起到了极好的效果，美国兵立刻大笑着从浴池中出来。听到少女喊出劣质英语的那一瞬间，一种急促感向堀内袭来，单词的链条四散成灰。为了隐藏这急速的"灭形"，他将下颌埋进水里，然而为时已晚，泽田爆发出一阵哄笑，他用手指着堀内，嘲笑说："你输了！一下子就输掉了！"被排斥在少女和美国兵的外部世界之外，卓越的英语能力派不上用场，与社会的隔膜和疏离感在堀内心中油然而生。无法与"物"、与"人"取得和谐关系，进入隔绝状态的堀内，正是开高健的分身。开高健将自己的精神矛盾聚焦在堀内身上，诉说自己无可救药的孤独、无可排遣的空虚和无可言喻的怅惘。

　　开高健在《页之背后》中述怀："这一时期我描述自身感受所写的作品《懒汉》是唯一一篇，［……］在一次聚会上，安冈章太郎提起这篇作品，说'你就是梶井基次郎啊'，这句话深深地击中我的内心。完全正确。我像是被这句话封住了喉咙，久久说不出话来。在众人皆醉的时代，看的人还是在看。我不禁感慨，这样的人终归还是有啊！"① 向井敏将《懒汉》看作《夏之暗》的原型，而在《夏之暗》中，"灭形"已不仅仅是一种情绪状态，更代表着将存在的不确定性作为世界常态认知的苦闷心理。《夏之暗》中，开高健使用"剥离""流放"来描述"灭形"感。主人公"我"是一个40岁的中年男子，对日本现实感到倦怠的"我"，逃离到欧洲的某个城市，遇到了同样憎恶日本的昔日恋人。两人除了外出就餐、偶尔散步，就是在公寓里贪婪地睡觉，追求性爱。两人宣泄着纷乱的意欲和情绪，企图为精神上的茫然和危机找一个出口，然而却愈发深陷"人格剥离"的泥淖：

　　……在我看来，旅行归根到底就是将异国作为催化剂，以此为动机和静机，让自己的内心流浪。然而，只是朝向自身的旅行，迟早终归到达无尽的空虚。

　　……我感到自己快要被消磨殆尽，就像黏着剂风化后失去了黏性，稍

① 開高健. 開高健全集・第22卷［M］. 東京：新潮社，1993：65.

微用手指碰一下都会瞬间化作无数的碎片散落一地。女人曾经说过，[……]如果发生"人格剥离"是很痛苦的，我不认为我有称得上"人格"的东西，但还是强烈地感到了"剥离"。

……但是，那个瞬间不管是否在旅行，无论是18岁还是40岁，都让人觉得有着相同的强力。从小时候起我就被一些无名的东西突然袭击，感觉自己日益僵直，不断瓦解。因为害怕自己某个时候会被剥离，因此我无法拥有昂扬和热情。怀有热情是可怕的，觉醒也是可怕的。[……]我需要一间小房子，当我瞬间被剥夺的时候，可以藏在那里，在恍惚中默默地等待涨潮将碎片还原，直到拼成叫作"我"的拥有心脏的人偶的形状。①

从以上引文中，我们可以窥见《夏之暗》中"人格剥离"的大致轮廓，"可以说这种存在论的内部疾患，是在主人公身上体现的这部小说的真实，也是主题"②。主人公被现实生活剥离，丧失了生存的根基和存在的意义，只好选择躲进封闭空间来拒绝现实，保全自己。这种消极的存在方式是对现实世界的无言反抗，是理想世界无法实现的失落，是两个世界无法彻底融入的迷失。这一具有"孤立的现代意识"的边缘人形象，正是《夏之暗》所要表达的主题，是包括开高健在内的日本战后一代人的真实写照。主人公内心的痛苦、精神的毁灭、孤独的漂流和随之而来却挥之不去的忧郁感伤是在社会转型期敏锐的知识分子审视自己时发出的哀叹，是丧失了自我的悲鸣，是无力改变自身、摆脱困境的危机感和幻灭感。

现实与理想的悖论折磨着开高健笔下的主人公，同时也折磨着开高健本人。为了逃离荒原般的日本战后社会，拯救陷入危机的精神世界，开高健选择了边缘人的常用手段——漂泊和流浪。笔者认为，开高健的漂泊和流浪，有两个层面的含义：一是身体的旅行，二是灵魂的出走。

1960年5月，30岁的开高健作为日本文学代表团的一员访问中国，同年9月，受罗马尼亚和平委员会、捷克斯洛伐克作家同盟、波兰文化部之邀，展开了以东欧为中心为期三个月的欧洲之行；1961年7月，开高健飞往以色列

---

① 開高健. 開高健全作品·小説9 [M]. 東京：新潮社，1974：145.
② 宮内豊. 現代のオブローモフ——「夏の闇」 [J]. 國文学：解释と教材の研究. 學燈社，1982，11（第27卷15号）：89.

旁听艾希曼审判后，途经雅典、伊斯坦布尔、巴黎回国；同年 10 月应苏维埃作家同盟邀请，访问莫斯科、列宁格勒（即现在的圣彼得堡）、撒马尔罕，并在东西德国和巴黎逗留；1962 年，为做三得利啤酒的生产调研，和佐治敬三历访北欧、西德各地；1963 年，出席在印尼巴厘岛召开的亚非作家会议，同时继续海外之旅；1964 年，作为朝日新闻社特派记者，与摄影师秋元启一共同奔赴越南报道越南战争；1968 年，作为文艺春秋社特派记者考察巴黎动乱，经由东西德国、越南回国；1969 年，作为朝日新闻社临时海外特派记者，踏上《fish·on》之旅，观察比夫拉战争和中东战争；1973 年 2 月，作为《文艺春秋》《周刊朝日》特派记者访问越南，经历了两次和平条约的签署；同年 10 月，受文化服装学园、日本航空之邀进行巡回演讲，与安冈章太郎巡游伦敦、杜塞尔多夫、布鲁塞尔、巴黎；1977 年为给《OPA！》取材开启巴西的垂钓之旅；1979 年 7 月至翌年 4 月，受朝日新闻社和三得利公司派遣，驾车跨越南北美洲大陆；1982 年远赴白令海垂钓；1983 年在加拿大垂钓鲟鱼；1984 年在阿拉斯加的科纳河（Kenai River）钓起大鳞鲑鱼；1985 年在中美洲哥斯达黎加海垂钓大海鲢，6 月出席芬兰拉赫蒂市的世界文学大会，7 月在阿拉斯加、努沙加卡河流域狩猎；1986 年 6 月前往斯里兰卡观赏红茶和宝石，7 月至 8 月去蒙古垂钓伊富鱼……开高健一生漂泊在没有终点的旅程中，他穿越生活的禁区，将自我放逐在欧亚大陆的广阔天地中。他游历山水，纵情自娱，将碧海蓝天、鸟兽虫鱼尽收眼底；他四处搜罗美食珍味，用味蕾与大千世界亲密接触；他将自己沉潜于广袤的大自然，体会与几亿分之一的生命邂逅的乐趣。身体的旅行使开高健在新的环境中暂时忘却现世的羁绊，获取崭新的生命体验，感受到自在的快乐。然而，作为一名文学家，开高健始终无法完全"出世"，对现实和人生意义的思考使他无法摆脱"灭形"的纠缠。旅行带来的满足感仿佛是透过云层洒下的几缕阳光，随着云层的流动转瞬消失殆尽。因此，我们在阅读开高健的垂钓游记时，常常在感受豪放、洒脱之余，品味到一种茕茕孑立、漂泊无依的惆怅悲哀。

在另一层面上，现实与理想悖论的长期撕扯，导致开高健内心深处安全感和确定感的缺失，于是他需要通过垂钓等与"自然之物"的接触来安抚心中的躁动不安。因此，开高健的身体旅行中必定贯穿着灵魂的出走，这种借助自然之物的灵魂出走用开高健的话来说就是"玩物立志"，将自我与物融合，在物中寻找生命的支点成为作家开高健最终的归宿。开高健在多伦多钓起巨大凶猛的北美狗鱼时，写下了这样一段文字：

> 不能叫作"鱼"，而应该称为"野兽"，不能叫作"钓鱼"，而应该称为"狩猎"。望着这头有着符合这两个词语的体格、长着巨眼和獠牙的怪物，我想要用它来鼓舞深夜里衰退的自己。每当那个时刻，我感到自我消散、一片朦胧，却只能束手无策，垂头丧气，因此，我想依靠这种壮烈事物的力量活下去。或许我也快到玩物立志的年龄了吧？①

不时袭来的"灭形"感侵蚀着开高健的灵魂和生命，内心的孤苦无依迫使他不得不在物中寻求慰藉，通过自然之物原始、强大的生命力唤醒自己疲惫不堪的灵魂，获得生命的重生。尽管这种感觉转瞬即逝，但却如一叶浮萍之于溺水之人，让开高健痴迷其中，直至达到"玩物立志"之境。

《珠玉》发表在1990年1月号的《文学界》杂志上，是开高健去世一个月后问世的作品。作为遗作的《珠玉》是开高健文学与人生探索的终结。这部由《掌中海》《玩物丧志》《一滴光》三部短篇构成的小说，将"玩物"的主题贯穿始终，被评论家称作"向物无限靠近的开高文学的极地"②。第一篇《掌中海》讲述了一位年迈的父亲将丧子之痛和精神支柱寄托于把玩海蓝宝石的沧桑故事。这个名叫"高田"的父亲，在苦苦寻找自己出海失踪的长子两年无果后，于绝望中变卖了所有家产，成为一名随船在全世界漂流的船医。他每到一处都会购买海蓝宝石，用来祈祷航海平安。航海期间，老人便从船舱中取出宝石，"陶醉于（宝石）光芒的把玩之中"，并效仿古代中国文人，称之为"文房清玩"。《玩物丧志》中，一个中餐店老板借给"我"一块阿勒曼德石榴石，"我"把它贴身带着，在各种地方，观看它在不同条件下千变万化的样子。一次，"我"来到以前常去的酒馆，发现酒馆和老板娘都被岁月刻上了痕迹。"我"向老板娘问道："以前那群家伙呢？""或许已经进生死簿了吧。""是去了那边了？""大家都搬走了……"③《玩物丧志》完成于1989年4月开

---

① 開高健. 『OPA、OPA！！』アラスカ至上篇［M］. 東京：集英社，1990.
② 平野栄久. 開高健——闇をはせる光芒［M］. 東京：オリジン出版センター，1991：230.
③ 開高健. 珠玉［M］. 東京：文藝春秋，1993：93.

高健接受食管癌手术到出院期间，这时，开高健或许已经预感到了自己快要走到生命的尽头。《一滴光》是开高健在离世的前三个月，以一种近乎"疯狂的状态"完成的短篇。"我"在一家店偶得一块月长石，在小小石块的蓝色光芒中，"我"看见了月光下的白色大理石宫殿、大钟下沉的夜幕中的深渊，还有曾经走过的高原、山庄、杂木林和夜晚的雾霭……后来，"我"在沉睡的女人的唇上，又发现了这滴蓝色的光，瞬间所有的怀疑和犹豫冰消瓦解，"我再次像坠子一般徐徐沉入甘美、远离人世的、灼热的晦暗中。（原来是女人……）"①。在生命之火即将熄灭的最后时刻，开高健将"玩物"的态度扩大到鱼、宝石、女人等各种他者物象，把自己的所有悲喜统统封存于"物"，渴望着在"物"中得到一种永恒的人生形式。开高健的"玩物"思想，是文学边缘化后的必然结局，隐藏着一种深沉的悲凉和无可奈何的宿命感。开高健带着厌世和宿命的倾向，怀着丰富又超然的同情心回归自我的精神家园。一生在现实与理想的矛盾中苦苦挣扎的开高健就此长逝，他将得失荣枯抛在身后，让灵魂在"物"中不朽，留给世人孤子萧索的背影和一声苍凉沉郁的喟叹……

对于开高健的一生，大冈玲这样评价："我认为开高先生终究是不幸的，不得不说他留下了太多悲哀。但这正是他的荣光，这种荣光，用开高先生的矛盾语法来说，就是荣光和悲惨。他本人是不幸的，经受着'内部'的崩溃，自我走向解体。而且，在遭遇过无数次那样的瞬间而愈发不幸后，他的文学、他的人格才绽放出耀眼的光彩。[……]我认为开高先生几乎接近于殉道者。[……]在不幸的最后，终于将不幸析出的精华铸就成极其精湛、完美之物。这并不是开玩笑，我非常想说'开高健是一枚珍珠贝'。我想把他比作怀抱着异物的珍珠。我感觉在开高先生的内部有这样的东西存在。"② 理想与现实不可调和的矛盾，导致开高健陷入内部崩溃、自我解体的悲惨境遇，不得不面对边缘化的不幸命运。但是，悲惨意味着挣脱，边缘更能反映真实，不幸终会带来荣光。边缘人的孤独感往往与沉重、悲哀并举，但同时又与控诉、揭露相连。开高健以边缘人的身份，立于战后日本历史长河的道口上，看浪花逆顺相涤，思索社会发展的辩证规律。他既与时代中心有过近距离的接触，又与其保

---

① 開高健. 開高健全集第 9 卷 [M]. 東京：新潮社. 1982：400.
② 大岡玲.「外へ」と開高健は言った [M] // 開高健その人と文学. TBS ブリタニカ：1999：40−41.

持一定距离，坚守着边缘化的旁观立场。正因如此，他才能以一种客观的、冷静的态度审视时代的风云变幻，去发现别人不易看见的"真"与"深"。尤其是他的前期作品，都是植根于战后日本现实，以将"我"浓缩为视点的方式，以平行的视角、冷峻的笔调真实地呈现现实生存环境。而人在边缘的失落，又往往会磨砺作家敏锐的观察力和深邃的思辨力，促使其在痛苦中反思，为陷入困境的自我、社会、民族寻找获救之途。开高健在文本世界中创造了大量被现实挤压和抛离的边缘人物。他们勤勤恳恳工作，却得不到应有的报偿；他们对社会愤愤不平，但又无力反抗。一方面，作者透过他们的不幸与悲哀烛照战后日本社会中人的真实命运；另一方面，又通过他们的边缘化生存去反证现实"存在"的荒诞性和"中心"世界的虚妄性，从而使小说叙事创造出比生活本身更加"真实"的现实，具有同时代不多见的透彻和率真的观点，是作品的独特与深刻所在。正如山崎正和所称赞的："开高健的小说世界是在仔细观察现实世界的基础上书写的。在某种意义上来说，（开高健的小说）书写的是普通人无法窥知的现实性现实……"① 边缘化赋予开高健文学真实的力量，同时也使其文学作品呈现出丰富性和哲思性，产生一种张力；身体的旅行有益于作家精神的自由拓展和艺术才华的尽情发挥，从旅途见闻中取材写成的作品具有同时代作家中少有的国际性视野和全球性思维；灵魂的出走——"玩物"其实是"玩味"一种人生，"玩味"一个世界：一个作家眼中的世界，同时又是一个真实的世界；一个虚幻的文学世界，同时又是一个现实的世界。开高健的文学世界里，充满对现代社会敏锐、深刻的洞察，对生命意义的审慎哲思，体现着现实世界本质上的真实和人们潜意识里灵魂的真实。

无论是对"边缘人"生存状态的书写，还是其本人逃离日本的行为，抑或是他的"玩物"态度，都倾注了开高健对社会统一性及平面化的反抗，实现本真自我的精神渴望。在开高健的文学世界和个人生涯中，处处是对那个时代伪善的伦理道德的背离，对扭曲人格的否认，对个体自由的崇拜，对个性的尊重和推崇，对他所崇尚的大自然的回归。一生处在现实与理想悖论冲突中的开高健，经历着几多迷惘和挣扎、幻灭和痛苦，有时候甚至滑入虚无主义的泥

---

① 開高健，山崎正和. 原石と宝石 [J]. 國文学：解釈と教材の研究. 學燈社. 1982，11（第27卷15号）：22.

淖，但他并没有在种种危机中自我毁灭，而是在"追求—幻灭—再追求"的良性循环中毅然前行。开高健展示出来的个性是真实的，人格是勇于求真、独立不倚的。在开高健的身上，我们看到一代知识分子的苦闷彷徨和心灵探求，那是一种于无望中带着执着，于迷茫中凝结清晰，似黯淡而不低迷，似茫然而愈固执的精神之光。开高健让无数陷入困境的人们，聆听到了在那绝望的内里回响着的希望之音。

第三节
美妙的疯狂——抑郁与躁狂的矛盾

巴尔扎克说，天才都是人类的病态，就如同珍珠是贝的病态一样。在人类文明的瑰丽殿堂中，的确存在这样一批天才，他们有着充满矛盾、如同迷宫般迂回曲折的情绪世界。在那个神秘世界里，伴随着不断闪现出的创作灵光，还有那不时涌起的，足以将他们吞没的惊涛骇浪。他们在情绪和理智的两极之间痛苦摇摆，反复受到抑郁和躁狂的猛烈袭击，有的甚至走向自我毁灭。饮弹而亡的海明威、投河溺毙的伍尔芙、集痛苦和性情多变于一身的拜伦、孤独地死于一个无名车站的托尔斯泰、"此地长眠者，声名水上书"的济慈，还有悲情画家凡·高、音乐大师舒曼……他们承受了过多的痛苦折磨，值得我们永远感怀。而在日本文学界，罹患抑郁症或躁郁症等精神疾病的作家也大有人在，如夏目漱石、泉镜花、有岛武郎、佐藤春夫、宫泽贤治、牧野信一、川端康成、坂口安吾、大冈升平、武田泰淳、梅崎春生、吉行淳之介、三岛由纪夫等。敏感的神经成就了他们的诗意天赋，赋予了他们的作品喷薄而出的激情、如影随形的浓浓感伤和清醒洞彻的卓然理智。

翻开开高健的作品，同样会感觉到一股苦闷、悲愤的情绪，一种压抑、躁动的氛围，一种反抗却又徒劳的绝望之感。不管作家的笔触触及人性抑或社会，这些表现对象无不处于抑郁或躁狂的精神状态，或摇摆于这两极之间，呈现出一种情绪失控的病态。山田和夫指出，开高健一生中抑郁和焦躁屡次交替发生，属于典型的"内因性躁郁症"①。躁郁症由某种气质、行为和思考模式所组成。开高健精神世界中混合的本质、相互冲突的元素，加之外部世界引起的纷乱而持久的变动，构成了他分裂的人格和多重的自我。因此，我们可以在开高健身上看到一种独特的现象：他曾情绪高涨、思维奔逸，将满怀激情倾泻于笔端，忽而笔锋陡转，在颓丧中抒发深远而郁结的情感；他曾笔耕不辍，佳作频出，却在获得"芥川奖"的殊荣后提笔难书；他时而在世界各地"徐徐疾行"，对生命充满无限好奇和喜悦，时而枯灯夜坐，借酒浇愁，满怀惆怅……抑郁与狂躁在开高健身上奇妙地混合，互为因果连锁反应，让我们见识了一个作家的真性情，也体会到了时代变迁的大背景下，一个有先知的知识分子在人格分裂的炼狱中的灵魂挣扎。

在本节中，笔者尝试以当今世界躁郁症研究领域权威、美国精神病学专家凯·雷德菲尔德·杰米森（Kay Redfield Jamison）的精神分析理论为主要依据，运用病迹学的研究方法，走进开高健精神世界的内里，去研究这位敏感、复杂而多变的躁郁气质型作家。

1. 抑郁——负重灵魂的悲怆呻吟

躁郁症（Manic-depressive illness），也称双向情感障碍（Bipolar disorder），"指发病以来，既有躁狂或轻躁狂发作、又有抑郁发作的一种心境障碍。躁狂发作需持续一周以上，抑郁发作需持续两周以上，躁狂和抑郁交替或循环出现，也可以混合方式同时出现。一般呈发作性病程，每次发作后进入精神状态正常的间歇缓解期。大多数病人有反复发作倾向，部分可有残留症状或转为慢性"②。躁郁症涵盖了严重且不断复发的抑郁症。杰米森指出，躁郁症中的抑郁阶段与重度抑郁症（或者称单向抑郁）的诊断标准是相同的。"这些抑郁症状包括：情感淡漠、无精打采、绝望、睡眠困难（睡太多或是睡太少）、身体运动迟缓、思维缓慢、记忆力和注意力受损，以及对通常显得有趣的事情丧失兴趣。其他附

① 山田和夫. 時代・風土における創造と癒し [J]. 日本病籍跡学雑誌, 1996, 第52号: 6.
② 杰米森. 天才向左，疯子向右（上）：躁郁症与伟大的艺术巨匠 [M]. 聂晶, 译. 杭州：浙江人民出版社. 2013：2

加诊断包括自杀意念、自责、不恰当的内疚感、不断重现的有关死亡的想法，抑郁症状持续时间至少 2－4 周，并且明显影响了自己的正常生活。"①

如同样患有躁郁症的英国诗人拜伦所言，"确实有些本性容易产生抑郁倾向，就像有些人天生容易得病一样"，抑郁总是紧跟着天生感觉敏锐的人。当开高健还是个孩子的时候，他与生俱来的抑郁气质便已初见端倪。幼年时期的开高健体弱多病，在谷泽永一编纂的开高健年谱中，有这样的记载："健出生11 个月时因肠炎入院，甚衰，其母亦欲放弃，注射林格式液八支后突见好转，奇迹得救。"② 开高健本人则在《破茧》中回忆道，直到 7 岁"始终因病而卧床不起，好几次被送去医院，至少有两次都差点死掉"。可以说，疾病的体验在一定程度上造就了开高健敏感和孤僻的个性。《破茧》中记载了这样一段童年往事：幼年的开高健和普通小孩一样，有过大小便失禁的经历，然而，幼小的他对此的处理方法却与众不同。"我害臊到了极点真想一死了之，一回到家便盖上被子睡觉"，"我用报纸将粪便连同内裤裹起来，塞进废纸篓里，盖上被子屏住呼吸"，"虽然是盛夏，却是一次次地盖上被子睡觉"，"被子里有着深邃、柔软、寂静和无比亲切的黑暗，任何苦痛都可以缓解"。被子带来的无与伦比的安全感使幼小的开高健确信睡觉可以隔离外部世界，摆脱恐惧和不安，这样的"嗜睡"情结不知不觉伴随了他一生：为了治愈在奥斯威辛受到的心灵冲击，他躲进巴黎的客栈里，睡得被子几乎都变成"人"的形状；被女儿道子指责"好不容易待在家里却一整天呼呼大睡"；在小说《夏之暗》中，被称为开高健分身的"我"更是足不出户，拒绝与人来往，生活在肉欲和嗜睡的深渊……根据"中断和间歇的睡眠、嗜睡，或是睡眠过少，也是抑郁症普遍而又稳定症状"③ 这一临床诊断，开高健的嗜睡无疑是他的抑郁症表现之一。开高健 13 岁时，一名庸医的误诊夺走了正值壮年的父亲的生命，也剥夺了一个少年对未来的美好憧憬和所有的能量、热情与喜悦。开高健细腻而脆弱的情感神经受到重创，陷入无依无靠的孤苦情绪之中。向井敏回忆道，学

---

① 杰米森. 天才向左，疯子向右（上）：躁郁症与伟大的艺术巨匠［M］. 聂晶，译. 杭州：浙江人民出版社. 2013：12.

② 谷沢永一. 回想開高健［M］. 東京：新潮社，1992：12

③ 杰米森. 天才向左，疯子向右（上）：躁郁症与伟大的艺术巨匠［M］. 聂晶，译. 杭州：浙江人民出版社，2003：24.

生时代的开高健在书信中以"我乱洞主人"①署名，并将自己名字的读音"カイコウタケシ"作为注音假名标注在旁边。由此可见，痛失至亲的孤独感已演化为一种深潜的虚无感和幻灭感盘踞在少年开高健的内心深处。开高健在不间断的打工、涉猎群书和战争的阴影中度过青春期，中间还夹杂着数次想要自杀的抑郁与悔恨。开高健在《向风讯问》中追忆道："我从年轻时起就始终被自杀的冲动袭击，却没能自杀。应该是有好些机会的，但是都没有抓住，于是现在就在这里做着这样的事情生活着。"②幼时身体的羸弱、父亲的早逝、家庭的重担、时代的动荡交织，使开高健对于自我的存在产生深刻的不安感，发展到想要自我毁灭的严重地步。而反复出现的自杀意念，正是抑郁症的重要特征。躁郁症患者的大脑神经细胞具有脆弱性，容易触发情绪障碍。在自传体小说《蓝色星期一》中，开高健追溯了自己的疾病易感神经被数次唤醒几乎崩溃的状态：当车床轧钢厂刺耳的警笛响起时，"倦怠的潮水从墙壁里像雾气般地袭来。[……]我伫立在传送带的震颤、打孔机的弹音、车床的呻吟中，突然受到仿佛骨头快要散架似的冲击。我感觉无比衰颓，仿佛体内压力正在不可阻挡地消散"；在阴暗潮湿的仓库里碾药材时，"一种难以忍受的东西骤然涌起。倦怠的袭击异常猛烈。它无声地打在我的脑袋上，肠子仿佛被酸炙烤，脸被莫名的憎恶灼烧。我不由得想要一把摔掉柴刀起身大声吼叫"；当走出英文口语课的地下室，来到大街上时，"人、风、车辆和水轻而易举地从我体内疾驰而过。我必须随时意识到自己、无意义和无用，这样不停地走着。我好像是穿着一件玻璃衣服在走路。只要一被人碰到便碎成粉末散落一地"③；当和同伴走在大阪市郊的海水浴场的小岛上时，"我被无数的东西击碎。风无情地割着前额，我浑身湿透变成一根稻草掉进沙中"；20岁的"我"初为人父，孩子的诞生让"我"仓皇失措，在护士们的笑声中"我变成粉末，跑出了阴暗的、长长的走道"④……开高健的青春被感伤抑郁的情绪纠结包裹，他带着忧伤和倦怠以及深深的无力感，徘徊在黑暗的深处，陷入自我崩溃的幻象当中。

---

① "我乱洞"系"がらんどう"的汉字注音，"がらんどう"本是佛教用语，写作"伽蓝堂"，是寺庙中祭祀伽蓝神的殿堂，转意形容空旷无物的状态。

② 開高健. 風に訊け [M]. 東京：集英社，1986：278.

③ 開高健. 開高健全作品・小説7 [M]. 東京：新潮社，1974：202.

④ 同上，第285页。

加贺乙彦将开高健获得芥川奖（1958 年）后抑郁症的发作称为开高健人生中的"第一次抑郁来袭"。按照当时的规定，芥川奖获奖者获奖后的第一篇作品必须发表在《文学界》的三月期上。然而获奖后的开高健却因心理过度紧张、抑郁而无法写作。眼看交稿期限迫近，百般无奈之下，开高健以修改为名从有约在先的《群像》那里拿回了稿件《懒汉》，将其发表在《文学界》上。这一举动激怒了《群像》主编大久保房男，于是直到 1973 年《群像》杂志都一直拒绝刊用开高健的作品。在当时《新潮》《文学界》《群像》三家文艺杂志鼎立天下的局面下，这对开高健来说无疑是一个巨大的打击。

> 我作为新晋作家登上文坛不久，便陷入一塌糊涂的境地，在第三部作品《皇帝的新装》获得芥川奖之前的状态尚可，而获奖之后的作品《懒汉》问世，我陷入了严重的抑郁症，我成天喝着威士忌，不仅不能写作，感觉就连肝脏也都精疲力竭。我想要逃离自己和混乱（的生活状态）、避免胡思乱想，于是来到和歌山，把自己关在潮岬的旅馆里眺望着水平线，重复着喝了就睡睡了又喝的生活。[①]

开高健这一时期的抑郁状态，其挚友谷泽永一也看在眼里：

> 自平野谦的时评后，开高便一直在咬牙硬撑，他笔耕不辍，始终处于高度紧张的状态，过度疲劳使身心超越了极限，于是他陷入了抑郁，意识不起作用，头脑、身体开始麻木，近乎没有知觉，意识跌入空前漆黑的绝境。他无法写作，就连报纸也无法阅读，头脑无法工作。所有一切都停滞不动，仿佛支撑着人体活动的电源开关被拔掉一样，虚脱、沦丧，完全不是写作的状态。[②]

"在躁郁症的抑郁期，个体的行为活动就像思维和言语一样，会变得非常

---

① 開高健. 開高健全作品. エッセー 2 [M]. 東京：新潮社，1974：323.
② 谷沢永一. 回想開高健 [M]. 東京：新潮社，1992：56.

迟钝和缓慢。疲劳、懒散、无法行动，这些同样是抑郁症重要的组成部分。"①
开高健的写作过程满是抑郁下的煎熬。1960 年完成《鲁滨孙的末裔》后，抑
郁再次来袭；1970 年又因抑郁而无法写作；1972 年完成《夏之暗》后，极度
抑郁的精神困境使他整日待在书斋却难以提笔，"暗之三部曲"的最后一部
《花落之暗》直到开高健逝世都未能完成。黑井千次感慨道："写小说是相当
痛苦的工作，但是让人感受到有开高健那样苦闷的作家却很少。在某文艺杂志
的对谈中，我刚一抱怨新写的小说花了两年的时间真是要命，开高就反驳道，
两年还好啊，我有时候一年只能写出 18 页。关于他一年 18 页的说法，我推测
这在'无法写'的同时还有'不愿写'。并不是故事情节无法展开、人物形象
难以塑造的问题，而应该归结于因为无法创造出让自己满意的语言而产生的痛
苦吧。"② 对于开高健晚年的写作困境，大冈玲回忆说："开高健先生在过早到
来的晚年的十年间，一直说着'无法写、无法写'。实际上作品数量也很少。
五六年一本，或是三年一本这样的进度。……据说他打电话时会说'我是可
悲的开高'。这句'我是可悲的开高'后面，不单单是开玩笑说的我是可悲的
开高，更让人无法不感觉到强烈的悲哀。在这样的日本，处于孤立无援的状
态，拥有构造性，又与开高先生的崇高志向相称，即这个世界是怎样形成的，
无论任何都要把握住这个构造性——要写出饱含这种意识的小说在那个时代是
多么的困难。这样想着，感到果然是件痛苦的事，不禁想说'唉，悲哀啊，
开高先生'。"③ 抑郁导致开高健屡次遭遇写作的瓶颈，而越是无法写作就越是
抑郁，两者的恶性循环让开高健苦不堪言。"为了避免自我消散，我将自己关
在杉并区郊外一个二楼的房间里，不料精神抑郁症开始萌芽。究竟是因为闭关
产生抑郁，还是因为抑郁才想闭关，我至今都无法弄明白。"④ "约定好了写却
又写不出来，这就是一种债务。是借款。业界自古就习惯将其称为笔债或文
债。我陷入了这种债务关系里面，连脖子都无法转动。和大家喝酒时总会心血

① 杰米森. 天才向左，疯子向右（上）：躁郁症与伟大的艺术巨匠 [M]. 聂晶，译. 杭州：浙江人民出版社，2013：20.
② 黑井千次. 言葉の万華鏡. 太陽 [J]. 平凡社，1996：17.
③ 大冈玲.「外へ」と开高健は言った [M] //开高健その人と文学. TBS ブリタニカ，1999：29-30.
④ 開高健. 夜と陽炎　耳の物語 [M]. 東京：株式会社イースト・プレス，2010：56.

来潮地说要写，要做，今年一定争取……其实内心痛苦得很!"①

　　抑郁不仅影响到了开高健的文学创作，更波及他生活的方方面面。离人症（depersonalization）是以躁郁症、精神分裂症为代表的各种精神疾病中常出现的症状。离人症患者失去了对自己身体和外界事物的感受，甚至丧失了自我的存在感。换言之，就是无法感知自己所生活的世界的"现实性"，乃至"存在性"，或是用另外一个自己从外部观察自己（对外脱离体验）的病态心理表现。1939 年，心理学家浩克将离人症分为丧失自我存在感的"自我意识性"、丧失身体自我归属感的"身体意识性"、丧失外界存在感的"外部意识性"三种类型，并指出，躁郁症患者易出现"外部意识性"，精神分裂症患者易出现"自我意识性"的离人症症状。"开高健作品中体现出的离人症症状，大多体现了与外界的疏离感，是'现实感、存在感丧失症'，属于浩克所说的'外部意识性'离人症。"②

　　开高健的离人症症状，具体表现为他时常提及的"乱序癖"和在《夏之暗》等作品中反复出现的"灭形""剥离"感。

　　　　无论战争是否存在，我的"乱序癖"一直未变。从十五六岁起，便开始发生一些奇妙的事情。读着读着书会感觉书中的文字在解体。无论是读得多么入迷，只要停留在书中的某处，随便盯着某一个字看，比如是"木"字、"借"字，不经意地停留在那里，死盯着那个字，它就会瞬间开始分解。字的意思、形象、重量、气味、记忆，所有与字有关的属性都纷纷蒸发，最后只剩下莫名的恐惧感占据全身。猛地一惊，想要调转视线，却总是为时已晚。每每回过神来自己早已深陷圈套，无法动弹。每当这种时候，就无法起身而去，只能无力地躺在榻榻米上，茫然睁着空洞的双眼。③

　　　　在阅读中停留下来去盯着字看是危险的，把握字的意思和形态，就像观察在激流中时而浮现的红点鲑一样，于是，我总是啪啪地快速翻着书。

　　① 開高健. 食後の花束 [M]. 東京：角川文庫，1985：1.
　　② 仲間秀典. 開高健の憂鬱 [M]. 東京：株式会社文芸社，2004：118.
　　③ 開高健. 食後の花束 [M]. 東京：角川書店，1985：23.

这种胡乱的阅读方式，总会在阅读后留下像尘埃笼罩一般的疲劳感。我以增强书毒的方式让自己解体，驱散书毒，除此别无他法。①

木为什么必须写作"木"？鱼为什么非得写成"鱼"？我已经不明白了。我变得无法与人交往，无法进行一切"阅读"，无法感知，无法活下去。我着了魔似的想要无视既成规则去追究语言里的"绝对"，便在这之外的无数冲动和瞬间想要自杀，我最终还是无法忍受，不停地想着药、绳子、道口、车站和屋顶。②

把文字从语境中抽离出凝视，发现它开始分解，其本身所具有的意思、形象、记忆等属性统统丧失，只剩下空洞的形式。这种陌生感让开高健感到恐怖，无法阅读，无法认知，甚至无法生活。其实，个人之于社会，就好比文字之于语境，如果将自己从社会中的种种关系中抽离，那么外部世界的一切势必失去意义，变得如海市蜃楼一般虚无缥缈，而个人也注定成为丧失社会属性，无法认知世界和自我的空虚躯壳。开高健的"乱序癖"的认知障碍，逐渐发展到了自我与社会的认知方面，于是"灭形""剥离"感就产生了。

突然间关系骤变。车不再是那个充满善意奔驰着的生物，它凶相毕露。那个常取笑我、经验丰富、年富力强的好对手不复存在了。现在，只是一个聒噪的、苛刻的、浑身锈迹斑斑的废旧铁块。我就是依附在它侧腹上，一只瘦弱不堪、营养不良、快要干枯的寄生虫。③

我感到自己快要被消磨殆尽，就像黏着剂风化后失去了黏性，稍微用手指碰一下都会瞬间化作无数的碎片散落一地。女人曾经说过，［……］如果发生"人格剥离"是很痛苦的，我不认为我有称得上"人格"的东西，但还是强烈地感到了"剥离"。④

---

① 開高健. 食後の花束 [M]. 東京：角川書店，1985：36.
② 開高健. 続·流れる「完本 白いページ」[M]. 東京：潮出版社，1978：51.
③ 開高健. 開高健全作品·小説 7 [M]. 東京：新潮社，1974：52.
④ 開高健. 開高健全作品·小説 9 [M]. 東京：新潮社，1974：145.

当有所意识时，一般都为时过晚。我茫然地僵直着，站在没有声音、没有气味的一片荒寂的河滩上，凝望着四周。酒瓶、盘子、水龙头、反光的玻璃门、摩天大厦，对我而言，仿佛都是庞大、冷酷的垃圾，是无法触及的碎片。我像一个突然降落在码头的移民，呆若木鸡。①

我漂浮在蓝色的淤水之中。街道像是昏暗的河底，人们像是一群软体动物。所有的词语，不过是位于某个透明领域的境界线上，虚幻、危险的路标，恰似泥泞的意义世界中，一个个沉浮的石块。②

开高健自己将上述症状称为"灭形的瞬间"，即是在"茫然以异样明晰的形式突然涌现"的同时，"大脑、眼睛、双手都无法动弹"③的精神病理症状。通常情况下，人的内心对于声音、色调等，并非无机感知，而是会同时认识其背后的情感和气氛。当"物"与"事"两者相分离，丧失自我与世界的接点时，外界便会变成索然无味的无机空间，自我也就失去了在客观世界的存在感。如果认知能力正常维持，只是存在感丧失，那会因为感受到自身与对象的背离，而产生隔阂感和恐怖感。这种与外部世界严重疏离的心理感受，正是离人症的典型临床表现，是开高健抑郁性体质的有力佐证。

2. 躁狂——抑郁血液中的异质火花

"与患有单纯抑郁症的个体不同，躁郁症患者还会经历躁狂或轻躁狂的阶段。这一阶段的症状特征在很多方面与抑郁相反。在轻躁狂或躁狂期，个体的情绪通常会激越而高涨（偏执和易激惹也不少见）；精力和活力大幅提升；睡眠的需求大大降低；语言的速度加快、激昂，并且会打断别人的发言；思维跳跃，往往会从一个主题快速跳转到另一个主题。[……]在极端的躁狂状态下，个体还会出现以下特点：暴躁易激惹、行为怪异、想法偏执，以及视听上出现幻觉。但是，当轻躁狂症状比较温和的时候，也会增加个体的能量，让人

---

①　開高健. 開高健全作品·小説 9 [M]. 東京：新潮社, 1974：145.

②　開高健. 告白の文学論「食後の花束」[M]. 東京：角川書店, 1985：71.

③　開高健. 開高健全作品·小説 7 [M]. 東京：新潮社, 1974.

自信、喜欢冒险，思维流畅，从而进入高产阶段。"①

开高健的抑郁时而会急速转换成躁狂，或者，在更多的状态下，是抑郁和躁狂的混合状态。在《蓝色星期一》中，开高健记录了这种抑郁急转为躁狂时狂怒、暴戾的极端情绪：

> 周围的空气变得凝重、浓厚、窒息，词语、数字、文字，所有东西的意义都被剥落。皮肤内部所有的噪声响起，我精疲力竭地想要弯下膝盖，同时又被一种想把地板、墙壁、人、车床、油罐、天花板、窗户玻璃、街道、天空，所有一切都炸毁的冲动。物和人都是那么可恶。我浸泡在酸一样的憎恶之中。我想连同我自己把这个世界的所有化作灰烬，就像在宴席结束后掀翻餐桌上的餐布，把盘子、瓶子、碗一个不剩地打得粉碎一样。还想把这些永远像蟑螂一样匍匐在地面上生活的车床工父子夹在指甲间一瞬间掐死。为什么？为什么必须活下去？为什么非得永远默不作声，了无意义？②

> 我努力克制住因莫名的震怒而快要颤抖的身体，强忍内心的痛苦，目不转睛地望着那个光秃秃的脑袋。我想用柴刀朝着那扁瘪的球，用尽全身力气打过去。那个球如此脆弱，薄薄的皮上到处都是像墨水印一样的老年斑。我用尽全部力气将这把钝重的柴刀劈过去；那锈迹斑斑的厚刀刃劈裂皮肤，发出嵌入骨头的声响——一想到这些我就产生几乎要浑身战栗的快感。③

弗洛伊德指出："在抑郁症里，自我屈从于情结，而在躁狂症中自我控制了情结或者把它排除在外。"④ 被日常秩序限制压抑，导致非日常意识迸发，产生躁狂。处于躁狂阶段的个体将日常情结排除在外，以暴力的幻想获得瞬间

---

① 杰米森. 天才向左，疯子向右（上）：躁郁症与伟大的艺术巨匠［M］. 聂晶，译. 杭州：浙江人民出版社. 2013：12.

② 開高健. 開高健全作品·小説 7. 新潮社，1974：146.

③ 同上，第 222 页。

④ 弗洛伊德. 本能的冲动与成功［M］. 文良文化，编译. 北京：华文出版社，2004：87－88.

的兴奋感以求摆脱抑郁。

激情、夸张、高度感染力的说话方式，也是躁狂症患者的特征之一。忧郁感伤是开高健与生俱来的性格要素，而同时他又善于交际，能说会道，幽默风趣。开高健声音洪亮，笑声爽朗，和丸谷才一、井上光晴并称为"文坛三大声"。谷泽永一在《回想开高健》中写道："开高健的说话方式，可以分作三类。第一是话题选材，他的话题几乎都来自他的亲身经历。这些不为外人所知的珍贵体验，怎能轻易放过？他执着于此，不断检点、发掘、增补，仿佛在编撰经典。一谈起自己的经历，他的声音就特别响亮，抑扬顿挫，不绝于耳。开高式讲话的第二点，就是没有统一的故事情节，而是一个个零散的速写。有时候要是来了兴致，便大肆渲染，而略显浮夸。开高式讲话的第三点，就是心情低落时那满含伤感的述怀。旁人几乎很难看到他如此落寞的样子，有时甚至泛着泪光，搞得我都很狼狈。他应该是泪腺比较发达的人，或许这会儿又会因为什么而捧腹大笑。所以手帕是他的必需品。"① 从谷泽永一的总结可以看出开高健抑郁与躁狂同在的特质，以及敏感、情绪化的性格特征。谷泽永一进一步讲述开高健曾出现的两次躁狂症状。第一次是 1951 年，当时谷泽本人患上了抑郁症，无法忍受与处于狂躁期的开高健对话，这甚至导致两人一度绝交。"那个时候开高健的狂躁症状特别严重，并非单纯的（病症）显现，而是令人烦恼的嗜虐……他还是一如往常地来到我的书斋，拉着我，一定要我回答些不着边际的问题，我好不容易想出个答案，他又曲解我的意思故意反驳。这种盛气凌人、故意刁难的架势让人不知如何是好。等到夜里才来的开高，甚至让我觉得他就是专门来折磨我的。……一方是极度的狂躁，一方是严重的忧郁。我担心这样下去，两个人都会疯掉。对于我来说，开高是世界唯一可爱的存在。我们之间的情谊已经超越了友情。但是，我连与他见面都无法忍受。"② 第二次躁狂症的发作是在 1959 年，此时的开高健正在为创作《日本三文歌剧》取材。谷泽这样描述这段时间开高健的聒噪状态："每晚三点左右，开高便用口哨吹第六交响曲、巴丽吉和各种大众歌曲。现在回想起来，幸好左邻右舍没有抱怨。这种状态一直持续了十多天，采访结束后，他又精神满满而归。"③ 笔

---

① 谷沢永一. 回想開高健［M］. 東京：新潮社，1992：45.
② 谷沢永一. 開高健の鬱［J］. 日本病跡学雑誌. 2002，第 64 号：76.
③ 同上。

者认为，谷泽永一提到的这两次躁狂所产生的原因类型是不一样的。根据谷泽永一的回忆，第一次躁狂是因为开高健受牧羊子怀孕的影响而变得性格烦躁易怒，属于因外部客观环境所致，而第二次躁狂是开高健想要摆脱获得芥川奖后陷入的抑郁状态而主动投入外部世界，借助外力，寻求恢复，因主观心理所致。这种现象散见于抑郁症患者之中，叫作"抑郁症的兴奋"，心理学术语称为"抑郁的龟裂"（Raptus melancholious），即是指受抑郁困扰的抑郁症患者为了打破阴郁、无力的状况而向外部世界求助，逃离日常性投入非日常空间。因此，他们处于一种深陷抑郁漩涡又充满行动力的矛盾状态。对于自己如何战胜抑郁症，开高健在 1987 年出版的随笔集《理性经验之荐》中写道："像孔子说的一样，赌博也可以，做饭也可以，运动也可以……要想起自己还有手脚，去使用它们。回想我自己年轻时候，当易感、胆怯的内心遭遇危机时，我是靠意志，还是靠手脚度过的呢？已经无法细数。当自己不断沉沦，感到就要分解为碎片，变成泥土时，我便决定不要待在屋里睡觉，要站起来，要离开这里，从屋子里走出去。"① 开高健强调的使用手脚，便是精神学科在临床上所称的"作业疗法"。"作业疗法"是指通过让患者进行某种作业，在作业的过程中转移注意力，摆脱精神障碍的治疗方法。在开高健身上，这种"作业疗法"的具体表现就是文学创作多样化的尝试，以及以旁听审判、战地考察和垂钓探险为目的的海外旅行。

获得芥川奖的开高健遭遇了媒体的强烈攻势，陷入了将近一年写作的枯竭状态。为了调整心情，他来到和歌山一带旅游，在返程的路中遇到了中学时期的同学，当时在《大阪日日新闻》当记者的金木茂信，从金木那里得知了有关"阿帕切"族的消息。在日本第二大都市的中心地带，有 36 万坪（约 190 万平方米）的巨大废墟，那里掩埋着大量废弃的金属块，还有一个拼命挖掘这些"宝藏"的奇怪团伙，叫作"阿帕切"族。这一奇闻激发了开高健的创作欲，经金木引荐，开高健认识了济州岛出身的诗人金时钟，在金时钟的带领下来到生野区猪饲野区域，开始了《日本三文歌剧》的创作取材。1959 年 1 月，《日本三文歌剧》开始在《文学界》连载，其间，开高健谈到了在这部小

---

① 開高健. エピローグ——手と足を使いなさい. 知的経験のすすめ［M］. 東京：青春文庫，1993.

说的创作方式上的抱负："在文体、构思和主题等很多方面，我都想要奋力打碎自己的外壳，契机之一便是这部作品。这部作品写的是一个小偷团伙。我想写出社会最底层人们的呻吟、力量和悲喜。想尝试用极为单纯明快并且简洁的文体来描写他们的混沌。想创作出一部能把知识分子幼稚的自我省察和内心下沉，以及私小说的实感主义等所有含混之物一扫而净的作品。"① 开高健将《日本三文歌剧》当作让自己摆脱抑郁、打开创作的新局面、重整旗鼓的契机。而这部作品也正如开高健所愿，谷泽永一回忆说，当时在《文学界》读完第一回的欣慰至今都无法忘记。平野谦评价道："对于这个以名叫'金'的朝鲜人为头目，叫作'福助'的流浪汉为底层的集团的猥杂的旺盛生命力，作者毫无顾忌地进行了赞美。恐怕《日本三文歌剧》是第一部将猥杂作为一种美来描写的作品。"②

在《日本三文歌剧》中，开高健的才智如火山般迸发，"饶舌体"的语言风格继承了春团治落语的传统，又杂糅了当时大阪匠人阶层、庶民阶层日常生活用语的诸多元素，生动幽默，令人捧腹。叫作"阿帕切"族的盗窃团伙趁着夜色在警察的眼皮下偷盗钢铁，左奔右突，肆意抢夺后又仓皇逃窜，无拘无束的原始生命力让人大呼痛快。开高健创造出了这样一个新奇独特、妙趣横生的文本世界，借嬉笑怒骂的文体和躁动、狂热的人物形象来使自己摆脱抑郁的精神状态。如同谷泽永一所言："开高健层层推进的笔力堪称奇迹。或许是我的个人理解，可以推测此时的开高已经摆脱了一年有余的抑郁折磨，又走向另一个极端，进入了相当的狂躁状态。"③ 开高健借助创作《日本三文歌剧》，终于走出了获奖以来的低迷不振状态，他的创作进入了旺盛时期：1959 年 1 月，他以古代中国修建长城的史实为题材，创作了借古讽今的寓言性文本《流亡记》；同年 8 月，以青年时代的希特勒为原型创作了小说《屋顶里的独白》；1959 年到 1960 年，他多次前往北海道大雪山的上川地区采访，创作了反映北海道垦殖农民悲惨生活的长篇小说《鲁滨孙的末裔》……

---

① 開高健.「日本三文オペラ」と格闘 [M]. 東京：新潮社，1974：268.
② 平野謙. 新日本文学全集第十一巻　開高健·大江健三郎集解説 [M]. 東京：集英社，1962：117.
③ 谷沢永一. 開高健の鬱 [J]. 日本病跡学雑誌第 64 号，2002：78.

　　但也正是在创作《鲁滨孙的末裔》时，开高健"再次陷入抑郁，无法写作"①。于是，开高健开始了频繁的海外之旅，他回忆道：

　　　　北京、索菲亚、布加勒斯特、布拉格、华沙、莫斯科、耶路撒冷、雅典、伊斯坦布尔、东柏林、西柏林、赫尔辛基、奥斯陆、斯德哥摩尔、哥本哈根、马德里、罗马、雅加达——这些是我这三年去过的首都。有应邀去的，有作为出版社临时特派员去的，也有因为感兴趣去的。一回国我便闭门写作，潜心沉醉于稿纸和文字中。但不久又感觉内心有什么东西开始腐烂分解，或许出于不安，或许出于焦躁，抑或是两者纠结的情绪，我又抓住新的契机与借口，奔赴机场。这有点像少年时代所向往的国外逃亡，也许想着哪怕空有架势也要尝试，也许想着不被自己赶上而先行一步，也许是由于心灵深处"只要不是这里，哪儿都行"的本能愿望，终于苏醒的缘故。②

　　同时，这期间开高健的文学创作也呈现出不同于以往的一面。谷泽永一认为，随着抑郁症的不断加重，开始摸索恢复方法的开高健，希冀通过小说创作以外的行为拓展新的局面，于是他开始尝试写报告文学，这种经历又促成了他之后一系列以战争、垂钓为题材的纪实文学的诞生。"受到精神折磨的开高健，开始尝试利用与小说不同的表现形式来克服困境。1963 年，正好此时他接到了《朝日周刊》关于报告文学《东京即景》的约稿。这篇报告文学取得了巨大成功，之后创作的《日本人的游乐场》也好评如潮。［……］1964 年11 月15 日，开高作为《朝日新闻》社的临时特派员，与摄影师秋元启一一道，从羽田机场飞往越南。［……］我推测他是明白冒险式的旅行对于消除抑郁的功效的。之所以这样说，是因为他总是发现一个新的主题就会计划海外旅行。这次是越南，下次又会调转方向去专门写钓鱼。"③ 总体来说，在这段时期，比起作为本职工作的小说创作，开高健将更多精力花在了报告文学、随笔等小作品的写作上，而主题统一、结构完整的长篇作品的创作却趋于枯竭。因

① 加賀乙彦. 開高健と躁鬱. 開高健その人と文学［M］. 東京：TBS ブリタニカ，1999：175.
② 開高健. 夜と陽炎　耳の物語［M］. 東京：株式会社イースト・プレス，2010.
③ 谷沢永一. 開高健の鬱［J］. 日本病跡学雑誌第64 号，2002：79.

此可以说，开高健高涨的行动欲、频繁的海外旅行和写作形式的转变是他躁狂的精神状态的反映。1964 年，开高健开始创作回忆自己少时往事的自传体长篇小说《蓝色星期一》，与前期以"离心力"朝外拓展的作品不同，这部小说是开高健第一次面对自己内心而作，他将其称为"浪子的回归"①。然而，就在将第五回交给杉村编辑后，开高健突然搁笔去了越南。秋山骏认为，对于小说家开高健而言《蓝色星期一》是一部探索自我的"暗夜行路"式作品。然而在开始连载这部作品时，开高健突然放弃如此重要的自我决算报告书奔赴越南，这种决然的态度，在所有作家中也实属异数。秋山骏推测：其背后一定有某个"巨大的声音"②。对于这个"巨大的声音"，仲间秀典指出是"来自抑郁症的兴奋"③。这期间的开高健，正处于为了摆脱抑郁的躁狂阶段，越南之行无疑也是他为了寻求恢复的空间，自我治疗抑郁的一环。山崎正和的评论也证明了这一推论，开高健的越战采访"几乎都像是一个逃亡者或押至刑场的受刑者的语言。实际上，他并未奔赴战场，而是逃离真实的战场。他企图逃离的是在现代世界中，在频发的历史事件的威慑，那个必须面对各种模棱两可、难以捉摸的躯体，孤立无援、令人厌恶的时间的战场"④。将这里所说的"真实的战场""孤立无援、令人厌恶的时间的战场"置换为导致开高健抑郁症的日常生活环境，将"脱离、逃离"替换成向外部空间求助，或许我们可以更好地理解开高健以躁狂来对抗抑郁的自我精神疗法。

　　1968 年 4 月，以越战为题材的长篇小说《光辉之暗》由新潮社出版，这部小说得到了极高的评价，开高健因此于同年 11 月获得第二十二届每日出版文化奖，迎来了作家生涯的一个巅峰。可是，本应借此东风进入小说创作黄金时期的开高健，却依然受到抑郁的袭击。他在《fish·on》中回忆道："类似的症状发生时我会去和歌山潮之岬的顶端，待在小旅馆二楼的房间里眺望大海，连续一周甚至一天，只喝威士忌度日。之后偶尔会遇到一些不错的素材，我便像小跑似的写完一个长篇，这样做只是为了消解自己的抑郁情绪。我不去看医生，不住院，不吃药，我自己可以抵御化解。但是如果没有素材，无法让

① 開高健.「青い日曜日」あとがき. 開高健全作品小説 [M]. 東京：新潮社，1974：231.
② 秋山骏.「輝ける闇」解説.... 開高健全作品·小説 8 [M]. 東京：新潮社，1974：289.
③ 仲間秀典. 開高健の憂鬱 [M]. 東京：株式会社文芸社，2004：106.
④ 山崎正和. 不機嫌な陶酔 [M]. 東京：新潮社，1979：16.

自身燃烧的时候，我便深陷无形的焦躁和憎恶之中，躲在房间的角落里，喝着威士忌像一块沉沦的海绵。这次就是这样。我很清楚自己并非一片空白，我意识到发作。从晚秋开始这种意识逐渐明了。我每天坐在窗边喝着威士忌，看着烟雾笼罩下硫酸一样的天空，于是我放下原民喜的书，反复地想着：去阿拉斯加，去那里荒野的河畔钓鲑鱼吧！"① 开高健将自己抑郁状态中躁狂情绪的产生称为"发作"，也正是这多变的情绪使他注定拥有一颗漂泊不定的心。于是，开高健将自己后半生的大部分时间花在了钓鱼、探险等海外旅行上。1969年开高健作为朝日新闻社临时海外特派记者，踏上《fish·on》之旅；1973年2月，作为文艺春秋《周刊朝日》特派记者访问越南，同年10月，参加由文化服装学园、日本航空主办的演讲旅行，与安冈章太郎一起巡游伦敦、杜塞尔多夫、布鲁塞尔、巴黎；1977年为《OPA！》取材开始周游巴西亚马孙河流域；1979年7月至翌年4月，受朝日新闻社和三得利公司派遣驾车穿越南北美洲大陆；1982年为《OPA、OPA！！》取材远赴白令海钓鱼；1983年从加利福尼亚州到加拿大垂钓鲟鱼；1984年在阿拉斯加的科内河河钓起60磅的大鳞鲑鱼；1985年初在中美洲哥斯达黎加海钓起75磅重的大海鲢，7月在阿拉斯加、努沙加卡河流域狩猎；1986年6月前往斯里兰卡观赏红茶和宝石，7月至8月去蒙古垂钓伊富鱼；1987年再次起程去蒙古钓鱼……佐佐木基一总结道："钓鱼和外国旅行，对于这位作家而言，是保持精神卫生不可或缺的常备药。"② 自然界的力量使开高健的崩溃得以平衡，分裂得以重新整合，毁损得以重组和修补。在《夜与阳炎 耳朵的物语》中，有一段关于在1979年的阿拉斯加旅行中抑郁症得到缓解的记述："被抑郁、泥醉、蛰居、妄想折磨半年之久的心灵终于豁然开朗，像注入凉水一般澄澈、舒畅、熠熠发光。我想要活着。"③ 开高健如此明确地流露出对生的渴望，这无论是在他的小说还是随笔中，都是非常少见的。在垂钓游记《OPA！》的扉页，开高健引用了一段中国的古谚语："想要一个小时的幸福，那就去喝酒吧。想要三天的幸福，那就结婚吧。想要八天的幸福，那就杀头猪享用。想要有永远的幸福，那么就要学会

① 開高健. fish·on［M］. 東京：新潮社，1974：3.
② 佐々木基一. 外国旅行の意味. 開高健全作品·小説3付録［M］. 東京：新潮社，1971：281.
③ 開高健. 夜と陽炎 耳の物語［M］. 東京：株式会社イースト·プレス，2010.

钓鱼吧。"① 旅行和垂钓不仅缓解了抑郁的情绪，并带来强烈的幸福感，使开高健处于快乐兴奋的轻躁狂状态。

纵观开高健的一生，躁狂如同流淌在他抑郁血液中蠢蠢欲动的异质因子，在外界刺激或主体驱使下迸出或明或暗的火花。躁狂让开高健焦躁不安，甚至陷入歇斯底里的臆想，但也阻止了他在抑郁深渊的坠落，并带来一次次喜悦的绽放。躁狂产生的能量和动力，促使开高健不断做出改变，挑战自我。他走出书斋，在广阔的空间里获得丰富的体验和多样的视角，他尝试不同的写作形式，使自己的文学世界更加多元化。

3. 美妙的疯狂

躁郁症宛如一座桥梁，一端是毁灭性的精神疾病，另一端则是情绪多变的艺术气质。躁郁症患者时而忧伤倦怠，时而高亢激昂，排山倒海而来的情绪起伏使他们时常处于"疯狂"的状态。他们背负着"疯狂"带来的痛苦折磨，但也可能从混乱的"疯狂"中得到收获。科学和传记学的证据表明，躁郁症及其相关的气质与想象力和艺术表现力有着紧密的关联。抑郁所带来的悲伤和痛苦，以及躁狂所引发的狂喜甚至狂暴的能量，可以为艺术表达增添一份非凡的真实和力度。情绪犹如一叶小舟，承载着个体在平凡的理性世界进进出出。个体将躁郁带来的冲击以及自己与之搏斗或妥协的情形，如实地反映在作品之中，并在此过程中摸索学习，甚至尝试从中获得一些救赎，从而赋予创作更多的意义与深度，让人从中汲取力量。因此，在躁郁气质与艺术天分的共同作用下，起伏的体验、动态的气质、碎裂的理智和艺术特质融汇交织，"美妙的疯狂"由此诞生。

开高健属于躁郁型的作家，其文学创作与躁郁症有着密切的关联。关于这一点，加贺乙彦、高桥英夫、佐伯彰一、佐佐木基一等都曾提及。躁郁的人格气质使开高健的文学创作呈现出多样性，加贺乙彦曾感叹道："如此风格迥异的作品竟然出自同一作家之手，我认为单就这一点来说，开高健都是特殊的。一方面，他以迸射着躁狂、充溢着紧张感的文体，描绘出生机勃勃的生命跃动的世界，突然又在相反的极端，写下那只剩躯壳、一无所有，充满空虚和倦怠感，任凭时光徒然流逝的日常。如此多变的文风，就他而言，如果没有受到抑

---

① 開高健. OPA! [M]. 東京：集英社，1981：2.

郁症的困扰是无法产生的。"① 的确，开高健文学的特殊性和开高健本人独特的躁郁型精神气质是分不开的。笔者认为，躁郁症导向下的开高健文学的特殊性，可以从其文体的广度和文学意义上的深度两方面来解读。

日本文艺杂志《新潮》原总编坂本忠雄评价道："考虑到其文学至今不衰的生命力时，首先浮现在我脑海的是其留在世间的全部作品的多样性。"② 高亢兴奋的躁狂状态与低沉苦闷的抑郁状态必然会在语言和艺术模式上呈现出截然相反的趋势，为其文体带来广度。这种"广度"的具体体现，就是开高健文学内容、题材和形式的多样性。

杰米森指出，创造力思维中的许多因素都和发生在轻躁狂期间的改变有直接的关联。在轻躁狂期出现的情绪、思维和感觉、知觉的诸多变化，包括不安、狂热、亢奋、易怒、夸张、敏感而又细腻的感官、强烈的情绪体验、跳跃的思维、迅捷的联想，正是创造性思考所需要的特征。创造性思考激活作家的文学细胞，于是在躁狂的烈焰中，才华与天赋燃烧得更为绚烂。躁狂的情绪使开高健在文本空间中尽情挥洒兴奋和想象，迷狂的心态交织着视觉上的宏伟壮丽，弥漫在文字之中：《恐慌》中，老鼠一夜间繁殖成灾，群鼠吃光市郊的庄稼，浩浩荡荡涌进市区，洗劫粮仓，毁坏房屋，咬死儿童。就在人们陷入恐慌不知所措时，忽然一个早上群鼠集体跳湖自杀。那来去中爆发出的原始生命能量足以让人类战栗。《日本三文歌剧》展现了大阪最底层百姓的生存境遇。这些被主流社会抛弃的人们，在夜幕下那片掩埋着"宝藏"的废墟上，野性十足、激情昂扬地共同作业，在自由的空间里展现赤裸的生命原欲，在卑贱的生活中散发出丰饶的生命力。《流亡记》中，那漫天黄沙下蜿蜒万里的长城，挥汗如雨的建筑工人，穿越数千年再现眼前，巨大能量的耗费让人唏嘘。《鲁滨孙的末裔》中，北海道移民在恶劣的自然环境下垦荒耕种，顽强生存，艰难的生活无法抑制向上的力量，困顿的物质生存中闪烁着人性的光辉……开高健在抒发激情和超现实想象的同时，又以嘲笑的笔调、讽刺性的机智以及戏剧性的夸张的细节表达对现实世界、现代文明的强烈批判：《恐慌》揭露了政府官员对于灾害无动于衷，反而借机弄权以肥私的丑恶嘴脸。《巨人与玩具》刻画

① 加賀乙彦. 開高健と躁鬱. 開高健その人と文学 [M]. 東京：TBSブリタニカ，1999：185.
② 今よみがえる巨人の全貌. 開高健生誕80年記念総特集 [M]. 東京：河出書房新社，2010：8.

出日本经济界光怪陆离的荒谬现实。人人都做着轰轰烈烈的暴富梦，挖空心思，疲于奔命，到头来却在被劫和消耗中化作泡影。《皇帝的新装》反映了现实社会的虚伪、冷酷与无情。金钱至上的父亲大田"文明"的言辞间隐藏着利益的交易，见风使舵的评委们阿谀奉迎中潜伏着自我的贪欲。轻躁狂状态下言说与交流的渴望使开高健的语言精彩纷呈：《日本三文歌剧》是开高健文学中呈现出语言的狂欢的典型文本。在这部小说中，继承上方落语衣钵的语言善戏谑兮，妙趣横生，方言俗语信手拈来，直白浅露。无拘无束的畅然表达淋漓尽致地勾勒出"阿帕切"族人的原生态生活场景，忍俊不禁的黑色幽默令人捧腹之后若有所思。"语言的猎人"开高健在理性与感性、叙述与抒怀之间使语言游刃有余，给予读者无尽的想象空间；躁狂的情绪还赋予开高健旺盛的探索意识，除小说创作以外，他广泛涉足报告文学、随笔等领域，题材涉及战争、旅游、垂钓、探险等诸多方面，多元化的创作风格使他在日本战后文学中独树一帜。事实上，开高健后期创作的游记，如《fish·on》《OPA!》《更远!》《更广!》等，也使他名声大振，甚至当时很多年轻人因这些作品而认识他。总之，轻躁狂状态下的狂野幻想、嬉笑怒骂、枝蔓饶舌、无限延伸的文本空间，丰富多彩的创作形式，都远离日本传统作家的写作习惯。

在开高健的文本世界里，躁狂如同野火般蔓延，而抑郁好似水脉般浸淫。抑郁的水脉从开高健文学的起步阶段便已形成。开高健创作初期的作品《アカデミア メランコリア》便引用了"忧郁"一词的英语音译，意为"忧郁的学生"（academia melancholia）。开高健将学生时代的自己以数个分身呈现在小说中，使抑郁成为小说挥之不去的基调。抑郁这条水脉一直伴随着开高健的文学旅程，在其文本中若隐若现，有时是地表上湍急的水流，如泣如诉，有时化作暗流潜藏于地下，氤氲着沉郁之气。

抑郁营造着压抑与苦闷：《恐慌》中，县政府职员俊介观测到老鼠的异常繁殖，为防患于未然，他制订出详尽的治鼠措施，却遭到科长的反感和同事的排斥。鼠灾不出所料地降临，官员却借机弄权渎职。俊介在重重羁绊和打压下全凭智力与信念孤军奋战。鼠灾愈演愈烈，整个城市陷入恐慌。忽然在一天早上，群鼠集体跳湖自杀。鼠灾以荒谬的结局收场，俊介带着"巨大的、新鲜的无力感"无奈"返回人群之中"。而那肆虐人间的瘟疫和昏聩腐败的官场乱象，却犹如浓浓的梦魇气息久久不散，让人压抑窒息。

抑郁倾吐着徒劳与绝望：《流亡记》中，城墙曾是小镇居民共同的信仰，他们祖祖辈辈不辞辛苦地反复修缮城墙，并因一起共同作业时获得的共同体感觉而欢欣鼓舞。然而，当修缮城墙的工作演变成为修建万里长城的浩大工程时，一切发生了改变。全国上下被秦始皇用严密的科层组织和律令制度牢牢地控制，每天是否完成规定的任务成为决定每个人生死存亡的唯一标准。人们沦为量化的工具，自我的权力与个性被完全抹杀。而以生命和自由为代价修筑的万里长城却根本无法抵挡匈奴的进攻，只会将自己禁锢于孤独和绝望之中——当意识到这一点时，"我"终于彻底醒悟，所有付出纯属"徒劳"。

抑郁书写着枯萎与凋零：《夏之暗》描写的是一对历经世事，充满空虚和倦怠感的中年男女任凭时光徒然流逝的日常生活。同样渴望着逃离日本的两人在异国他乡邂逅，他们在封闭的空间里沉溺于自我的原欲生活中，偶尔外出钓鱼寻求精神解脱。然而，无论哪种方式都无法阻止他们在空虚和绝望的深渊里愈陷愈深。中年男女素然无味的生活诉说着生命个体被扭曲的悲伤，并把悲伤推到不可救赎、无法解脱、永无止息的无限循环之中。在这样的恶性循环中，他们的心灵干涸衰竭，生命枯萎凋零。开高健将内心的孤独苦闷、精神上的彷徨挣扎在作品中表露殆尽。抑郁在作品中发出的低沉呜咽或尖锐鸣叫直抵人心，让读者真实地感受到作家本人以及同时代人共同的灵魂之痛。

狂野的赞颂、辛辣的嘲讽、痛苦的哀伤、幻灭的绝望……相反相悖的躁狂和抑郁在开高健的文本世界中呈现出不同的风格，给开高健文学带来文体的广度。同时，躁狂和抑郁又在文本中错杂交织，呈现出一种灵活多变、放纵不羁、轻浮无常、深思多虑、庸人自扰或是疾风骤雨的面目。躁狂充满激情和创造力，抑郁具有反思性、哲理性，二者相辅相成，使开高健的文学达到一定的深度。

德国精神科专家恩斯特·克雷奇默（Ernst Kretschmer）这样评价躁郁症患者的人格特质："这一类人拥有弹性的性情特质……我们所熟知的轻躁特性只是其中一个非常不稳定的因素，它很容易走向另一端的抑郁；同样，还有其他很多看似欢快的本质，当我们渐渐深入了解之后才会发现，它们所存在的背景中，竟然蕴涵着永久的忧郁元素。"① 作品是作家性情的投射，细细品读开高健的作品，往往会感受到那深潜于躁狂背后的抑郁，以及在抑郁状态下的深沉思索。在《日本三文歌剧》中，躁狂与抑郁便以一种巧妙的组合构成独特的叙述层次，产生多意且深刻的文本效果。这部小说让人印象至深的，无疑是"阿帕切"族那恣肆狂放的生活状态。他们是统一行动、共同盗窃的团伙，又是保持独立完整个性的自由个体。在社会上无法立足的他们被排挤到这片废墟上，却意外地在这里找到了生的实感。在夜幕下的废墟上，他们向地下的"宝藏"一哄而上，又被警察撵得四处逃窜。在这一场场乌烟瘴气的闹剧中，除了喧嚣，读者是否还能感受到几许凄凉？"阿帕切"族最终在外部世界的入侵下轰然四散，巨大能量的消耗后，留下的只有一片死寂和空虚。这样的结局，是否让人体会到一种冰冷的绝望？关于《日本三文歌剧》的创作意图，开高健写道："我实在是太想写这极其悲惨，但越是知晓就越禁不住笑（这是黑色的笑还是红色的笑另当别论）的生活。这里有着悲惨、哄笑和狂躁。[……] 与悲惨和懊恼一起，我还想写'笑'。我认为'笑'难道不是文学的第一美德吗?"②《日本三文歌剧》被称作"哄笑的文学"③，"阿帕切"人那滑稽狼狈之态令人捧腹大笑，这是来自躁狂书写的"笑"；而更深层次的"笑"，却是源于作者在抑郁状态下的深入观察与思索。小说里，"阿帕切"人丰沛的生命力反衬的是现代人生命力的萎缩，无拘无束的自由空间挑战的是"井然有序"的现代社会，本真的生存状态讥讽的是异化的生活模式，原初的人性之光解构的是伪善的现代文明。开高健将躁狂浸染着抑郁，借由热情进入生命的深处，以幽默的方式道出严肃的主题，在包含混杂的同时追求澄明，在笑声中窥见真实。

躁郁症除具有躁狂和抑郁的两极化特质，还有两者循环往复的特征，即"循环性情感障碍"。躁狂和抑郁常常混杂在一起，或是在一个持续变化过程中交替出现：抑郁期之后常伴有剧烈活动和"愉快"的时期，但通常紧随而至的是深不可测的低落心情。个体在极端的兴高采烈和深沉的绝望深渊之间来

---

① 杰米森. 天才向左，疯子向右（上）：躁郁症与伟大的艺术巨匠 ［M］. 聂晶，译. 杭州：浙江人民出版社. 2013：18
② 開高健. 開高健全作品・小説 3. 東京：新潮社，1973：256.
③ 吉田永宏. 鑑賞日本現代文学〈24〉野間宏・開高健 ［M］. 東京：角川書店，1982：328.

回摆动，经历着情感周期性的起伏变化。躁郁症中这一带有重叠性、过渡性和波动性的层面，对于文学创作具有重大的意义。患有躁郁症的作家，在抑郁的时期，反复思考经历过的人事，将所见所闻进行整合提炼，可以达到比常人更高的境界，也积攒了更多的诗情与创作题材。而在狂躁时期，他们忽然获得了过量的自信和表达欲望，他们急于把自己的感想表达出来，产生了强烈的创作欲望。而紧随其后的抑郁又使炙热的情感和丰富的艺术想象力在一定时间的沉淀后更加成熟，经过构建、修改和细节的润饰，最终将情绪与心灵中的素材，锤炼成艺术成品。

被称为"开高健文学的分水岭"的长篇小说《光辉之暗》，其创作过程正反映了开高健躁郁性气质的循环性变化。《光辉之暗》是以越战为题材的长篇小说，其创作的发端，应该追溯到开高健作为朝日新闻社的临时特派员赴越采访越战的 1964 年 11 月。这期间的开高健，正处于摆脱抑郁的躁狂阶段，越南之行恰好是其处于躁狂期的旺盛行动欲的体现。当一个内心有严重战争创伤的人再次被投进惨无人道的战争中时，他受到的冲击可想而知。开高健迫不及待地想要把自己的所见所闻、所感所思如实记录下来，然而，一个作家的创作欲望却和他作为报社记者的职业身份发生了冲突。尤其是在亲眼看见越共少年被行刑枪决的血腥一幕后，他的心灵受到强烈震颤。他因剥夺生命、尊严、人性的战争而震怒，也为自己作为一名非战争当事国的临时特派员，只能无奈旁观的"看客"身份而焦虑。他目睹着战争的罪恶，叩问自己行为的意义，陷入痛苦与失望之中。1965 年 2 月 14 日，开高健在"南越"战场做前线采访，其所在部队在热带丛林中遭遇越共军队的突袭。在这场 200 人中仅有 17 人生还的惊心动魄的丛林之战中，开高健死里逃生。这场生死的洗礼给开高健带来非同寻常的影响，他的人生态度被彻底瓦解，所有蛰伏的情感统统爆发了。同年 2 月 24 日，开高健返回日本。随即，他以在越南完成的 9 篇报告为基础，在第一时间写下了报告文学《越南战记》，于 1965 年 3 月 20 日由朝日新闻社出版。《越南战记》客观翔实地报道了越南战争的实况，为当时的日本国民了解越战初期的越南状况提供了宝贵的资料。然而，经历过越战巨大冲击的开高健已经不甘心仅仅作为一名报道者。他在《朝日新闻社版后记》中吐露了自己痛苦的心声："我深切地领悟到这世上有很多事未经书写和诉说而销声匿迹。无论在西贡，还是在箱根，我都郁闷不已。啊，不是这样的，不是这样的，这完全是假的——可是却无法动笔。"① 奔赴血雨腥风的战争现场，目睹各种人间悲剧，甚至经历死亡威胁，却认为自己写出的报道仍不能完全迫近"真相"，开高健痛心疾首。

同时，开高健也在痛苦与焦躁中不断探索：1965 年 4 月至 1967 年 11 月，开高健参加了一系列日本国内反对越南战争的政治运动，后因发现这些政治活动已经脱离初衷，便毅然抽身而退；1966 年 1 月至 10 月，以越战体验为题材虚构的长篇小说《来自海滨的人》在《朝日期刊》上连载，开高健却因读者将小说中的架空之国误读为越南，以及结尾处的情节设置与布鲁希特、福克纳的战争作品意外重合而忍痛弃用。"决定放弃《来自海滨的人》后，过了一段时间，我决定将自己之前关于越南的所有文章当作未曾有过，决心以一切从零开始的心情，以全新的方式写下一部作品。"② 开高健在实践和深思后的取舍也使他的情绪基本趋于稳定。

于是，这之后的大约一年时间里，经过反复思考、过滤、提炼和艺术升华，开高健以越战体验为基本素材，加入自己对战争与死亡以及人类生存困境的独特诠释，融合纪实与虚构的创作手法，完成了他文学生涯的转折之作——《光辉之暗》。长篇小说《光辉之暗》体现了开高健人生、文学态度的巨大转变。在这部小说中，开高健再也不是前期作品中那个冷眼旁观者，他将视线与对象融合，把自己与现实世界同化。他走进自己长期以来封锁关闭的内心世界，以自我观照的方式把自己曾参与的事件以及看法和反思呈现在读者面前。他以记者的敏锐眼光，甄别不同场合的气息，捕捉战争的真相；以作家的人文思考，控诉战争的惨无人道，思考生命的尊严与意义；以冷峻的复眼，借越南战争审视日本乃至世界；以真诚的态度，揭露光辉下的阴暗。

对于《光辉之暗》的创作历程，吉田永宏评价道："从《来自海滨的人》到《光辉之暗》的道路，正是作家自身内部进一步升华的证据。这里已是重复，被对自己和对周围的焦躁所促使，想要更加彻底地直视对自己（非同寻常）的越南而作的《光辉之暗》是一次尝试，也是自我开掘中充满痛苦的呻

---

① 開高健. 朝日新聞社版へのあとがき［M］. 開高健全ノンフィクション 全5卷，第2卷. 東京：文藝春秋，1977：415.

② 開高健. 開高健全作品・エッセイ3［M］. 東京：新潮社，1974：239.

吟。"① 笔者认为，这条道路并不仅仅是从《来自海滨的人》到《光辉之暗》，
而至少是从开高健赴越采访，甚至是从他登上文坛直至完成《光辉之暗》的
漫漫求索之路。这是一条结合了狂喜与恐惧、悲伤和欢乐、光明与阴影、永恒
与多变的崎岖长路。开高健在这条长路上踟蹰蹒跚，以非凡的智力与情感毅力
控制着自己那痛苦焦虑而又躁动不安的情绪，努力理解自己那矛盾纠结的内
心。他经历痛苦，描述痛苦，并最终将内心的痛苦转化为一种带有普遍价值的
经历体验，让个人的旅程变成一条启迪之路。躁郁症造就了开高健宽广、辽
阔、散漫而又充满矛盾的灵魂，也赋予了开高健文学的深度、激情和理智。开
高健在痛苦中学习，从"疯狂"中析出美妙，并用歌声来传递。

　　开高健的一生，贯穿着生与死的对峙、现实与理想的冲突，抑郁与躁狂的
折磨。这些矛盾的图景，既有各自内部矛盾两极的相生相克，又互为因果地复
调行进于开高健的生命进程和文学世界中。它们在对立冲突、相辅相成的同
时，又纵横交织，产生连锁反应，共同衍生出丰富、深邃与独特。

　　年少时，开高健就遭遇了"生与死"的矛盾。一方面，他背负着"父亲
之死"和"战乱之死"带来的沉重的死亡焦虑，另一方面，又亲眼看见、亲
手触摸、亲身体会到"绝境之生"。开高健接近绝望又探索希望，深陷黑暗又
感知光明。"生与死"的矛盾赋予开高健向死而生的生活态度，使他能够辩证
地看待人生的艰辛和欢乐、苦难和幸福。他从死亡之痛中体悟生之可贵，尽情
领略世俗生活的种种乐趣。他肯定生、否定死，从不停止对生存意义和未来归
宿的追寻，尽管盘踞内心的死亡阴影使他时常怀疑意义本身，对未来感到迷
惘。开高健将自己对生命的独特思考投射在文学作品中，展现出对"生"全
方位的表达。在其文本世界中，既有最本真的生命与人性之美，又有挥之不去
的徒劳和幻灭感，还有在濒临绝境时爆发出的强烈的生命愿望。各种不同的生
命形态，在矛盾中、张力中展开，律动中有受动，束缚中有舒展，衰败中有新
生。开高健文学所体现的，是生命的一种赤裸裸的张扬，一种卓尔不群的别
致，一种标新立异的创新，一种他人永不会重复的生命韵律。

　　开高健带着对生死的独特感悟迎来了风云变迁的日本战后时期。他曾与时

---

① 吉田永宏. 鑑賞日本現代文学〈24〉野間宏・開高健［M］. 東京：角川書店，1982：390.

代中心近距离接触，丰富的工作经历和生活体验使他对资本主义社会的生产运作、组织框架结构以及大众文化有深入的了解，而年少时形成的复眼式认知，则让他看到了物质繁华背后的精神荒芜，他才可以敏锐地把握住日本经济高速增长期的时代本质与社会核心问题。开高健以批判现实的手法，解构笼罩在经济高速发展的瑰丽神话中的日本战后社会，呈现出一个充满冲突抵牾和异化流浪的精神"荒原"；又用理想主义的信念，通过在文本中塑造具有自我意识的觉醒和主张的叛逆形象，建构与现实世界抗衡的理想之国等方式探索自我救赎与日本文化的出路。开高健在现实的荒原中发出理想的呐喊，而理想的求之不得使他痛感现实世界的荒诞，于是只好选择栖身于荒诞世界的边缘地带。开高健身上体现了边缘人的痛苦与无奈："灭形""失坠""剥离"成为体现其心理内涵的关键词，身体旅行和灵魂出走是他独特的边缘生存方式。边缘人是不幸的，但边缘更能反映真实，带来透彻与深刻。开高健经历着现实与理想、怀世与忘世的悖论命运。他在迷惘中求索，将痛苦化作智慧，借文学发出时代的先声，让同样迷失在现实中的人们听到希望之音。

"生与死""现实与理想"的矛盾在开高健心中交织成多重困境，种种矛盾左右着他的情绪，使他躁郁的人格气质逐渐聚敛成型。而躁郁又影响到他的人生选择和作品表达。开高健的一生中，抑郁屡次发作，让他无法写作，精神崩溃，甚至幻想自杀。而在抑郁的另一面，却是躁狂。这种躁狂既体现在他有时兴奋激昂、有时焦躁易怒的先天性格上，又产生于他为摆脱抑郁所进行的主观努力上。开高健的一生，抑郁与躁狂不定发作，他的内心世界时而乌云遍布，时而有透过云层的灿烂阳光，时而又如暴风雨般狂乱。开高健在人格分裂的炼狱中挣扎，在混沌的内在世界中探索秩序。他将躁狂渗入文本，化作跃动的音符，又将悲伤驯服，把它锁入文字中，沉潜于文本深处，从而形成了文体的广度；他在抑郁中沉思，在躁郁的循环中反复揣摩、锤炼，从而拥有了文学意义上的深度。开高健以非凡的才华和毅力，将躁郁症的非理性之物有逻辑地整合，将内心的变化和对立流畅地表达出来，将混乱转化为有意义的思想和感受。这是一种浴火重生的蜕变，是诞生于疯狂的美妙。

开高健走过身心困惑的青春岁月，经历过起伏跌宕的人生历程，忍受了排山倒海的情绪波澜。他的一生，被置于矛盾的重重围困之中。他的内心时刻纠结着正反并存的矛盾，他同时注视着两个相反的方向，他以独特的矛盾视角来审视战后日本的文化与价值。矛盾的观念渐渐扎根于开高健的深层意识之中，成为其认识和评判世界的哲学思想根基，促使其成为一个具有矛盾性思想意识的作家。在矛盾的意识下，开高健不断摸索尝试文学形式的改变，让二元思想在文本中汇集与碰撞，在矛盾发展的引导下寻找自己文学的归宿。可以说，开高健的人生经历和精神世界的矛盾，是开高健文学世界的底色，是指引开高健文学之路的光束，也是开高健文学魅力的不尽源泉。

第二章

开高健文学创作之矛盾论

在独特的人生经历和性格构造下形成的矛盾世界观，使开高健对文学作品中的二元对立现象密切关注。翻阅其随笔集，这样的文字随处可见。关于萨特的《恶心》："在这明晰的另一极是阴郁而又丰饶的混沌。是黎明时分的混乱"；关于福克纳的《野性的棕榈》："作品全篇被激情的浓雾包围，却没有一行不明晰的文字。不可抑制的渴求带来的混沌潜藏在同样无法停息的明晰精神的那层表皮之下"；关于中岛敦的《文字祸》："幽默的背后是孟子称作'狼疾'般崩溃的苦恼，其内里包含着无路可逃的小兽最后一声凄厉叫声般的悲痛"；关于夏目漱石的《我是猫》："明朗的漱石和阴暗的漱石是同一个人，[……]若仅仅以'苦恼'接近他，只会削弱他的存在，对其认识亦会愈加贫乏"。明晰与混沌、静谧与狂澜、壮丽与丑恶、昂扬与坠落、觉醒与昏睡、悲鸣与谐谑……开高健沉浸于二元对立的文学世界中，感知着各种矛盾带来的冲击和紧迫感。在重重矛盾的惊涛骇浪中无处逃遁，却又奋力抗争——这形成了开高健文学的灵感之源。它如同一个无所不在的精灵深潜于开高健的文学创作之中，影响着其文体风格的演变，显现出多种相逆的文学景观。

开高健的文学创作，是在矛盾推动下摸索前进的过程。习作期青春的惆怅与失落，初登文坛的激情与理想，越战冲击下灵魂的震颤与觉醒，晚年重新发现与找回自我，开高健把自己分裂流动的灵魂和悖论式的艺术世界浑融地编织在一起，让创作在矛盾中萌发、舒展、绽放、消寂，形成独特且深邃的文学艺术空间。开高健的叙述模式，呈现出"内"与"外"此消彼长的博弈。他曾在内与外的抗衡中选择"向外"，依靠"远心力"描述外部世界。那些以尖锐的问题意识和宏阔的思维空间构筑的寓言性文本，针砭时弊，入木三分，暴露出战后日本社会的虚妄性。而那颗蠢蠢欲动的内心又让他时常无法抑制，并终于在越南战场上遭遇生死危机后全面爆发。从此，他转变了自己的文学观念及话语方式，凭借"向心力"回归自我内部，以内心的真实感受书写对战争、现实、生命、人性的思考，实现了艺术"诗"与"真"的完美结合。"内"与"外"的两极充分对立，同时又相互介入、彼此渗透，进而于互相构成中，一生二、二生三，去衍生和营构，产生强大的妙不可言的生成性。被誉为开高健文学转折点的《光辉之暗》就是这一矛盾辩证关系的产物。诞生于《光辉之暗》之前的同一题材作品《越南战记》属于非虚构文体，开高健将自己的作家智慧和文学表现才能巧妙地运用于新闻报道写作中，使纪实作品《越南战记》获得了经久不衰的文学生命力。从报告文学《越南战记》到长篇小说《光辉之暗》，是从纪实创作到虚构文学的飞跃。开高健以虚实相生的叙事技巧将纪实素材引入虚构的故事框架，消弭了纪实作品与虚构文本的界限，在纪实与虚构的回声与唱和中，赋予小说体裁以新的生机，形成振聋发聩的艺术力量。可见，正是矛盾的对立冲突带来艺术的动机，促使开高健以非凡的艺术胆识进行求异的创作探索，并在极致处开拓出柳暗花明又一村的创作境界。

开高健的文学艺术世界，是矛盾作用下生命之弦的一种紧张而丰富的演绎形式。矛盾使开高健的文学生命力得以不断激发，使其文学创作呈现动态之势。在文学创作的道路上，开高健如同一个寻梦者，一直在不断地改变自己，否定、改变、再否定，并由此带来叙述模式的丰富多样，想象力的收放自如，在文学诸多领域中的自由穿行。开高健在世事的混沌中，独立思考，运用矛盾的哲理思辨创造出自成一体的艺术形式和意蕴深厚的思想内涵。矛盾在开高健的文学创作中，既相违相反又相谐相合，凸显了一种涵纳正反、兼收并蓄的审美张力。本章以矛盾的视角，从开高健小说叙述模式的转变、纪实创作与文学表达两个方面，考察开高健文学创作的特征及变迁。

第一节
自我的退隐与显露

奉生认为开高健是一个文体风格多变的作家，吉田根据其作品倾向的转变，将开高健的创作分为五个阶段。第一阶段，出发阶段，《印象生活》《学

生的忧郁》；第二阶段，从出发到认知阶段，从实质性的处女作《恐慌》到
《日本三文歌剧》《东京即景》时期；第三阶段，越南前期，以越南取材为契
机所写的《来自海滨的人》和短篇《士兵的休假》等尚未完全脱离前两期影
响的时期；第四阶段，越南后期，创作《光辉之暗》《夏之暗》，为开高健文
学最高峰；第五阶段，新报告文学和随笔时代以及物的时期，《OPA!》等垂
钓游记和《最后的晚餐》等随笔广受瞩目，文学表现性后退。① 在各个阶段，
开高健的文学创作呈现出截然不同的艺术风格。他曾是自己孤独青春的吟唱
者，借作品中的人物吐露青春的迷惘与哀伤；他采用与日本传统私小说截然不
同的创作手法，走出自我，用"远心力"向社会取材，以极具话题性和现实
感的主题构筑寓言性的文本空间，体现出一个冷眼的旁观者对时代的客观审视
和清醒思考，在日本战后文坛独树一帜；在完成一系列"向外"的作品之后，
他转向内心，开始创作自称为"浪子的回归"的自传体小说《蓝色星期一》，
却又突然中断创作，奔赴越南战场取材；战场上的生死经历终于使他一直极力
克制的情感喷涌而出，从此他改弦易辙，从旁观者变成倾诉者，将"远心力"
转为"向心力"，在作品中袒露灵魂，宣泄情感；他以诗化的语言描写自己与
自然之物的接触，追求在纯粹的行为和感觉中心灵的净化……开高健的文学创
作历程经历了外与内、理与情、现实主义与浪漫主义的冲突和叙事视点的对
立。这些矛盾概括起来可以归结到一点，即叙述模式上自我的退隐与显露。

1. 内心的哀歌——开高健文学的出发

从创作时间上说，1950 年 1 月发表在《市大文艺》（大阪市立大学的文艺
杂志）上的《印象生活》是开高健牛刀小试之作。在《印象生活》中，开高
健以第三人称"他"回忆了自己少年时代的个人经历和记忆碎片：在国语考
试上故意将"情"字组词为"情人"的莫名兴奋，对异性最初的好感与向往，
恶作剧闯祸后的仓皇逃跑，毕业典礼上作为学生代表发言，与父亲一同看电
影、父亲的意外死亡和父亲去世后家里悲凉沉闷的气氛，青春期的欲望与躁
动……从这些零散的叙述中，开高健敏锐的观察力和多愁善感的性格可见一
斑。由于作者拘泥于自己生活的"自然主义的印象捕捉"的叙事方法，导致
这部作品没有完整的故事情节和明确的主题思想，因此相对于情节而言，语言

---

① 吉田春生. 開高健·旅と表現者［M］. 東京：彩流社，1992：10.

表达更加引人注目。整部作品使用了超过四分之一的汉语词汇，这在一方面不得不令人惊叹开高健卓越的汉字驾驭能力，而另一方面也难免有华丽辞藻的堆砌之感，加上现实感的相对缺乏，其习作期的稚嫩显而易见。多年后，就谷泽永一将《印象生活》等早期作品编入《开高健全作品集》一事，开高健在《语言的落叶Ⅰ》中写道："这22年里我一直保持缄默，不向任何人提起也不做记录的深埋在心底的最为本原的羞耻之物，也被他不无遗漏地编进全集中。我回国后发现此事，不禁冷汗、热汗淋漓，头晕目眩。"①

　　几乎在开高健发表《印象生活》的同时，他与谷泽永一相识。此后，开高健加入《铅笔》同人志，从1950年4月起，开高健陆续在《铅笔》上发表《印象采集——素描集》《季节》等作品。1951年7月，长篇小说《学生的忧郁》作为纪念《铅笔》杂志的解散以誊写版的形式公开发行，然而却未引起任何反响。这让当时负责发行的谷泽永一颇为失望，甚至想起了芥川龙之介回顾《罗生门》时的叹息"评论界尚且一言未发"。所幸的是，作为此书为数不多的获赠者，小田切秀雄对其给予了热情洋溢的鼓励："有着各种优秀资质的形态，也带来了新鲜的印象。"今官一在读完第二章后，也难掩兴奋地赞扬道："我期待着往下读，这是一种满足愉悦的心情。因为我欣然读到了一种style的出发。如果你明白我长久以来多么期望这样一种style能够成为日本的style，那么我此时的激动也定能传递给你。"② 作为自己习作期的决算之作，开高健将自己青春时代的喜怒哀乐投射到了《学生的忧郁》中，小说的四个主人公可谓是开高健不同侧面的分身：不得不担负起养活祖母、母亲和两个妹妹的生活重担的义彦是开高健充满打工经历的实际生活的原型；家人被留在中国、身患结核病的计介，是当时曾想过自杀的开高健内心世界的原型；所有人物中唯一一个不需要打工、出生于中流家庭的雅也，是如果没有战争和父亲的死而应该成为的另一个开高健；计介的恋人道子，据牧羊子说，当时《铅笔》的同人们都说："这不就是你吗？"③ 小说以倒叙的形式展开，从计介自杀，同伴雅也将其送往医院抢救，义彦和道子赶来探望的场景开始，到最后计介抢救

　　① 開高健. 言葉の落葉〈1〉[M]. 東京：冨山房，1979：111.
　　② 谷沢永一. 開高健批評史略[J]. 國文学：解釈と教材の研究. 學燈社，1982，11（第27卷15号）：136.
　　③ 此段根据平野荣久《開高健——闇をはせる光芒》写成。

无效死亡，三人在太平间送别计介，然后以各自告别的最后一幕结束，中间穿插了计介与道子在八代海岸度过的夏天的回忆、道子在随身携带的挂饰中装进氰化钾的故事、计介和义彦打工的工厂发生的肃清赤色分子反对斗争等。开高健将一个个生活的横断面，拼成一幅异样的青春图画。他以细腻感伤的文字鲜活地再现了当时大学生的情感和内心世界，述说着动荡年代中青春与生命的消逝，吐露出迷茫、失望和令人不胜唏嘘的无奈。

如果说《印象采集》和《学生的忧郁》是开高健苦闷青春的缩影，那么在开高健入职洋酒公司后所写的《某个声音》和《圆上的裂痕》中，这种青春的苦闷已经扩大成为战后一代日本人共同的伤痛和迷惘。《某个声音》描写了战后日本百姓困窘无望的生活。故事的讲述者"我"是一个寄宿在城郊农家土坯房二楼的青年男子，"我"在一家二流报社的审校部做临时工，夜班的工作使"我"的生活晨昏颠倒。"我"喜欢在点着蜡烛的咖啡店听音乐，迷恋那里咖啡的浓香，可是想到那炎炎烈日，"我"又感到无比疲劳，于是即使在星期天，"我"也像家畜一般待在家里，没人来访，也听不到任何信息。"我"的楼下住着一个年轻妓女，"我"曾帮她给她的恋人，一个名叫"亨利"的美国士兵代写过两三次信，但是不算熟悉。一次偶然的机会，"我"得知"亨利"在朝鲜战场上战死的消息，一番思想斗争后，"我"决定还是不要告诉她。由于生活所迫，女子不得不到别的妓女的地盘招揽生意，不料因此遭到一顿毒打。"我隐约知道她的不幸和灾难，却无能为力。有时候我也想走出房间下楼，进入她的房间跟她说点什么，但我完全不认为自己的语言和声音能给他人的内心带来什么变化，起到什么有效的作用。我只是不断重复着失败。"①"我"依然过着疲乏沉闷的生活，一天黄昏，"我"因贫血晕倒从单位早退。快到家时，"我"偷偷望见女子靠在栅栏门的门柱上，低声地呼唤，"亨利，快回来"，那声音给"我"别样的感觉。继而低吟转为迫切的倾诉，"亨利，我等你"，后来她几乎是大叫："I want you！""我"使劲让舌头打着卷，焦急地想要模仿她的感觉，说出这鲜明的词语："I want you！I want you！"年轻妓女等待着无望的爱情，在困顿的生活中青春逐渐凋零；"我"对己对人都无能为力，无奈重复着麻木疲惫的生活。小说深刻地揭露了时代对普通人命运的摧

---

① 開高健. 開高健全作品·小説 2［M］. 東京：新潮社，1973：32.

残、给心灵带来的创伤。平野荣久评价道："《某个声音》是一部弥漫着忧郁气氛和哀切情感的佳作。"①

《圆上的裂痕》中，"我"是一个在政府工作的普通雇员。"我的生活和大多数人一样，是一个封闭的圆。不会升职，没有音乐、每天每周每月，房屋电车马路、发票印章数字、餐桌被子窗户，所有的东西每天都被嵌入同一半径的圆周上，成为一个定点一动不动。[……] 我作为一个绝不反对公共秩序和优良习俗的模范官吏，静静地在圆的内侧，无声无息地枯朽、腐烂，每一天，力气在毫无踪迹地消逝。我的日常是一个封闭的圆，而且，不是一个磁场。"② 某天，"我"穿过美军基地的街道，来到山间的溪流钓鱼。走在上山的公路上，"我"想起在勤劳动员时期，还是初中生的自己曾被派到这条河上游的深山里挖火药库，还有自己那躁动又孤独的青春岁月。当回到基地的街道时，"我"看见一个还是孩子模样的美国士兵骑着摩托车全速驶向广场中央的街灯铁柱，他从旁边绕过两三次，然后像扑向猎物的鸟一样直线冲过去，就在即将撞上柱子的那一刹那突然调转方向。每当这时，围观人群便会爆发出一阵喧闹，大家拍着手，吹起口哨。人群中有一个妓女夹杂着英语和日语在喊着什么，她一边哀求一边光脚跑着，像是想阻止这个年轻士兵和看热闹的人们。然而，没有人理会她，年轻士兵也没有停下来的意思。妓女绝望地蹲下身子，在摩托冲向灯柱那一刹那紧闭双眼发出悲鸣。在回城的火车上，前座的两个男子在讨论朝鲜战局，提到由于美军部队接连全军覆灭导致前线士兵更替频繁，很多士兵不愿意上前线而逃跑被抓的事。他们的谈话印证了"我"心中的怀疑：骑摩托车的年轻士兵并不是在表演车技，他是想要自杀。可是，真相只有妓女一个人知道！《圆上的裂痕》中，"我"、年轻士兵、妓女，每一个人都被历史和现实禁锢在同一半径的圆周上。面对动荡的环境和无法改变的命运，没有一个人能够逃脱，只能逆来顺受，接受命运的安排，永无休止地在焦灼、狂乱和苦闷中煎熬。小说真实地反映出时代洪流面前个人命运的渺小，流露出无可奈何的失意、落魄和绝望。然而，年轻士兵骑车冲向灯柱的行为、妓女发出的悲鸣，应该就是在这命运之圆上出现的裂痕。禁锢之圆与圆上的裂痕这对矛盾意

---

① 平野栄久. 開高健——闇をはせる光芒. 東京：オリジン出版センター，1991：107.
② 開高健. 開高健全作品·小説 2 [M]. 東京：新潮社，1973：32.

象，深刻揭示出人们在绝望之境中的挣扎和挣脱无望的人生悖谬。

佐佐木基一曾评价开高健："他的关心深深地被战败前后的混沌无秩序的时代中那一切亟待重建的乱世所吸引。由此可以说，开高健是第一战后派的嫡传之子。"① 佐佐木基一的这一评价，是针对《恐慌》《皇帝的新装》等作品所言的。但是笔者认为，在揭露战争对个人的异化和迫害的这一文学主题上，开高健在习作期的作品似乎更能体现出与第一战后派文学的连续性。开高健在习作期的文学创作，是站在战败初期的混乱环境中对现实社会和人生意义的认识和思索。他植根于最细腻的生命体验和新旧嬗变时代中人们的生存实相，深入人们倍受压抑的心灵深处，展示战争对普通百姓生活的毁灭，体现时代变迁带给人的心灵碰撞和困惑。"正如开高健后来说的那样，那时的作品由于受到萨特的《恶心》的文体的影响，都是一些将战争期间和战后的青涩、残酷的青春的浪费归结为内心世界的危机的作品。"② 开高健习作期的作品，主要是对自己青春岁月的再度演绎，文脉中流注着他的血液，字里行间镌刻着在历史夹缝中徘徊的复杂情感，浸透着精神的空虚、信仰和价值观的失落。这一时期的开高健，着力于挖掘与释放内在情感，他是将正在经历着的时代巨变和冲击内化为自己迷惘、苦闷的情感，通过沉浸在空虚抑郁的情绪世界中来消解对现实的无能为力感。因而这种柔丽的风格多少带有私小说的特质，难以撑起现实的沉重感。因此可以说，作为开高健文学出发的系列习作，是一个处于新旧更迭时期的青年知识分子在内心深处吟唱的曲曲哀歌。

2. 自我的退隐——"远心力"的前期作品

"《恐慌》以前的，以《学生的忧郁》为代表的作品群，并未超出主人公们那饥肠辘辘、因自我意识而焦躁不安、一边忍受着不断的失坠与下沉的意识一边生存的内心世界，这些人的心境与作者敏锐的皮肤感觉一脉相通。（这些作品）成功定格了战后派的感觉和时代的氛围，但仍然在某些地方让人感觉到私小说式的陶醉。与此相比，自《恐慌》以后，这位作家开始向着更高层次的天空飞翔，能够抓住丰富多彩的构思契机。"③ 从藤井荣三郎的这段评论

---

① 佐々木基一. 戦後の作家と作品［M］. 東京：未来社，1967.

② 丸川哲史. 帝国の亡霊［M］. 東京：青土社，2004：128.

③ 藤井栄三郎. 徒労の哲学——流亡記［M］. 國文学：解釈と教材の研究. 學燈社，1982，第27卷15号：70.

可以看出，开高健的叙述模式和创作主题自《恐慌》起有了巨大的突破。开高健本人也在几部随笔和作品后记中，反复述说以下内容：

> 既然（萨特）已经写出了《恶心》这样的作品，那我就觉得我已经没有什么可以做的了。我没有能够超过它的构想和感性。通往内心的道路到此已是尽头。当读到这部作品中一处处犹如显微镜般精致、执着的描写时，我就连用语言将物定义成其本身意义的念头都不得不打消。我失败了。①

> 一直以来我埋头于用身体探索"内心之旅"，因此虽然这本书原本是在讲述内省的枉然，但我却彻头彻尾深陷其中。我相信，如果之后再写这样的文学作品，那就不过是对墨水和印刷机的浪费。②

萨特的《恶心》给了开高健强烈的震撼，让他发现自己一直埋头探索的"内心之旅"已经走到尽头。开高健深感自己永远无法在表达个人内心世界的文学领域写出超越萨特的作品，因此，他决定封藏自己青春时代的幽怨和感伤，终止对内部世界的探寻，打破早期私小说式的创作风格。如果说萨特的《恶心》是导致开高健文学理念发生改变的外部原因，那么开高健自身的内部原因更是不容忽视的。战争时期的勤劳动员、躲避空袭的大迁徙、惨遭摧折的无数生命、战后随即被卷入"重建"浪潮的百姓的命运，让开高健感到在强大的国家权力之下，个人只不过是一枚被任意摆布的棋子。他深知在这样一个"个体"尚未确立的社会，一味地追求个体的内在意义实属枉然。开高健后来在与山崎正和的对谈中阐述了自己当时的想法："之前是有过这样一种非常强烈的想法。认为躲进自己的内心，向着心灵深处纵深挖掘下去的那种文学已经终结，因此我放弃了。想着只有不断向外的外向性文学才有生存的出路，我便开始尝试。"③ 可以推断，当时在开高健的心中，唯有朝向外部世界，将小说作为构造之物来对待，追求其故事性、虚构性才是有意义的出路——小说就应

① 開高健. 開高健全作品·小説 5 [M]. 東京：新潮社，1974：321.
② 開高健. 開高健の文学論 [M]. 東京：中央公論新社，2010：226.
③ 開高健，山崎正和. 原石と宝石 [J]. 國文学：解釈と教材の研究. 學燈社，1982，11（第27 卷 15 号）：26.

该在故事结构性的强度上一决胜负。开高健"想要走一条和普通日本小说家相逆的道路"①，这是一个充满激情与理想的年轻作家试图反叛日本传统文学、开创文学之新风格的雄心壮志。如同本书第一章所分析的，开高健带着"父亲之死"和"战乱之死"造成的死亡焦虑，又在"荒原"般的战后社会忍受着被边缘化的痛苦，加上他本人内向抑郁的性格气质，这些因素导致其内心世界是极为不安定和脆弱的。开高健明白，一味地开掘内心只会让自己坠入无尽的黑暗深渊，所以为了保护伤痕累累的内部世界，也出于一种选择性的逃避，他决心面向外部世界，通过向外取材获取能量来填补那充满饥饿感和幻灭感的内心。如同仲间秀典的分析："从立志于文学创作之时起，就已自知这一不幸的他一定是察觉到了靠近内向型的文学会让自己陷于更加不安定的精神状态。因此，出于重视构造性的文学观，也是为了自己的精神安定，他从一开始便不得不选择发挥'远心力'的小说创作手法。正是由于其天性就比常人内向，对他而言，向内的矢量必然会导致文学上、精神上的荒芜。"② 另外，开高健在寿屋公司宣传部的工作经历为其"向外"的文学创作提供了独特的条件和帮助。在工作中，他认识到资本主义社会企业内部的结构、运作以及组织与人、组织与组织之间错综复杂的关系。同时，字斟句酌的广告文案策划也让他体会到什么样的语言、什么样的题材最能引起受众的兴趣。取材热点事件，构思别出心裁，创作出具有宏大结构性的小说，成为当时开高健对自己的要求。"考虑开高先生的（文学）启程，触碰某物、到某地体验、亲临现场，我认为这些就是他当时的至上命题。"③

开高健"向外"进行文学创作的想法很快在小说《恐慌》中得到了实现。在《夜与阳炎 耳朵的物语》中，开高健回顾了构思《恐慌》时对创作手法的考虑："我认为这必须是将湿润的抒情和最容易急速腐败的形容词全部剔除，以纯粹筋肉质的文体来写的故事。[……]这不是为了沉潜于个人内心深处、依靠向心力（创作）的故事，而是将那在极为精密的因果律下发生，结

---

① 開高健，山崎正和. 原石と宝石 [J]. 國文学：解釈と教材の研究. 學燈社，1982，11（第27巻15号）：26.

② 仲間秀典. 開高健の憂鬱 [M]. 東京：株式会社文芸社，2004：121.

③ 大岡玲.「外へ」と開高健は言った [M] // 開高健 その人と文学. 東京：株式会社ティビーエス・ブリタニカ，1999：15.

果又归于一场浪费，最终云消雾散的能量的诸种形象利用远心力写就的故事。"① 正如开高健所说，在《恐慌》中，早期习作中自我内心的靡靡之音已难觅其踪，取而代之的是依靠"远心力"捕捉的"诸种形象"：鼠群异常繁衍到泛滥成灾，又在某一天突然走向自灭；县政府山林科职员俊介在被上司打压、同事排挤中孤军奋战对抗鼠疫；官员对于灾情无动于衷，反而借机弄权以肥私；灾难引发的党派攻击、政治骚乱……开高健利用丰富的想象力，将一则新闻报道成功发酵成充满神奇与荒诞的故事。文本中描绘的种种众生乱象，又使作品拥有了寓言性的象征意义，成为现实世界的一面镜子——依靠"远心力"的创作方式，产生了奇妙的文学效果。"向外"的写作给了开高健前所未有的快乐，他在《夜与阳炎 耳朵的物语》中愉快地回忆道："那套房子是公司宿舍，只有三个房间。最里面房间的角落里有一个既不是壁龛也不知作何用途的凹陷，我在那里放进一张桌子，挂了块廉价的窗帘，在妻女前藏起身来，呻吟到黎明时分。熠熠发光的充实感溢满身体的每一个角落，落雨的夜里，雨滴穿过单薄的墙壁，似乎让我听到了它浸入柔软泥土的声响。每当此时，我便有一种终于遇到了适合自己的工作的无上幸福感。"②《恐慌》的创作使开高健重新认识到了自己的价值，产生一种宛如新生的感觉。因此，他这样给《恐慌》定位："我真正意义上的写作是始于《恐慌》。所以从我个人感情上来说，我想将它作为我的处女作。"③ 事实上，开高健也是凭借《恐慌》正式登上了日本文坛。开高健从此告别了习作时期的自我吟唱，迎来了追寻现实意义的崭新阶段。开高健表现出强烈的社会介入意识，作品题材不断拓展，文学创作呈现出一条明显"向外"的轨迹：他以资本主义商业社会中的营销大战为题材，创作了《巨人与玩具》；他注意到资本主义社会的异化已侵入儿童的世界，为拯救失落的纯真，写下了《皇帝的新装》；他深入活跃在原大阪炮兵工厂废墟上的"阿帕切"族取材，将他们的原生态生活呈现于《日本三文歌剧》之中；他利用古代中国建造长城的题材借古喻今，写成寓言性的作品《流亡记》；他远赴北海道大雪山的上川地区采访，将战败初期北海道垦殖农民的悲惨生活定格在《鲁滨孙的末裔》之中……

① 開高健. 夜と陽炎 耳の物語 [M]. 新潮文庫，1989：87.
② 同上，第146页。
③ 開高健. 抽象化への方向. 文章クラブ，1958：36.

阅读这一系列依靠"远心力"写就的作品，读者不难感受到开高健对叙事的迷恋、对结构设置的讲究、对人物特质的细腻准确的把握，以及对意象的精心捕捉。他以个人与集体的关系、巨大能量的喷涌与浪费为主题，将自己独特的语言天赋淋漓尽致地展现其中。他多用汉语、比喻和饶舌体的表达方式，以卓越的语言能力支撑起宏阔的叙事空间。在叙述模式上，开高健将自我情感退隐。作为一个与现实中心若即若离的旁观者，他时而对沸腾喧嚣的中心投去怀疑的一瞥，时而予以不无刻薄的冷嘲热讽。他退隐自我的情感，不宣扬自己的判断结果，不在其中随意挥洒自己的议论，而是用理性来构建和安排小说，以冷静节制的艺术形式完成对生命常态的抒写。自我退隐的叙述模式保证了作者伸展自如的话语优势，能在张弛有度的节奏控制、放达凝练的描绘、跌宕起伏的铺排中赋予题材无限推延的艺术魅力。同时，对于历史和现实的冷眼旁观使作者的心智获得"孤立"和"自由"，能以穿透性的洞察力去发现别人不易看见的"真"与"深"。从某种意义上说，这正是开高健的思想之所以深刻和超前的重要原因。总之，紧贴时代脉搏的现实性、游刃有余的叙述方式、冷峻深邃的思想内涵，构成了开高健前期"向外"的系列作品的新的意义。这些作品在一定程度上克服了日本传统私小说那种主观色彩过浓的局限性，也是对工业化社会中历史感消失，平面化、无深度现象的反拨。开高健超越了对"小我"的关注，达到对"大我"进行观照的高度，从个体情感的维度升华到民族文化的维度，完成了对现代人普遍生存状态的反映。"向外"的开高健文学，体现了开高健对日本传统文学和战后派作家的超越，成为日本战后文坛一面旗帜。

3. 摇摆在自我的退隐与显露之间

作为深知开高健心性的挚友，谷泽永一从一开始便敏锐地洞察到开高健依靠"远心力"华丽飞翔背后的破绽。就在《恐慌》发表后不久，谷泽永一写下一篇题为《〈恐慌〉读后》的评论文章，他在文中不无担忧地指出：《恐慌》对于开高而言，虽说是登上文坛"灵验的护照"，却无法成为"永居权的认可"。谷泽写道："登上文坛，为实现这一目的，需要战略和战术。目前，只能以《恐慌》的线路走下去。这是一个漂亮的出招。但是，这种风格绝对不会长久。故事始终都只是故事。肯定会在不久之后厌倦。开高现在或许是在勉强自己吧。"① 谷泽的担忧，可以说是对开高健无视自己与生俱来的诗性抒情特质和"五感全开"的敏锐观察能力而用"远心力"写出一系列寓意性作品敲响的警钟。其实，即使是在用"远心力"创作的系列小说中，开高健的"自我"也并非完完全全消失，偶尔还是会情不自禁地流露出那挥之不去的徒劳、幻灭和虚无感（在本书的第一章笔者已做过相关分析）。因此，笔者认为用"退隐"这个词概括开高健在"向外"作品中"自我"的位置比较准确。"退隐"是动态的、相对的，意味着"自我"主体本质上的存在，以及特定条件下的可变性。对于"向外"写作与表现"自我"的矛盾，开高健自己在创作时就已意识到："尽管我拼命想要抹杀掉'我'，可是还是会从手里漏出，或透露在气息之中。但是，不知道为何，我无比想要把'我'杀菌，写出能够享受创作的无拘无束的狂热的作品。"② 可见，开高健非常清楚自己那颗"不甘寂寞"的内心，然而当时一心"向外"的意念使他不甘心就此回头。于是，他拼命克制住那随时都要溢出的情愫，强迫自己继续在"向外"的道路上负重跋涉……

然而，文学是外部与内部的结合，是自然与灵魂的相融。客观的社会生活、物质性的社会实践必须纳入作家的血肉之躯，化作真挚浓烈的感情，才有可能进入审美的领域，完成艺术的创造。成功的文学作品应该是"外物"在作家"意识之河"中的流动。诚如勃兰兑斯所说，文学"就其最深刻的意义来说，是一种心理学，研究人的灵魂，是灵魂的历史"③。威廉·詹姆斯对"意识流"的阐释，弗洛伊德、荣格对"主体心理结构"的剖析，格式塔心理学对"创造性活动"的独特论证，皮亚杰对"认识的主观性"的证明，列昂节夫等人对"个性化含义"的强调都说明了创作主体的独立的人格、独特的个性、丰厚的感情积累、细微复杂的心理活动在文学创作活动中的决定性作用。因此，割裂外部与内部的联系，片面强调"向外"扩张，势必导致文学创作内在的动力、文学作品内部的活力被大大削弱。开高健文学"向外"的飞翔，终因内外的比例失调逐渐出现了失重的现象。

---

① 谷沢永一. 開高健〈パニック〉読後 [J]. 國文学, 1973: 46.
② 開高健. 開高健の文学論 [M]. 東京: 中央公論新社, 2010: 227.
③ 勃兰兑斯. 十九世纪文学主流 [M]. 张道真, 译. 北京: 人民文学出版社, 1997: 2.

　　七年前，我获得芥川奖，并作为"作家"被登记入册。获奖之前，我就暗自抱有一种想法，曾一度下决心绝对不要靠近自己的内心写作。因此，获奖后七年里，我写的作品优劣另当别论，我是一心一意以"向外"的志向在文体上下功夫，埋头于素材的选择。［……］然而，我渐渐地对此事感到疲惫，变得不能飞翔，无法发现（适合的）素材和文体。作为远心力的余音，我写纪实报道在周刊杂志上连载。因此我想要利用《蓝色星期一》这一长篇来抓住向心力，第一次尝试着去面对我一直强迫自己不愿意回归的内心。可以说，这是浪子的回归。①

　　在此，开高健回忆了"向外"创作陷入的困境、内心的苦闷与彷徨，以及由外到内逐步转向的过程。实际上，在创作《蓝色星期一》之前，开高健就已在自我的退隐与显露之间摇摆了。1958 年 2 月，开高健获得芥川文学奖，在媒体的强烈攻势和巨大的心理压力下，他严重抑郁，无法写作。于是在万般无奈中，他向《文学界》交出了小说《懒汉》。

　　这段时期里，我以自身的感受书写的作品只有《懒汉》唯一一篇。这部作品中，到处沾着"我"的指纹。这样的作品在当时我是绝对不想写的，但是由于无法忍受获奖后媒体的攻势，我迫不得已写了它。之后我一直觉得无比羞愧，由于不喜欢（这部作品），我一写完就将稿件直接交给了编辑，再也没读过第二遍。不料，读了各家报纸刊登的月评，发现大家都是一致好评，其中甚至还有些评价颇高的溢美之词。我的内心一半幸福，一半怅然。②

　　泽田和堀内是《懒汉》中的两个主人公。泽田食欲旺盛、青春躁动，有着动物般旺盛的生命力和进退自如的智力，是开高健憧憬的形象。堀内孤独自闭，常常感到与外部社会，甚至与"物"的疏离，陷入与世隔绝的状态。可以说，堀内是开高健边缘化定位和性格的化身。开高健将自己的精神矛盾在堀

---

① 開高健.「青い月曜日」あとがき［M］//開高健全作品. 東京：新潮社，1974：287.
② 開高健. 開高健全集. 頁の背後第 22 卷［M］. 東京：新潮社，1993：65.

内身上聚焦，述说自己如影随形的失坠、幻灭和疏离感。堀内在栽进草坪、脱下墨水瓶模型的那一刻，感到"素材和技术的可能性的幻觉穿过四肢流向草丛中消失不见"，"时间的刻盘在松动瓦解"，和现实联系的纽带丧失的"失坠感"；在听到少女喊出劣质英语的那一刹那，脑中单词的链条四散成灰，陷入突如其来的"灭形感"；选举宣传工作的途中，他被人群碰撞、推搡，耳边是刺耳的尖叫声，他忘记了自己的同伴，"怔怔地望着那个漏斗型的洞穴在自己的内部复苏"，产生不可救药的"疏离感"……开高健一直禁锢的"自我"，在堀内身上得到了完整呈现。吉田春生评论道："《懒汉》这篇作品正是开高健赤裸的本质，是他的出发点。[……] 架空的感情在这里已经破碎了。"① 吉田将开高健一直追求的从外部世界获得的能量和慰藉称作"架空的感情"。他认为这种感情是不可靠的，在《懒汉》中，这种感情"已经破碎"。因此可以说，《懒汉》是一部开高健首次脱掉来自"外部"的外衣袒露自我灵魂的作品。

　　然而，如同开高健自己所说"这样的作品在当时我是绝对不想写的"，写完《懒汉》的开高健仍然在文学创作上继续着"向外"的轨迹。1958 年 10 月，开高健到大阪原炮兵工厂的旧址采访"阿帕切"族，他将触觉伸到社会的最底层，写下表现集团猥杂、旺盛生命力的《日本三文歌剧》。1959 年 1 月，他以古代中国修建长城的史实为题材，创作了借古讽今的寓言性文本《流亡记》。并于同年多次前往北海道大雪山的上川地区采访，于 1960 年 12 月完成反映北海道垦殖农民悲惨生活的长篇小说《鲁滨孙的末裔》。开高健的行动和他的文学创作保持着"向外"的统一步调。1960 年到 1962 年的两年间，他旁听国会会议；访问中国、罗马尼亚、捷克斯洛伐克、波兰、苏联；远赴以色列旁听艾希曼审判；在东西德国和巴黎逗留期间，参加反右翼抗议游行，会见萨特；为做三得利啤酒的生产调研，和佐治敬三历访北欧、西德……照此情形本应在"向外"的道路上昂扬前行的开高健，却在 1963 年发表《发胖了》《被笑了》《看了》《动摇了》《遇见了》等被小笠原克命名为"使用特异的私小说手法的，'可以称作动词过去式系列'"② 的短篇小说。在《发胖

---

① 吉田春生. 開高健·旅と表現者 [M]. 彩流社，1992：39.
② 小笠原克. 現代日本文学大事典 [M]. 東京：講談社，1968：173.

了》中，开高健以作家"他"为分身，叙述了自己两年前在波兰旅行的见闻，也透露了自己再次由外向内转变的原因。青年时代的"他"，"无法忍受一个本质在各种属性和错综交织的关系中才得以存在（的事实）。他对此感到污浊，想要排除掉所有的剩余物。即是，仅仅掬起人生的上层澄清的部分吸吮"。而 6 年后"我"见到"他"时，从前那个精神至上的瘦削青年已经变成了身形臃肿的中年人。"他"对"我"讲述自己的波兰之行所遭遇的冲击。这一冲击源于"他"在波兰听到的一个历史事件：1944 年 1 月，希特勒彻底毁灭华沙的指令引起了华沙市民的全民起义。20 万人被困在城市的地下管道中，而已到达华沙不远处的苏联红军却未向纳粹军队发射一发子弹，对 20 万人见死不救。市民们发狂、失明，甚至被饿死、闷死，有人因无法忍受而爬出下水道，被德军当场抓住，集体枪杀。苏联红军见死不救的原因仅仅是源于阶级、国家矛盾等政治原因，这让"他"无比悲愤。然而，后面听到的事更让"他"痛心疾首。就在华沙市民起义的前一年，同样在华沙发生了犹太人的起义。华沙市民在地下管道抵抗了 55 天，而犹太人的反抗整整持续了 4 个月。犹太人曾向华沙的波兰人和游击队求助，却没有一个人帮助他们。苏联红军对波兰见死不救，而在这之前波兰也同样对犹太人见死不救。历史带来的震撼让"他"对自己长期以来的创作态度产生了质疑：既然人们对最宝贵的生命在政治等外在因素面前都不屑一顾，那么追求"外部"的意义何在？"我不明白为什么，会变成这样？不知道什么时候就变成这样了。我是一个骗子，真正的骗子。如果不是的话，我就想不通我为什么会这么胖了。"开高健借小说的分身"他"，表现了内心对外部世界的失望和对创作方法的怀疑。在《发胖了》之后，《被笑了》《看了》相继发表，开高健"将十多年前的新婚时代、学生时代，用在波兰被某种疼痛碎裂的内心来回顾"①。在《被笑了》中，开高健将自己写成"男子"，妻子写作"女人"，他回忆了与女人相识、同居以及孩子出生时，过早当上父亲的"男子"被护士们嘲笑的狼狈心情。在《看了》中，"我"和朋友去看色情表演，本来是想用观看丑恶的方式麻痹内心，却反而被表演的男女奋力求生的"惨烈"击倒。该系列作品是开高健对自己的过往和内心的重新审视。如果说《懒汉》是开高健与生俱来的内向气质引起的"自我"无意

---

① 吉田春生. 開高健・旅と表現者 [M]. 東京：彩流社，1992：22.

识流露，那么这一系列作品则是开高健在经历波兰之行等"外部"刺激后，对创作方法有意识的调整，是其文学创作向内转的第一步。因此，平野荣久将该系列作品称作"与《蓝色星期一》直接关联之物"①。菅原宽评论说："我认为在开高健的作品群中，（该系列作品）是相当于过渡部分的东西。"②

开高健分裂多变的人格气质注定其向内转的路途是曲折回旋的。尽管对于自己的创作方法有了怀疑和更改，但他仍然在"向外"的路上做着力所能及的尝试。为了寻找"向外"写作的素材，开高健走遍东京各地，写下纪实报道《日本人的游玩场所》，于 1963 年 7 月至 9 月在《朝日周刊》上连载，纪实报道《东京即景》又于同年 10 月到翌年 11 月继续在《朝日周刊》上连载。这些诞生于开高健敏锐观察力和卓越笔力之下的报告文学作品，以丰富的事实材料，翔实地报道了池田内阁经济政策的运行结果、东海道新干线通车、东京奥林匹克大会等时代性事件，展示了日本现代社会生活风俗的生动画面，得到了广泛的好评。而开高健却在之后的《页之背后》中，写下了在纪实报道创作中因不能贴近文学表达的核心而产生的气馁与焦虑情绪：

> 如果往好的方面说，在我内心某处有一种冲动。因为我总是在反省自己并不了解日本和日本人，所以我抓住这次机会，将这巨大的变形虫般的城市，这个既非都会也非村庄，亦非工棚或是终点站，实在无法名状的城市的昼与夜、贫与富、都会与农村，所有一切混合在一起的那种大杂烩的生态，用我的笔记录下来，哪怕是一小部分也好。我也有暗自的打算，就是在取材中如果碰巧遇到短篇或者长篇的素材，我就悄悄记录下来将其发酵，待日后打造成为文学作品。但是，实际上却完全不能如愿，在不断地变化文体、改变风格，每周像杂技一样的写作方式中，我嘲骂自己一切的所见所闻只不过是廉价出售的香蕉。我不但没有留下任何积蓄，反而唯有荒凉的疲惫依然淤塞于心。③

① 平野栄久. 開高健——闇をはせる光芒［M］. 東京：オリジン出版センター，1991：137.
② 菅原寛. 開高健感——「見た・揺れた・笑われた」以前および以後. 「コレクション」または現代文学の実験室②「開高健集」［M］. 東京：大光社，1969：58.
③ 開高健. 開高健全作品・エッセイ1［M］. 東京：新潮社，1974：265－266.

曾经，开高健决心要在作品中"彻底地将'我'抹去"①；曾经，在"向外"的作品中，生命力绚烂绽放，世态人情纤毫毕现；曾经，"远心力"的写作方式让开高健获得"终于遇到了适合自己的工作的无上幸福感"……然而，当这条"向外"之路即将走到尽头之时，当一切的狂热与激情消退之后，开高健发现自己"没有留下任何积蓄"，梦醒后"唯有荒凉的疲惫依然淤塞于心"，如同一场宿醉。"浪子"开高健不得不选择"回归"，尝试着去面对那一直不愿意面对的内心。于是，他开始构思回忆自己青春岁月的自传体小说，并将其命名为"蓝色星期一"。这个源自英语"blue Monday"意指"宿醉"的词，也正是开高健当时的心情写照吧。《蓝色星期一》的创作始于 1964 年秋天，在这部作品中，开高健抛弃了之前的所有观念和束缚，将自己第二次世界大战末期的中学时代、战败后的大学时代，直到女儿出生的过往，以回归内心的形式一一呈现。诚如野口武彦所说，这是一场"为了再次确认、巩固自己的精神基磐，向内探究战后体验的旅行"②。

可是，就在这场内心之旅的途中，开高健再次调转了方向：

> 好不容易将约定好的第五节写完，我下了山，将它交给杉村编辑，然后就去了越南。翌年二月末回国返回书斋，却发现想要回到作品中去无比痛苦。那惨烈的见闻和经历已经将我内心的音乐完全改变，我无法返回到早已停止弹奏的内心继续弹奏。③

1964 年 11 月，开高健作为朝日新闻社的临时海外特派员，和摄影师秋元启一共同前往越南采访越南战争。开高健再次中断了内心的探索，踏上了"向外"的延长线。而这次来自越南战场的极端"外部"体验，在开高健心中激起了惊涛骇浪。开高健再也无法继续之前预计的"向内"路径。

开高健如此艰辛地踯躅在他的创造之路上。他时刻经受着外部世界与自我灵魂之间矛盾的撕扯纠结。创作手法上内与外的摇摆激变，作品中自我的时隐时现——这些，正是一个不断审视自我、不断探索前行的真正的文学者虔诚灵

---

① 開高健. 開高健全作品·エッセー 2 ［M］. 東京：新潮社，1974：4.
② 野口武彦. 開高健 人と文学. 開高健大江健三郎集 ［M］. 東京：筑摩書房，1976：79.
③ 開高健.「青い月曜日」あとがき ［M］. 開高健全作品. 東京：新潮社，1974：169.

魂的显现。

4. 自我的显露——"向心力"的后期作品

关于越南之行对于开高健文学的意义，吉田春生评论道："在越南的经历中，开高健终于在自己文学生涯的洞穴里，确定了一束光线所照射的方向。"①开高健在经历了越南战争之后所创作的作品中，几乎都有一个无法割舍的"越南"：《光辉之暗》直接以越南战争为素材，将越南作为舞台；《夏之暗》的后半部分，越南作为浓烈的影子潜入；收录于《行走的影子们》中的作品，被称为"越南短篇集"；在《OPA！》等垂钓游记中，越南因素不时浮现；就连在遗作《珠玉》中，也能感到越南因素的渗透。可以说，这束光线贯穿了开高健整个文学生涯的后半期。那么，这束光线具体来自何处？又究竟指向何方呢？

在越南采访的三个月里，开高健亲眼看见战争中越南的一片混沌。恐怖袭击、示威游行、真假难辨的谣言遍布西贡的每一个角落，地雷和照明弹的爆炸声在不远处此起彼伏，血流成河的鏖战不分昼夜地在市郊进行着。政治家和将军们为了金钱与权力，把发动军事政变当成了家常便饭；老百姓过着一贫如洗的生活，青壮年男子被政府抓去当兵，村里只剩下"成天抓头发里的虱子"的女人们；街道上僧侣们淋上汽油，烧身供养，路边倒着中枪身亡的青年男子的尸体，酒吧里却是迷醉的人们在彻夜狂欢……开高健以记者之眼敏锐地观察着眼前发生的一切，用笔记录下所有的混乱、悲惨和罪孽。然而，他的记者之眼却被一件事情深深刺痛，他的记录之手颤抖了……1965 年 1 月 19 日，开高健得到有关枪决越共少年的消息，于是他和摄影师秋元启一于当日一大早 5 点左右，在西贡的中央广场"观看"了这血腥的一幕。将被执行枪决的少年是一个 20 岁的高中生，他在西贡市郊搬运地雷和手榴弹时被捕，警方认为其为越共首都地区特别行动本部队员。5 点 40 分，这名少年被带进广场，绑在了柱子上。"他浑身僵直地发着抖。他还是一个瘦弱的、脖子细细的孩子。"② 一声令下，十挺步枪朝着这个孩子开火。孩子的胸前、腹部、大腿顿时出现了数个黑色的小洞，鲜血从洞口汩汩地流出，染红了双腿。孩子耷拉的脑袋在冲击

---

① 吉田春生. 開高健・旅と表現者 ［M］. 東京：彩流社，1992：89.
② 開高健. 開高健全作品・エッセー 2 ［M］. 東京：新潮社，1974：170.

下条件反射地左右摇晃着，于是，一名将校上前用回旋式手枪，对准他的太阳穴，给了他"慈悲的一击"……

　　枪声响起时，我内心的某些东西粉碎了。膝盖在颤抖，热汗浸透全身，一种想要呕吐的感觉涌了上来。我几乎无法站立，踉跄了好几步才站稳。如果这个少年没有被捕，那么他搬运的地雷和手榴弹肯定会杀人。五人还是十人不得而知。可能会杀死美国兵，也可能是越南兵。也许少年会被带到湄公河三角洲或者丛林，让他拿起枪支，他便会像豹子一样飞奔，朝人疯狂扫射吧。或者在某一天，在泥泞中像条狗一样被杀掉。支持或是不支持他的信念，决定了他或者成为"英雄"，或者成为"杀人魔鬼"。这就是"战争"。但是，在这个广场上，一种可以称为"绝对的恶"的东西在涌动。[……]然而，在这个广场上，我被强制只能"看"。我是一个在军用卡车的影子下安全的第三者。[……]我只不过是一个目击者，一个特权者。某种将我压倒、难以言说的东西产生了，它来自对这场暴行的仪式化，我除了伫立观看，别无他法。安全感将我粉碎。如果我感觉到的是"危机"的话，那它是从安全感产生的。广场上一切都静止着，一切都在黎明中静止、浓缩，如果要说运动的话，那就只有眼睛还睁着，只剩下了"看"。我无法忍受这种单纯，我被摧毁了。

　　不时有液体从胃部向喉咙倒流。人类好像是以"自然"的某个恶作剧的形式出现在陆地上，大脑退化的双脚兽，只有这种感觉在我的心里游走。我被沉重地压抑着，感到对人对己的绝望。①

　　曾经，开高健一直努力让自己作为一名"旁观者"，面对战后日本纷繁的现实，他始终保持冷峻与理智。然而，当他来到腥风血雨的越南战场，面对一个正值最美好年纪的生命被摧毁时，他再也无法"旁观"了。眼前发生的一切将开高健彻底击碎。而今，少年惨死在"南越"政府军的手下，如果他没有被抓，那么"他搬运的地雷和手榴弹肯定会杀人"，或者，他会拿起枪支向人疯狂扫射。人们为了各自的利益和所谓的信念，可以相互残杀，将最宝贵的

---

①　開高健. 開高健全作品・エッセー2［M］. 東京：新潮社，1974：171-172.

生命无情践踏，难道利益和信念比生命还重要？其实，就像开高健所说，"支持或是不支持他的信念，决定了他或者成为'英雄'，或者成为'杀人魔鬼'"，可见，这"信念"是极端虚妄的。然而，人们却为了如此虚妄的信念而亡命厮杀，这是多么荒诞！"这就是'战争'"，是它让人们失去了理智和判断能力，将人们推向了疯狂。"在这个战场上，一种可以称为'绝对的恶'的东西在涌动"，这"绝对的恶"就是被欲望扭曲到暴戾的人心吧。对于眼前的一切，作为一个来自第三方国家的记者，开高健只能"看"，但是作为一个有良知的人，开高健因"看"而痛苦。他只能眼睁睁看着一个生命的陨灭，自己却无能为力。甚至，开高健因"看"而生罪恶感。他认为自己是一个身处安全范围内的"特权者"，在用眼睛亵渎生命的尊严，他在这样的"安全感"中，感觉到了人性的"危机"。无奈、焦灼、悲愤、自责、压抑，种种复杂的情绪在心中交织，让开高健对人对己感到绝望。开高健说"我内心的某些东西粉碎了"，可以想象，在他心中粉碎的东西一定包括这在生命面前孱弱无力的"旁观者"身份吧。

就在越共少年被枪杀后不到一个月的时间，开高健的灵魂再次被撼动。1965 年 2 月 14 日，开高健随军采访的所在部队在本·卡特据点附近 D 区西面的热带丛林中遭遇越共军队的突袭，开高健经历了这场 200 人中仅有 17 人生还的惊心动魄的丛林之战。关于这生死攸关的惊险一幕，开高健在《越南战记》《来自海滨的人》《光辉之暗》中都有记载。笔者在此选取更能体现开高健心理活动的《光辉之暗》中的有关描述进行分析。

> 有数发听不到发射音的子弹。风的压力几乎将我击倒。一瞬间，最后的一滴从我的脚后跟急速上升，从头发中挥发掉了。仅仅装着袖珍本和毛巾的背包感觉像是一吨重的石灰袋。没有枪没有刀没有地图的我无所依靠，所以我只能在被射击时闭上眼睛，张开嘴巴，我强烈地感觉如果把包扔掉就好像自己的铠甲被剥落一样，于是一直将背包紧紧地攥着、握着、抚摸着，然而在那一滴挥发的瞬间，我的自尊心崩溃了。支配人最微妙的、最强有力的，也是最大的冲动、最后的堡垒便是自尊心。当拿着包时，我还能感觉到自己似乎还保持着某种自我，而当这些都破碎、溶解掉时，瞬间的自由闪现，心情松弛下来。一种柔软的波浪瞬间出现，将我温

柔地包围，为我松绑。这种感觉酷似从蔺草中掠过的死亡的蛊惑，充满令人平和的清净感。我扔掉了背包，张着嘴跑着。士兵们像是即使没有主人和看家犬也能正确找到回家之路的家畜，朝着一定的方向奔跑着。凶暴、透明的力量紧贴着身体的左右两边呼啸着疾驰而过，树干发出阵阵声响。我闭上眼睛，浑身僵硬。耳朵里充满了心跳的声音，我变成了粉末，在黑暗中像潮水一样轰鸣。我开始哭泣，泪水顺着脸颊滴落到下巴。①

只有当直面死亡的威胁时，才能真正放下一切。丛林中的开高健被子弹紧追，他身上的背包，"像是一吨重的石灰袋"，明显成为他逃生的负累。但是，开高健却将这无用的"外物"当作保护自己的铠甲，"紧紧地攥着、握着、抚摸着"。他在想象的幻影中麻痹着自己，想为自己的恐惧、脆弱找到一个依靠，然而，这个"依靠"却是如此的不可靠。这时的开高健，不就正是那个一直想从外部世界获取力量，一直在"向外"的道路上负重前行的开高健吗？但是，死神正在一步步向他逼近。终于，"最后的一滴"从他的发间挥发了。这"最后的一滴"，应该就是开高健对外部世界所抱有的幻想吧。当幻想破灭掉时，"我的自尊心崩溃了"，开高健终于从那孱弱、虚无的"自尊"中挣脱，那个倚靠外部的"旧我"终于"破碎、溶解"了。也就在此时，"瞬间的自由闪现，心情松弛下来。一种柔软的波浪瞬间出现，将我温柔地包围，为我松绑"。杂念的弃绝，带来生之灵光；"旧我"的崩溃，迎来"新我"的诞生。"这种感觉酷似从蔺草中掠过的死亡的蛊惑"，"生"的实感在死亡的反衬下显得如此清晰。开高健扔掉了背包，和美国、越南的士兵们一起奔跑着。此时的他，已超越了"第三者"的身份，超越了国籍，超越了语言，以人类最本源的、赤裸的样子朝"生"的方向奔去。获得新生的开高健终于感受到了生命的律动，他的"耳朵里充满了心跳的声音"，他"开始哭泣，泪水顺着脸颊滴落到下巴"，这泪水，来自苏醒的情感，带着生命的温热，开高健向死而生！

越南之行本是开高健向外求索的方式，然而残酷的战争却让他进一步感到外部世界的虚妄与无意义，他再也不愿意做一个"旁观者"，开高健"向外"的文学探索终于在越南之行后画上了句号。开高健从越南回国后，在不到一个

---

① 開高健. 開高健全作品・小説 8［M］. 東京：新潮社，1974：272－273.

月的时间内写下了报告文学《越南战记》，但他却并不满足于这种记录式的文体："我深切地领悟到这世上有很多事未经书写和诉说而销声匿迹。无论在西贡，还是在箱根，我都郁闷不已。啊，不是这样的，不是这样的，这完全是假的——可是却无法动笔。"① 现有的创作方式和激变后的内心发生了激烈的矛盾冲突，"写着含混的语句，虚度时日而日渐发胖、浮肿的我，突然间注入了一种生气，仿佛从眼里要喷出血似的"②。开高健长久压抑的内心已经苏醒，所有蛰伏的情感在胸中激荡，他迫不及待地想要将心中奔涌的感受表达出来，想要通过自己的心灵去感知生的意义，去呼唤人性。于是，开高健开始摸索和自己心境相符的文体。他将赴越之前已写到第五节的《蓝色星期一》搁置一边，又果敢地弃用了耗费近一年时间完成的《来自海滨的人》，朝着自己心中的目标奋力前进。"从南国之行归来审视（自己的创作），我发现之前在头脑中构想的故事已经支离破碎。订正、删除、废弃，我一败涂地。我被牵引、打动、迷惑着。一种力量牢牢地抓住我，让我无法反抗。我开始沉醉于这崭新的、困难的、苦难到无从下手的，以明朗的日光下的悲惨为主题的故事的写作准备中。"③ 尽管处于文体过渡阶段的混乱和艰苦摸索中，开高健对自己的新的尝试仍然抱有极大期望，还似乎感知到了成功的喜悦。

1968 年 4 月，长篇小说《光辉之暗》由新潮社出版。这部小说呈现出开高健文学在过渡期的相应特征：既有对战争事实的真实记录，又有现象背后的深入思索，更有作家情感的真切投入。小说呈现了美军、西贡政权、"北越"、越南南方民族解放阵线、佛教徒组织、普通民众等各方势力与集团错综交织的越南局势，并深入思考剖析了潜藏于表象下的本质。开高健从越南展望世界，揭示出世界歌舞升平的"光辉"下，笼罩着越南的"黑暗"，睿智地发出"危巢之下，安有完卵"的警告。在《光辉之暗》中，开高健以冷峻的笔调描述事件、剖析事理，又以真挚的语气述说自我内心的复杂感受。开高健逐渐从一个旁观者转向倾诉者，视点由原来的俯视转为平视。他将自己在战争中的被害记忆与越南人民在战争中遭受的痛苦并置，采用倒叙、闪回等时间倒错、空间重叠的后现代艺术手法，在小说中制造出多维时空层次，展现自我的焦灼、孤

① 開高健. 朝日新聞社版へのあとがき［M］. 文藝春秋，1976（12）- 1977（10）.
② 開高健. 混沌の魔力［M］. 東京：筑摩書房，2009：167.
③ 開高健. 私の小説作法. ああ。二十五年［M］. 東京：潮出版社，2009：272.

独、幻灭的内心世界，揭示出战争给人带来的严重伤害；开高健写观看越共少
年被枪决的看客们的麻木与冷漠，将自己自嘲为一个用眼睛强奸生命尊严的
"视奸者"，他对人性发出的质疑，揭露出一个比军事战争更为可怕的人性的
战争；开高健描写在生死存亡之际的自我的真实感受，呈现出生命最原本的姿
态，在最幽深的黑暗中望见希望之光。《光辉之暗》诞生于开高健对战争与人
性的复眼观察和认知之后，表明其文体的确立与趋于成熟。正如平野荣久的评
价："对于文学而言最根本之物——文体，终于在到达《光辉之暗》的过程中
确立起来。[……] 开高文学的文体，至此从未发生动摇。"①

　　有了《光辉之暗》的成功过渡，开高健逐步放弃"离心力"的写作方式，
走向心灵深处，表达自我对外部世界的感受。《夏之暗》是开高健继《光辉之
暗》后完成的第二部"暗夜"系列长篇小说。对于这部小说的创作手法和意
义，开高健如是说：

　　　　这是在 1971 年的《新潮》发表的作品。上一部《光辉之暗》发表已
　　有三年时间。我抱着写成三部曲的打算写了这个第二部。到现在为止的大
　　多数作品，我都是用远离自身的远心力写作，从这部作品开始我决心用向
　　心力来写。我也决心将一直以来对自己的禁锢统统解禁。我想要将这部作
　　品作为对我而言的"第二处女作"。②

　　　　在《光辉之暗》的时候，便已明显显露在每一页的各处，在《夏之
　　暗》中，我决定将之前对自己的所有禁忌全面解禁。就是要以抒情的方
　　式写，贴近内心来写，写性，是虚构的形式，也是在写告白。③

　　如同开高健所说，《夏之暗》作为"暗之三部曲"的第二部，表现出对
《光辉之暗》的延续和深入。从《光辉之暗》到《夏之暗》，开高健的创作视
角从战争转向和平，从异常回归日常。开高健化身为陷入"人格剥离"的中

①　平野栄久. 開高健——闇をはせる光芒［M］. 東京：オリジン出版センター，1991：45.
②　開高健.「夏の闇」後記［M］. 東京：新潮社，1983：274.
③　開高健. 開高健全作品・エッセイ 3［M］. 東京：新潮社，1974：240－241.

年男子"我",又将同样内心虚无的"我"的昔日恋人作为自己的第二重分身。"我"时常处于与周围一切都丧失关联的"剥离感"中,为了逃离这种虚无,十年来"我"到处旅行,然而得来的只有记忆的碎片和无尽的惆怅。"我"的昔日恋人是一个"孤哀子",由于憎恨日本,她远走异国他乡求学,在自闭的生活中追求着"独立排他"的幸福。在欧洲的某个城市,"我"与她重逢。于是,两人躲进与世隔绝的公寓,沉浸在肉欲和嗜睡的生活中,形而下地试图通过欲望的满足来克服精神的空虚。为了驱散激情退去后依旧袭来的疲乏,两人外出钓鱼,在生命的实感被短暂地唤醒后,又重归苦闷。两人在百无聊赖的生活中感到绝望的窒息,于是在小说的最后,"我"再次启程奔向越南,去寻找新的出口。开高健讲述着这对现实生活中的逐客离人的日常生活,通过他们的心理纠葛,袒露自我的灵魂,宣泄内心郁积的情感。正如江藤淳的评价:"《夏之暗》是开高健这位作家的,几乎是完完全全的自我表现,这让我十分感动。"① 同时,作品又并非私小说式的个人内心倾诉,《夏之暗》中男女主人公病态的生活状态和颓败的精神世界代表着日本战后一代人面临的生存危机和精神危机。开高健以这种异化的生命状态来质疑日本战后社会的畸形发展,揭露出物质繁荣背后精神的"黯淡",表达自己对文化深深的失望。

和《夏之暗》的主人公一样,开高健本人也重新踏上了求"生"之旅。从 70 年代后半期开始,开高健在世界各地"徐徐疾行",他远离现代文明的喧嚣,感受大自然的润泽,在大川激流垂钓,探索体验人的感官极致。开高健将自己与自然亲密接触的体验和感受记录在《OPA!》系列、《更远!》《更广!》等游记中。在作品中,开高健谱写着与大鱼搏斗的生命进行曲,抒发着沉醉于大自然的安宁与愉悦,述说着那依然挥之不去的"灭形"感袭来时的痛苦。吉田春生曾将开高健的这一系列游记与其前期作品进行比较,他认为:"在手法上,《日本三文歌剧》和《鲁滨孙的末裔》可以视为同质的。它们都来自对于取材的热情、能够激发创作灵感的对象、职业性语言的塑造——而越南(之行)打破了这种风平浪静的状态。开高的垂钓游记,在本质上不是以往那种风平浪静的状态的延长,而是将这涤荡着波浪的破碎继续了。《OPA!》

---

① 江藤淳. コレクション開高健 [M]. 東京:潮出版社,1982:87.

的开高已经不再是《东京即景》的开高，而是带着更深创伤的开高。"① 可见，《OPA!》等作品虽然题材上是游记，但在本质上仍然是开高健自我情怀的流露。开高健执着地在"物"中寻觅精神的慰藉，直到晚年步入"玩物立志"之境。遗作《珠玉》便是他"玩物"思想的集大成之作。在《珠玉》中，开高健将自我的情怀与对生命意义的哲思寄托于宝石，又将宝石、女人等所有外物纳入自我的精神空间，使外部现实与内部情感双重异化，让自我在无限的精神空间遨游。开高健的文学与人生探索在《珠玉》上终结，他终以自己的方式，将繁复归于单一，又以单一致深、致远。

诚如谷泽永一早在开高健《恐慌》时期对他的预言，也如同大冈玲对开高健的评价："（他）在精神的根基上尊崇寂灭与空虚。"② 开高健从一个沉浸于自我内心世界的孤独的青春吟唱者出发，到以"远心力"的外向型创作在日本战后文坛独树一帜，之后又徘徊在"向外"与"向内"的两极，摇摆于自我的退隐与显露之间。而在越南所经历的灵魂洗礼，像一道光束，为迷茫中的开高健照亮了"向内转"的文学道路，从此，他终于确立了与自己心境契合的文体。以"向心力"写下的作品实现了"外"与"内"的同声相应、"意"与"像"的无间契合。在晚期的创作中，开高健将视线从现实社会转向自然之物，寄希望于自然界之中实现自我的精神救赎，作品反映的多是人与自然的互动和由自然触发的情感，因此导致这些晚期作品的现实性逐渐削弱，并最终走向了物我双重异化的虚无之境。开高健文学中这对"内"与"外"的矛盾，经过冲突、起伏、统一，最终销声匿迹。但是，它们碰撞产生的火花凝成的思想结晶却值得人们永远思索与回味。

---

① 吉田春生. 開高健·旅と表現者［M］. 東京：彩流社，1992：191.
② 大岡玲. 絶対矛盾としての食［J］. 太陽，1996（5）：86.

第二节
纪实创作与文学表达

2015 年 10 月 8 日，白俄罗斯女作家、记者斯维特兰娜·阿列克谢耶维奇（Svetlana Alexievich）摘得诺贝尔文学奖的桂冠。瑞典文学院给这位作家的颁奖词为：她的复调书写，是对我们时代苦难和勇气的纪念。阿列克谢耶维奇的创作以非虚构作品为主，她以纪实文学的形式，记录了第二次世界大战、阿富汗战争、苏联解体、切尔诺贝利事故等人类历史上的重大事件。阿列克谢耶维奇的获奖，使一直被主流文学斥于边缘地位的非虚构文学登上文学金字塔之顶，进入人们关注的视野。其实，在世界文坛上，有着一些同阿列克谢耶维奇一样，双栖于纪实与文学领域的伟大作家，如狄更斯、马克·吐温、德莱塞、爱伦堡、柯切托夫等。

在日本作家中，开高健正是这一特殊领域的杰出代表。他以多元的文体形式表达着自己在纪实与文学领域的两栖性，演绎着记者与作家的双重身份。开高健的文学创作生涯呈现出两条不同的轨迹。一方面，他以丰沛的想象力、细腻的感知力、精湛的笔力构筑起虚构性的小说空间，其小说《恐慌》《皇帝的新装》《日本三文歌剧》《光辉之暗》《夏之暗》等，在讲究虚构的纯文学领域颇具影响；另一方面，他又以新闻记者敏锐的观察力、"行动派"作家卓越的活动力和直面真实的力量，创作出《越南战记》《fish·on》《OPA!》等不齿主流文体的纪实文学作品，在日本非虚构文学领域留下了光辉的足迹。2003 年，日本集英社设立"开高健非虚构作品奖"，以纪念开高健为日本非虚构文学领域所做的贡献。

笔者认为，在开高健的笔下，纪实与文学亦呈现出奇妙的交集，这一交集在报告文学作品《越南战记》和小说《光辉之暗》中体现得尤为明显。非虚构体裁的《越南战记》，以事件亲历者的视角真实再现了战争状态下越南的世态景象，同时又在新闻报道的文体内做出最具文学意味的精当表达，充满动人心魄的事实力量和饱蘸感情的文学气质。小说《光辉之暗》是将报告文学《越南战记》进行雕琢、虚构而完成的文学性飞跃。作者以越南战争的史实为素材，带入自己独特的生命体验，在现实、回忆、想象的多音共鸣中焕发出小说艺术空间的奇光异彩。如同日野启三的评价："《光辉之暗》是报告文学式的，作为报告文学来写的《越南战记》是文学性的。开高在《越南战记》中身临混乱的现实，在《光辉之暗》中构筑成有骨骼和触感的小说世界。"①

1. 文学性的纪实创作——《越南战记》

20 世纪下半叶，世界进入以意识形态为分野的两极对峙的"冷战"期，越南战争是在这一"冷战"格局中爆发的一场局部"热战"。这场"热战"又因 1964 年 8 月发生的"北部湾事件"而愈演愈烈。美国以美国船只在北部湾遭到"北越"守军的袭击为借口，开始对越南北方进行轰炸；"北越"对多处美国军事基地发动袭击，公开展开对"南越"政权的武装颠覆；"南越"政府在美国的支持下加强对"北越"的镇压。作为美国在亚洲的盟友，日本也不免受到越南战争的波及。就是否支持美国对越作战一事，日本国内保守势力与革新势力展开政治对垒。以自民党为核心的保守政治势力表明支持美国轰炸"北越"的立场，并从侧面对美国的对越战争提供援助，而以社会党为主要代表的革新势力坚决抗议美国侵略越南，反对自民党的亲美政策，力图通过国会内外的斗争对日本政府的政策造成影响。而对于此时的日本国民来说，他们尚不了解越南所发生的事情。"那个时候，越南就是一个遥远的、被遗忘的、隐隐作痛的国家。传入日本的，仅仅是'总是在争吵什么'程度的消息，无论报社还是任何人都一无所知。第一，在日本记者中，没有一个人（对此）写出过像样的新闻，不要说战场，就连村庄也没有人去过。据说也没有从西贡出来的人。在这件事上，朝日、每日、读卖，每一家报社都是一样的。"② 面对这样一个未知的，又可能使自己国家受到牵连的战争，媒体和国民都迫切地想

① 日野启三. 限りなく"真実"を求めて［M］. みすず書房. 新刊一覧，2010：172.

② 開高健. 開高健全作品・エッセイ 1［M］. 東京：新潮社，1974：267－268.

要了解它的真相。于是，时任《朝日周刊》编辑的足田辉一向开高健提出了可否以《东京即景》同样的方法写一篇有关越南的报道的想法。开高健接受了足田编辑的提议，于 1964 年 11 月 15 日，作为朝日新闻社海外临时特派员，和摄影师秋元启一道，从羽田机场起飞，奔赴越南。

（1）越南问题的真实呈现

赴越之前的开高健，正在位于轻井泽的文艺春秋社的山庄写作《蓝色星期一》。在这期间，开高健也开始阅读了一些关于越南的资料。据开高健本人回忆，这些资料几乎都是美国人或法国人所写，其中包括格雷厄姆·格林的《文静的美国人》，以及普利策奖获得者马尔科姆·布朗、大卫·哈伯斯塔姆的越战报道。开高健读后发现，这些作家几乎都是一边倒地支持美国，认为美国即使战败也是"光荣的后退"。下山后，开高健在新宿采访了一些年轻人。有美国青年说：美国只有撤退，这不是什么光荣的事。也有来自东欧社会主义国家的留学生认为：胜利一定属于越南共产党，但谁也无法预言人们能否因此得到幸福。"这些我所读到的、听到的东西，都在羽田一笔勾销，我和秋元摄影师一起去了越南。（我们）走访乡村，喝酒，到最前线（观战）。这个国家以前无先例、后无来者的特异方式，给了我铭心刻骨的体验。"①

开高健抛弃了所有的先入之见，带着探寻真相的信念来到了越南。从1964 年 11 月到翌年 2 月的大约三个月时间里，开高健在炮火硝烟中，奔走于"南越"的城市和村落；他将问题用汉字写在纸上与僧人"笔谈"交流；他目击越共少年被枪决的现场，陷入痛苦与愤怒之中；他来到前线基地，与美国官兵、"南越"军队同吃同住；他为了体验战争实况，在热带丛林中九死一生。闯入开高健眼帘的现象纷繁复杂，真实情况却暧昧不明。置身于重重矛盾与对立的漩涡之中，开高健以记者式的观察、调查和亲身体验，努力接近真相。开高健新闻报道的题材几乎都是他现场采访的第一手资料。每一周，他将写好的稿件发回《朝日周刊》，及时向国人传递越南战场的信息。这些报道以《南越报告〈东京即景海外版〉》为题，于 1965 年 1 月 8 日至 3 月 5 日在《朝日周刊》分 8 回连载，成为日本较早反映越南战争的一组特写。1965 年 2 月 14日，开高健结束越南之行返回日本。此时的日本，已经掀起了讨论越南问题的

---

① 開高健. 開高健全作品・エッセイ 1［M］. 東京：新潮社，1974：270.

热潮。于是，开高健刚下飞机，便被带到朝日新闻社在箱根安排的酒店，开始了封闭式的创作。一周后，由《南越报告〈东京即景海外版〉》改编的报告文学《越南战记》在如火如荼的"越南热"中诞生了。在这部作品中，开高健从一个亲历现场的记者的视角，将自己耳闻目睹的事实真实地记录下来。作品恰似一面历史的多棱镜，多角度展现了那个特殊时期的斑斓色彩，真实而详尽地记录了战争的残酷无情以及战争中普通人的真实情感。同时，作品保持了对各种理论、主义的警惕与拒斥，坚守报告文学作品客观写实的独立品格，处处激荡着真实的力量。

《越南战记》由五个章节组成，分别为"总是将'日之丸'国旗放在口袋里""越南的关键掌握在？佛教徒""越共少年，黎明之死""'本·卡特'要塞的烦恼""不见身影的狙击手！丛林之战"。第一章"总是将'日之丸'国旗放在口袋里"，以小标题"越南的味道全部是'鱼酱味'"开头，将读者带入了处处飘着鱼酱味的越南。在一片鱼酱味中，开高健和秋元启一将写有越南语的"我是日本记者""请你帮助我"的日本国旗装在包里，走遍从六滨河到金瓯角的"南越"的每一个城市和村落。开高健将一路上目睹的战乱景象如实地记录下来。从金瓯角返回西贡的路上，他曾看见道路上全是重型装甲车、坦克和尸体，水田被坦克碾坏，作战归来的士兵们一脸疲惫。一〇五、一五五火炮不分昼夜地发出骇人的巨响。西贡市郊的丛林、水田、国道上，血流成河的战斗在永无休止地进行着。在西贡市内，恐怖活动、游行示威、谣言、军事政变已成为"四大特产"。就在去年（1963 年）的圣诞节前夕，一栋六层楼的美军宿舍被装有定时炸弹的汽车炸毁；每逢示威游行，从少年到老妪，全民参加，而此时总会有全副武装的伞兵出动镇压，向群众投掷催泪弹，用卡宾枪射击；政变几乎成为将军们的政治"月经"，过去的 16 个月间，大小政变总计有 10 次。每次政变都动辄出动伞兵部队、河里舰炮，天空中轰炸机、市内坦克和重型装甲车，所有一切悉数出动。混乱不堪的局面中，人们以讹传讹，奇闻、臆测、谣言四起。与西贡相比，顺化发生的佛教徒反政府斗争更为激烈。这里，佛教徒曾为反对吴延琰政府的独裁统治而当街焚身供养，曾和当地大学教授联合组成"救国委员会"，点燃全国反对阮庆将军军事独裁的烽火；开高健来访时，他们正在与镇压佛教的陈文香政府进行不屈不挠的斗争。在北纬 17 度的国境线上，开高健看见倒在路边的尸体、六滨河这边的黄底红条旗

（"南越"旗）和对岸的红底黄星旗（"北越"旗）。为了获得一线战场的消息，开高健来到本·卡特据点，与那里的官兵同吃同住，并跟随作战部队经历了惊心动魄的丛林之战。本·卡特据点驻扎着 20 名美国官兵，以及越南政府军的步兵队、炮兵队、坦克兵队。美国兵和越南兵的生活区被铁丝网分隔开来。美国兵住的宿舍铺着水泥地面，床上挂着蚊帐铺着床垫，还有冲水式的厕所和随时都有热水的淋浴。在据点里，他们仍然可以吃到汉堡包、牛排、意大利面等正宗美国餐。而旁边的越南兵宿舍，既没有地板，更没有厕所和淋浴，甚至连门都没有。一到夜里，美国兵的宿舍灯光明亮，越南兵这边却是一片漆黑。越南兵用洗脸盆洗脸、洗澡，又用它来做饭煮菜，一有空就蹲在洗脸盆旁边聊天。晚上美国兵宿舍这边放映电影时，他们便把脸紧贴在铁丝网上，目不转睛地盯着网那边的荧幕。在和本·卡特据点的将士聊天中，开高健了解到美国军人赴越作战只为执行国家命令的无可奈何，"南越"政府"无差别炮击""无差别空袭"的非人道行为，以及越南官兵的极度厌战情绪。越南士兵的厌战情绪也被带到了战场上。在丛林之战中，他们把枪扔在一旁蹲在地上，子弹飞来就用钢盔挡一挡，就算负了伤也是一脸平静。他们不呻吟、不挣扎，木然地望着天空，悄无声息地死掉。战争已经将他们的身体和神经折磨得麻木、疲惫，疲惫到对生失去希望。

　　开高健关注的不仅仅是战争，还有战争状态下人们的生活状况和命运。他的目光穿过战火的硝烟，投射在越南民众的身上。在西贡，混乱动荡的局面并不能阻止人们生活的脚步。每天早上天还未亮，妇女们赤着脚、戴着三角斗笠出门赶集；长途客车载着农民和商人驶向农村；人们蹲在路边，端着洗脸盆，大口吃着饭菜；商社、银行陆续开始忙碌……一到午后，西贡市内的公司、政府、银行，前线基地的政府军、美军、越共军队，统统进入三个小时的假死一般的午休。夜里，"自由大道"的更特街上，随处可见身穿野战服的美国士兵、外币贩子、皮条客、小乞丐。各色酒吧霓虹灯闪烁，门口站着打扮得花枝招展的年轻姑娘。堤岸的唐人街上，夜总会和卡巴莱酒馆里挤满了衣着光鲜亮丽的绅士和淑女，法国、日本女郎跳着脱衣舞，门口赫然写着"今夜通宵，狂舞欢喜"。而走出西贡，又是另外一番景象。无论是到六滨河还是去金瓯角的路上，开高健发现沿途的村庄几乎已经荒芜。村子里的青壮年男性都被征为政府军或是加入越共，只剩下老人、小孩和妇女。女人们目光呆滞，蹲在地上抓着头发里的虱子。战争让一座座村子成了"寡妇村"，战争"强奸"了越南的农村。在卡巴莱酒馆，开高健看到一对对贴身跳舞的有钱人家的子女，他们中已有人通过大学考试逃往巴黎或纽约，就算不得不留在西贡，也可以将身份证明夹在大叠钞票中逃过兵役。打仗送命的事，就留给了穷人家的子女，因为只有在部队里，他们才能糊口活命。开高健将自己在各地走访的所见所闻如实地记录在《越南战记》之中，以人性化的新闻叙事风格，展现战争时期的越南众生相，揭露越南的种种社会问题。

在记录战争与世态民情的同时，开高健也在寻找和思索潜藏在错综复杂的现象背后的真相。在顺化、岘港、芹苴等地，开高健采访了多位越南从军僧人。从芹苴建国寺的一名大佐级别的僧人口中，开高健得知了这场战争中将军谋权、政客图利、士兵厌战的实情，也了解到了僧侣们希望有一个为人民着想的良心政府却又求之不得的无奈。在僧人和学者云集的越南古都顺化，开高健采访了顺化大学的教授，获悉了知识分子对越南局势的看法：美国虽然率直善意，却只是和西贡政府交涉；不支持越共，但是他们深入农村建立统一战线的能力值得肯定；越南最大的不幸是政治和经济太过依存国外；虽然有美国的经济援助，但是如果不改变贪污腐败的现状，农村将永远贫困。前线基地的一名美国陆军上士认为：西贡的贫富差距不断增大，即使没有战争，百姓的生活也成问题。因此穷人逃去越共是可以理解的，如果这次战争最后胜利的是越共，也是无可奈何的事。开高健还经历了越南国寺僧人反对陈文香政府的行动。这次行动从绝食请愿发展到示威游行，中途还发生了佛学校老师挖眼自残，学生为反对美国支持陈文香政府，闯入顺化美国文化中心的图书馆烧毁上千册图书的事件。僧人的反政府运动最终以阮庆将军取代陈文香首相的位置而落幕。在这次事件中，开高健看到了佛教思想在越南军民中的广泛渗透，他认为，在越南佛教徒与越共拥有统一民众的力量。

在《越南战记》中，开高健也介绍了他间接获得的人们对越共的看法。开高健将几名在日内瓦协定的"自由交换"政策下从越南北部来到南部的人的口述资料进行整理，发现他们毫无例外都说，个人将自己完全奉献给了国家和政治原理这些抽象概念，生活和监狱、军队没有两样，儿子密告双亲，哥哥监视弟弟。政府总是用破绽百出的谎言和华而不实的辞藻来掩盖现实的悲惨，渲染未来的美好。佛教组织形同虚设，活动完全受到限制，只是偶尔在外国游客来访时用来撑撑门面，或者被迫说些忆苦思甜的话。开高健写道："对于这些略带陷入类型倾向的道听途说之言，我既不肯定也不否定，只是侧耳倾听。［……］对于'北越'，我所知甚少。我想抓住一次机会，想办法去那个国家看看。"① 开高健作为一名新闻记者的求实求真精神亦由此可见。

开高健将真实性作为《越南战记》这篇报告文学作品的立文之本。他将耳之所闻、目之所见、身之所历的事实进行选择、组合与再现，将战争中越南的纷繁世态以有序的、逻辑性的、富有层次感的方式清晰呈现。开高健从现象一步步逼近本质，将人们对客观事物的认知、评价和情感自然渗透到新闻事实当中，做到了事实与观点的平衡，也增添了新闻报道的人性色彩。开高健作为亲历者的叙事视角，给予读者亲切真实的感觉，充分表达了作者的真诚与坦率。开高健以真实的历史见证，使《越南战记》成为向日本人介绍战争下越南问题的一部及时、精彩、权威的报告文学作品。正如小松左京的肯定之词："有关越南问题的报道和回国谈话及其政治解决，我所相信的、作为依据的，只有他一人。"②

（2）纪实创作中的文学表达

对于《越南战记》，平野荣久这样评价："虽说还有一些不足之处，但（这部作品）可以被评为日本最早的，深刻且公正的越南报道。而且，它作为一部文学作品，至今仍未过时，这一点着实令人惊叹。［……］我在 25 年后重读这部《越南战记》，不但不觉得违和，反而发现了新的光彩。因为它不仅仅是报道，更是与开高的个性紧密相连的文学。"③ 从平野荣久的评价里可以看出《越南战记》中纪实与文学两种元素的共存。也正如平野荣久的评价所说，根植在开高健身上的文学素质自然而然地影响着他的纪实创作。在《越南战记》中，开高健在恪守新闻必须真实的原则下，熟练地运用文学技巧，用白描等手法描绘人物形象和场景。他选取典型事件，捕捉那些看似微不足道的人物个体和细节，见微知著，产生直抵人心的力量。文学与纪实巧妙交融、浑然一体，拓宽了《越南战记》的表现空间，注入了真挚的人文情怀。可以说，浸润着文学笔墨的《越南战记》是一篇可以和现实主义小说媲美的报告

---

① 開高健. 開高健全作品·エッセー 2 ［M］. 東京：新潮社，1974：157.
② 小松左京. 滂沱の涙 ［M］ //読楽語楽. 東京：集英社，1981：64.
③ 平野栄久. 開高健——闇をはせる光芒 ［M］. 東京：オリジン出版センター，1991：13.

文学作品，它文采斐然、引人入胜，即使时过境迁，仍然值得一读。

《越南战记》的内容虽然是战争题材，但并非单一、平面的战况报道。记者与作家的双重身份，使开高健以别样的审美视角来观照战时越南的各种景象。开高健从细节入手，以文学性的笔法展现出那些看似微小、生活化的人物个体和场景，让人如临其境，如见其人，如闻其声。比如，在第一章中，作者在书写完西贡混乱不堪的局面后，突然笔锋一转，开始以轻松的笔调将西贡的百姓生活娓娓道来：

> 虽说如此，但是如果将西贡断言成只有阴谋和鲜血的城市就错了。大半的市民都在温和、平静、清贫、忙碌地工作和生活着。早上六点左右，昏暗阴冷的马路上，做生意的妇女们戴着三角斗笠，赤脚扛着扁担，去各处市场采购货物。在公共汽车的始发站，几十辆并排的长途客车，开始陆续载着农民和小商贩向农村驶去。路上摆满了盛着米饭、粉丝、面条、内脏杂烩的洗脸盆，人们蹲在路边用长长的筷子（吃着）。商社里电话铃声响起，银行里计算机开始运作，花店开始卖花，要饭的少年在墙壁上扔着钱币玩。［……］
>
> 到了黄昏，西贡河的河岸上挤满了趁着河水涨潮来钓鱼的小孩子，他们将线缠绕在代替线轴的空罐子上，用蚯蚓钓起约五厘米长的扁头小鱼。岸边四周聚集着卖甘蔗、烤鱿鱼、炸香蕉、果汁的小摊。羞怯腼腆的恋人们轻轻地勾着手指沿着河边散步，眺望着微暗的黄昏中炮舰和 MM 航线定期船的灯光。①

作者以细致入微的笔触、亲切细腻的口吻，形象地展现出西贡市民的日常生活景致，将鲜活的生活场景和浓浓的战争气氛一起涂抹在时代的调色板上，描绘出带有强烈视觉反差的画面，表达了人民对战争的厌恶、对和平生活的向往。在结束对西贡的描述后，作者将目光移至广阔的湄公河三角洲，用清丽简洁的笔触勾勒出湄公河三角洲一带的如画风景：

---

① 開高健. 開高健全作品・エッセー 2 ［M］. 東京：新潮社，1974：129 - 130.

> 这里无论走到哪里，都是像大海一样一望无垠的水田。宽广丰饶得让人迷醉。冲积平原上的泥土在阳光下散发着热气，土质厚实、松软而肥沃。听说即使不施肥，水稻也会生长。一年到头阳光充足、水源丰富，所以一年收获三季都不成问题。几千年来这个广阔的三角洲一直都是这样，并非昨天或今天而已。①

寥寥数笔便把越南得天独厚的自然条件呈现出来。而与这天赐的丰饶极不相称的，是人们异常贫瘠的生活。

> 但是，尽管生长在这样庞大的粮仓中，农民们却还是和猪、鸡一起，生活在河岸边用泥和椰子叶搭起的窝棚里。说没有真的是什么都没有，连地板也没有。根本见不到地面上铺着水泥或石块的人家。说起工具，只有镰刀和锄头，提起"家具"，唯有凹凸不平的洗脸盆。融入天空的水田的巨大的丰饶与陷入泥土中的贫困之间的对照太过异常，让人不得不深感这背后剥削的骇人。②

作者没有止于对风景浮光掠影式的描绘，他的目光始终注视着这片土地上人们的生活和命运。作者用真实的场景描写展现战争中凄凉萧条的景象和人们疾苦的生活现状，他还将自我的情感和对社会问题、人类命运的思考寓于客观景象的叙述之中。在看似平静的叙述里，有着先天与后天、丰饶与贫瘠的二元矛盾的激烈碰撞。作品于平静中见波澜，产生了警策的力量，揭示出越南深层次的社会问题，引发读者去思索其中蕴含的深刻意义。

开高健在绘景的同时也写人。他善于捕捉战争境遇中的各色人物，通过点滴小事、细枝末节去把握人物形象与内心情感，反映人性的美好与丑恶、光明与黑暗。《越南战记》展现了国籍、性别、性格、年龄不同，情态各异的人物群像。对于那些丈夫被抓去参军，留守在家的妇女，开高健写道：女人们默不吭声地蹲在向阳的地上，一天到晚抓着头发上的虱子，就像猴子一样。③ 开高

① 開高健. 開高健全作品·エッセー2 [M]. 東京：新潮社，1974：131.
② 同上，第136页。
③ 同上，第143页。

健还写了一群混杂在游行队伍中的越南妇女。某日，据说将要对因反对征兵而被捕的学生进行军事审判，于是，这批被捕学生的同伴迅速聚集到西贡河畔，其中有几个大婶坐在地上哭得昏天黑地。那种哭法极其夸张，她们身子乱扭拍打着地面，仿佛把肠子都拧起来似的号啕大哭。开高健以为她们是被捕孩子的母亲，却被一位美国记者告知她们是 30 元钱一天雇来的"泣女"。果然，当学生们喊着"打倒"开始游行时，她们"嗖"地起身，开始一边喊着"打倒""打倒"，一边跟着队伍奔跑，刚才的大哭大闹早已不见踪影。"比起惊讶，我更是佩服。那天，大婶们整整一天都在弥漫着催泪弹的浓烟的街上四处奔跑着，她们一会儿哭一会儿闹，在各种状态中切换自如。"① "泣女"们的行为荒唐滑稽，引人发笑，而在笑过后，却是一声悲叹。这些女性，本应该在家相夫教子或者干些农活自立。然而，她们的生活却被战争和贫困统统打破，她们要不因为失去家人变得木讷呆傻，对生活绝望，要不为了金钱出卖灵魂，沦为任人摆布的工具。黑暗的现实将她们拖进了悲剧的无底深渊。战争的直接参与者——军人，更是开高健密切关注的对象。开高健以对话和白描的手法塑造了一位无奈参加战争的美国军官形象。当这位军官被问起自己在越南究竟是在为谁战斗时，"少佐像是想要再说点什么的表情，但又突然放弃，闭了嘴。他一直用手撑着脸看着地板。看起来好像是肩膀快被'国家'给压垮了。或许，他正在凝视着那个和越南农村里贫穷的年轻人一起，在不知名的丛林中像狗一样死去的自己"。少佐说道："总之，本·卡特的昼夜都太长。等待让神经无比疲惫。我已经在这里生活了三个月，还有九个月……如果越共来了，我会战斗到打完最后一发子弹。但是，我的部下们不想杀人，我也不想在这个国家流一滴血。我想，既然是义务，就当成义务完全履行吧，但老实说，也就仅仅如此。"② 美国军官厌恶战争，但又愚蠢地忠于自己的国家。他在越南度日如年，倒数着自己回家的日子——希望和平，盼望和亲人团聚。这个全人类共同的愿望，正是作者想要表达的主题。越南政府军的坦克队长是一位在军队里待了16 年的老兵。这位每天都要用野战电话和西贡的妻子通话的老兵说："其实，如果能活下来的话，我想明年就退役。我已经连续打了 16 年的仗。真的太漫

---

① 開高健. 開高健全作品·エッセー 2 ［M］. 東京：新潮社，1974：148.
② 同上，第 188 页。

长了。我想回到芹苴老家，种香蕉和椰子。农村里有好大片土地。""他开始断断续续地讲位于南部湄公的自己的家、农田和水牛，他的眼里杀意消失了，眼睛变成兔子一样温和的农民的眼睛。"① 这位越南的坦克队长，被漫长的战争折磨得筋疲力尽。他和美国少佐一样，盼望从战争中解脱，和久别的亲人重逢，过上与世无争的田园生活。这些被战争蚕食的军人、战争年代中人们的悲欢离合、无法解脱的惆怅情绪，犹如重炮轰在读者胸口，令人悲愤怅然。

对于"南越"政府军的士兵们，开高健这样写道：作为军队，"南越"政府军是地球上最差劲的，但是作为人，这些士兵却是可爱的，非常可爱。他们懒惰、散漫，把步枪倒背着走路，成天都想蹲在洗脸盆旁。可是，他们单纯、善良、深情。② 开高健将自己内心对这些士兵的爱和怜惜之情集中体现在了对一个越南少年通信兵的描写上。一天清晨，留在战壕中过夜的开高健向一个初中生模样的通信兵打听厕所的位置。如厕归来后，开高健拍拍少年通信兵的肩膀感谢道："Number one！"少年开心地笑着跑开了。过了一会儿，少年又跑了回来，将一张纸片塞进开高健的手里。这是一张从装迫击炮弹壳的纸壳盖子上撕下的纸片，纸上漂亮的法语一看便知是少年央求某个军官代笔的。"队长大人，可以的话，请允许我去森林里。梅洛西！""少年蹲在不远处，一脸担心地不时偷偷瞟着我。见我一笑，他便一副放下心来的神情，开心地笑起来。那因睡眠不足显得苍白的小脸皱成一团地笑着。他小心翼翼地靠近我，将一张同样的纸盖子放在我手里，又跑走了。同样写着漂亮的法语。这应该是我上厕所时他去求军官写的。我不由得热泪盈眶。纸盖子上写着'队长大人，可以的话，我想喜欢你。梅洛西！'"③ 开高健从第二次世界大战中的日本走过，又置身于同样被战争扭曲的越南。战争让他看到了太多人性的阴暗，给他的内心留下了无法治愈的创伤。越南少年通信兵的友好和纯真感动了伤痕累累的开高健。战争可以摧毁物质和生命，但是那永远向着真、善、美，永远向着爱的人性，却是永远不可战胜的。美好的人性在战争的黑暗布景下闪烁着璀璨夺目的光芒，让每一位读者动容。

目睹越共少年被枪决，是《越南战记》中最让人悲愤痛心的一幕，也是

---

① 開高健. 開高健全作品·エッセー2［M］. 東京：新潮社，1974：191.
② 同上，第 192 页。
③ 同上，第 193 页。

决定开高健一生的事件。将被执行枪决的少年是一个 20 岁的高中生，他在西贡市郊搬运地雷和手榴弹时被捕，警方认为他是越共首都地区特别行动本部队员。当这名少年被押上广场，绑在柱子上时，开高健看见瘦弱的、脖子细细的他浑身僵直，发着抖。在文中，开高健对他的称呼从"青年"变成了"孩子"。短促的命令声划破天空，十个越南宪兵单膝跪地，用十挺步枪朝着一个孩子开火。孩子的胸前、腹部、大腿顿时出现了数个黑色的小洞，鲜血从洞口汩汩流出，染红了双腿。孩子耷拉着的脑袋在子弹的冲击下左右摇晃着，于是，一名将校上前用手枪，对准他的太阳穴，给了他"慈悲的一击"。

> 枪声响起时，我内心的某些东西粉碎了。膝盖在颤抖，热汗浸透全身，一种想要呕吐的感觉涌了上来。我几乎无法站立，踉跄了好几步才站稳脚跟。如果这个少年没有被捕，那么他搬运的地雷和手榴弹肯定会杀人。五人还是十人不得而知。可能会杀死美国兵，也可能是越南兵。也许少年被带去湄公河三角洲或者丛林，让他拿起枪支，他便会像豹子一样飞奔，朝人疯狂扫射吧。或者在某一天，在泥泞中像只狗一样被杀掉。支持或是不支持他的信念，决定了他或者成为"英雄"，或者成为"杀人魔鬼"。这就是"战争"。但是，在这个广场上，一种可以称为"绝对的恶"的东西在涌动。（中略）。机械一般的宪兵排成一列，单膝跪地，叩动扳机，然后就离开了。孩子像是必须得杀掉似的被杀了。[①]

"南越"与"北越"，本都属于越南，却隔"河"相望；"南越"人和"北越"人，本都是越南同胞，却为了权力、利益和各自所谓的"信念"而势不两立、互相残杀。越共少年因被指派搬运地雷和手榴弹而送了命，"南越"的宪兵们和将校也"奉命"夺走了少年的生命。他们属于敌对的两方，但他们却有一个共同点，那就是他们都是被政权任意摆布的玩偶。战争摧毁的不仅仅是人的生命，还有人性的善良、怜悯与良知。无数灵魂在战争中变得疯狂扭曲，冷漠嗜血，沦为一部部冰冷可怖的杀戮机器。作为这场血腥暴行的目击者，开高健感到痛心、愤恨与震怒，同时，他也开始质疑自己这种"观看"

---

① 開高健. 開高健全作品·エッセー 2 [M]. 東京：新潮社，1974：171.

杀戮的行为。

> 然而，在这个广场上，我被强制只能"看"。我是一个在军用卡车的影子下，安全的第三者。[……] 我只不过是一个目击者，一个特权者。某种将我压倒，难以言说的东西产生了，它来自对于这场仪式化的暴行，我除了伫立观看，别无他法的立场。安全感将我粉碎。如果我感觉到的是"危机"的话，那它是从安全感产生的。广场上一切都静止着，一切都在黎明中静止、浓缩，如果要说运动的话，那就只有眼睛还睁着，只剩下了"看"。我无法忍受这种单纯，我被摧毁了。①

在这场"仪式化"的杀戮中，开高健是一个"安全的第三者"。在军用卡车的影子下的他，处于绝对安全的区域。然而，正是这样的"安全"让开高健感觉到了"危机"。战争是可怕的，因为它将战斗的双方置于你死我活的危险境地，为了求生，人们展开厮杀。但是，如果自己在安全的状态下心安理得"观看"他人的危险，"欣赏"他人的痛苦，这难道不比战争更可怕吗？在场的所有"观众"，每个人出于各自的原因和立场，都"别无他法"，"只剩下了'看'"。殊不知这"看"的行为与子弹并无二致：子弹夺走的是人的生命，而"看"亵渎的是生命的尊严！开高健被这种罪恶感"摧毁了"。

> ……传来了美国、法国、英国、越南摄影师们蜂拥而至的脚步声。他们像一群乌鸦、一群鬣狗般涌向棺材四周，透过取景小窗，胶卷不停地卷动着。死就成了"死"，成为塞进假象牙的剧，被播音员用沉重感伤的独白讲述。似是而非的"死"将从新山机场向全世界输出。他们散去后，消防车来将石子路面上的血迹冲净。士兵们把沙袋堆在军用卡车上，又将柱子扔了进去。不到二十分钟，一切都消失了。
>
> [……]
>
> 不时有液体从胃部向喉咙倒流。人类好像是以"自然"的某个恶作剧的形式出现在陆地上，大脑退化的双脚兽，只有这种感觉在我的心里游

---

① 開高健. 開高健全作品・エッセー2 [M]. 東京: 新潮社, 1974: 171-172.

走。我被沉重地压抑着，感到对人对己的绝望。几年前，我在奥斯威辛集中营的荒野中的池底，看到无数白骨的碎片在冬日的阳光下发着粼粼白光。现在，我发现当时那种短促而强有力的绝望再次将我的身体占据。

[……]

为了配合图片，秋元摄影师低声要求我把文章写长一点，再长一点。我被恶心的感觉压迫着，只能写出很短的句子。我坚持说，一切都有照片讲述，说明文字什么的都不过是画蛇添足，便又回到了床上。我用毛毯裹着身子躺下，人类不过是大脑退化的凶暴、劣等的双脚兽——只有这个简短的感想在我的身体中上上下下。①

少年死了，执行枪决的越南宪兵和将校撤退了，记者散去了，围观的人们离开了，"不到二十分钟，一切都消失了"。然而，开高健却陷入了深重的痛苦与绝望之中。在他的文字中，我们看到的是一个人道主义者的良知和因良知产生的自我叩问。开高健感到痛苦和绝望，他看到战争已经让人退化成毫无人性的"凶暴、劣等的双脚兽"，也对自己以及和自己一样，来自各国记者们的"第三者"的身份立场和报道行为产生了质疑。在记录少年被枪决的这一章节，开高健加入了明显多于该作品其他部分的自我心理描写。这些从作者内心深处迸射出的文字，是开高健在被战争之恶、人性之恶的极度压抑下，无法抑制的强烈的情感表达。同时，开高健也开始思考新闻报道这一手段存在的矛盾悖谬，这也预示着他必将从纪实创作走向文学表达的演变之路。

文学因素的渗入使得《越南战记》的非虚构文体拥有了文学的特质和魅力。开高健在新闻事实中，融入了独特的审美感受和人文情怀。他运用白描的笔法写人写景、摹情状物，用简练的笔墨刻画鲜明生动的新闻形象；又通过对话等方式探寻人物内心深处的想法，并通过个体的感受引入广阔的社会现实，以"见微而知著，见端而知末"；他时刻找寻战争的暗影下的人性之美，又不遗余力地抨击人性之恶，虔诚地进行道德反思。可以说，《越南战记》是时代的记录、历史的见证，更是良知者的心声。

---

① 開高健. 開高健全作品・エッセー2［M］. 東京：新潮社，1974：172-173.

2. 纪实创作的文学飞跃——《光辉之暗》

关于越南之行对开高健造成的影响，菊谷匡佑谈道："我认为，越战的体验使开高健产生了很大的变化。这并非开高的越南战争观起了变化，而是开高自身的生死观本身、文学本体发生了变化。自那以后，越南就一直是开高健所关心之事。他不断摸索，并将其投影于作品之中。越南永远存在于开高的心中。"① 开高健从越南返回日本后，按照与《朝日周刊》的约定，在不到一个月的时间内完成了报告文学《越南战记》。但是，《越南战记》作为报告文学的非虚构文体，已经容纳不下开高健在越南获得的前所未有的心灵体验，无法满足他心中激荡澎湃的表达欲望。"我深切地领悟到这世上有很多事未经书写和诉说而销声匿迹。无论在西贡，还是在箱根，我都郁闷不已。啊，不是这样的，不是这样的，这完全是假的——可是却无法动笔。"② 在急切的表达欲望与"无法动笔"的矛盾之中，开高健开始探索与思考。在文学创作方面，1966 年 1 月至 10 月，开高健以越战体验为基础，用纯虚构的手法创作了长篇小说《来自海滨的人》。然而，由于读者将这部小说中的架空之国误读为越南，以及结尾处的情节设置与布鲁希特、福克纳的战争作品意外重合，开高健对这部小说不甚满意，并最终决定弃用。在社会活动方面，1965 年 4 月至1967 年 11 月，开高健参加了一系列日本国内反对越南战争的社会活动，如1965 年 5 月加入由小田实发起的"越南和平联合会"，并作为日方提案与策划人，于同年 11 月在美国《纽约时报》上整版刊登反对越南战争的广告；1966年 8 月，出席"还越南和平！日美市民会议"；同年 10 月，作为"越南战争与和平的原理集会"的主办者之一接待萨特、波伏娃的来访；1967 年 1 月，参加在社会文化会馆大厅召开的以琼·贝兹为中心的"大家一起反对越南战争"的会议；同年 11 月，与小田实等会见了反对越战而逃离美国无畏号航母，采访"越南和平联合会"的四名海军官兵，并录制了记者见面会的录像。然而，随着活动的深入，开高健发现自己与周围的活动家之间在想法上逐渐产生了差距："这些人仅仅将在越南进行反美斗争、看不见真面目的群体视为越南人。于是支持那群人，热衷于只是为了让那群人到胜利的言论和行动中去。而且，随着美国的军事政策不断强化，他们更加偏执地支持越共，好像除此以外，考虑越南人的事情都是'非人的'，他们变得激进而不宽容。"① 这种对越南问题进行自以为是的主观臆断的态度，和开高健在越南所看到的"真相"，以及他想要表达的"真实"背道而驰。于是，"不记得从什么时候起，在某一天，我决定停止一切活动。我拒绝了采访、讲演、游行等所有一切，决定把自己关进书斋里。不见任何人，不谈论任何事，决定埋头在这如果说无益，的确没有比这更无益处的工作之中。我决定写小说"②。在一番辗转和磨砺之后，开高健终于回归作家的轨道，开始提笔去捍卫和言说"真实"。

1968 年 4 月，长篇小说《光辉之暗》由新潮社出版。这部诞生于开高健从越南返日三年后的作品，和报告文学《越南战记》一样，都是以开高健在越南的经历和体验为素材。但是，小说《光辉之暗》挣脱了非虚构的创作限制，获得了更为广阔的创作空间。报告文学的文学性是在真实性限制下的文学性，作者可以从客观呈现、主体诉求和艺术表现等层面体现其文学特征，但却没有脱离真实去虚构的自由。而在小说中，作者既可以根据作品的主旨进行虚构，也可以无拘无束地挥洒才情，亦可以尽情袒露内心。《光辉之暗》兼容了报告文学与小说两种文体，创造了一种崭新的叙述范式。作品在战争的宏大叙事框架下，将纪实与虚构巧妙组合，记录了作者在越南铭心刻骨的经历与体验，追叙了当年在日本发生的战争，书写着一个战争受害者灵魂的蜕变，蕴含着作者对战争、人性的凝视与思考。小说《光辉之暗》的创作，是迫切的表达欲望对文体的一种自然选择，也是作家自我内部进一步深化的证明，是纪实创作向文学的完美飞跃。

（1）"光辉之暗"

"光辉之暗"一词，是《来自海滨的人》第四章的标题，也是开高健"暗之三部曲"的出发点。可见，开高健对该词所表达的意象相当倾心。开高健在赴越之前，曾在《告白的文学论》中，针对第二次世界大战后的世界现状写道："生活上各个国家都处于空前的繁荣，但是作家们却感觉越是光鲜亮丽

---

① 開高健. 耳の物語 [M]. 東京：株式会社イースト・プレス，2010：425 –426.

② 同上。

就越是黑暗重重。唯独剩下了僵硬、无尽的独白。"① 根据吉田永宏的考察，"光辉之暗"一词来自德国著名存在主义哲学家海德格尔的《何为形而上学》一文中的"die helle Nacht"（德文，意为"光明的黑夜"）。日本马克思主义哲学家藤本进治根据自己的理解，将其译为"光辉之暗"，并将此译法告诉了谷泽永一。谷泽永一对此颇为欣赏，于是把这个词的日语翻译告诉了开高健。开高健也曾在文章中对《光辉之暗》的小说名字来源做过说明：

> 我将四月份出版的小说起名"光辉之暗"，这是从海德格尔那里借来的。一天，我向一个朋友说明了作品的主题，说如果顺利的话，我想要表达这样的感觉。仿佛什么都看得见却又都看不见。好像什么都知道却又一无所知。似乎一切都具备却又全是假象。感觉什么都有却又一无所有。
>
> 朋友放下威士忌杯子，说：这就是海德格尔呀！朋友告诉我，海德格尔就有这样的概念，他认为现代就是那样的时代，他将其称为"光辉之暗"。我记得好像在梶井基次郎的作品的什么地方曾见到过"绚烂的黑暗"这个词。我该选哪一个呢？犹豫了一段时间后，我选择了"光辉之暗"，于是把自己关在家里，开始了新作品的创作。②

"光辉"与"黑暗"这对矛盾意象正好契合开高健对现实世界和人性的认知。于是，开高健在这一主题下，开始构筑小说《光辉之暗》的独特空间。

①现实之暗

如同平野荣久所言，从《越南战记》到《光辉之暗》，"不是平面性的外延化，而是立体性的纵深化的过程"③。《光辉之暗》已经从对越南战争的事实报道发展为对重重历史表象下"真实"的纵深挖掘。小说用日记的形式，以身为记者和小说家的"我"为视角，将"我"在越南期间的真实经历、"我"在第二次世界大战中的战争记忆、虚构的人物和事件糅合在一起，运用纪实与虚构相结合、跳跃式的时空布局以及隐喻等手法，书写"我"所感知、所领

---

① 開高健. 告白的文学論——現代文学の停滞と可能性にふれて講座の「現代」第 10 巻［M］. 東京：岩波書店，1964：237.
② 開高健. 南の墓標. ああ。二十五年［M］. 東京：潮出版社，1968：52.
③ 平野栄久. 開高健——闇をはせる光芒［M］. 東京：オリジン出版センター，1991：29.

悟的"现实之暗"。小说《光辉之暗》的舞台是 20 世纪 60 年代中期的越南。在第二次世界大战已经过去 20 年的 60 年代中期，战争的阴霾逐渐散去，世界总体上处于和平稳定、经济发展的一片"光辉"之中。而此时的越南却是这片"光辉"盛景下的一处"黑暗"，战火正在这里蔓延，贫穷、愚昧、贪婪、残暴……所有的"现实之恶"在此上演。而将这种种"黑暗"曝光，正是小说《光辉之暗》的主题之一。小说呈现了美军、"南越"政府、"北越"政府、越南南方民族解放阵线、佛教徒组织、普通民众等各方势力和集团错综交织的越南局势，并深入思考剖析了潜藏于表象下的本质，使复杂、含混、幽暗得以穷形尽相。

对于美军，开高健塑造了韦恩大尉、帕西军医等美国军人形象，通过刻画他们的性格和行为，表达了自己对于美国介入越南战争的看法。韦恩大尉是美国军人理想主义的典型代表，他认为自己在越南所做的一切，都是为了越南的民主、自由与进步，坚信自己正在参加一桩正义的事业、一场勇士的战争。"我"第一次见到韦恩大尉是在一个名叫会安的小镇郊外的池塘边。当时，池塘的周围围满了双手合十参拜的百姓。池塘旁边有约一个中队的全副武装的越南军人，士兵们正在朝着池塘架设重机枪，一个美国军官踱着步子察看，这个人就是韦恩大尉。突然，几名士兵陆续向池塘投掷手榴弹，爆炸声响起，红色浑浊的池水沸腾般喷向天空，又像骤雨般洒落在人们头上。人们尖叫着、奔跑着、逃窜着，直到观察到军队没有动静了，才又回到池边，有的继续参拜，有的把水浇到小孩子的头上，有的将水装进洗脸盆和桶里，小心翼翼地搬走。"我"上前向韦恩大尉出示了记者证，打听了事情的缘由。原来，越南各地正流传着关于神鱼的传说：凡是神鱼住过的池塘，那里的池水能治百病。为了避免谣言引起事端，西贡政府命令将神鱼捕杀示众，以安定人心。于是，韦恩大尉奉命执行了这场"神鱼水之战"。然而，大尉的这次行动不但没能安定人心，反而招来了仇恨与危险。村民受到越共所谓"美军和政府军射杀了保佑村庄的神灵"的煽动，在整个村子布下陷阱机关，韦恩大尉更是在两个月间遭遇了五次村民的刺杀。这让韦恩大尉苦闷与失望，他的额角长出了白发。

在小说中，开高健运用倒叙的方法讲述完"神鱼事件"后，继而通过时空跳跃式的布局，从现实的越南转换到战后的日本，在现今与过往的穿梭中，更多了一些深思与领悟。"神鱼事件"让"我"想起了 20 年前的自己和母亲。

当时战争接近尾声，美军开始对日本本土进行大规模轰炸。"笔仙"成为当时绝望中的日本女性唯一的精神支柱。上哪儿才能买到红薯？下一个疏散地会被空袭吗？她们带着这些问题，在报纸上写下"アイウエオ"（"アイウエオ"为日文假名顺序排列，相当于选择项 A，B，C，D，E），利用手中的笔去呼唤"笔仙"，再根据笔戳到的字去寻求答案。看到母亲为了请到"笔仙"每天走火入魔，初中生的"我"绝望透顶，于是每当看到写有"アイウエオ"的报纸就把它撕碎扔掉。"我"当年的行为和现在韦恩大尉的"神鱼水之战"如出一辙，虽然我们认为自己反对的是迷信，其实却是扼杀了绝境中的人最后的心理依靠。韦恩大尉曾向"我"问起日本人对越南战争的看法，当得知日本人中十分之七都认为这场战争是不公平的，违背了美国基于公平竞争的民主主义精神时，"霓虹灯照在大尉的脸上，大尉耷拉着脑袋，垂着下巴，驼着背，眼神黯淡下来。痛苦暴露在他的全身，他茫然若失，就像一个下腹部受到猛烈一击的人。他怏怏低语，'我必须得考虑了''……''这是重要的事''……''要好好想想'"①。韦恩大尉一直认为，美军所做的一切都是为了防共，他们是为了保卫东南亚、保卫美国、保卫世界而战，是为了自由而战。过度的信念自负使他忘了"城门失火，殃及池鱼"的道理，使这种理想主义蒙上了恐怖主义的阴影。和韦恩大尉相比，帕西军医是一个更加单纯的理想主义者。一次，帕西军医随作战军队来到越南一个部落，想要给当地农民教授"荻野式"避孕方法。可是，那里的农民没有日历，连几月几号星期几都不知道，即使教了也没有用。还有一次，帕西军医听说前去作战的村子结核病相当严重，于是准备了很多 B．C．G 药品（Bacillus Calmette-Guerin，用于防治结核病）。到达村子后，军医拿出注射器，让村民们排好队，准备给他们注射，谁知村民们竟仓皇逃跑。军医不解，向越南翻译询问，原来村民认为美国人带来的是为了让越南人绝种的药。军医拜托翻译向村民解释药的用途，翻译说解释也没有用，因为村民们已经相信了越共的话，认为 B．C．G 是"Birth Control Government"（控制生育的政府）的缩写。军医万般无奈，只好将所有药品带回基地。帕西军医心怀善意，却无法得到越南村民的理解和接受。韦恩大尉想帮越南人破除迷信，哪知触犯了他们的信仰；自以为是在为了"自由"

---

① 開高健. 開高健全作品・小說 8 ［M］. 東京：新潮社，1974：165.

而战，却给无辜的百姓带来灾难。发生在美国与越南之间的，是文明进步与愚昧落后的碰撞，是理想主义的初衷与结果之间的落差，甚至是理想主义与偏离理想主义轨道产生的"恶"的悖论。

美国的"一腔热情"，在越南百姓面前碰了壁，还被"南越"政府无限膨胀的金钱与权力欲望所利用。美国通过"南越"政府捐助给农村的物品，总是在半路就"蒸发"掉。送到政府时是十头猪，到了农村就变成了一头；头一天给农村送的毛毯，第二天却出现在岘港的黑市上。西贡政府与有钱有权者沆瀣一气，致使贫富差距不断扩大。在西贡只有两种人存在，一种人腰缠万贯，一种人一贫如洗，随着战争的进行，这种情况越来越恶化。将军们也趁着混乱的局面大发横财，搞各种军事政变，轮流当权。政府极度的贪污腐败让全国上下怨声载道。僧侣们称这个国家有太多的"硕鼠"，为了反抗政府，他们绝食、自焚，而对于越共，他们依然不抱任何希望。在僧侣们的眼中，他们也不择手段抢夺政权和地盘。在达到目的之前，只要是持反美态度的，都是他们拉拢的对象，比如民主党、激进人士、天主教的司祭、山岳民族的领袖、僧侣等。但是这些非共产主义者都不过是他们统一战线的装饰品，是所谓"现阶段"的盟友，一旦目的达到，便会立即被疏远、排斥甚至杀害。

开高健将自己在越南所看到的"现实之暗"暴露无遗，并以马克·吐温的小说《康州美国佬在亚瑟王朝》（*A Connecticut Yankee in King Arthur's Court*）为隐喻，表达了自己对越南局势的看法和对越南战争的预见。《康州美国佬在亚瑟王朝》是马克·吐温在1889年创作的一部空想小说，小说讲述了一个看似离奇实则颇具现实意义的故事。小说的主人公"美国佬"，是美国康涅狄格州的一个军火制造厂的老板，在一次打架中被击昏，醒来后发现自己来到了6世纪的英国。"美国佬"被一位骑士俘获，带到英国亚瑟王朝廷。在这里，他沦为奴隶，被判死刑，他利用自己的聪明才智死里逃生并成了亚瑟王朝廷的宰相。因为耳闻目睹了种种无知、贫穷、贪婪和残酷，"美国佬"义愤填膺，颇有使命感的他决定改革落后的英国。"美国佬"将民主和机械化引入英国，开始传播19世纪的美国文明。他运用自己的科学知识和智慧，发明火药、电灯，架设电话、电缆，创办报纸杂志，开办陆军学校教授民主主义与近代军事；他让中世纪"尊贵"的骑士身披肥皂的广告绸带四处周游推销；又把以"圣者"自居的和尚训练成制造衬衫的机器；为了让亚瑟王了解民情，他与国王一起微服出访，四处游历；他与众骑士比试武艺，大获全胜，并因此宣布废除奴隶制；他预告日食震慑宫廷，又利用火药、电气、水泵等将迷信彻底粉碎。经过"美国佬"大刀阔斧的改革，人们接受了民主和科学，亚瑟王朝迎来了现代化。然而，亚瑟王朝在不久后发生了内乱。事情缘于亚瑟王朝的"第一骑士"兰斯洛特勋爵在"美国佬"开设的证券市场被交易员蒙骗高价购入了股票，得知真相的兰斯洛特勋爵在盛怒下疯狂地打击报复股市的所有商人。从此，英国便分裂为两派——亚瑟王派与兰斯洛特派。两派势不两立，互相残杀，最后，亚瑟王和兰斯洛特勋爵都死于这场争斗。对此事出面仲裁的教会认为，内战是由"美国佬"引起的，为了夺回自己失去的权力，教会向骑士团发出了反对美国佬的号令。瞬间，骑士、贵族、地主、农民争先响应、集体起义，"美国佬滚蛋"的喊声响彻英国。在草木皆兵的形势下，"美国佬"率领忠心追随他的 52 名少年据守一山洞。他们利用电力、机枪、炸药与大举进攻的骑士进行殊死搏斗，终于将其彻底歼灭。不料，"美国佬"却在侦查中受伤，之后又被巫师用法术控制，从此昏睡不醒。功败垂成的"美国佬"、道貌岸然的教会、暴戾专横的骑士、贫穷无知的群众——这些马克·吐温笔下的人和事，在 13 个多世纪后的越南，在开高健的眼前真实上演。

> 现在，美国人每一天对这个国家投入高达一两百亿日元，让人目眩的浪费。其实，所有都已经在这写于 75 年前，不足 200 日元的袖珍本中写明。从发端到结局、细节与本质、偶然与必然，都包含在这个堂吉诃德与格利佛联手呈现的故事里。人们都在空想小说中不停地战斗、畏惧、死去。①

美国人在越南重复着康州"美国佬"在 6 世纪的英国同样的事情。"美国佬"给英国带来了民主科学，战胜了骑士，但是却败给了精神上的宿敌。对于 6 世纪的英国人而言，康州"美国佬"不过是一个突如其来的闯入者、一个异端。这个外来者的理想主义并不适宜这个国家的风土，也不被这里的人真正接受。势单力薄的"美国佬"毕竟不敌僵化的专制体制与根深蒂固的传统

---

① 開高健. 開高健全作品·小説 8 [M]. 東京：新潮社，1974：142.

思想，他的改革终告失败。

> 即使带着善意也无法制止悲剧的发生。即使同是白色人种、同是盎格鲁·撒克逊种族也无法制止。就算没有共产主义者也会发生。亚瑟王死了，兰斯洛特勋爵死了，圆桌骑士们死了，巫师死了，美国人也死了。战争早在 75 年前就结束了。①

"美国佬"带着善意改造英国，其后果却始料不及。理想主义带来的进步与繁荣昙花一现，"恶"的影响却更加深远。理想主义的悖论发生在 19 世纪的"美国佬"和 6 世纪亚瑟王朝之间，又在 20 世纪 60 年代的美国和越南重演，或许也正在世界其他地方上演，还会在未来的某时某地继续发生，无论人种，无论种族，无论主义。对于这个人类永远无法逃离的课题，马克·吐温已在《康州美国佬在亚瑟王朝》中做出了明确的解答。而在《光辉之暗》中，开高健顺着马克·吐温的指引，预见了越南战争的未来，也洞悉了在 20 世纪后半叶，世界歌舞升平的"光辉"下这一无法驱散的"黑暗"。难怪吉田永宏这样评价："可以说《光辉之暗》是一部这样的作品：它探讨了法国革命，抑或是俄国革命，又或者是将战后日本的民主化革命或美国新政等统统纳入视野。一方面对所有装点 20 世纪人类历史的整体主义构想和其积极方面给予肯定，一方面又连同其必然带来的'恶'一起，构成两面镜，去窥视人类世界。"②

②人性之暗

战争是残酷的，在战争中人情和人性经受的考验和摧残则显得更加残酷。在战争中的越南，开高健不仅仅目睹了种种"现实之暗"，也同时面对人的灵魂在战争炼狱中沉浮、扭曲、异化，感受着触目惊心的"人性之暗"。在报告文学《越南战记》中，开高健记录了越共少年被枪决的过程，以及自己作为旁观者的自责与痛苦。而在小说《光辉之暗》中，开高健对此进行了更加深入的意义发掘与反思。与《越南战记》中"行刑者—受刑者—作者"的人物

---

① 開高健. 開高健全作品·小説 8 [M]. 東京：新潮社，1974：142.
② 吉田永宏. 鑑賞日本現代文学〈24〉野間宏·開高健 [M]. 東京：角川書店，1982：386.

关系设置相比，在《光辉之暗》中，开高健将杀戮链条上不可或缺的一环——"看客"——带入整个事件的叙述之中。将现实中人性的丑陋、卑鄙折射于虚构的文学形象之中，通过对两个越南少女的典型刻画和对围观者群像的勾勒，即点面结合的方式，深刻揭露了战争对人性的扼杀，并以此反观现实世界中的"人性之暗"。

在《越南战记》中，开高健写道："在这个广场上，一种可以称为'绝对的恶'的东西在涌动。"在《光辉之暗》中，这种"绝对的恶"已有了具体的化身。

> 两个混血儿模样的少女，畏畏缩缩地向我走过来。白皙的赤脚趿着凉鞋，两人个子瘦小，但有亚洲人的皮肤和欧洲人的眼睛。虽然算不上漂亮，但眼睛里闪烁着对于生满满的兴致。①

少女在确认"我"是记者后，提出希望能站在"我"身旁。"我"同意了她们的请求，并和她们攀谈起来。

> "你们多大啦？"
>
> 其中一个平静地回答："18岁。"
>
> 另一个"咪咪"地笑着答道："我17岁。"
>
> 我问道："知道这里要发生什么事吗？"
>
> 两人同时回答："知道啊。"
>
> "这不是你们该来的地方。"
>
> "好啦。"
>
> "没关系啦。"
>
> "幽灵今晚会来敲门的。"
>
> "行啦！"
>
> "我跟幽灵说了让它不要来。"
>
> "你们觉得幽灵因为你们死掉了吗？"

---

① 開高健. 開高健全作品·小説8 [M]. 東京：新潮社，1974：204-205.

"你管得太多了。对吧？"

个子略高的这样说。

"就是，就是！"

17 岁的回答，这个个子稍矮的少女忽闪着眼睛，一边咬着指甲，一边点头。两人都散发着耀眼的朝气，露出白白的牙齿微笑着。

"哪个学校的？"

"玛露格力特。"

"天主教的？"

少女们朝着被拦在警戒线外的人群，指指这个，又指指那个，低声说笑着。两人这样玩了一会儿，忽然就不见了踪影。只见她俩已经进了铁路公司的二楼，正在窗边探出头来向我挥手。从那个窗户可以俯视到近得只有手肘距离的死刑柱。①

两个十七八岁"混血儿般的"少女，"白皙的赤脚""白白的牙齿"，"眼睛里闪烁着对于生满满的兴致"，浑身"散发着耀眼的朝气"——她们是生命力的象征，崭新、蓬勃、充满希望。然而，在如此健康的外表下，却隐藏着与之极不相称的心灵。她们丝毫不惧怕血腥的场面，为了找到观看枪决的好位置，主动接近"我"，在发现"最佳看台"后又迅速转移。对于她们而言，这里不是刑场而是戏场，她们说笑着，激动地等待一出好戏上演，等待一个和她们年纪相仿的 20 岁少年用自己的鲜血与生命来刺激自己的视神经。她们就读于天主教学校，理应受到天主教"爱人如己"的教诲，有一颗柔和与慈悲的心灵。然而，这本该有的柔和与慈悲却被麻木与冷漠取代，她们对生命没有了敬畏，更不相信天主教中主张的灵魂，她们的心中只有动物般的欲望。可以看出，开高健虚构这两个少女的良苦用心，他是想从处于最美好年纪、最不应该受到污染的典型形象来类推其他，表达这场战争对人心的严重侵蚀、"人性之恶"波及之深广，以及他对未来的深重忧虑。另一方面，开高健也借两个少女的冷漠和无知来喻指第二次世界大战时期对法西斯侵略姑息纵容的日本国民以及战后对政治漠不关心的日本年轻一代。如同吉田永宏所评价的："这里可

---

① 開高健. 開高健全作品·小説 8［M］. 東京：新潮社，1974：205.

以明显地窥见作者的意图，他想要通过小说的虚构使现实的本质更加（清晰地）浮现出来。没有什么比面无表情的民众更为可怕。这让人想起了谷川雁说的，支持日本军国主义的正是农村姑娘那漠然的微笑。"①

两个少女只是这"面无表情的民众"中的沧海一粟，在警戒线外，还有一大群和两个少女一样前来"看戏"的"看客"们。

> 我转过头向人群望去。人们在太阳的炙烤下无精打采，有的啃着甘蔗，有的喝着果汁，还有的吸溜着面条，都默默地望向这边。少年应该是为了这些穷人而死的，而人们却是为了观赏这场免费的露天剧而聚集到这里的。少女们为了更加近距离目击流血，从二楼探出身子，一副一切准备就绪只等好戏上演的样子，满面笑容地挥着手。②

开高健用平静的叙述笔调，描述着"看客"的神态和行为。透过这些"看客"的无聊、麻木的表情，我们仿佛能够感受到一个无边的精神暴力海洋。对于"看客"而言，这场酷刑不过是一场"免费的露天剧"，是他们百无聊赖的生活的调味品。他们啃着甘蔗、喝着果汁、吸溜着面条，等待着"露天剧"的开演。这些"看客"是可恨的。他们以别人之灾祸为己之人生乐趣。统治者的压迫、生活的磨难、战争的恐怖使他们的身上集中着自私、丑陋、阴暗、暴戾等人性之"恶"。他们被邪恶的趣味驱动着，想要将自己长期被压抑的情感，用残忍的方式释放出来。这种变态的心理宣泄，究其根底，是一种潜意识的精神暴力欲望，是产生于人的死亡本能与攻击本能的嗜血性心理。欲望和暴力遮蔽了他们的人性，使他们退化成嗜血的兽类。他们失去了人之为人的自我意识，更谈不上将他人当作人的同情心。这是原罪式的生命悲剧，也是落后文化和战争造成的人格缺失。"看客"们如同啃着甘蔗、喝着果汁、吸溜着面条一样，津津有味地品尝他人的悲剧，欣赏残忍，心安理得。少年被"看客"们"玩赏"的目光与行刑者的枪弹合谋杀死。"看客"是血腥屠杀的参与者，是杀人者的帮凶。这些"看客"又是可悲的。他们因观看被杀者被杀而

---

① 吉田永宏. 鑑賞日本現代文学〈24〉野間宏·開高健 [M]. 東京：角川書店，1982：410.
② 開高健. 開高健全作品·小説8 [M]. 東京：新潮社，1974：205-206.

兴奋不已，但是却忘了这个被杀者是自己的同胞，自己也在遭遇和被杀者一样的凌辱和摧残。只是，他们早已将凌辱摧残当作现实的必然，把苟且偷生作为生活的常态。他们在现实无常的命运中随波逐流，在不知不觉中被蒙昧、被奴役。于是，他们彻头彻尾地成为乌合之众，一方面习惯于被凌辱被摧残，另外一方面又形成了一种残酷的赏鉴心理，企图去凌辱与摧残别人。可是，他们未曾想到，看客的最终结果是成为被看的对象，帮凶的最后下场是帮凶者自己也死于凶手的屠刀之下。这就是"看"的悲哀与沉痛。两个越南少女和警戒线外的人群，都是有着同样人格缺陷的"看客"，他们是一个群体，是一种声调。开高健从这些"看客"的具象和群像开枝散叶，反映众生百态，体现出战争语境下人的集体无意识状态。而这种集体无意识状态，正是人类追求现代文明的过程中存在的隐患，是现代文明光环下的"人性之暗"。

　　除了"看客"，开高健还刻画了这场杀戮中的行刑者。包括在少年被枪决之前，将手放在少年肩上说着什么的肥胖的教诲师、用十挺卡宾枪朝着一个孩子射击的十个宪兵、上前用手枪对准垂死的少年的太阳穴给予"慈悲的一击"的将校。他们道貌岸然，煞有介事，熟练地执行着被指派的工作，命令与"使命"使他们变得单向度，且无道德内视。人性的温度早已在他们的身上冷却，他们只是一部部冰冷可怖的杀戮机器。然而，他们不过是机器，只是杀戮体制上一个小小的执行者，更加可怕的，最为根本的，是操纵他们的专制权力。

　　　消防车开始洒水，士兵将柱子扔进军用卡车，坦克调转着庞大的身体在石子路面上发出"轧轧"的碾压声，伞兵队员纷纷坐进卡车离开。警戒线被撤去了。人们变成模糊的影子开始在广场上自由地穿行。没有叫喊声，也没有哭泣声。有的影子朝着目的地迅速走去，有的影子像赶集归来徐徐漫步。①

　　随着将校那"慈悲的"最后一枪，少年命丧黄泉，"看客"们"观赏"的"杀戏表演"也接近了尾声。一切清理善后工作完成后，广场又恢复成平

　　① 開高健. 開高健全作品・小説 8［M］. 東京：新潮社，1974：207－208.

常的样子。人们朝着各自的方向走去，似乎已经忘记刚才那血腥的一幕，又好像是什么也未曾发生。少年的生命就这样陨落在"人性之暗"的深渊，无声无息。

康德说，世界最美的两样东西，一是夜晚的星空，一是内心的道德。战争却将人内心的道德剥夺，让生命、良知、怜悯、信念与爱都丧失殆尽，将人类的生存之境化作一片荒原。安于绝望又践行着恶的"看客"、杀戮机器般阴森可怖的行刑者、背后操纵的专制者……开高健以文学的手法揭露出比现实更为真实的"现实"。这是一个对现实道德理想格外关注的人文知识分子对人性的终极追问，也是其希冀通过文学救治失落的人性的真挚期望。这良心的呐喊必定会让早已习惯平庸生活和混沌人性的人们惊愕、震撼与醒悟。

（2）"为了我的战争"

如果说开高健在第二次世界大战末期遭遇的空袭、机枪扫射和战后濒死的饥饿体验形成其生命底色的话，那么在越南战场上的经历则在开高健的生命中添上了浓墨重彩的一笔。从某种意义上说，开高健不仅仅是越南战争的目击者，更是亲历者。作为一位经历过战争苦难的作家，开高健以作家的使命感，凝视现实、反思历史、袒露自我，用日记记录每一天灵魂的纪行。秋山骏曾高度评价《光辉之暗》："这是一部作家将自己所拥有的全部力量都押上的作品"，在致力于这部作品的开高身上，可以感受到其演绎着"人真正作为作家的赤身裸体的剧"的姿态。① 开高健将自己在越南战争中的灵魂挣扎与蜕变如实呈现在小说《光辉之暗》中。他被"看"的二律背反撕扯，一方面发出"看"的悲鸣与自责，一方面毅然决心做一名坚定的"观察者"。他带着往昔的战争留在心中的阴霾置身于越南的战火硝烟之中，进行着沉重而又茫然的生与死的思考。他那颗时常感到"灭形""流放"的心屡屡因惨烈的现实激荡，最后终于在死神逼近时彻底苏醒。开高健与战争中的越南人、迷失在"光辉之暗"中的所有人一起，在无路处寻路。

① "看"的二律背反

二律背反（antinomies）是 18 世纪德国古典哲学家康德提出的哲学基本概念。二律，就是两种被认同的规律；背反，就是两种被认同的规律即两个同具

---

① 秋山骏.「輝ける闇」解説. 開高健全作品・小説 8 ［M］. 東京：新潮社，1974：287.

真理性的命题之间的相互对立。康德认为："一方面根据一个普遍所承认的原则得到一个论断。另一方面又根据另外一个也是普遍所承认的原则，以最准确的推理得出一个恰好相反的论断。"① 二律背反的正题与反题针锋相对，但又都似乎颠扑不破，于是，"矛盾""悖谬""两难选择"由此产生，另一方面，则又体现出事物不是非此即彼，而是即此即彼的多元性。诚如黑格尔所说，一切现实之物都包含着相反的规定于自身。人类生存的现实本身就常常以二律背反的形式出现，在永不休止的争执和探索中，推动认识向深远发展。

二律背反也体现在开高健的越南经历之中。作为一个被第三方国家派遣采访越战的记者，开高健置身于各种势力激烈争斗的漩涡之中，他不属于任何一方，被规定以中立的立场，只能通过"看"去体验、记录战争的残酷。这种被限定的身份与行为和开高健的内心形成了激烈的矛盾冲突，并集中体现为"看"的二律背反，即正题——"看"是必须的；反题——"看"是徒劳的。一方面，"看"是开高健作为记者的使命，也是反映"真实"的必需手段。另一方面，开高健"看"着太多惨剧发生，他无力阻止，甚至为自己的"看"在无形中参与了暴行而痛苦自责。开高健挣扎于"看"的二律背反之中，陷入了精神困境，又在困境中下定决心，决定用眼之所"看"，用手中之笔，来捍卫"真实"。

开高健的赴越采访，当时受到日本作家三岛由纪夫、安部公房，以及激进思想家、政论家吉本隆明的非议，认为这是作家失去了想象力，只剩下现场采访的记录之眼的体现。三岛由纪夫在与安部公房的一次对谈中说："这是个浅近的例子，开高健写了在越南（目睹）越共（少年被）枪杀的一幕场面。什么也没有看见。我很惊讶。在我看来，这种事情还是待在东京的书斋里，靠想象来写似乎会更好。如果对于到那种程度的'看'都不相信的话，我认为这就已经非常衰弱了。"② 对此，安部公房表示相当赞同。吉本隆明也斥责道："读了开高健的《越南战记》，我终于能够真实地感受到我国进步的知识分子的思想上的'国外逃亡'为何物，已经面临着怎样的荒废了。这个作家究竟

① 康德. 任何一种能够作为科学出现的未来形而上学导论［M］. 庞景仁，译. 北京：商务印书馆，1982：123-124.
② 三岛由纪夫. 阿部公房对谈［M］. 二十世纪の文学. 三岛由纪夫全集 補 1 卷. 新潮社，1976：32.

是为什么、出于什么目的去越南的呢？即使读完了这部作品，我也是一无所知。[……] 因为只是在军用卡车的影子下，'看'越共少年被枪杀，他不是安全的第三者，又因为他不支持越共政府、越南政府、美军的任何一方，他也不是第三者。而且，因为将自己陷入越共的包围经历了濒死的体验，所以他也没有成为第二者。[……] 当这个作家，不能将在20年间'和平'的战后难能可贵的'民主主义'与现实之中，与政治的、大众的国家权力的斗争中败北、思想上死去的人们，以及在'平稳'的日常生活中，生育、抚养孩子，从未发出过只言片语有关思想之音而死去的人们，看作被'枪杀'的死者，而是专门去到越战现场，不亲眼看见越共少年被枪杀，就无法确认人类的死、和平与战争同在性的意义的时候，他就不是一个能够透视幻想的作家，而仅仅是个唯独拥有只看得见眼前事物的记者之眼的第三者。"① 以上作家和评论家都对开高健"看"这一行为进行了质疑和批判，认为作家的第一要务是想象，而不是千里迢迢地"逃往"国外去"看"。对于这些充满火药味的批判，开高健当时并未急于做出辩解，而是用自己的作品证明了赴越采访之于文学的意义。不过，在7年后的《作为人》杂志的终刊号上发表的访谈文章《毒蛇不疾行》中，开高健毫不示弱地驳斥了当年受到的非议：

> 我想说太荒唐了。那件事情。对于那样的事情妄加指责正是（他们）无比贫瘠的精神构造（的体现）。[……] 在这个20世纪，（这一倾向）尤其突出，那就是所谓存在的原则是什么？不被告知就等于不存在，这就是原则。不管动机是什么，每个人的内心是很难讲述的，但是正因为有了去看战争的人，人们才会对战争多少有些了解吧。看绝非不谨慎的。看是必须的。必须得有人成为秃鹫。②

作为一名"行动派"作家，开高健坚信"看"的意义，他认为"看"是存在的原则，是通往真相的必要途径。其实，早在青年时期，开高健就在他崇拜的作家梶井基次郎那里受到了"看"的思想的影响。梶井曾写道："看，这

---

① 吉本隆明. 戦後思想の荒廃［M］. 吉本隆明全著作集 第13卷. 東京：勁草書房，1969：71.
② 開高健. 毒蛇は急がない. 人間として［M］. 東京：筑摩書房，1972：52.

已经就意味着什么。自己的灵魂的一部分或者全部依附在了这之上。"① 开高健则更进一步，提出"所看到的就是真相"②。可见，开高健的赴越采访，是对"'看'是必须的"这一二律背反的正题的践行。作为一名作家，亲赴第一现场探求事实真相，并将自己所"看"之事加工锤炼成文学作品，赋予事实以灵魂，这种身体力行的文学态度，正体现出作家对社会的责任与良知、对文学的热情与虔诚。

　　然而，当开高健真正置身于极端残酷的战争环境中时，他长期以来对于"看"的信念遭到了极大的冲击。"看"的二律背反，让他陷入两难的矛盾境地：他一面因"看"痛苦和自责，一面又将"看"作为自己唯一的武器。为了捍卫"真实"，他毅然执着于感伤的"看"，并将看到的"真实"书写在文学作品之中。正如他在小说《光辉之暗》出版时所写下的作者的话：我的心就像一条多头蛇。无论被怎样切断也可以重生去咬人。孤独的污水和衰退的酸液都无法腐蚀它的牙齿。感到一切都是徒劳的心脏也有穿上鞋子离开床的瞬间。我不杀任何人，不救任何人，不为任何人。我只想将悬浮于天地间的某种焦躁的旋律，在亚热带的气息、声音和颜色中定格。写下没有希冀、无法诉说的巡礼的结果。③

　　作为派往越南战场的特派记者，开高健的工作是"看"和报道，但作为一个有良知而又敏感的知识分子，他对自己的行为感到自责。在小说《光辉之暗》中，开高健写道，"我"在田间小道、陆军医院和刚刚结束战斗的草原上看到一具具面目全非的尸体，"我马上恢复了过来，脑里渗出若干词语，写成稿件，送去东京。然后在西贡的银行取出寄来的钱，去堤岸吃广东料理，日渐肥胖臃肿。惨祸越见得多，我的文笔就越熟练。我就是一条贪恋死尸的鬣狗"④。目睹着一幕幕惨剧，无法帮助，无力改变，反而以此为材料写成稿件得到报酬，然后用死难者的生命和鲜血换来的钱吃着美食日渐发胖，"我就是一条贪恋死尸的鬣狗"——开高健这样嘲讽自己在越南的立场与行为，并在小说中通过与素娥哥哥的对话，表达了对自我的批判：

---

① 梶井基次郎. ある心の風景. 檸檬［M］. 東京：新潮社，2003：16.
② 開高健. 開高健全作品·小説 8［M］. 東京：新潮社，1974：250.
③ 開高健. 新潮社版·函［M］. 東京：新潮社，1986：5.
④ 開高健. 開高健全作品·小説 8［M］. 東京：新潮社，1974：153.

"真是不幸的国家啊，陈。"

"不幸的国家，不幸的国家。"

裹在毛毯中的他冷冷地笑着，好像迫不及待地要抽响鞭子。尖锐的声音中甚至有一种痛快的语调。

"但是，对记者来说可是天堂啊！"

"……"

"说西边不幸就流泪，说东边勇敢就拍手。这边真实的事情在那边就是谎言，那边真实的事情在这边就是谎言。完全和蒙田说的一样。但是，无论对于哪一边的记者来说这里都是天堂，你好像也很开心的样子嘛。"

"是这样的。"

"是啊。"

"就是你说的那样。我很享受。（虽然）什么都没有说。东京、纽约的人也是这样吧。没有人不批判战争，但是如果报纸上没有刊登残酷的照片就怎么都不满足。或许这场战争早收场的话大家都会失望吧。我有时这样想。"①

在陈的批判和"我"的自嘲中，记者的职业与战争被彻底地对立起来。局势越是混乱，战争越是惨烈，记者就越能得到满足读者欲望的东西，甚至为了有料可报还暗地里希望战争能够继续下去。开高健用这种自虐般的自我批判，否定自己作为记者的身份，质疑自己行为的意义。

在越南的整个采访过程中，开高健都陷于因记者的职业所带来的自责、压抑、无奈、焦躁之中，这一情绪又在目睹越共少年被枪决的一幕时被激发到顶点。他描写了少年被枪杀后立刻赶到尸体旁的各国记者们：记者、摄影师们蜂拥而至的脚步声响起，他们围在棺材四周，闪光灯闪成一片。② 这群训练有素的记者忠实、高效地履行着他们的职责，或许在他们心中，这个时候比起去叹息一个生命的逝去并没有将此新闻迅速传播出去重要。然而，同是记者的

---

① 開高健. 開高健全作品·小説 8 [M]. 東京：新潮社，1974：177.
② 同上，第 207 页。

"我"却远远没有这么"强大"：

> 无边的疲劳从天而降。我浑身发冷，双膝颤抖，全身却被热汗浸透。汗很快干了，寒意又从无法触及的体内最深处传来，泛起波澜。胃开始痉挛、抽搐，阵阵地作呕。黑暗中，我张着嘴，却吐不出任何东西。①

发生在眼前的惨剧让"我"无法以一种职业化的态度去应对，此时的"我"，只有人性的本能反应：疲劳、发冷、颤抖、呕吐……枪决结束后，"我"回到住处，想用睡眠来缓解那巨大的冲击和无以复加的痛苦。

> 睡眠很浅，闪光和血一直出没，四肢不时发抖。我拉上窗帘将窗户遮得严严实实，在一片漆黑中睡觉，却感觉直射的阳光刺眼地照着单薄的眼睑。好像我正漂浮在某个明亮的河流之中，没有形状没有模样也没有场景，只有亮得晃眼的透明、发光的雾，夏日海岸的阳炎似的东西。那应该是照明灯的残影吧。好像某处防空洞的盖子打开了。剧烈的冲击波不断袭来。那是"完结的一击"。睡梦中我的身体跳动着，双脚抽搐。全身被黏稠的汗液湿透。在漆黑的房间里我用毛巾擦拭身体，紧紧抱住枕头闭上眼睛。闪闪发光的空无再次出现。在既非坠落也非上升的飘浮中，突然间打击穿过全身。我跳了起来，睁开眼，从半空坠落下来。
>
> 我拉开窗帘，点上烟。接近正午的亚热带阳光在石灰墙上摇晃着。烟圈缠绕着升向天花板。那耀眼的光亮和冲击波都消失了。巨大的疲劳、满脸沾满精液似的污秽感将我淹没。沉闷的、强有力的恐怖在那里淤塞，像是冷嘲一般蹲伏着。②

"我拉上窗帘将窗户遮得严严实实"，"我"想以此隔绝那狰狞可怖的外部世界。可是，那些肮脏的"东西"已经浸入"我"的体内，照明灯、"完结的一击"，所有与杀人有关的片段在我的脑海里一一闪现。痛苦使"我"坐立难

---

① 開高健. 開高健全作品·小説 8［M］. 東京：新潮社，1974：207.

② 同上，第208页。

安，"我"陷入一片空无。在这场行刑之前，"我"一直在自责与苦闷中完成作为一个记者的"看"的使命。可是，当"我"眼睁睁地"看"着一个生命被残杀时，当"我"成为一场杀戮的"旁观者"时，"我"痛感到这"看"中的生命无法承受之重。"我"的"看"，不仅不能拯救生命，甚至还成了这场集残酷性、展示性、仪式化、力量悬殊等特点于一体的酷刑的一个组成部分。"我"深切地感到，"看"是彻底虚无的、徒劳的、罪恶的。

然而，在"看"的反题发展到极点时，突然间发生了逆转：

> 但是，有什么改变了。我能够平静地抽着烟，沉浸于联想、内省和倦怠之中。松动在体内产生，感到莫名的平静。醒来就好像是一种隔断。我在某个隔壁的房间盘腿坐着。那些无法抵抗的来势汹汹之物突然在逼近墙根时被阻隔、停顿、减弱、消散。一种想法控制着我：所谓真正的观察家，就是说的那种睡觉的时候也能睁着一只眼睛的人吧。①

此刻，"我"的内心已经发生了改变。这种改变，来自"我"在痛苦和绝望中的痛定思痛。理性逐渐战胜了感性，"看"的正题逐渐超越了反题。"我"只是一个来自第三方国家的记者，"我"不属于任何一方，对于这场战争，"我"无法制止。但是，"我"就无事可做了吗？不！"我"还拥有自己的权力，那就是"看"。作为一个记者、一个作家，"我"的"看"是必须的，"我"有责任用自己的笔，将自己所"看"之事尽可能真实地保留和呈现。与其做一个无力的悲痛惨剧的伤感者，不如成为一名强大的直面现实的观察者，"睡觉的时候也能睁着一只眼睛"，将"看"践行到底，让现实的一切黑暗、人性的一切丑恶，都无所遁形。

第二天，"我"在同一时间、地点目睹了第二个越共少年被枪杀。过程一切照旧：黑暗的广场拉着警戒线，伞兵队员围成一圈，坦克、卡车、消防车待命。投影灯下，一个18岁的少年被绑到柱子上。一声令下，枪声响起，少年小小的身体软瘫了，鲜血在地上蔓延。昨天的将校还是上前对准他的太阳穴给予"完结的一击"。记者们涌上前，少年入棺，消防车洒水，喇叭声响起，警

---

① 開高健. 開高健全作品·小説 8 [M]. 東京：新潮社，1974：208.

戒线撤除，士兵们坐进卡车，坦克回转，影子开始穿过广场。然而，此时的"我"已和昨天不同：

> 什么也没有发生。我没有出汗，没有发抖，没有作呕。我既不厌恶，也不恍惚。就像看第二遍电影的人一样，我的目光跟随着细节与背景移动。
>
> [……]
>
> 有什么东西彻底改变了。呼吸正常。脉搏正常。眼睛在注视。耳朵在聆听。没有任何动摇。我像古池中的水藻丛一般宁静。我视奸了。寒冷或者是燥热，总该有某种昂扬或疲劳的余音。可是我感觉不到，未被唤起，我坐在椅子上，膝盖上堆满了不可思议的静寂。①

第二次观看行刑的"我"，心情是复杂的。一方面，"我"没有因为血腥的场面而产生任何生理上的不适感，"我"以一个"观察者"的样子，让"目光跟随着细节与背景移动"。另一方面，"我"又将自己"看"的行为称为"视奸"。在同样叙述少年被枪决一幕的《越南战记》中，开高健将自己的身份定义成"目击者""特权者""安全的第三者"，而在《光辉之暗》的此处，开高健却使用了"视奸"这个词。"视奸"即是用"看"去"强奸"生命，作者用这个充满罪恶感的词对自己"看"的行为进行严厉的"宣判"。开高健的自我审判，正是因为他是一个对生命与道德有着敬畏感的作家。在开高健的心中，"视奸"与"杀戮"一样，都是对生命犯下的残暴罪行。他用"视奸"这个词鞭笞自己，向一个个惨死在自己眼前的生命忏悔。"视奸"，表现了开高健无法释怀的愧疚、无从减轻的痛苦、无力反抗的绝望。在开高健的内心，"看"的正题与反题一直在纠结抗衡，他又竭力想用代表着理性的正题去抑制产生于感性的反题，于是他这样描述"我"的感受："我像古池中的水藻丛一般宁静。……寒冷或者是燥热，总该有某种昂扬或疲劳的余音。可是我感觉不到，未被唤起，我坐在椅子上，膝盖上堆满了不可思议的静寂。"其实，这所谓的"宁静"与"寂静"只不过是开高健对痛苦自我麻痹和强行淡化的结果。

---

① 開高健. 開高健全作品·小説 8 [M]. 東京：新潮社，1974：210－211.

作为一个有正义感又内心柔软的作家，开高健注定被"看"的二律背反撕扯，注定将永远忍痛去"看"。

目睹了太多悲剧，又在"看"的二律背反中反复挣扎、思索，"我"终于下定了决心。"我"决定告别素娥，离开西贡，返回前线基地。

> 我想要彻底面对真实的存在，我想要给自身赋予形状，我不战斗、不杀戮、不帮助、不耕种、不挪移、不煽动、不谋划、不偏向任何一方。我只是看着，哆嗦着身子，眼睛放着光，像狗一样死去。所看到的就是真相。这样的话我大概已经处于半死状态。事态就保留在我的皮肤内，任何人都无法触及。明明知道徒劳，我为何还要去追求毁灭？①

这段文字包含了作者太多的心情：既有对生命悲剧的深刻领悟，更有对社会责任的勇敢担当；既有对反题"'看'是徒劳"的体认，更有对正题"'看'是必须"的坚守。战争，将所有现实与人性之"暗"聚集，血腥、残暴、荒谬、淫威、畸变……"我"深知，一旦走上战场，这些"我"一直以来所"看"的东西将以更加惨烈的形式暴露在"我"眼前，到那时，"我大概已经处于半死状态"，或者"像狗一样死去"。我"明明知道徒劳"，"我"所做的和能做的都无法阻止战争的肆虐。但是，"我"还是决定"去追求毁灭"。因为，"我"想要面对真相，接近真相，掌握真相。"真相"是不受任何政治立场和利益左右的，因此"我不战斗、不杀戮、不帮助、不耕种、不挪移、不煽动、不谋划、不偏向任何一方"，"我只是看"。

"我"相信："所看到的就是真相"。

尽管明知限定行为内在的二律背反，开高健仍然义无反顾地深入矛盾中心。在《光辉之暗》中，开高健写下了这段弥漫着悲愁与激情的文字："亚洲的革命不就是榕树吗？手持斧头企图制止它蔓延的人在与噩梦无休止的战斗中筋疲力尽，直到最后祈祷自己化为一尊石像。但在那一瞬间他成为树的营养，树根悄无声息地将他缠绕，把他吸入树干。杀了我也好。将我的背脊折断杀掉

---

① 開高健. 開高健全作品·小説 8 [M]. 東京：新潮社，1974：250.

也好，让我的肝脏干涸杀掉也好。但是，仅仅是被吸收了。"① 在"看"的二律背反中摸索前进的开高健，终于使"看"的正题与反题在矛盾中趋向统一，他成了一个伤感的现实主义者，一个悲壮而又顽强的斗士。二律背反的张力化作文学的能量，在《光辉之暗》中结出了硕果。开高健在《光辉之暗》中，以博大深切的人性关怀与悲悯，对现实深入体察、对人性批判引领、对真实虔诚求索，终于将战争的"恶"转化为艺术的"美"。如同栗坪良树的评价："当人的脆弱意志面临战争的绝境时，开高健将'悬浮于天地间的某种焦躁的旋律'集大成于《光辉之暗》。尽管这是小说家'巡礼的结果'，但这'气息、声音和颜色'仍然刺鼻、震耳、炫目。"② 越南之行，赋予了开高健一个真正文学者的灵魂，因此他说：越南战争是"为了我的战争"。

②"我"的重生

在《光辉之暗》发表之际，丸谷才一指出，这部作品的主题设定是"以太平洋战争的受害者之眼来看越南战争（和其受害者）"，并认为作者的这一态度正是文学者的态度。③ 对于一个被再次投入战争的战争受害者而言，越南战争不仅是现实存在的，也是记忆深处的。开高健将自己的这一特殊而又深刻的体会写入《光辉之暗》，表达出这场战争对于自己生命的意义。在小说中，战败后的日本，现实中的越南，它们被"战争"牢牢地捆绑在一起。历史的凝缩拉近了时间上的距离，模糊了空间上的边界，使彼此重叠交织，共同幻化为代表着战争特质的意指空间。作者便在这一无限延伸的空间中，重拾记忆的碎片，感悟现实的意义，接受灵魂的洗礼。

开高健在战火纷飞和极度饥饿中，度过了自己的少年时代，战争在他的心中留下了永远无法愈合的伤疤。他带着这颗伤痕累累的心生活在战后日渐繁华的日本，物质上的富裕无法填补内心的虚无，他感到与现实世界的隔离，时常陷入幻灭、失落与徒劳的痛苦之中。这些挥之不去的情绪，又跟随他从日本来到了越南。在《光辉之暗》中，开高健写到韦恩大尉向"我"了解日本人对于美国参与越南战争的态度，当得知大多数日本人认为这是一场美国倚强凌弱，有失民主与公平原则的战争时，韦恩大尉脸上露出了痛苦和迷茫的神情。与

① 開高健. 開高健全作品·小説 8 ［M］. 東京：新潮社，1974：215.

② 栗坪良樹. 新潮日本文学アルバム〈52〉開高健［M］. 東京：新潮社，2002.

③ 丸谷才一.「サンデー毎日」昭和四十三年五月二十六日.

大尉道别后，"我"陷入了沉思：

> 看着那宽阔的背影逐渐消失，突然间我感到了力量和羡慕。想想我自己，已经有好些年不会因任何一件事情产生过这样的痛苦了。我一直在想办法去逃避痛苦，穿上让自己失去感知的铠甲，一个劲地摸索怎样缓慢又安稳地保持假死。难道不是这样吗？①

韦恩大尉是越南战争的当事人，使命和职责让他整日奔忙，又心力交瘁。但是，"我"却"感到了力量和羡慕"。因为，大尉有生活的目标和信念，他在为此奋斗着，无论结局是成功还是失败，至少证明他是"活着"的。而"我"呢？我在"假死"。"我"已经好多年感觉不到痛苦的滋味，"我"变成一具麻木不仁的躯壳。"我"无法感知，是因为"我"与现实世界隔离，这种情况，在日本如此，在越南也照旧。

"我"是一个来自第三方国家的记者，"我"不属于战争的任何一方，"我"的特殊立场将"我"和当事方隔离："我觉得自己非常可笑。我想嘲笑这个站在岌岌可危的中立立场，还妄图不要弄脏自己双手，永远改不了的自恃清高实则懦弱的知识分子习气的自己。"② "我"看着一个个生命惨死在眼前，不但无力改变，还依靠报道它们赚取稿费，"我"的记者职业将"我"和战争中的受难者隔离："果然，我既不是革命者，也不是反革命者，甚至连不革命者都不是。我只是一个匍匐在狭窄昏暗地带的视奸者。"③ 隔离感如影随形，让"我"无法摆脱。"我"在前线基地随军采访时，这种隔离感再次将"我"击倒。某日，"我"跟随部队离开基地执行任务。由于与前方失联，无法按照原计划返回基地，当晚，我们来到了一个位于小山顶上的三角阵地。黑暗中突然传来了训斥声，从依稀的月光和火光中望去，只见仲大尉正在打骂两三个光脚的越南士兵。一声不吭的士兵被打倒在地，他们缓慢地爬起来，一会儿就消失不见了。美国通信兵梅亚告诉"我"，那几个士兵是因为在战壕里赌博被打的。大尉为了惩罚他们，让他们今晚去安装有刺铁丝网。"我"感到奇怪，问

---

① 開高健. 輝ける闇. 開高健全作品 小説8 [M]. 東京：株式会社新潮社，1974：218.
② 開高健. 開高健全作品・小説8 [M]. 東京：新潮社，1974：130.
③ 同上，第159页。

道："大家不是都在赌博吗？"梅亚回答："应该是我们突然来这儿，大尉为了给我们安排住处，就把他们从战壕赶出去了。""我"接着问："如果发生夜袭，士兵会怎样？""就完蛋了。"梅亚嘟哝着离开了。过一会儿，仲大尉找到了盘腿坐在迫击炮炮座旁的"我"，轻声说道："请进战壕睡觉吧。""我听见有东西在肋骨内侧掉落的声音。不用枪不用刀就可以杀人。仅仅是因为我睡觉两个士兵就会死掉。"① 士兵们因为"我"的到来而被迫面临生命的危险，不管初衷如何，"我"与士兵产生了事实上的对立，我们被隔绝在各自不同的世界里。"我"不仅无法处于与他们同生死的位置，甚至还成了不用枪不用刀将他们"杀掉"的人。深重的罪恶感将"我"吞没，"我"质疑自己存在的意义，感到内心的荒芜。

素娥是一个年轻美丽的越南妓女，"我"可以付钱买她一夜的自由，在她身上得到片刻肉体的欢愉。金钱维系着"我"和她的关系，但也将"我"和她隔离。素娥住在一个昏暗的地下车库里。一天，"我"买了一个100瓦的灯泡作为新年礼物送给她。换上新灯泡的屋子瞬间明亮了，"素娥高兴得欢呼，她拍着手，喷水似的笑着在床上打滚，一遍又一遍地望着天花板发呆"。可是在"我"的眼中，换上新灯泡的"车库看起来更荒凉了"②。素娥的欢乐"我"感受不到，"我"的内心依然是一片荒芜。一次，"我"和素娥在河边饭店吃饭时，"灭形"再次袭来：

> 河水散发着温热的气息，传来潮汐和水藻的气味。一种无力感包围、压迫着我。我感到灭形的发作，虚弱地靠在椅背上。我浑身冰冷、意识模糊，像是荒凉的河滩。轰鸣声与灯光都变得虚无缥缈。如果柱子上吊的灯笼再亮一点的话，素娥看见我的脸准会停下筷子。估计她能够描述出我现在是什么样子。我好几次看到镜子中的自己：畏缩，厉色，一双不想直视任何地方的鱼一般的眼睛，一张卑怯的脸。孤独为何把那样的卑贱像苍蝇卵一样产在人的脸上？无论是独处还是与人交往时，一切的意义和时间总会猝不及防地从我身上剥落。没有理由，没有征兆。我不能习惯，也无法

---

① 開高健. 開高健全作品·小説8［M］. 東京：新潮社，1974：135.
② 同上，第173页。

将它驯服。①

素娥就在"我"身边，可是"我"却感到孤独。尽管我用钱买来了和素娥相处的时间，希望能够麻痹自己孤独的神经，可是一切只是幻想。我们到底是生活在不同的世界里，我们无法感知彼此的悲欢。孤独依然潜伏在"我"的灵魂深处，它猝不及防地袭来，将"我"身上那些时间和意义的假象统统剥落，让虚弱的"我"无所凭依，跌入幻灭的深渊。交战的双方、战争的受难者、越南士兵、素娥……"我"被隔绝在所有人之外。就连从年少时代起那一直是"我"精神寄托的"物"，也逐渐与"我"分离。

吉田春生评论道："《光辉之暗》是开高健文学生涯中唯一一次，体现出被'物'的亲近感隔绝的彻底的孤独感，在此我也感到其文学表现最为真挚的，并充满苦难的道路即将开启的预兆。"② 呈现于眼前的新的战场和废墟唤醒了"我"内心深处的乡愁。"我"依稀看到被空袭后大阪那一望无垠的红色荒野，喧嚣芜杂的黑市，货车上满载的回乡复员兵，路旁饿死、闷死、被车撞死的人，驾驶吉普车的美国兵那蔷薇色的脸……"我"想起了勤劳动员时在龙华调车场突遇美军机枪扫射急于逃命的"我"对同伴拳打脚踢；想起了"我"在午饭时间溜出教室喝水充饥，被同学看到后把从家里带来面包给"我"时"我"内心的羞耻与绝望；想起了"我"在面包店、车床轧钢厂打工时，那些"物"给予绝望中的"我"的慰藉。

> 我在好几个工厂都感到了物的魅力。荒地上堆满的物品和车床的车刀没有改变。无论是工具还是废弃品都没有改变。物是清净的，充满激昂的力量，总是保持着一定的形状。那种流放的冲动总是在我使用搅火棒、揉美利坚面粉的时候朝我袭来，使我无法呼吸。但是，比如，当淡淡的阳光照进天窗，我在水族馆的玻璃槽一样的街道工厂的角落里，在弥漫着金属和机油的焦味中操作车床的时候，一种难以名状的静谧的欢欣便涌上心头。[……]手中有工具的日子里，只要有一盒香烟就可以幸福一整天。

---

① 開高健. 開高健全作品・小説 8 [M]. 東京：新潮社，1974：186.
② 吉田春生. 開高健・旅と表現者 [M]. 東京：彩流社，1992：16－17.

脑袋的我怀疑一切、淤塞凝滞、日渐生锈，手的我充满着不动的确信向物移动，制作出形状，生成价值。我不会倾倒于任何教义，相反却对物痴迷。为什么我继续着这般神圣的疯狂成了一个机械工？①

　　然而，战败后的荒芜迅速被驱散，那来自"物"的幸福瞬间也逐渐从"我"的生命中消失不见。"我"伫立在一片人工的繁荣之中，怅然若失。

　　　　大自然是短命的。荒地才是香橼丛生的国度。当回过神来时我已经再次失去。不知什么时候人们用火柴盒一样的房子和垃圾箱似的楼群将荒地遮蔽，用柏油的薄皮盖上了盖子。荒地被包围、被截断、被驱逐到港口的那边，掉进了大海里。地平线从城市里消失，落日融化在烟雾中，天空被积木似的窗户和墙壁分成小块。风和雨枯萎了。同时，在手指的触碰以后，语言化作华丽的灰烬的时代开始了。［……］我再也体味不到那广袤的、热烈的爽快。赋予我的恐怖、孤寂与流放以形状的东西消失了。我不断地从人和物中剥离，我失去了能与我内部扩展的东西相呼应的等量的外部。所看到的就是事物本身。我是荒地。我看着我。在我失去形状的瞬间，荒地突然在宾馆的吊灯上、装着白兰地的杯子里、穿着范德斯西装的人身上出现。［……］一切都复苏了。我怀抱着就在昨天还在皮肤下蔓延的刚刚醒来的恐惧，我将那满面堆笑的文学对话丢弃，滑向荒凉的冷暗之处。在某个晴朗的日子，即使天空中出现闪光，我也不会有任何事情发生。因为我现在在这里……②

　　"我"在那片荒地和"物"中寻找着"生"的希望，终于走过那段最艰难的岁月。而当"我"想要回头凝望它们时，它们已经被高楼大厦和柏油马路驱逐出"我"的生活。融化在烟雾中的落日、被窗户和墙壁分割成小块的天空、枯萎的风和雨、化作华丽的灰烬的语言，这些被人类异化的自然、矫揉造作的表达根本无法填补"我"内心的空白，"我"不断地与这些外部剥离。

---

① 開高健. 開高健全作品・小説 8［M］. 東京：新潮社，1974：240.

② 同上，第240－241页。

失去寄托的"我"幻想着"所看到的就是事物本身",于是,终于在自己"灭形"的瞬间看到了记忆中的荒地,"我"不顾一切地朝那幻影奔去。可是,现在的"我"却连幻想的能力也失去了,"即使天空中出现闪光","我"也看不见心中的那片荒地,因为"我现在在这里",在这个聚集着一切"恶"的越南,在这个与所有人和"物"隔离的荒漠,"我"被彻底地"流放"了。

曾经,是"物"和荒地的力量让"我"在绝境中重生;现在,当"我"再次面临毁灭时,"我"还能重新获救吗?答案是肯定的。一个向着真善美的灵魂,必定会在压抑到最低点时奋起反弹,并有可能飞升。在西贡两次目睹枪决少年的"我",从最初徒然的伤悲、无力的自责,到后来冷静、清醒的认识,是少年的鲜血浸润了"我"那干涸的灵魂,少年的生命赐予了"我"直面丑恶的勇气。"我"开始渴望被唤醒,渴望新生。某日,"我"偶遇了一位老人。老人来自纽约,是一名贵格派教徒、反战主义者。他不甘心只是在国内读读书报、看看电视纪录片、听听集会演讲的"作壁上观"的生活,不远万里来到越南广义省的某个军医医院做一名志愿者。老人向"我"讲述了他对越南战争的看法。老人认为:现阶段"北越"政权已获得越南国内相当高的支持率,然而这并不是一件好事。一旦美国撤离越南,"北越"便会立即打败"南越",夺得政权。他们在革命成功后会做什么,他国都没有干涉的权力;"南越"政府就是一个行将就木的伪政府,如果没有美国的支持,他们肯定会在短短一周时间之内垮台;美国人盲目自负,在看不清事实的情况下追求理想,来到一个刚刚才发明了车轮的国度发起战争,不仅杀死了越南的妇女儿童,也杀死了美国人自己。美国在这场战争中犯下了道义上的致命伤。但是,美国没有承认失败的勇气,不愿意放下武器就此作罢。于是,战争还在继续,伤亡不断扩大。当美国兵看到自己的战友陆续死去,就产生了复仇心理,这就是堕落的开端。伤亡越多,就越发堕落。这就是美国人傲慢、无知和无神论的"报酬"。

老人用低沉而有力的语调诉说着,一字一句直击我心。他是那样热烈、真挚,一个劲地责备自己。在他那浓密的眉毛下,淡蓝色的瞳孔像是蜷缩着身子的小动物,我却感觉不到他在看我。老人像是一个亲手用鞭子抽打自己,将钉子钉进自己身体的人。他寻找着词语,颤抖着嘴唇,有时仿佛就要落泪的样子。然而,他却是那么精干、坚定、顽强。我第一次亲眼看见自责和悔恨会呈现出那样的神情。泛黄的水面上，老人佝偻着背、惭愧不已的样子里，是纯粹与荒凉、虚弱与坚韧、伤痛与力量在争斗。我忽然想起了韦恩大尉。那个男人曾经说起干掉"红色"时散发出的气息、深知一切都是徒劳和愚蠢却仍在一瞬间变成淹没一切的洪水，曾给我相同的感触。两人惊人的相似。一个说干掉，一个说撤离。尽管方向相反，但在其内部涌动的东西却是同样的。从那里向我涌来同一种东西。是否"红色"也好，是否"罪责"也罢，这些不过是同一件东西被附上了不同的观念而已吧。①

韦恩大尉和老人共有的东西是什么呢？以韦恩大尉为代表的理想主义者，为了捍卫自己心目中的民主与自由来到越南。他们扶持昏聩腐朽的"南越"政府只为防共，他们投入巨额的物资想要帮助越南百姓，哪怕明知会石沉大海，他们与"红色"殊死战斗即使已经预到见失败。以老人为代表的人道主义者，为了生命与道义来到越南，他们对越南的现状悲观不已，他们为越南的未来忧心忡忡，他们因美国的执迷不悟而焦急痛心，他们对战争殃及的无辜生命自责忏悔。他们的行为看似背道而驰，但都发自"同一种东西"。这种东西，就是不屈的生命意志。他们都怀有热忱的信念，为此全力投入，不被现实左右，不计较得失，不在乎结局。这就是生命应有的本色：不畏惧不退缩，真诚而又执着。尽管现实荒谬黑暗，生命之火依然熊熊燃烧。这生命之火的烈焰也将"我"内心的坚冰慢慢融化：

> "这是简单的算术，再简单不过的算术"，老人像是鞭打自己的行者，深深地自责、羞愧，他那沙哑的声音，回荡在我的耳畔。老人无比顽强的身体内充满了纯粹的力量。我想要拥有他那种翻山越岭、不惜任何代价、忧国忧民的热情，哪怕只是学学样子也好。我的脸被污水覆盖，我被流放。我像一个脆弱的厚皮动物，横躺在一个没有墙壁没有树丛的昏暗地带。这个孤独的、肥胖的厚皮动物，甚至连用自己的脚挪动自己的身子都办不到。我就是冷血、迟钝、永远的废物。我既不是鬣狗，也不是偷窥者，连漂浮

---

① 開高健. 開高健全作品・小説 8 ［M］. 東京：新潮社，1974：231.

在天空与大地之间的旅行者都不是。①

　　老人沙哑的声音在"我"耳畔久久回荡，"我"那早被凉透的血液开始感受到来自老人的温热。老人那"充满着纯粹的力量"的生命姿态让"我"向往，"我"想像他那样彻底地苦恼、全力地投入。"我"的内心蠢蠢欲动，"我"不禁审视自己。"我"悲哀地发现，"我"不过是个蜷缩在昏暗地带的厚皮动物，肥胖臃肿，碌碌无为，麻木倦怠。一直以来，"我"以"假死"的状态拒绝外部世界，现在却发现这种行为是多么虚妄，"我"只是让自己变成了一个"冷血、迟钝、永远的废物"。"我"强烈地感到自己一无是处，"我既不是鬣狗，也不是偷窥者，连飘浮在天空与大地之间的旅行者都不是"，"我"失去了自己存在的意义，"我"再次被流放了。

　　"我"仍然在西贡继续记者的工作。越来越多的世界各国记者向西贡涌来，记者们平时聚集的西餐厅已俨然成了一个会议室，在弥漫着咖啡香味的餐厅里，大家一边吹着空调，一边七嘴八舌地讨论。每个人都搜肠刮肚地寻找最华丽的辞藻，想要给这场战争做个论断。可是一到第二天，大家又不约而同地把前一天的观点全部放弃，然后就同样的话题开始新一轮的讨论。

　　　　我像白蚁啃噬着树木一样消耗着时间。白蚁毁掉了房子，建起了蚁塔，而我只是喝着帕鲁诺，在椅子上日渐发胖。话语一旦从口中说出，手脚便都被卸去，瑟缩颤抖着不一会儿就枯萎干涸了。我的内部有一个空旷的仓库，里面堆满了褪色的词语，上面覆盖着厚厚的灰尘。②

　　"我"的身体坐在西餐厅里，可是"我"的灵魂已经出走。"我"不愿意继续在这里无所事事地消耗着时间。"我"不想让自己那正在醒来的心脏再次麻痹。可是，惰性的旧我却束缚着新生的灵魂：

　　　　无论多么强烈的想法，在上午十点之前还是跃跃欲试，可是随着太阳

---

① 開高健. 開高健全作品・小説 8［M］. 東京：新潮社，1974：235.
② 同上，第 224 页。

的炙烤立刻就变得瘫软无力，之后就剩下了像是黏土或变形虫的我。革命、荒地、饥饿、孤独，任何东西只要一带到床上便被当场软化。只是为了提醒自己，我努力唤起少年时代看见的那些烧死、饿死、殉死、难死、枉死（的情景），以及那两个被处刑的少年恐怖分子的胸前和太阳穴喷射出的鲜血和叫声。但所有都是虽然惨烈最终却只如烟雾。①

　　新生的灵魂在跃跃欲试，惰性的旧我却在昏昏欲睡。"我"在两者之间摇摆挣扎，"我"想要跟随新生的灵魂离开这"昏暗"的地带，于是"我"拼命让自己回忆那些惨烈的场景，希望从中获取改变的力量，可是惰性却阻挠着"我"，使"我"的意志逐渐薄弱。就在"我"焦虑失望、不知所措之时，发生了一件让"我"无比震惊的事："我"在资料室看见了一张掉在地上的阵亡者名单，上面写着帕西军医的名字！"我"找到办公室工作人员确认，她告诉"我"，帕西军医是被派去增援时战死的。那个瘦削的脸上常常带着沉默的微笑的帕西军医；那个主动送给"我"疟疾预防针和驱蚊水的帕西军医；那个为了治疗越南村民的结核病，专门带去 B.C.G 药品，却被村民误会成想让他们丧失生育能力的帕西军医永远地离开了"我"。悲痛、震怒、痛恨的情绪将"我"彻底淹没。"我"再也不能等，再也不能彷徨。"我"痛下决心，离开西贡，告别苍白、空洞和惰性，像老人和韦恩大尉一样去为了自己的信念而活。为了帕西军医，为了无数逝去的生命，"我"要重生！"我"要开始那场"为了我的战争"！

　　"我"回到了前线基地，作为从军记者和作战部队一起行进在丛林之中。"我"再次感到了坠落，马克·吐温早已在小说中将结局写明，"我"所做的都是徒劳。"我"一厢情愿地将自己带入这场战争，就算"我"死了，"这里发生的死也不过是一个笑话"。可是，"我"已经没有退路。

　　有数发听不到发射音的子弹。风的压力几乎将我击倒。一瞬间，最后的一滴从我的脚后跟急速上升，从头发中挥发掉了。仅仅装着袖珍本和毛巾的背包感觉像是一吨重的石灰袋。没有枪没有刀没有地图的我无所凭

---

① 開高健. 開高健全作品·小説 8［M］. 東京：新潮社，1974：244.

靠，所以我只能在被射击时闭上眼睛，张开嘴巴，我强烈地感觉如果把包扔掉就好像自己的铠甲被剥落一样，于是一直将背包紧紧地攥着、握着、抚摸着，然而在那一滴挥发的瞬间，我的自尊心崩溃了。支配人最微妙的、最强有力的，也是最大的冲动、最后的堡垒便是自尊心。当拿着包时，我还能感觉到自己似乎还保持着某种自我，而当这些都破碎、溶解掉时，瞬间的自由闪现，心情松弛下来。一种柔软的波浪瞬间出现，将我温柔地包围，为我松绑。这种感觉酷似从蔺草中掠过的死亡的蛊惑，充满着令人平和的清净感。我扔掉了背包，张着嘴跑着。士兵们像是即使没有主人和看家犬也能正确找到回家之路的家畜，朝着一定的方向奔跑着。凶暴、透明的力量紧贴着身体的左右两边呼啸着疾驰而过，树干上发出阵阵声响。我闭上眼睛，浑身僵硬。耳朵里充满了心跳的声音，我变成了粉末，在黑暗中像潮水一样轰鸣。我开始哭泣，泪水顺着脸颊滴落到下颚。小小的咸咸的肉群无声地相互推搡着，我感觉不到卑劣和低贱，只是一边吃力地将其推开，一边朝森林跑去。静谧的青苔香味掠过我潮湿的脸颊。我从鲸鱼那漆黑的、湿热的胃掉落到肠道，在那巨大的、浓浓的古代的夜幕中气喘吁吁地奔跑着。

森林静寂无声。①

年少时那曾与"我"擦身而过的死神正在向"我"面目狰狞地扑来。"我"没有武器，无力反抗，只有将背包当作自己的"铠甲"。子弹紧追不舍，死神步步逼近，"我"的"铠甲"不能保护"我"，反而"感觉像是一吨重的石灰袋"。在巨大的恐惧面前，"我"最后的精神支柱轰然坍塌，"我"对外部世界彻底绝望，于是，"最后的一滴"挥发掉了。跟着这"最后的一滴"同时挥发掉的，还有"我"的自尊心。自尊心与自我身份认同相关，是社会语境下的产物。皮之不存，毛将焉附？当外部世界丧失意义后，自尊心必将荡然无存。这"最后的堡垒"的崩溃，则意味着那个"此在"自我的终结。于是，"当这些都破碎、溶解掉时，瞬间的自由闪现"，彻底摆脱了外部世界羁绊的"我"，"心情松弛下来"。"我"感到"一种柔软的波浪""将我温柔地包围，

---

① 開高健. 開高健全作品·小説 8 [M]. 東京：新潮社，1974：272–273.

为我松绑"，"这种感觉酷似从蔺草中掠过的死亡的蛊惑"，这是死亡在呼唤着本我的回归。在死亡的反衬下，"生"的意志无比强烈，"生"的方向如此清晰。"我"和士兵们"像是即使没有主人和看家犬，也能正确找到回家之路的家畜"，朝着"生"之方向奋力奔去。死亡带给我们绝对的平等，"我感觉不到卑劣和低贱"，我们丢弃了所有的外在属性，我们只是相互推搡着奔跑的"小小的咸咸的肉群"。"我"听到了自己心跳的声音，这是生命在律动。"我"开始哭泣，泪水滑落"我"的脸颊，这是"我"那沉睡已久，刚刚苏醒过来的本能。"我"终于找回了内心深处的本我，完成了对自己的生命救赎。在青苔静谧的芳香中，重获新生的"我"朝着那生命之源——森林——奔去。

1999 年 4 月，纪念开高健逝世十周年的"开高健展"在横滨市县立神奈川近代文学馆召开。在展览会的第一次文学讲座上，日本作家大冈玲做了题为"开高健说'向外'"的演讲，他将开高健的文学创作手法放在当时的纯文学环境中考察，指出开高健的文学是："一个相当的异端"，"他偏偏做着孤立无援的事情"①。在第二次文学讲座上，日本小说家黑井千次在与增田瑞子的对谈中讲道："开高健是一个不断尝试新事物的新型日本现代文学者和作家。诞生于他所具备的种种特异条件下的作品，以某种其他任何东西都无可替代的特别姿态，留在了我们的手中。"②

文如其人，言为心声。开高健的文学，实际上是其生命历程与人格气质的写照。矛盾贯穿开高健的一生，同样也影响、制约、推动着开高健的文学创作。矛盾的对立统一是开高健的文学生命力得以不断激发的一种机制，它赋予开高健文学旺盛的创造精神、对叙事探索的持久热情、对现实和生命的深入思索。开高健文学，是矛盾作用下生命之弦的一种紧张而丰富的演绎形式，矛盾带来了叙述模式的多样化、艺术风格的多元化，构筑了独特而又深邃的开高健文学艺术空间。

---

① 大岡玲.「外へ」と開高健は言った［M］//開高健 その人と文学. 東京：株式会社ティビーエス・ブリタニカ，1999：28.

② 黒井千次・増田みず子. 開高健と小説［M］//開高健 その人と文学. 東京：株式会社ティビーエス・ブリタニカ，1999：156.

开高健文学的叙述模式，体现出自我的退隐与显露的矛盾。在文学创作的习作期，开高健将自己的青春岁月以及战争对百姓生活的毁灭、对个人的异化和迫害写进作品，将日本战后时代的巨变和冲击内化为自己迷惘、苦闷的情感，谱写出《印象采集》《学生的忧郁》《某个声音》《圆上的裂痕》等一曲曲发自内心的哀歌。在邂逅萨特的《呕吐》之后，开高健决心告别自己幽闭的内心世界，彻底摆脱日本传统私小说创作模式的束缚。于是，从初登文坛的发轫之作《恐慌》起，开高健开始展现出自己不落窠臼的独特一面。在《恐慌》《巨人与玩具》《皇帝的新装》等前期"向外"的作品中，他将自我情感退隐，把自己浓缩成一个"视点"，以"离心力"描写外部世界。他站在人生的堤岸从高处看人世，以特有的细腻与敏感，洞察世态人情的毫末，又以智者的冷静和达观，抒写人世的冷暖悲喜，创作出一幕幕可看可演可笑可叹的人生悲喜剧。自我退隐的叙述模式在一定程度上弥补了日本传统私小说主观色彩太过浓重的局限性，使叙事显得相对客观、公正，呈现出冷静克制而又含义隽永的艺术效果。然而，片面的外部扩张和对自我的强行压抑使开高健"向外"的文学创作逐渐陷入困境，开高健开始在自我的退隐与显露之间摇摆不定：为应付获得芥川奖后的交稿任务，他无奈交出袒露自我的作品《懒汉》后又转而"向外"，以"离心力"创作了小说《日本三文歌剧》《流亡记》《鲁滨孙的末裔》；在经历波兰之行等外部刺激后，他写下《发胖了》《被笑了》《看了》《动摇了》《遇见了》系列私小说式作品，走出向内转的第一步；他不愿就此放弃最初"向外"的梦想，为寻找"向外"的素材，走遍东京各地，创作纪实报道《日本人的游玩场所》《东京即景》；当发现"向外"之路即将走到尽头之时，他开始构思回忆自己青春岁月的自传体小说《蓝色星期一》，并将自己的转变称为"浪子的回归"；在《蓝色星期一》的写作过程中，他再次中断内心的探索，奔赴越南战场采访，重新踏上"向外"的延长线。战争的惨无人道和战场上遭遇的生死危机使开高健的内心极为震撼。极致的生命体验执着而顽强地想要寻求释放和表达，长期压抑的自我终于破壁而出，开高健的文学创作进入由外向内转的过渡期。小说《光辉之暗》体现了这一过渡期的特征：作品在真实反映现实的基础上，将现实纳入"自我"的视域进行思考、创作，以内心的真实感受书写对战争、生命、人性的思考。现实与"自我"的感受和认知的融合使开高健文学更具深度和震撼力，也使其文体得以确立，趋于成熟。从此，开高健放弃了"离心力"的写作方式，他开始走向心灵深处，以"向心力"的文学创作，表达自我对外部世界的感受。开高健将创作视角从战争转向和平，从异常回归日常，创作出《光辉之暗》的姊妹篇《夏之暗》，以对异化的生命状态的书写来质疑日本战后社会的畸形发展，揭露出物质繁荣背后精神的"黯淡"，表达自己对文化的失望。为了疗救自己疲惫的精神世界，开高健踏上求"生"之旅。他在世界各地"徐徐疾行"，将自己与自然亲密接触的体验和感动记录在《OPA!》系列、《更远!》《更广!》等游记作品中。这些作品虽然是游记题材，但在本质上仍然是开高健自我情怀的流露。开高健执着地在"物"中寻觅精神的慰藉，晚年步入"玩物立志"之境，创作出"玩物"思想的集大成之作——《珠玉》。他将自我的情怀与对生命意义的哲思寄托于"物"，又将"物"纳入自我的精神空间，达到感物而发、情动于中。从自我的退隐到显露、由"外"向"内"的转变，体现了开高健文学创作由摸索逐步走向成熟的过程。

开高健是现代日本文坛上非虚构文学的代表作家之一，他以多元的文体形式表现出在纪实与文学领域的两栖性，演绎着作为记者与作家的双重身份。报告文学《越南战记》与小说《光辉之暗》充分彰显了开高健这一文学才华。非虚构体裁的《越南战记》，以事件亲历者的视角真实地反映越南的战争局势、社会问题和世态人情。作品坚守着报告文学作品客观写实的独立品格，处处激荡着真实的力量；同时，又在新闻报道的文体内做出最具文学意味的精确表达。作者运用白描的笔法写人写景、摹情状物，用简练的笔墨刻画鲜明生动的新闻形象；又通过对话等方式探寻人物内心深处的想法，并将个体的感受引入广阔的社会现实；他时刻在找寻战争的暗影下人性之美的光芒，又不遗余力地抨击人性之恶，虔诚地进行道德反思。纪实的文体与文学因素的水乳交融，使得报告文学《越南战记》充满动人心魄的事实力量和饱蘸感情的文学气质，赋予了纪实文体经久不衰的文学生命力。小说体裁的《光辉之暗》，是将报告文学《越南战记》进行斧凿、雕琢、虚构而达成的文学性飞跃。作品以越南战争的史实为素材，带入作者对现实世界的认知与思考，融入作者本人独特的生命体验，从外部世界与内心世界两个方面进行了深度的文学挖掘。作者以"光辉之暗"的意象，一方面真实、犀利、深刻，并富有洞见地揭露了越南的种种"现实之暗"，乃至整个世界的"现实之暗"，表达了作者对人类命运的认识和思考。另一方面，又将报告文学《越南战记》中描写越共少年被枪决的过程进行更加深入的意义发掘与反思，加入对刑场围观者——"看客"形象的刻画，深刻揭露了战争对人性的扭曲和扼杀，并以此反观现实世界中的"人性之暗"。越南战争对于开高健的一生来说意义非同寻常。因此，他将《光辉之暗》作为一部自己的灵魂纪行，将自己在越南战争中的灵魂挣扎与蜕变如实呈现。一方面，作者叙述了主人公挣扎于"看"的二律背反之中，陷入极度的精神困境中，又在困境中下定决心，决定用眼之所"看"来捍卫"真实"的心路历程；另一方面，又倾诉着主人公带着往昔的战争留在心中的阴霾置身于越南的战火硝烟之中，那颗时常感到"隔离""灭形""流放"的心屡屡因现实而激荡，最后终于在死神逼近时灵魂获得重生的蜕变过程。《光辉之暗》是开高健一次探索性的、深思熟虑而又水到渠成的跨文体写作。作品既有纪实与虚构相结合、跳跃式的时空布局、隐喻等文学手法，又蕴含了作者的文化修养和战争思考。因此，它所呈现出来的风貌迥异于"非虚构"的纪实文学，又有别于传统"虚构"的小说，别出手眼而又浑然天成。

开高健的文学创作之路充满了矛盾，矛盾使他迷茫痛苦、摇摆徘徊，又推动他不断冲破局限、推陈出新。无论叙述模式上自我的退隐或显露，还是文体上纪实与小说的转变、互融，都源于开高健对"真实"的执着追求、不懈的探索精神和动人的创作活力。因此，开高健文学的发展方向是清晰的，它一直在通往理想的道路上前进、前进、再前进，坚守了一个以真、善、美为最高人生信念的作家之魂。

第三章

开高健文学作品之矛盾论及其归宿

"对于一个作家而言，其文学认识或者方法与其作品的构思往往呈现出互为表里的关系。开高健正是如此，他一直追求的文学感动之源即在于描写出这充满矛盾的人生的紧张感。人类存在的矛盾，永远是他创作小说的动机和主题。"① 开高健的文本世界处处散发着来自矛盾的异质艺术精神。那里有最繁盛的时世，又有最衰微的时世；有睿智开化的岁月，又有混沌蒙昧的岁月；有天真纯净的世界，又有虚伪狡诈的世界；有阳光灿烂的季节，又有长夜晦暗的季节。开高健将自己分裂的人格心理与悖反式思维在文本中释放，以一种焦灼突兀的紧张感，在作品中呈现出种种矛盾的组合：自我与集体、天真与世俗、现实与理想、忍耐与逃离、充溢与虚无、怀世与忘世……种种矛盾的意象，是开高健对日本现实、历史乃至人性反思和表达的一种特殊方式，它们通过作家奇谲的想象力、通透的感觉、汪洋恣肆的语言巧妙地编织糅合，演奏出雄浑跌宕的矛盾交响曲，形成一种奇特的艺术张力。开高健在充满无数悖谬的文本世界中，驾驭着复杂的二元结构，他不是一厢情愿地将矛盾的二元绝对地割裂把玩，而是既对立透视，又辩证思索。开高健将所有矛盾统一于探索自我价值与生命意义这一主题之中，从而使作品在"杂多"中实现了主题思想的"整一"："一"寓于"多"之中，又衍生着"多"；"多"又统化于"一"，即"杂而不乱，一而能多"。在"整一"的思想主题下，作品多角度、多层次地展现了作家对日本社会不同层面的分析与判断、个体生命辩证的存在与运动、理想与现实的冲突和错位等，从而在多样化的悖论叙事中，使"整一"的主题思想得以凸显和深化，从"整一"走向"深刻"，建构并生成着文本的价值与意义。开高健的文学作品，是其情理交织的复杂人格心理以及对矛盾的辩证思索融合灌注的结晶。开高健使矛盾的二元既分离又融合，从矛盾的相生相克中提炼出其闪光的一面，铸就丰富、圆熟、深邃的文学艺术世界。这种悖论式艺术使开高健的文学作品历久弥香，独放异彩。

① 向井敏. 情念のアンビバレンス——開高文学の発想法 [J]. 國文学：解釈と教材の研究，學燈社，1982，11（第27卷15号）：54.

矛盾的求索之路是无比艰辛的。二元矛盾的长期撕扯导致开高健内心深处安全感和确定感的缺失。于是，"物"便成为他在这个虚无多变的世界上唯一的精神支柱。幼时捉鱼的快乐记忆、战争中空袭后那蕴藏着无限生机的废墟、打工中各种工具和材料带来的亲近感……"物"一直是开高健逃避残酷现实，让灵魂得以片刻休憩的港湾。尤其是在经历越南战争，目睹战争中的所有阴暗和丑恶后，开高健对现实彻底地失望。他逐渐将目光从现实社会移向大自然，希望借助自然之物的力量疗救自己疲惫的灵魂。《OPA!》等系列钓鱼游记是开高健这一转变的标志，开高健在这些作品中以一个自然主义者的姿态书写与大自然接触的极致体验，又吐露出充实感转瞬消逝后的虚无。开高健不断地借"物"逃离现实，逐步走向"玩物立志"。在遗作《珠玉》中，他终于将困扰自己一生的矛盾在"物"中封存，将自我与"物"同化，达到"心凝形释，与万化冥合"的境界。

本章主要运用文本细读的方法，对开高健的文学作品进行研究，旨在通过深入的文本解读和意蕴挖掘，探索矛盾思想下开高健文学作品独特的叙事魅力，挖掘出一组组矛盾对立统一现象所包蕴的人生真相，领会开高健悖论式艺术世界所拥有的巨大情感张力和深刻思想内涵，并在此基础上考察矛盾思想在开高健文学作品中的归宿，以全面领会开高健用矛盾概念构筑起来的文学作品世界。

第一节
世俗与童真——《皇帝的新装》

20 世纪 50 年代末，日本已经摆脱战败的阴影，进入经济高速增长的时期。在飞速发展的社会里，崇高的理想和精神追求逐渐被金钱至上、急功近利的价值观所取代。现代都市人在消费大潮中被物化、异化，变得工于算计、心浮气躁、傲慢冷漠。开高健敏锐地意识到狂热的物质欲望背后巨大的精神空洞，揭示了现代社会中人们的生存本相与精神危机。《恐慌》《巨人和玩具》《皇帝的新装》是开高健初登文坛的三部代表作。三部作品尽管内容各异，但都流露出强烈的社会介入意识，与批判现代文明对人性的异化这一主题一脉相承。《恐慌》塑造了在循规蹈矩、腐败专制的官僚机构中孤军奋战对抗鼠疫的小职员"俊介"的形象。他在与集体的抗衡、周旋、妥协中追求实现自我的成就感，却又无法摆脱个人理想与残酷现实之间的悖论，注定面对现实生活的荒谬与徒劳。《巨人与玩具》描写了一群在城市化中丧失人格与个性的人，他们辗转于躁动不安、狂热不休的商业竞争，犹如被卷进车流遭遇无情碾压的帽子，承受着工业文明的倾轧，被不断推入自我背离的命运黑洞。而获得芥川奖的小说《皇帝的新装》，则是在世俗和童真的矛盾使批判主题得以彰显的同时，尝试反抗现代文明，救赎人性。在《皇帝的新装》中，成人与儿童代表的两种截然相反的生活方式和道德价值观展开了激烈的对峙与交锋。一方面，开高健选取儿童这一"边缘"群体作为描写对象，真实反映成人的世俗世界对儿童的童真世界的压抑、扭曲，揭露战后日益物化的社会无孔不入的侵袭，道出日本国民的生存困境。另一方面，又通过让童真恢复光彩，以童真向世俗挑战、颂扬童真的美好等方式，表达自己对纯真的无限向往，寄托对社会、教育的殷切期望。在成人世界与儿童世界表层的对立冲突下，安放着开高健所珍视的"童心"。他以童心为镜，映照成人世界的复杂、龌龊；以童心为尺，衡量世间的善恶与美丑；以童心为灯，指引人性复苏之路。

1. 世俗的成人世界

《皇帝的新装》中，小说主人公儿童太郎的父亲大田、继母大田夫人、以山口为首的众多评委，是世俗世界的成人典型。在他们的世界里，亲情、爱情逐渐淡漠、缺失，真诚友善的人际关系被异化、扭曲，尊严和正义屈从于金钱、权势、欲望。

太郎的父亲大田氏在第二次世界大战刚刚结束时从供职的画具公司辞职，他从生产蜡笔的手工作坊做起，单打独斗十余年，终于拥有了与同行平分当时日本绘画用具市场的雄厚实力。在创业期间，大田将妻儿留在乡下老家，自己则在工厂的宿舍吃住，为了生意不分昼夜地东奔西走。全身心投入工作的大田几乎将妻儿遗忘，他很少给家里写信，也不回家，仅仅是每月寄回一次生活费。妻子去世时，正忙于争夺行业内主导权的大田也是好不容易才抽出一天时间回老家取回妻子的骨灰盒。儿子太郎被当作累赘留在爷爷奶奶家，直到父亲再婚才被继母大田夫人接回家。再婚后的大田依然冷漠如初，尽管事业已经进入了稳定期，他仍然竭尽全力扩展销售网，投入新计划，丝毫不把家庭放在心上。大田不放过任何一个发财的机会。当得知"我"与丹麦哥本哈根文部省的儿童艺术协会联系交换两国儿童画作的消息后，大田敏锐地嗅到了其中的商机。他向"我"提出合作意向，又违背"我"的初衷将计划篡改得面目全非。大田"唆使丹麦大使，笼络文部大臣，动员日本全国的儿童和教师"①，又召集儿童美术领域的教育评论家、画家、监学，以及进步派、保守派等各派的领军人物组成评审委员会，打造出一个虚张声势的全国性比赛。他假借"慈善事业"的名义，设立"教师奖"，使得所有参赛者为了奖金和荣誉趋之若鹜。大田的目的正是掀起儿童绘画热潮，促销公司的产品，以谋求商业暴利。大田对自己的如意算盘夸夸其谈，却从不主动提起儿子太郎的情况，即便被"我"问起，也只是背过脸搪塞说自己很忙。"我"告诉他太郎不能画画，对此，大田说道："呀，不好意思在你面前这样说了，即使不会画画也可以上大学的吧？"② 这句话彻底暴露了大田内心的真实想法，撕下了他刚刚还在义正词严地批判学校应试教育的虚伪面具。可以说，大田就是一个亲情淡漠、无视教育，又装腔作势的金钱至上者。如同山田有策的评价："这样的大田无疑是使太郎背负深重伤害的罪魁祸首。"③

在《皇帝的新装》中，太郎的继母大田夫人扮演着受压与施压的双重角色。她本是大田在画具公司的同事，曾在大田的资助下帮家里度过了经营的难关。因此，她和大田结婚时，人们背地里嘲笑她嫁给了金钱。婚后，忙于生意的大田没有给她丝毫丈夫的关爱。为了排解压抑和孤独的情绪，她将全部精力投入对太郎的管教之中。她出席学校的家长会，加入百货商店的教育协会，请来钢琴老师，聘请家庭教师，甚至亲自为太郎挑选朋友……大田夫人一厢情愿地为太郎安排好所有的一切，却无视太郎内心的想法，她的努力只是让太郎紧

---

① 開高健. 開高健全作品・小説 2 [M]. 東京：新潮社，1973：133－134.
② 同上，第 133 页.
③ 山田有策. 抑圧された"遊び"——「裸の王様」と「日本人の遊び場」[J]. 國文學：解釈と教材の研究. 學燈社，1982，11（第 27 巻 15 号）：65.

闭心门，愈发孤僻。"夫人支配了太郎的生活起居却完全无法支配他的内心。她作为母亲过于年轻，作为妻子太过孤独。"① 大田夫人发现太郎正一点点地向"我"靠近，失望无奈的她借着酒精对山口说出了自己的嫉妒，说"我"从她那里夺走了太郎。年纪轻轻的大田夫人嫁给了赚钱机器般的大田，她得不到丈夫的关爱和家庭的温暖，在冰冷的大田府邸饱尝着孤独，从这一点上说，她无疑是个受害者。可是，为了驱走孤独而去鲁莽地干涉孩子的生活，这一行为也使她成了一个加害者。而受害与加害，均源于当时虚荣浮躁、急于求成的社会风气。

"我"的同事山口老师是《皇帝的新装》中华而不实、投机取巧的利己主义者的代表。山口将自己包装成一名前卫画家，热衷于宣传新的技法，经常搞些拼贴艺术、擦印画法等新奇的实验来制造话题。在他眼里，画画就是跟风潮流和夸耀技巧，而这种方式是否会导致小孩的机械模仿他则完全不考虑。山口在学校的家长会上认识了大田夫人，并通过大田夫人结交了大田。自那以后，每逢画展，大田便会买下山口的一两幅画表示支持。也许出于对大田的感谢，每当大田公司有新产品上市时，山口便第一时间让学生在课堂上试用，并写成实验报告发表在教育杂志和保育报纸上。然而，这看似熟络的往来也不过是金钱利益的交易，山口经常在"我"面前说大田一家的坏话，并老是以个展临近、无法拒绝买家的要求为由，将自己赞助者的儿子太郎推托给"我"。对于大田举办的绘画比赛，山口一面背地里说大田是打着安徒生的旗号赚钱，一面又无比享受自己作为新锐评委的身份。对于被"我"带入赛场的太郎的画，山口嗤之以鼻："应该是个农村或者渔村的孩子（画的）吧。"② 当觉察出大田对这幅画并不反感时，他话锋一转，肯定这幅画的作者理解了安徒生，并乘机大肆称赞大田所举办的这场比赛意义非凡。山口处心积虑地设计着自己的言行，却未曾料到"我"会向所有人宣布这幅画的作者是大田的儿子太郎。"刚才锐利的眼神顿时荡然无存，他垂着肩，尴尬地捋着头发。再也不见之前在台上侮蔑评委、臭骂画家的自信和傲慢。他不过是一个细细的脖子支撑着硕大的脑袋，狼狈不堪的青年，已不再是画家，甚至连教师也不是。"③ 山口以青年

---

① 開高健. 開高健全作品·小説2［M］. 東京：新潮社，1973：145.
② 同上，第159页。
③ 同上，第162页。

画家自居，却对艺术没有自己的主见；虽然做着教师的工作，却失去了教育的本心；他眼中的交情，只不过是相互利用；明知大田的比赛另有目的，仍然积极加入，甚至违心赞美；当被"我"挑明真相后，失去了自己立场的他窘态毕露。

山口仅仅是众多评委中的一员，在由教育评论家、画家、监学组成的评委会中，大家有着近似的嘴脸。"他们不懂孩子的生活，只在书桌上考虑孩子的精神和生理，只是为了维护自己的利益夸夸其谈。［……］这些无可挑剔的'鉴赏者'们对于隐藏在色彩和形状背后胆怯的内心、充满形象的血管、不断寻找出口而一直流动的肉体丝毫不能理解。他们不过是被商人收买，欺骗自己，唆使校长和教师，将两千万人的矿藏挖掘一空而已。"① 这些平日里鼓吹自己的主张，同行之间相互贬损的评委，在会场上簇拥着老板大田，交口称赞着大田的事业，一团和气地谈笑风生。对于太郎的画，不知情的他们异口同声地冷嘲热讽，而当真相被揭露时，他们面面相觑，恼羞尴尬，快快离席。金钱、地位、虚荣的诱惑早已让他们忘记了自己原本的职责，抛弃了尊严与良心，沦为一个个攀附权贵、人云亦云的投机者。

有评论者将这部小说称为对"安徒生的《皇帝的新装》的致敬"②。埋头事业将妻儿置之脑后的父亲大田，为排遣孤独自以为是地支配太郎生活的继母大田夫人，盲目追赶时髦、制造噱头却内心空洞的山口，伪善傲慢又趋炎附势的评委们……在各自的欲望面前，他们将亲情、自我、主见、道德、理想、情怀统统丢弃，对真实不屑一顾。对于这样的自己，他们不仅全然不知，还作为控制儿童成长的当权者不可一世。这样看来，的确和安徒生的童话《皇帝的新装》中那位愚蠢可笑的皇帝如出一辙。这种只在童话中出现的丑态，被这些成年人在世俗的世界中演绎得淋漓尽致。

2. 被压抑的童真

在《皇帝的新装》中，开高健不仅揭露了成人世界的世俗化，也让读者看到了那被世俗压抑得奄奄一息的童真。对于初到"我"的绘画班的太郎，

---

① 開高健. 開高健全作品·小説 2 [M]. 東京：新潮社，1973：161.

② 作者不详. 「大人たちと抑圧された太郎」http://www.happycampus.co.jp/961689669961@hc08/22704/relation/，2012.

开高健这样描写道：

> 太郎远比想象的要不正常。他是一个沉默寡言、内向、神经质的小孩，夫人和我谈话的时候他始终一动不动地端坐在椅子上。那一丝不苟的样子甚至让人感觉有一种绅士般的成熟。我们在既是寝室又是书房也是会客室的我的小房间见面，对于那些挂满墙壁，几乎会让所有新来的孩子都感兴趣的儿童画，他却没有表现出丝毫兴趣。他端坐在照进窗户的周日正午过后的阳光中，忧郁地望着书桌上的尘埃。每当母亲提起他的名字，他便用夹杂着敏感和警惕的眼神迅速望向我的脸，当发现我没有任何反应时，便又恢复到之前的面无表情。我在他那白皙的、美好的侧脸上，感到（他所受的）严重伤害。①

在"我"的眼中，太郎极为"不正常"，一般孩子都感兴趣的东西，"他却没有表现出丝毫兴趣"，他只是"一动不动地端坐在椅子上"，"忧郁地望着书桌上的尘埃"。"每当母亲提起他的名字，他便用夹杂着敏感和警惕的眼神迅速望向我的脸"——漠不关心、面无表情、警惕戒备的太郎，早已失去了好奇、兴奋、不设防等儿童的天性，成了一个"出于防卫本能而覆盖着一张绝缘膜的恐怖肉体"②。

太郎来到绘画班好几天，却一直不肯画画。小伙伴们为自己的构思兴奋地欢呼，他却独自坐在画室的地板上，无精打采地四处张望。他的画纸总是一片空白，颜料盘也是干干的，画笔也原封不动地放着。我把指画用颜料瓶放在太郎面前，他却皱着眉头说"把衣服弄脏了会被妈妈骂的"，说什么也不肯将手指伸进颜料瓶中。可见，大田夫人严厉的管教给本应享受无拘无束的童年的太郎套上了枷锁。太郎背负着来自母亲的无形压力，小小年纪便对大人的态度过度在意，小心翼翼地约束自己的行为。在劝说画指画失败后，"我"把太郎和其他小朋友一起叫到身旁，给他们讲童话故事，"太郎脸上尽管浮现出了一丝听懂了的聪明表情，但他的内心似乎并没有擦出什么火花。故事讲完后，别的

---

① 开高健. 开高健全作品·小说 2［M］. 东京：新潮社，1973：115.

② 同上，第116页。

小朋友都拿起画具画纸等各自散去，在画室中找好位置开始画画，只有太郎一人留在原地不动"①。"我"也曾将在其他孩子身上奏效的荡秋千"疗法"用在太郎身上，结果还是失败了。"我刚一开始摇晃秋千，他便拼命地抓住绳索，既不笑也不叫。把他放下来一看，这个优等生的小手已满是汗水，像青蛙的肚皮那样冰冷。"② 对太郎而言，荡秋千这样快乐的游戏也是如此恐怖。长期的压抑使太郎变得胆怯，失去了感知欢乐的本能。

画，是人内心世界的体现。"我"曾看过太郎的速写本，发现太郎只会画电车、洋娃娃和郁金香，无论哪一幅画，都没有任何人物出现。电车、洋娃娃、郁金香这些西方世界代表性的符号，被强行植入了太郎的大脑，他机械地将它们画出来，却无法对其倾注任何感情。这些符号不会给他的内心带来色彩、温度和共鸣。因此，他体会不到画画的快乐，无法产生画画的冲动。同时，母亲的管制让太郎感到外界给自己的压力。于是，他害怕与人接触，随时与人保持距离。因此，他的画中没有一个人存在——太郎便是生活在这个只有抽象符号的孤独世界里。河滩之行后，太郎有了些许转变。他开始主动向"我"索要画纸，并无所顾忌地将手指伸进颜料瓶中。此时的太郎几乎都是乱涂乱画，然而却有一点引起了"我"的注意——太郎全是用红色画画。在"我"的经验中，红色是愤怒的标志，象征着攻击和混乱。太郎通过画画来表达对母亲和所处环境的反抗，然而又明显地表现出不知如何是好。红色仿佛一条血淋淋的伤口，诉说着太郎那愤怒、仇视、混乱的内心世界。

敏感、警惕、胆怯、封闭、压抑、愤懑种种负面情绪占据了太郎的童年，将太郎从神情到行为，从思维到性格，由内到外，变成了一个被扼杀掉童真的"不毛之地"。其实，遭受压抑、丧失童真的远不止是太郎一人。我竭尽全力恢复儿童被束缚的天性，然而，"他们每周仅仅是来一两次我的画室。其余时间都是生活在我无法触及的世界里。有好几个这样的孩子，他们在我的画室里无论自我多么的恢复，一周后又浸满学校和家庭的酸液，完全退回到和从前一模一样的僵硬"③。大田举办全国性绘画比赛的消息很快传遍每一所学校，为了丰厚的奖金和荣誉，老师开始对孩子们的画指手画脚。我看着自己绘画班里

---

① 開高健. 開高健全作品·小説 2 ［M］. 東京：新潮社，1973：119 – 120.
② 同上，第 120 页。
③ 同上，第 148 页。

那些孩子们当作绘画作业完成的作品，感到一种莫名的恐怖。他们用烂大街的形象和颜色描绘老师讲述的童话，模仿儿童杂志、童话书和画册中的插画。这些作品，无论技巧运用得多么完美，但总是带有成人的痕迹。孩子们被老师催促着，放弃了自我的努力，而选择了貌似轻松的模仿。终于到了评选的那天，"我"在会场里见到了无数被当成任务完成的画作。

> 全是些无论抽出哪一张似乎都可以作为图画书的一页的、可爱的、井然有序的、娴熟的、讨好的画。没有理解的空想、失去原型的感情、没有肉体的画沐浴着阳光，唱着歌，欢笑喧哗着。我只能认为这一屋子的东西全是迎合评委兴趣的模型的残骸。①

> 他们并不知道自己被孩子们欺骗了。孩子们为了躲避老师的强制，看穿了老师的弱点，只是画些投老师所好的画。散乱在这个大厅里的，是堆积如山的废品，是对现实处理后的残渣，对于那些并未和这些孩子一起生活的人而言，完全就是一个禁止通行的世界。②

成人的经验世界强行入侵儿童的童真世界。大人干预儿童的行为，控制儿童的思想，剥夺儿童遐想的权利。于是，孩子们画出的全是大人要求的"标准件"。乍一看中规中矩，实则没有灵魂。望子成龙的家长和急功近利的老师教会孩子的，不是怎样用心画画，而是如何与成人世界打交道。孩子们学会了对大人察言观色，迎合取悦。他们牵强应付着家长和老师们布置给自己的任务，交出一份份毫无意义的答卷。孩子们表面上与外界达成妥协，实际上却将自我封闭。在压抑的闭锁空间里，那份珍贵的童真无声无息地消逝。被世俗钳制的孩子们，思维日益僵化，灵感逐渐枯竭，他们失去了对世界的感知，没有想象力，没有自我的见解，也没有创作的冲动。童真的消逝，意味着象征希望的新一代的沦落，这是一个国家、一个民族的生存危机。开高健忧心忡忡地道出了这个不得不面对和深刻反省的残酷现实。

---

① 開高健. 開高健全作品·小説 2 ［M］. 東京：新潮社，1973：156.
② 同上，第 161 页。

3. 童真的复苏

开高健写作《皇帝的新装》，其目的不仅仅是批判现实，更是为了救赎人性。开高健带着由衷的喜悦，怀揣诚挚的期望，以细腻的笔触写下了太郎的儿童天性逐渐复苏、黯淡的生命日渐恢复光泽的过程。

某次课间休息，太郎一句不经意的话让"我"发现他那"荒地"般的心灵深处存在着"绿草与清水"，这或许可以成为"我"走进太郎内心世界的钥匙。接下来的周一午后，"我"来到太郎家，带着太郎去河滩玩耍。河岸的芦苇丛中，"我"和太郎追逐着成群的河蟹。太郎最初很是小心翼翼，但当鞋子被沾上一点泥后，他索性大胆地踩进泥土之中。为了捉住河蟹，太郎将手伸进厚厚的、温润的泥土，紧紧抓住芦苇的根部，后来竟在芦苇丛里爬来爬去。一条鲤鱼吸引了太郎，他和"我"趴在池塘边，入神地寻觅鲤鱼的踪迹。"'逃走了……'他回过头茫然地看着我。他的头发散发着水藻和泥土的气息，眼里溢满温热的混乱。"① 清澈的河水、茂密的芦苇丛、温润的泥土、可爱的小动物，让太郎感受到了大自然的友好。太郎尝试着投入自然的怀抱，追逐生命的脚步。他的身上开始有了水藻和泥土的气息，眼睛里开始有了一丝混乱。这种混乱，源于河蟹、鲤鱼那跃动的生命力打破了太郎习以为常的寂静，这种混乱带着生命的温度，是生命复苏的迹象。

河滩之行成为太郎童真复苏的起点。"从去河滩的那天起，太郎和我之间便有了一条细细的通道。"② 他一来画室，便紧贴在"我"身旁，目不转睛地望着"我"碾磨水彩的手。"我"给大家讲故事时，他津津有味地仰着头，时常扑哧地笑出声来。"从那好看形状的鼻孔发出的小小鼻息的声音，那透明洁白的齿缝中溢出的清洁的体温里，我确切地感受到来自太郎身体的触觉……"③ 初到绘画班的太郎，曾是一个"覆盖着一张绝缘膜的恐怖肉体"，而现在，太郎正在慢慢地褪下这层膜。对于外界，他不再是一味地恐惧和防卫，他开始和"我"有了肢体的接触。他的脸上开始有了笑容，那轻轻的鼻息、暖暖的体温，让"我"感受到他那崭新、美好的生命力。

---

① 開高健. 開高健全作品·小説 2［M］. 東京：新潮社，1973：124.
② 同上，第 136 页。
③ 同上。

　　太郎一点点地发生着转变。他开始和"我"说话，逐渐适应画室的氛围后，羞怯地与小伙伴们交流，和大家一起去河滩、公园玩耍，荡秋千也不会吓得满身大汗，太郎的绘画开始也有了可喜的进步。他不再画郁金香和洋娃娃了，他起初画了满纸小点，向"我"说明这是操场上的同学们，接着又画了一个小人，解释说这是在奔跑的自己，再后来他便开始画小伙伴、小动物、山口老师和"我"。"从物体的形状这一点来看，他的画接近于乱画。但是，只要是提起笔，总会在其中感到某种强烈的表征、诉说、喜悦、迷惑、挣扎的呼唤在呈现。"① 太郎沉睡的心灵被唤醒了，大脑的细胞得到激活，开始有了自我的主张。在那曾经"化为不毛的荒芜之地"的内心世界里，小草绽放新芽，溪水潺潺流淌，清风轻快吟唱。太郎不再是孤独一人，他的世界因为有了感情、思想、生命和色彩而变得丰富起来。

　　不断进步的太郎给"我"带来了一次巨大的惊喜。某天下雨不能外出，"我"在画室里给孩子们讲了一整天安徒生童话。第二天，太郎突然央求司机带他到"我"家来，并带来了五张自己刚画的画。其中，最后一张画让"我"的心猛然一震：

　　　　这幅画和其他四张是截然不同的世界。一个只穿着一块丁字形兜裆布的裸体男人，在松林葱郁的护城河畔迈着大步。他的头上梳着古代武士的发髻，一根棍子插在系着兜裆布的带子上，像士兵那样挥动着胳膊。当我明白这幅画的意义的瞬间，我感到我的身体因喷泉般大笑的冲动而晃动起来。②

　　几个月前，太郎还是一个被压抑得几乎窒息的孩子，他不会画画，也不想画画。而现在，他却因为听了"我"讲的安徒生童话，自己一口气画了五幅画。而这张根据《皇帝的新装》画出的画，完完全全是属于太郎自己的世界。太郎理解了安徒生的这则童话的内容，却没有被原著限制，他自由展开想象，将自己的理解与记忆糅合，画出了自己心中穿着新装的皇帝。太郎以"只穿

---

　　① 開高健. 開高健全作品·小説 2 ［M］. 東京：新潮社，1973：149.
　　② 同上，第 151 页。

着一块丁字形兜裆布的裸体男人""迈着大步""挥动着胳膊"的形象与动作，体现出一个既愚蠢透顶又虚荣傲慢的当权者的丑态。抛开了原著中带着皇冠、留着恺撒胡的欧洲皇帝的形象，画出一个穿着兜裆布、梳着武士发髻、走在松林葱郁的护城河畔的日本大名。这样的形象和环境，来自太郎曾经和妈妈一起看的乡村戏剧，和记忆中乡下老家的风景。太郎以自己的理解和原初的生命感受，创作出了独一无二的"皇帝的新装"。

沉浸在巨大的喜悦之中的"我"高声地笑着，在一旁书桌边摆弄一个半旧打火机的太郎听到"我"的笑声回过头来，不解地望着捧腹大笑的"我"，然后看了眼"我"手里的这幅画，便马上露出一副不感兴趣的神情转脸继续咔咔地按着打火机。"我"起身从抽屉里找来螺丝刀，建议太郎把它拆掉重装。太郎的眼里、脸上因为强烈的好奇而洋溢着光彩。他趴在床上，开始"对付"这支打火机。

> "会着吗?"
>
> "应该会的，试试看。"
>
> 太郎用力一按，打火机啪的一声响，小小的火花四溅烟雾升腾。太郎眯着眼睛笑了。①

打火机的顺利重装让太郎体会到了成功的快乐。太郎已经完全成为一个正常的小孩子，随时产生的强烈的好奇心牵引着他欢快并专注地投入一个接一个的尝试中。他不受外界影响，学会了独立。太郎手中打火机那四溅的火花，正是太郎复苏的童真闪烁的熠熠光芒。

4. 童真对世俗的挑战

在《皇帝的新装》中，"我"担负着连接世俗与童真两个世界，以童真反抗、挑战、戏谑世俗的任务。对于"我"的形象，有不少评论认为过于脸谱化，这一点固然不可否认，但笔者认为，开高健是以一颗热爱生命的赤诚之心塑造"我"这一角色的。开高健将自己的想法和愿望寄托在了"我"的身上，急切地希望"我"肩负起捍卫童真，以童真向世俗发起挑战的重任。

---

① 開高健. 開高健全作品·小説2［M］. 東京：新潮社，1973：153.

在以山口为代表的老师们热衷于标新立异、实现自我利益最大化时，"我"却坚定地践行着自己的教育理念。"我"从不教孩子画画的技巧，即便被问起，"我"也会岔开话题。"我"希望自己能作为一名诗人、一名童话作家，在他们的日常生活中漫步，并不时给他们一些暗示。"我"给孩子们讲自己处理后的安徒生童话：故事情节用的安徒生的，人名、地名尽量用日本的，努力将安徒生融入孩子自己的生活；"我"不带孩子看迪士尼电影而去动物园，不去展览会鉴赏名画而去河边郊游，"我"要让孩子们在大自然中获得灵感；对于与丹麦儿童交换画作的计划，"我"只字不提。"我"生怕孩子们因为竞争和家长、老师的压力被套上无形的枷锁，失去想象的自由；"我"走进每个孩子的生活，了解他们的性格和好恶，从中找到突破口……

> 在与一个接一个来到绘画班，有着不同症状的孩子的接触中，我失去了自己作画的动机。当我意识到时，我已将这些小小的、生动的肉体的集合当作了画布。①

"我"无比期望能将孩子们从家庭和学院的压迫中解救出来，甚至不惜牺牲自我。为了对抗世俗的世界，"我"拼尽全力。

初到画室的太郎少言寡语，面对画纸手足无措。在"我"的努力下，他渐渐恢复了童真，变得可感可触。对"我"而言，太郎的成长便是对大田夫妇以及整个追名逐利的社会的抗争。在对于太郎的转变有着非凡意义的河滩之行部分中，开高健用了一段诗意的文字深情地描写了"我"和太郎屏息凝视的水底世界：

> 我和太郎屏息凝视着水底的世界。水中有牧场、狩猎林和城堡，充满了森林的气息。池塘中正是花开的季节。水面附近不知从什么地方成群结队地游来了幼小的雅罗鱼，在森林中，小鱼的腹部像刀锋般闪闪发光。玻璃工艺品般的河蟹跳跃着，沙地上鰕虎鱼画着楔形文字。我感到阳光晒着我的背，丝丝微风轻柔地抚过我的额头。

---

① 開高健. 開高健全作品·小説 2 [M]. 東京：新潮社，1973：137.

　　眼看着池塘中的生命就要到达顶点，突然水声响起，我看见了飞奔进森林的影子。雅罗鱼四散，虾也不见踪影，沙地上冒起无数轻烟。在影子重量的影响下，森林一时间摇晃不止。①

　　经济建设的成功往往以破坏人性的天然状态为代价。城市化的进展将大自然逐渐驱逐出人们的生活，也带走了人们心中的诗情画意。而开高健却带着"我"和太郎寻回了这片美好。这个水底的世界，保留着未被现代文明腐蚀过的原生态。这里，无数生命力争相绽放，一种"诗意"在悠然流淌。"我"和太郎凝视着自然界的风吹草动，细心捕捉着瞬息变化，体会着与各种生命不期而遇又匆匆离别的感动。象征着健康的生命力量的水底世界，与大田府邸形成了鲜明对比。那里，华丽厚重的大门"将水藻和泥土的气味隔断"，房间"华美、整洁、纤尘不染却莫名空虚"，仿佛一个个"死亡的细胞"，大田一家便相互隔离地生活在里面。水底世界和大田府邸，分别代表着天真烂漫的儿童世界和被金钱扭曲的成人世界，构成了童真与世俗的抗衡。如同山田有策的评价："摇曳的水藻和泥土的芳香正是大田氏之流遗弃的世界，换言之就是战后日本在发展中所丧失的世界的暗喻，'我'与太郎共有这个世界，这就是'我'所能做的，对于大田微弱抵抗的第一步。"②

　　在小说中，"我"把太郎的画带入评审会场，戏弄评委一幕将小说的情节推向高潮。对于大田将"我"交换儿童画的计划变成一次从中渔利的商业活动，"我"一直极为反感。因此，这次评选成为"我"以童真对抗世俗的绝佳机会。"我"将太郎的画和一张入选作品进行对比，并高声说：今天选出的作品都是头戴皇冠的形象，这是因为评委们只选自以为可以送出国的画。"我"的言行引来了好些评委。当着大田的面，他们拿起太郎的画，相互传看。有人说绘画的水平太差，有人说作者以地方主义来理解国际作家，有人说这完全是在胡闹……在众人的振振有词和嘲笑奚落后，"我"大声宣布：这幅画的作者是此次比赛的赞助者大田的儿子，刚才还在扬扬得意的评委们转瞬尴尬地面面相觑，山口也失掉了往日的气焰，耷拉着脑袋。而依然沉浸在自己如意算盘中

---

　　①　開高健. 開高健全作品・小説 2 ［M］. 東京：新潮社，1973：124.
　　②　山田有策. 日本の近代文学編 ［M］. 東京：学術図書出版社，1984：289.

的大田，却毫不知情地鞠躬目送着——退场的、无比尴尬又强装镇定的评委。

> 强烈的憎恶化作大笑的冲动，让我无法抑制。在从窗户流淌进来的斜斜光线的明亮小河中，我再次捧腹大笑。①

对于唯金钱至上、漠视亲情的大田和一群见风使舵、虚伪傲慢的评委，"我"的憎恶和轻蔑集中爆发。"我"的心中充满了揭穿他们伪善面孔的快感，压抑下获得的解放感让"我"捧腹大笑。山田有策评价道："'我'让自己沉浸在一瞬间从压抑中摆脱的解放感之中，'我'的这一精神发泄起到了给读者带来快感的效果。"②的确，"我"的行动无法改变世俗的社会，仅仅是一种"精神发泄"，"我"所获得的，只是短暂的心理满足。然而，"我"对抗世俗毅然的态度、以童真来警示世俗社会的决心，却值得读者借鉴、回味和思索。这也正是作者开高健赋予《皇帝的新装》的内涵、精神与价值。开高健以童心代表生命的本然状态，以童心反衬日渐荒芜的功利性物质世界和精神土壤，以童心洗涤被世俗蒙上灰尘的心灵，引导人们在世俗的喧嚣中寻觅生命的美好。

第二节
折翅的 "乌托邦" —— 《日本三文歌剧》

1. "乌托邦" 的诞生

"乌托邦"（Utopia）一词，最早出自英国空想社会主义创始人托马斯·莫尔于 1516 年发表的《关于最完美的国家制度和乌托邦新岛》一书，意指人们

---

① 開高健. 開高健全作品·小説 2 ［M］. 東京：新潮社，1973：162.
② 山田有策. 日本の近代文学編 ［M］. 東京：学術図書出版社，1984：289.

所追求和渴望得到的一种与现实相对立的社会制度，以及在此制度支配之下的未来社会的生存图景。从词源学上看，"Utopia"是由希腊文的"ou"（没有）和"topos"（场所）虚造而成，"六个字母中有四个元音，读起来很响，指的却是'无何有之乡'，不存在于客观世界"①。"乌托邦"完美无缺又无法实现，但它时时支撑人的灵魂，使人们在与现实的碰撞中获得内心的平衡，使人们感知一种激情和希望的诗意召唤，从而在心理层面上摆脱现实的拘囿。福克纳的神话王国、福柯的异托邦、陶渊明的桃源乡、大江健三郎的四国森林，这些文学构筑起的"乌托邦"成为人们心中有关自由与诗性的永恒向往。而开高健则以"阿帕切"族的世界为依托，进行了属于他的"乌托邦"建构。

第二次世界大战后，由于美国对日本的扶持以及朝鲜战争的"特需"带来的经济繁荣，日本逐渐从战后废墟中崛起，到20世纪50年代中期，日本经济已基本恢复到战前水平。1955年的"神武景气"，标志着日本迈入经济高速增长时期。如同日本经济企划厅于1956年发表《经济白皮书》所称，"现在已不再是战后"，那些大轰炸后留下的废墟已逐渐被柏油路面掩埋、被拔地而起的高楼大厦驱逐出人们的视野，战后的记忆渐行渐远。然而，就在日渐繁华的日本第二大都市大阪市中央，却尚存一块被历史所遗忘的"空白之地"。这块"空白之地"位于大阪市东区杉山町，距离大阪站仅有五六分钟车程。这里曾是被黑色高墙、猫川运河和有刺铁丝网重重包围的亚洲最大的炮兵工厂。1945年8月遭到美军的轰炸，四周的高墙轰然坍塌，瞬间化作一片赤红色的废墟。废墟的地平线被密密麻麻的钢筋覆盖，大炮、坦克、车床、起重机的残骸四处散落。战后，这片废墟作为可以利用的兵器和材料被美国接管，又于1952年返还日本政府，成为财务局管理下的有名无实的国有财产。此时，这里荒草丛生，泥土将铁块吞没，地面上堆满混凝土和砖头。而掩埋于这片36万坪（约190万平方米）的巨大废墟下的大量金属块，让这里拥有了一个新的名字——"杉山矿山"。朝鲜战争的余波造成金属需求量的剧增和金属价格的飞涨。于是，"杉山矿山"便成为挣扎在饥饿线上的赤贫者们觊觎的对象。他们从全国各地蜂拥而至，聚集在与"杉山矿山"一河之隔的对岸，形成了"阿帕切"族部落。每当夜幕降临，他们渡过散发着恶臭的运河，凭借自己的

---

① 莫尔. 乌托邦［M］. 戴镏龄，译. 北京：商务印书馆，1982：3.

体力和原始的劳动工具，竭尽全力挖掘地下的"宝藏"，又在警察的追赶下东躲西逃，上演着一幕幕乌烟瘴气的闹剧。

这个异质的空间和这一特殊的群体引起了开高健的极大兴趣。1958 年 10 月，在中学同学金木茂信的引荐下，开高健认识了济州岛出身的诗人金时钟，在金时钟的带领下来到生野区猪饲野区域，开始对"阿帕切"族进行调查采访。他将所得素材经过想象力发酵，虚构成为小说文本《日本三文歌剧》，于 1959 年 1 月至 7 月在《文学界》上连载。《日本三文歌剧》讲述了盗窃团伙"阿帕切"族从形成、兴盛到衰亡的故事。"阿帕切"族是由有前科者、失业者、流浪汉、残疾人、在日朝鲜人等组成的一群幻想着依靠偷盗铁块就能拥有源源不断的财富的乌合之众。他们有自己的头目、规矩和明确的分工；他们拥有一套特殊的暗语，将"偷盗"称为"笑"和"吃"；他们摸索出对付警察的战术，派专人在警察局门口蹲点守候，若遇到警察的机动部队袭击时，就打着暗号迅速结队逃跑；他们笼络守卫，寻找各种可乘之机；他们将体力发挥到极致，将沉睡在地下的"宝藏"挖出，在夜色中左奔右突，合奏出斑驳杂响、热血沸腾的"三文歌剧"。如同平野谦的评价："据我所知，这样特殊的题材在现代小说中登场，这部长篇是首次。这一被逼迫到饿死的边缘，以原始欲望为中心的集团，他们那粗野的行动是真是假无法考证，但却有着其特有的乐趣。"① 这部描写盗窃团伙的"恶汉小说"，以其新奇独特又妙趣横生的题材成为当时文坛不折不扣的"异类"。同时，与这一特殊题材相映成趣的，还有那"饶舌体"的语言风格。小说的语言继承了春团治落语的传统，又杂糅了当时大阪匠人阶层、庶民阶层日常生活用语的诸多元素，处处闪现着作者的机灵洒脱和幽默。开高健以娴熟的描绘技巧，描写都市底层的赤贫者。他从"阿帕切"族生活的细节入手，深入他们日常生命活动的肌理中，使人物神态毕肖，栩栩如生，又以部落和个体的命运作为叙事动力，将"阿帕切"族的生存图景生动呈现。小说刻画人物之泼辣大胆，情节构思之曲折巧妙，语言谈吐之隽永谐趣，表现手法之别开生面，令人拍案叫绝。

而在这冲撞常规的个性化文学的谑而能谐的艺术风格下，深藏着一个非凡的敏感和深邃的灵魂。《日本三文歌剧》延续了开高健对日本底层民众的强烈

---

① 平野謙. 每日新聞［N］. 1959 - 06 - 25.

同情，寄托着开高健对生命的思考和对审美的憧憬。平野谦指出："对于这个以名叫'金'的朝鲜人为头目，叫作'福助'的流浪汉为底层的集团的猥杂的旺盛生命力，作者毫无顾忌地进行了赞美。恐怕《日本三文歌剧》是第一部将猥杂作为一种美来描写的作品。"① 佐伯彰一也评价，这是一部"反抗现有的'美的节制'、日本式'抒情'的作品，甚至让人感受到深潜于淤泥河底的一种美"②。对于"阿帕切"的自然生态，开高健给予了高度的礼赞，在他看来，相对于都市人在现代生活中日趋枯萎的生命力，"阿帕切"族那种未受文明世界侵蚀、野性十足的生存状态才是生命本该呈现的鲜活本质。这个现实中的盗窃集团承载着作家心中的"乌托邦"。于是，在《日本三文歌剧》中，开高健把严肃和滑稽、悲剧性和喜剧性、生活中的琐屑庸俗和纯粹美好水乳交融，将"藏污纳垢"的"阿帕切"族部落打造成现代人向往的精神"乌托邦"。他在这个充满原始冲动与个性光辉的世界中去寻找生命的源头和现代人"生"的感觉，即便最终是个寥落的结局亦挡不住他对那一场如梦般的乌托邦的向往。

2. "乌托邦"的飞翔

对于《日本三文歌剧》，吉田永宏评价道："某一天福助不期而至，又在某一天所有人流落各处、杳无音信，可以说它是一部对这样一种能够实现自由丰沛个体的社会无限憧憬的文学（作品）。这里有哄笑，有存在于底流的憧憬，我认为，作者内心深处是想要探寻在不依靠他人的情况下，个人究竟能够发挥多大的活力。从这一方面来看，《日本三文歌剧》是一部可以称得上是空想小说的作品。"③ 在现实的压抑与苦恼中，开高健产生了言说生命本真体验的强烈冲动和渴望，书写"阿帕切"族因之成为开高健的一次理想的追寻，一种应对失落心灵的寄托。开高健通过"阿帕切"族的生存本相精心演绎着自己心目中的"乌托邦"，试图从中探索一种个性化的生存状态和本真化的自由精神。在开高健的笔下，"阿帕切"族强悍的生命力和自由自在的生活方式，彰显着一种粗粝而原始的牧歌情调，"阿帕切"族不仅代表了一种生存姿

---

① 平野謙. 新日本文学全集第十一卷　開高健・大江健三郎集 解説 [M]. 東京：集英社，1963：152.

② 佐伯彰一.「日本三文オペラ」解説 [M]. 東京：角川書店，1961：78.

③ 吉田永宏. 鑑賞日本現代文学〈24〉野間宏・開高健 [M]. 東京：角川書店，1982：329.

态，更昭示着一种生命哲学和精神美学。

尼采将艺术归结为生命力这个原点；卢梭坚持人性本善的理念，倡导以
"回归自然"的方式，重新发现、开掘人的自然天性；康德主张要探索和发现
"人的内在宇宙"和"人的内在本性"。在这一点上，开高健与这些伟大的哲
学先知的观点如出一辙。《日本三文歌剧》中的"乌托邦"建构，首先便体现
在对生活原生形态的再现和原始生命力的颂扬上。在小说的创作中，作者剔除
了任何具有哗众取宠意味的意义装饰，描写了一个个极其简朴的生命轨迹，饱
含着自己对生命力的崇敬与憧憬。"阿帕切"族人没有知识，却拥有生命本然
的力量，他们是粗野鲁莽的"自然之子"。"食"是人类生存的起点。在"阿
帕切"族的部落，那些普通人难以下咽的辣椒和各种被丢弃的内脏杂食，却
是这里人们的主食。

> 福助朝路边摊望去，只见火炉周围成串的内脏堆成的小山在电石灯下
> 像是发着光的鲜红花朵，那充满油腻的烟雾混杂着被火炒得爆裂的辣椒的
> 呛人香味直冲鼻子和眼睛。摊子背后倒着一个一升瓶，桶里那山椒鱼一样
> 的巨大的牛胃和牛肠正在冒着血泡。①

灯下堆成小山的内脏像是鲜红的花朵，混着辣椒味的油腻烟雾直冲鼻子和
眼睛，桶里的牛胃和牛肠正冒着血泡——这些日常生活中难以想象的食物以浓
烈的色彩和气味昭示着"阿帕切"族的存在。内脏和血，是生命最原初的组
成部分，是生命力量的源泉；辣椒，象征着火热的生命力。它们让"阿帕切"
人回归原初的生存状态，获得更多生命的活力。开高健描写了"阿帕切"族
的头目之一"秃头金"为欢迎"福助"的正式入伙，招待该组成员大吃一头
牛的内脏的情景：

> 他们吵吵嚷嚷地挤在洗脸盆和火炉周围，开始狼吞虎咽地吃内脏。
> ［……］男人们有的将生的内脏撕下塞进嘴里，有的涂满鲜红的辣椒吃

---

① 開高健. 開高健全作品·小説 3 ［M］. 東京：新潮社，1973：74.

着。没有一个人是老老实实等着烤熟，然后蘸好酱汁，再用筷子夹来吃的。①

当晚，"金"组的成员将一头牛从食道到肛门的所有内脏吃得精光，大家还抢着喝完了一碗猪子宫的羊水！生活的贫穷让"阿帕切"人吃着普通人绝不会吃的东西，但同时也赋予了他们普通人不可能拥有的适应能力。他们不仅习惯了这些食物，甚至俨然从中找到了吃的乐趣。那狼吞虎咽的吃相充分体现了"阿帕切"人旺盛的食欲、强大的消化功能和强劲的生命力。这是一个在所有的文明话语被剥离之后，呈现的由人类最基本的"食"之欲望构筑的原欲世界。一度被认为是生命低层次的欲望需求，在这里成了与非自然、非人性的现代文明相对立的本然世界的基本内涵，彰显着与自然完美契合的健康生命状态。

原生态的生活使"阿帕切"人的生命像野草一样蓬勃生长，他们的身体里蓄积了无穷的力量，他们的血管中奔流着强悍的生命意志。"秃头金"组的核心成员一共七名，他们不是有前科就是身体有严重缺陷，但在"阿帕切"族的部落，他们个个都是强大生命力的化身。

> 这帮家伙就是金组中所谓的核心行动队。他们每一个人都长着隆起的肌肉，在脚力、握力、搬运力上，效率让人几乎难以置信。他们一旦看准某个地方便会奋力开挖，定会发现目标物，一个人能把三十贯（注：一贯为 3.75 公斤）的铁块轻而易举地扛在肩上。他们用金属锯将五吨、十吨、十米、二十米的钢轨切断，并用榔头敲碎。他们嗨哟嗨哟地喊着号子，全速奔跑着，丝毫不顾地面上那些爆炸留下的坑洞。他们那飞奔的背影，让前来监视的便衣警察都忍不住惊叹："好家伙，风速十五米啊！"②

人生原初的意义就在于生存，在于活着。富有原始色彩的生命渴求强烈地主宰着"阿帕切"人的行动。为了生存，他们爆发出地火运行一般的生命本

---

① 開高健. 開高健全作品·小説 3 [M]. 東京：新潮社，1973：101.
② 同上，第86页。

真的热烈冲动，展现着惊人的体力。

　　这种在卑贱的生活中散发出来的健康、野性的生命力，合乎人性的生命原欲，还原了生活的本质，令人动容。

　　开高健用原生态的生存方式和蓬勃的原始生命力支撑起自己心目中的"乌托邦"，又以"自由公平，人尽其用"的理念完成对"乌托邦"的建构。"阿帕切"部落分为五个组，每一组的雇主负责给手下们提供住宿的棚屋、劳动工具，策划偷盗方案，分配偷盗所得。手下们在吃饭和商量"工作"的时候聚集在雇主的家里，其余时候则是自由的。"阿帕切"族的工作讲求实际，报酬支付方式每组各异。有的组是雇主按照时价收购手下挖掘的"战利品"，卖出后将赚得的钱平均分配给所有成员。有的组是雇主和手下将收益对半分，如果有个别情况需要调整的话，则由双方商量决定，绝不会出现某一方的强制交易。如果手下对雇主有任何不满可以去其他组，如果在其他组干得不如意随时可以回来。这里丝毫不讲究人情世故，也不强制劳动，就算休息一段时间也不会影响下一次利益分配。而且要是想另开炉灶自己单干，雇主也绝不反对。"废铁是越挖越会源源不断地出来，工作什么时候都有。没有任何束缚，你想工作就工作，想喝酒就喝酒。这里允许随心所欲的生活。因此从根本上说，像这里这样享有高级自由的集团才称得上是理想社会。"① 开高健极力在小说中呈现一种理想的社会关系：这个世界中没有现代文明的束缚，拥有一套属于自己的规范秩序和价值判断标准。雇主与劳工的关系靠个人的欲求自然而然地维系，他们具有极端利己主义倾向，但可以为共同的目标团结在一起；有贪婪的欲望，但都通过劳动来满足；排斥等级制度，奉行平等主义。"阿帕切"人完全从自己的本性出发，在部落里来去随意，充分挥洒着生活的自由意志。开高健寻求这样一种体制之外的自由状态，营造出生命个体自然自在的乐融之境。

　　"阿帕切"族的成员，都是徘徊在饥饿线上的赤贫者。他们由于能力、疾病、学历、国籍等种种原因，被主流社会蔑视、排斥、抛弃。走投无路的他们投奔"阿帕切"部落，终于在这里有了自己的立足之地。部落的头目之一、自称拥有十四名手下的废铁回收者"秃头金"这样描述"阿帕切"部落：

---

　　① 開高健. 開高健全作品·小説 3 [M]. 東京：新潮社，1973：80.

这就是个鱼龙混杂的大家庭。不错吧？住在这里的家伙有朝鲜、日本、冲绳的，没有国境，没有税金，不需要户籍，也没有南朝鲜和北朝鲜之分。有撬保险柜的，也有偷自行车的。有通缉犯，也有偷渡者。还有在煤矿挥舞红旗而被开除的家伙。怎么样？很不错吧？①

在"阿帕切"部落，国籍、身份、阶级，所有的社会属性都不复存在。每一个"阿帕切"人都是自由独立的个体，他们不再因年龄、能力、残障而受到歧视，不用看雇主的脸色，也不用顾忌他人，只要劳动就能获得尊严，劳动使这些本已黯淡的生命逐渐恢复了光泽。

部落里有一个天赋异禀的探测员。此人本是车床工人，在工作中被传送带卷进了一只手，后来又被电车撞掉了一条腿，从此变成了一个废人。失业后，他乔装成残疾军人在街角唱军歌乞讨度日。某天，他因抑郁发作离家出走。在露宿街头，靠捡残羹冷炙糊口的流浪生活中，他偶然来到"阿帕切"部落，便在这里住了下来。部落的雇主给了他一把铁铲，于是"几天后，这个在部落的一步之外比碎石块都还无用的男人，终于意识到在自己仅剩的一只手和一只脚上聚集着部落里不可或缺的最关键才能"②。他能够在没有任何线索的情况下，准确地找出埋藏铁块的位置。拿到报酬后，他便回到自己的住处过着游手好闲的日子，直到把钱花光又到雇主那里借来铁铲，选一个毫不起眼的地方开挖。在他挖的地方，总会发现值钱的金属块。因此，人们都对他啧啧称奇，叫他"天才探匠"。部落里还有一个奇才，人称"水蛙阿球"。阿球曾是冲绳县系满市的一名渔夫，他在部落里从事的工作是随着警察的搜捕而屡屡发生的十万火急的事，整个部落没有一个人敢做。"阿帕切"人晚上偷挖废铁，快天亮时将"战利品"装进小船运回部落。夏天天亮得早，为了在短时间内完成装运，往往会一次性塞进几十上百贯的铁块。超额的负重使小船不时沉入运河，如果碰上警察突袭，他们甚至故意将装着铁块的小船掀翻。于是，事后的打捞便成了棘手的大事。铁块所沉的平野川并不是一般的河流，深不见底，下面满是腐败物和沉淀物。菜渣、机油、粪便、空罐子、动物尸体，所有的东西

① 開高健. 開高健全作品·小説3［M］. 東京：新潮社，1973：80.
② 同上，第128页。

在这里腐烂、融化、纠缠，河水变成了黏稠的、令人窒息的不明酸液。曾有一个"阿帕切"人葬身于此，当警察将他的尸体打捞起来进行解剖时，发现他的上半身——鼻子、嘴巴、气管、食道、肺、胃——所有的管道和孔穴都塞满了绿色的淤泥，异样地膨胀。阿球在全体族人的注视下潜入了这条恐怖之河，他在淤泥中爬着、找着，发现目标便浮出水面叫岸上的人移来滑轮，自己则拿着滑轮一头的绳子潜入水里系在目标上。阿球时而浮起时而沉下，当完成搜寻爬上岸时，他倒在地上闭着眼睛像是死了一样。过了一会儿，阿球坐起身将"秃头金"的老婆拿来的烧酒灌进嘴里，喉咙发出咕咕的声响，啪的一声吐出来。吐出来的烧酒颜色漆黑，又灌又吐，烧酒逐渐由黑到灰，然后变浅直到透明。

在"阿帕切"部落，不仅这些拥有一技之长的人可以大显身手，就连残疾的老人也能派上用场。某天，一个衣衫褴褛的老人来到部落，他神情呆滞，一只手没手指，另一只手只剩三根。这个在现实社会中俨然已是"废人"的老人当晚便被"秃头金"作为核心行动队的"附属物"派到了"战场"。老人没有手指的右手上系着三个装满水的大瓶子，腰间挂着手电筒，他走在三十五万坪的荒野上，干起了卖水的营生。在这片没有一滴水的荒野上，劳工们为了便于随时逃跑，无法携带水壶，重体力劳动又让他们口渴难耐。于是，老人带来的水大受欢迎，大家一看到他，便扔掉工具，一哄而上，兴奋地叫着："神仙啊！""真男子汉啊！"

这些被外部社会放逐到"阿帕切"部落的人们，终于通过劳动实现了自己的价值，获得了生存的权力。每一个"阿帕切"人都能"人尽其用"，大家做着自己力所能及的事，各个环节相辅相成，汇聚成巨大的能量。身强力壮的"主力部队"挖起几十公斤的铁块扛在肩上在夜色中飞奔；"勘探员"们用一把洋镐摸清三十五万坪荒地埋藏"宝藏"的情况；独臂、跛子、佝偻等喽啰们二十四小时蹲点守候在警察局门口，一有动静，便在第一时间通风报信；普通队员们负责挖掘、捣碎、剥除等所有杂务；船夫用破船将堆积如山的废铁从"矿山"运回部落；潜水员潜入满是淤泥的河里打捞沉没的"战利品"。夜幕下芒草丛生的"杉山矿山"荒原上，神出鬼没、狡黠精明又干劲十足的"阿帕切"人上演的不仅仅是穷苦民众的三文歌剧，更是原始生命力的华彩乐章。

仓数茂评论道："可以把《日本三文歌剧》作为一部将这一自由空间的诞

生和衰亡进行寓言性书写的政治虚构小说来读。不被任何人支配、平等、只要流汗劳动就不受歧视地生活。这里有着几乎被忘却的近代的'约定'在呼吸着，以非常朴素，却充满魅力的姿态。"① 这部小说的政治意义在此另当别论，但有一点是肯定的，那就是开高健将自己的审美理想和生命思索倾注在对"阿帕切"族的书写之上。"阿帕切"人是不幸的也是幸运的，他们被现实社会抛弃，却在这片"异质"的空间中生存下来。他们拥有现代人早已失去的强健生命力，他们无拘无束地生活着，以自己的劳动证明着自己的价值。"阿帕切"人在"野蛮"中见雄强，在"低贱"中见昂奋，在"肮脏"中见纯粹。开高健想要通过"阿帕切"人的原生形态来肯定并构筑一个自然的、人性的本然世界，在这个世界里，他执着地追寻着现代生活中流失的生命之美，对自然人性进行多向度的书写与歌颂，表达着对生命自在状态的理想。"阿帕切"族的"乌托邦"世界，在本初的层面抵达了人性之真，闪耀着自由与人本的光环，具有永恒的审美价值。

3. "乌托邦"的折翅

在建构"乌托邦"的同时，也自然潜存着消解的倾向。开高健在《页之背后》中，提到自己对《日本三文歌剧》的创作构思："作为发自内心的作品，有《日本三文歌剧》和《鲁滨孙的末裔》。这两部作品或许是一张卡片的正反面。尽管拥有巨大的能量，勤奋，幽默，但注定朝向负面（发展），埋头其中，到最后还是烟消云散、支离破碎的都市底层人，以及虽然朝着正面，耗尽浑身力气努力，结局仍是统统流亡到都市的医院，被吸尽（能量）的火山灰地人。我想要描写这两者的过程。卡片表面上的构想可能会有变化，但是核心只有一个，那就是'徒劳'。"② 由此可见，开高健并非仅仅为了表现人的原始生命力的喷发而随意为文，在"乌托邦"式的浪漫主义诗意幻想中，有着作者清醒冷彻的现实主义洞见。开高健以清醒的现实主义立场感悟人生的残缺，将不可避免的徒劳感和深深的荒芜感融入作品，使现实性成为《日本三文歌剧》乌托邦思想建构中的核心追求。

---

① 倉数茂. 近代の〈約束〉——ポリティカルフィクションとしての「日本三文オペラ」[G] // 開高健生誕 80 年記念総特集. 東京：河出書房新社，2010：201.

② 開高健. 開高健全作品・エッセー 2 [M]. 東京：新潮社，1974：257 − 258.

　　"杉山矿山"是原大阪炮兵工厂的遗迹，它是第二次世界大战日本军国主义的记忆；在"杉山矿山"偷挖废铁的"阿帕切"族，暴露出隐藏在日本战后民主主义和经济高速发展"伪装"下的贫富差距。"阿帕切"族活跃的 20世纪 50 年代末期，正是日本将历史由"战败"改为"复兴"，并即将迎来1964 年东京奥运会的时期。此时，这个异质的空间和群体显然已经"不合时宜"。对于现实的深入观察与思考，以及内心深处的徒劳和幻灭感使开高健在建构"阿帕切"的"乌托邦"的同时，自觉引入解构的因素。这一解构的因素，既来自外部世界，又产生于"阿帕切"族本身。

　　"阿帕切"族的活跃引起了新闻记者的关注，有关部落的报道开始见诸报端。这些新闻报道配合图片，将"矿山"的历史、部落的诞生、部落的现状，甚至"阿帕切"一词的来源都介绍得一清二楚。眼看着"阿帕切"族造成的社会影响日益扩大，警察局不得不加强整治，采取取缔措施。警察们对"阿帕切"人展开了前所未有的围追堵截，他们不分昼夜地潜伏在洞穴里、草丛间、河道旁，在空旷的荒野里对"阿帕切"人狂追不舍。越来越多的"阿帕切"人连同他们偷盗的"战利品"被带到警察局，他们被拘留一两天后重新回到部落，可是刚一出门行动就又被抓走，如此恶性循环，没完没了。警察们坚持着强硬而缜密的追捕计划，他们进入部落巡逻，几乎每次都能目标准确地在头目家的堆房和后院发现储存的"货物"。同时，警察局在矿山的看守点设下了专门负责监视的常驻警，这给"阿帕切"的"工作"带来了极大的困扰。这之前矿山的监视工作一直是由守卫负责，这些守卫统统被部落的头目收买，对"阿帕切"的偷盗，他们睁只眼闭只眼，甚至还会帮其出谋划策。可是现在一切都时过境迁，警察占据矿山的正面入口，昼夜巡逻。对于头目们的接近和试探，他们根本不予理睬。不仅如此，当看到"阿帕切"人拿着洋镐和铲子在附近走动时，就以"非法入侵"为由将其赶走。受到警察行动的影响，财务局也开始着手矿山的封锁工作。他们封锁了"阿帕切"人从部落进入矿山的主要通道——便天桥，又在城东线设置了铁路公安的值班室。如此一来，"阿帕切"人只剩下了一条进入矿山的路——乘坐小船渡过平野川，在平野川和猫间川的汇合处从猫间川潜入矿山。孰料这最后一条路也被财务局用钢材和有刺铁丝网密密实实地封掉了一半。

　　新闻报道不仅招来警察和财务局的干预，流浪汉们也从全国各地成群结队涌入部落。新来人员中有好些想要"吃独食"的"一人狼"，他们总是在别人挖到铁块的地方转悠，趁对方一不留神，就迅速将铁块抢走。而且，当遇到警察袭击时，由于不清楚矿山的线路，这些家伙总是往部落跑。这样一来，警察便顺藤摸瓜，弄得整个部落不得安宁。更糟糕的是，警察趁部落一片混杂之时，也混在流浪者的大潮中进入部落。警察乔装成"阿帕切"人的消息让部落的所有成员一筹莫展。于是，他们开始用猜疑的眼光打量新来人员，甚至猜忌一直在一起干活的同伴，对劳动中的事故和失败神经过敏。谁是警察？谁不是警察？同伴中是否有内奸？猜疑和恐惧让整个部落草木皆兵。

日益加剧的外患引起更深的内忧。向矿山进军的各组人数猛增，废铁的挖掘量却因警察队伍的频频出击而骤减。寻不到"猎物"，失去了生活来源，饥饿再次困扰"阿帕切"人。他们找雇主借钱，请求将住宿费延期，却没有能力偿还。就在大家焦头烂额之时，一个令整个部落兴奋不已的消息不胫而走。某天，那个一只手一只脚的"天才探匠"挖到一个木箱，正要扛走时被警察截获。至于木箱里装的什么东西，大家风传是五十公斤银板。于是，整个部落开始为这箱银板忙碌起来：在"秃头金"的号召下，部落的五组力量开始团结起来商讨偷盗计划，并决定由"秃头金"族的主力干将"骡子"具体负责全盘行动。他们一面宣传银板的传言只是谣言，表示放弃偷窃木箱，以平息族人的躁动，使部落恢复往常的生活；一面暗地里指使族人相互出卖，制造出部落因贫困而混乱的假象，从而转移警察的注意力。偷盗银板的计划如期进行，终于到了最后的关键一步。行动当晚，"骡子"率领几十名"阿帕切"的"精兵强将"、四辆"专车"潜入木箱所在的仓库。仓库内一片漆黑，他们只好将摸到的东西统统塞进运货车里。突然，"骡子"发现不远处警察值班室的灯亮了，号令大家赶紧撤退。可是，就在车辆经过警察值班室门口时，传出了警察的呵斥声。大家驾车朝部落仓皇飞奔。就在快要进入部落时，过于紧张的"骡子"一脚踏空脚踏，朝前扑去。为了不让自己掉下车，他拼命地吊在车把上。可就在这时，警笛响起。后面驾车的同伙在慌乱中松了手，失控的车将"骡子"从车上撞了下来。车从他的背上碾过，撞到了电线杆上。后来，警察将废铁堆从车上卸下之后，和一群惊恐万分的女人们一起推开车才把"骡子"抬出。他死了，四辆车、车上的电线、铁板、铜板、铁屑，包括那个传说中装着银板的木箱子，也统统"消失"了。

偷盗银板的失败使"阿帕切"族的处境雪上加霜。往日那驳杂雄强的生命之歌，而今已化作声声叹息。"阿帕切"人的劳动质量开始急速下降，曾经井然有序的分工协作被盲目与浪费代替。警察的追赶，以及贫困、过劳、神经紧张等因素导致部落中事故频发。有人在草丛中全速奔跑被铁架的锐角撞到下腹部引起内出血而死，有人在捡碎铁钉时遇到警察追赶慌不择路跳进运河而亡，有人藏在草丛里不慎掉进原炮兵工厂的工业用水井溺亡……

为了拯救奄奄一息的部落，"秃头金"做出了一个万不得已的决定——向社会求助。他来到警察局，请求刑事部长高抬贵手，放族人一条生路；又去职业安定所，提出希望把"阿帕切"人雇为开发矿山的日工；接着来到市政府，想要政府批准让"阿帕切"人作为合法的承包者开采矿山。然而，无论走到哪里他都吃了闭门羹，满腔期待悉数落空。族人们深知"阿帕切"族已穷途末路，纷纷离去。某日，"福助"看到一辆推土机开进了矿山——

　　福助从草丛中起身向远处望去。新的噪声正在侵入废墟，不过也不觉意外。他眯着眼睛望向（声音传来的）那方，定睛注视着人和机械的移动。四处的草丛发出尖厉的叫声，踩踏的声响由远及近，一辆推土机开来了。它规则地、有节奏地前进着，荒野中波浪般的草丛在它的身下起伏。（福助）踮起脚望向车里，只见明黄色的车上坐着一个头戴红色帽子的男子，正在左右转着方向盘。其后不远处，一群神情狼狈的阿帕切人一边叫着什么一边跑着。四面八方的阿帕切人从草丛中钻出来跑向推土机，一脸茫然地望着。有去跟驾驶员打招呼的，也有被摸不清方向的方向盘追得四处逃跑的，更多的人则是失望地垂着肩膀呆立不动，或是干脆一屁股坐在地上。几分得意从驾驶员肩膀的动作中流露出来，草丛中，他娴熟地操作着按钮和拉杆。右转，左转，后退，前进。推土机坚厚的双臂带着铁铲徐徐驶过，它推起瓦砾将其缓缓举起，越过车头投进车尾。耀武扬威地进行了一会儿试运行后，推土机慢慢地开回了守卫值班室。阿帕切人们怔怔地目送着推土机远去，直到消失在视线里。大家无力地垂下双手，各自拖着沉重的步伐回到了草丛中。福助轻叹了口气，从草丛间起身离去。①

---

① 開高健. 開高健全作品・エッセー 2 [M]. 東京：新潮社，1974：214.

失意的"阿帕切"族与得意的驾驶员,铁铲、洋镐等原始工具与现代推土机,原始"乌托邦"与现代社会,战败的记忆与时代前进的大潮,在这一场力量悬殊的对峙里,"阿帕切"族的生存空间被寸寸蚕食,"阿帕切"族被无情地驱逐、剿灭。

小说最后"福助"以及剩下的族人们坐上"独眼"偷来的拖拉机,大家和"秃头金"告别,坐着拖拉机全速离开部落。新闻媒体、警察局、财务局、职业安定所、市政府、疯狂的外来人口,这些来自外部世界的风风雨雨终于熄灭了曾经在"杉山矿山"上熊熊燃烧的生命之火。"阿帕切"族所经历的,是现代文明对原生态的侵害、国家意识形态对个体生命的压制和扼杀,以及普通个体对异常生命的无意识围攻。开高健运用悖论式思维对世界和人的存在形态进行解构,将原始的"乌托邦"变成落入现代陷阱的"失乐园"。在近乎戏谑的表达中,开高健写出了诗意的生活在现世生存中的困境,以及面对现实的苦涩和无望。作者似乎是要告诉世人,这种悖反的生活和命运是人们永远难以规避的,这是作者对世界本体的一种绝望,带着一种浓灰色的压抑感和一种惨淡的幽默。原始的生命之歌湮灭在历史发展的强音之中,"乌托邦"的理想注定只是一场夜幕下的梦,梦醒后唯有苍茫、无奈和怅然的无尽诗意。

4. "乌托邦"的启迪

文学中的乌托邦,是对理想世界的虚构和憧憬,源于对现实世界的批判和关怀。理想是诱人的,现实又是不容割舍的,理想与现实的矛盾冲突产生张力和启示。《日本三文歌剧》正是开高健运用矛盾的悖论式思维进行思考和创作的结晶。在小说中,开高健正反对立、两两并举的思维,一方面以凌空飞越的思绪极力渲染充满原始生机的自由空间,体现出一种乌托邦情怀和文学理想主义,另一方面又将现实引入想象,让自由接受荒诞之考验,使个体真实地面对命运的悖谬。开高健让原始生命力和自由意志托举着"乌托邦"飞翔,又让"乌托邦"在现实的暴风雨中折翅,在飞翔与折翅之间,带来"乌托邦"耐人寻味的启迪。

开高健不断地想象,不断地向乌托邦靠近,却始终不能抵达。这个永远无法到达的乌托邦,正是考察现实的尺度。对于《日本三文歌剧》的现实性,佐佐木基一曾评价道:"他以文体直面现实的绝对性,尝试着将其按倒。不甘愿仅仅作为现实的旁观者的他，在这样的文体中与现实格斗，试图参与现实。"① 可见，《日本三文歌剧》在理想主义色彩下，是文学意义上的现实性。开高健建构"乌托邦"，并不是想高举"乌托邦"的大旗，与失序的现实进行堂吉诃德式的战斗，而是以非理性来追求对生活的理性认识，在现代理性意识的烛照之下，使"乌托邦"的形态成为现代社会回溯和参照的标本。可以说，在《日本三文歌剧》中，无论是开高健对于"乌托邦"的建构，抑或是解构，其意图都是指向现实。作者通过对"阿帕切"族强劲的原始生命力和自由生存状态的描写，质疑现代人濒临枯萎的生命力、逐渐荒芜的内心生活，解构日趋物化和异化的现实世界，并传达梦想对于人们的重要性。开高健笔下"阿帕切"族的故事，既是一部永恒的生存寓言，也是一面反照现实的明镜。

　　荒谬的现实需要借助相应的艺术手法、敏锐的洞察力、丰富的想象力，才能被表达和揭示。一个有着深刻思想的作家，不应该是对现实世界亦步亦趋的追随者和模仿者，而必须是现实世界的否定者甚至抗议者。开高健的"乌托邦"建构，正是一次对现实原则进行突围和超越的尝试。他通过离经叛道、标新立异的想象与创造，将"阿帕切"族的边缘人形象和边缘生存状态凸现出来，为既成的、稳定的现实世界引入异质因素，使人们习以为常的一切突然变得陌生，从而引发对既成社会文化结构的质疑与新认识。乌托邦文学观的批判锋芒，直指日本战后的现实社会。日本战后工业化社会的发展，带来了经济高速增长的神话。但是，人们所付出的代价是失去本能，牺牲自由和冲动，丧失自然赋予的力量。在现代文明的冲击下，面对生命力弱化的矛盾现实，开高健试图通过对"阿帕切"族雄强与野蛮的原始生命力的书写，反衬现代人生命力的委顿，反观现代文明对人本体的损害。"阿帕切"族中谙熟水性的"水蛙阿球"、扛着几十上百斤铁块在夜幕里飞奔的"主力干将"们……一个个洋溢着神奇力量的生命形象让人咋舌，惊叹之余想起萎靡孱弱的自己又不禁汗颜。开高健正是想借文字的力量，把原始野蛮人的血液注射到麻木无力、老态龙钟的现代都市人身体，使他们兴奋起来、年轻起来。"阿帕切"族"乌托邦"的强光也反照到现代人安乐而颓败的生存状态上。"阿帕切"人围坐火炉

---

① 佐々木基一. 壮大な徒事 [J]. 國文学：解释と教材の研究，學燈社，1982，11（第27卷15号）：76.

旁，对着堆积如山的内脏杂食大快朵颐；干活时他们挥汗如雨，没活干就呼呼大睡；生存的欲望是主宰他们所有行动的唯一标准。"阿帕切"人没有现代人的财富，没有现代人安乐舒适的生活，但是，他们有着现代人无法拥有的生机和自由，他们是一群快乐的穷人。开高健正是站在这种平民化的立场，以一种非理性的对生命的把握方式，塑造合乎原欲、自由自在的原生态生活，来反衬现代人被驯化、奴化的生存状态。在"乌托邦"的建构中复活被资本主义工业文明压抑了的人的自然本性，让人的原始本能欲望得到充分的发挥，由此产生的"乌托邦"的文学张力使机械统治下黯淡无光、郁郁寡欢的人类生活发出动人的光彩，并促使臣服于权威和制度之下，丧失生活目标的现代人进行反思，引领人们去寻找人性的真实和人的本能的真实——这便是开高健书写"阿帕切"族的生存状态之目的所在。

开高健的"乌托邦"建构，不仅反照出现代人生命力和生存状态的病态与异化，也暴露出现实社会中的模式与体制的弊端。"乌托邦"的积极一面在于对现存社会的缺陷和不公发出有力的"挑战"。它打开可能的领域，曲笔书写作者、读者内心深处的怀疑和叛逆，从而为现存的模式和体制提供了"对抗性"或"替代性"的维度。"阿帕切"部落不存在本质意义上的领导，没有贫富贵贱之分，也没有虚伪的人情世故。部落奉行平均分配的原则，劳动是决定个人价值的唯一标准，只要劳动就能生存，就能获得尊严。"阿帕切"人是独立自由的个体，劳动时，他们组成集体，相互协助又各司其职；劳动结束，就各自分散。他们可以在部落的每个组之间随意来去，不受束缚。这种平等、公平、自由的"社会"关系，洋溢着朴素而浓郁的人本思想，体现着以人为本的文化价值观念，同时又闪烁着解构日本战后社会现存秩序的锋芒。日本战后高速发展的经济，带来了巨大的生存压力和残酷激烈的社会竞争。为了让员工全心全意为企业效力，各企业纷纷采取"终身雇佣""年功序列"等管理制度。人们被牢牢地控制在企业的既定秩序中，被企业以"工龄"和"功劳"论资排辈，被分配与自己所属的等级相应的待遇。人们在严密的等级制度中耗费着自己的青春与生命，按部就班地慢慢老去。"阿帕切"部落的平等、公平、自由的乐融之境与集团化、秩序化的现代社会体制形成了鲜明的对比。开高健通过对一种理想社会关系的建构，成功地戏弄和否定了现有的社会秩序，揭露出现实社会的绝对与闭锁。

"人尽其用"是开高健在《日本三文歌剧》中建构"乌托邦"的重要思想之一。小说中只剩下一只手和一只脚却拥有神奇的"探宝"能力的"天才探匠",潜入人们望而生畏的、散发着恶臭的淤泥河中打捞"货物"的"水蛭阿球",每晚带着三大瓶水来到荒野上卖水营生的无指老人……这些鲜活的形象让人记忆犹新。这些因为身体、年龄、学历、国籍等原因被主流社会排斥的人们,在"阿帕切"部落终于实现了自己的价值,感到了自我的存在。这让人不得不反思自己在现实社会中的处境。在飞速发展的商业资本社会,最大限度地获取利润是一切生产行为的目标,人们的全部活动都得严格遵照"效益原则"。在这利益至上的非人化体系中,个人被当作"物"而不是人来对待,人的个性、才华、激情被僵化无情的体系模式慢慢消磨,直到被物化为单薄的分工角色,完完全全失去了自我。因此,开高健对于"人尽其用"的"乌托邦"式憧憬,正是源自他对现代人自我消失、存在意义失落的担忧。开高健将自己笔下的"乌托邦"打造成关怀人类自身存在意义的人文精神范本,使现代人在异化的黑暗中反思自身、思索存在的意义,达到反抗物化、化育人性的文学现实意义。

关于《日本三文歌剧》的创作意图,开高健写道:"我实在是太想写这极其悲惨,但越是知晓就越禁不住笑(这是黑色的笑还是红色的笑另当别论)的生活。这里有着悲惨、哄笑和狂躁。[……]与悲惨和懊恼一起,我还想写'笑'。我认为'笑'难道不是文学的第一美德吗?"[1]"阿帕切"人那滑稽狼狈之态的确令人捧腹大笑,但是,这个象征着边缘民间文化姿态的"乌托邦"所蕴含的巨大颠覆精神,使作品的含义绝不仅仅是"哄笑"。在哄笑中,有作者对现实与生命的悟道;在哄笑中,解构与批判的锋芒毕现;在哄笑之后,是若有所思。"阿帕切"族的"乌托邦"折射出了现实的真实模样,曲折道出了现代人的悲哀。也正是这个原因,《日本三文歌剧》中"哄笑"的喜剧性更表层、更微妙,令人思索,而经过解构所呈现的悲剧性更潜在、更本质、更毋庸置疑。

如果说开高健的"乌托邦"建构,是为了解构战后日本日趋物化和异化的现实世界,那么,他对"乌托邦"的解构,则寄托着一个知识分子对影响

① 吉田永宏. 鑑賞日本現代文学〈24〉野間宏・開高健［M］. 東京：角川書店,1982：328.

和改造现实世界的愿望。开高健想用自己文学创作的"乌托邦"的破灭为代价，换取对现实世界的些许感化。乌托邦思想之集大成者、美国当代著名学者詹姆逊在其著述中表明，乌托邦的真正使命在于其想象的失败，在于使人认清包围我们想象的层层壁垒，从而激励人们推倒这些思想的壁垒。在想象的失败之处，我们能够按图索骥，找寻扼杀这些想象的现实因素，进而去改变现实，不断迈向理想中的乌托邦社会。开高健用自己的叙事智慧书写"阿帕切"族的命运。他让其凌空飞翔，又让其折翅坠落。飞翔与折翅，是作者在艺术虚构与现实主义思想之间的匠心独运。"虚"与"实"相互构成、相互指涉，使小说既充满虚构的想象力，又饱含着对现实性的追求。两者在彼此的对立合一中走向生成，赋予小说文本文学艺术性和情感感召力。可以说，开高健对"阿帕切"族"乌托邦"既建构又解构的书写体现了开高健对矛盾辩证法的尊崇及娴熟运用，开高健的乌托邦思想在矛盾的辩证思维中意味深长。

"阿帕切"族的受挫，主要来自外部现实世界的侵袭、敌对和漠视。记者的报道、警察的打压、财务局的封锁、外来人口的涌入，使"阿帕切"人的生活面临极其严峻的挑战。挖不到废铁，失去了生活的来源。于是，饥饿使部落的五组头目决定联合起来铤而走险去偷盗一个传言中装着银板的木箱。他们制订了严密的行动计划，花几个月准备，最后却以领头者丧命、偷盗的物品包括盗窃工具全部被没收的悲剧收场。这次事件，不但没有引起社会的同情，反倒招致前所未有的敌对和仇视。

> 在这之前报纸都是用揶揄的语气谈论（阿帕切的事），但从这一天起态度急转，新闻报道措辞严厉，火药味十足。报纸已经将福助他们从个别的毛贼描述成有计划和组织的凶恶的暴力团伙。警察局长向市民承诺一定要彻底处置。他好像对进行了那么大规模的动员却只是抓到四五个小人物感到极为不满。①

可见，对于"阿帕切"族的镇压，除了警察局，新闻媒体也参与其中，甚至连市民也开始声讨，整个社会都对"阿帕切"族"同仇敌忾"。社会的强

---

① 開高健. 開高健全作品·小説 3 [M]. 東京：新潮社，1973：198.

硬态度自然加速了"阿帕切"族的灭亡。为了拯救被逼上绝境的部落，无计可施的"秃头金"决定向社会求助。他来到警察局，本想向刑事部长诉苦以得到同情，得到的却是部长的冷嘲热讽和拒绝。他去职业安定所，拨开水泄不通的失业者的人群，找到一个科员，向其请求把"阿帕切"人雇佣为开发矿山的日工，科员说在二十分之一的就业比率下，把工作交给"阿帕切"人就是贪污渎职。"秃头金"接着来到市政府，从一楼上到三楼，再从三楼下到一楼，吃遍闭门羹，最后终于找到一间接待他的办公室。见办公室的老头对"阿帕切"族的一切了如指掌，"秃头金"抱着最后一丝希望提出自己的请求。没想到老头的回答是"这里不是执行部门"。"秃头金"失望至极，走出办公室，抬头一看，只见门牌上写着"相对价值维持科"。

社会对"阿帕切"族彻底地关上了门。"阿帕切"族所遭遇的，也是社会底层大众正在以不同形式正在经历的。开高健以"阿帕切"族的破灭，揭露了日本战后民主主义和经济飞速发展的伪饰下的贫富差距问题。这种差距不仅仅存在于物质生活上，更产生于人们的精神层面，即人与人之间的隔阂所导致的不理解、漠视，甚至敌对。"阿帕切"族在国家意识形态的压制，以及普通个体对异常生命的有意识或无意识的围攻中被扼杀了。可以说，开高健是时代的敲钟者，他以"阿帕切"族的折翅为警钟，让读者从重重迷雾中惊醒、彻悟，促使其通过乌托邦想象的失败去反思现实，也从侧面寄托了自己利用文学影响、感化、启迪现实的期望。

建构"乌托邦"，其目的是解构现实世界；解构"乌托邦"，是为了在解构现实世界的基础上改造现实世界。建构与解构，看似矛盾，实则都统一于开高健对现实的关怀与思考之中。在建构的"飞翔"与解构的"折翅"之间，"阿帕切"族的"乌托邦"产生了昙花一现的艺术张力，形成了理殊趣合，蕴旨于斯的思想意趣。开高健笔下的"乌托邦"，就像一个有神性的水晶球，唤醒了人们对生命的原初印象，激活了体内沉睡的某群细胞，使人们看清现实和远方，忆起险些忘却的东西，重拾光阴、生机、梦想……

第三节
"壁上人" —— 《夏之暗》

经历了越南战场上的重大人生冲击，又通过小说《光辉之暗》完成了由"外"向"内"的文体过渡，开高健开始构思一部对日本战后社会进行彻底的回顾与反思，并能真实地表达自我内心世界的作品。于是，在这样的构想下，《光辉之暗》发表三年后，"暗之三部曲"的第二部——长篇小说《夏之暗》于 1971 年诞生。对于《夏之暗》的创作意图，开高健在《页之背后》谈道：

> 在《光辉之暗》的时候，便已明显地显露在每一页的各处，在《夏之暗》中，我决定将之前对自己的所有禁忌全面解禁。就是要以抒情的方式写，贴近内心来写。写性，是虚构的形式，也是在写告白。除开偶尔迷失而打破禁忌的（几个）短篇、一部长篇《蓝色星期一》，我一直都将远离自身的远心力作为唯一支点，依靠它进行写作。或许某种匿名的力量已经走向了它的顶点，我决心转身寻求向心力。这一决心的背后，我想恐怕是在越南的各种经历、比夫拉战争的经历、中近东纠纷最前线的经历在相互纠结无法解脱。而且我突然意识到，我也已经四十岁了，眼看着就要跨过这个不惑的年纪，是时候体味下袭扰所有作家的"想要审视自己"的经历了。①

在"远心力"的写作走到尽头时，在经历了人生的大风大浪后，开高健

---

① 開高健. 開高健全作品·エッセイ 3 [M]. 東京：新潮社，1974：240 - 241.

"决心转身寻求向心力"。他想要在不惑之年"将之前对自己的所有禁忌全面解禁"，彻底地"审视自己"。他把所有的想法与期望都寄托在小说《夏之暗》的创作之中，并将其称为"对我而言的'第二处女作'"。小说《夏之暗》也不负所望，得到开高健文学研究者的一致好评。大冈玲评价《夏之暗》是"开高文学中的至上杰作"①，菊谷匡祐赞扬《夏之暗》"不仅是开高文学的最高峰，也是战后日本文学的代表作之一"②。

　　如果说，《光辉之暗》是开高健对自己的文学所做的关于战争主题的清算的话，那么，《夏之暗》则是从战争转向和平，从异常回归日常后，作者对和平状态的日常生活中对自我的人生历程和内心世界的审视。而这一审视让开高健看到了自己内心的一片荒芜。于是，他将自己荒芜的内心袒露在小说《夏之暗》里，借助主人公述说自己的孤独、迷茫、颓然和焦虑。因此，有研究者评价《夏之暗》是一部书写"内心之暗"③，"一种近乎恶魔主义的残酷的作品"④。笔者认为，小说《夏之暗》并不仅仅是作者的精神诉苦，苦涩中还有作者在越南战争中重获的生之欲望在牵引、在萌动。正因如此，小说《夏之暗》的主人公才会不断地尝试逃离，又在逃离中焦虑，在昂扬与倦怠中浮沉。而所有这些，皆源于贯穿小说的矛盾主题——失落与追寻。

　　1. 日常与"异常"

　　（1）失落的日常

　　日本文艺评论家松原新一指出，日常"就是没有事件的每天"⑤。"没有事件的每天"，意味着按部就班，一成不变，周而复始。日常生活的同一性，排除风格化，将人们整齐划一，要求人们同进同退。这种日常生活本身就潜藏着危机，它使人逐渐失去主体性，将生命个体扭曲异化，滋生无可救药的倦怠与空虚感。开高健在战火纷飞与极度饥饿中度过了自己的少年时代，他带着伤痕

　　① 大冈玲.「外へ」と開高健は言った［M］//開高健 その人と文学. 東京：株式会社ティビーエス・ブリタニカ，1999：32.
　　② 菊田匡祐. 開高健のいる風景［J］. 東京：集英社，2002（6）.
　　③ 黒井千次・増田みず子. 開高健と小説［M］. 開高健 その人と文学. 東京：株式会社ティビーエス・ブリタニカ，1999：131.
　　④ 大冈玲.「外へ」と開高健は言った［M］//開高健 その人と文学. 東京：株式会社ティビーエス・ブリタニカ，1999：35.
　　⑤ 松原新一等. 战后日本文学史・年表［M］. 罗传开，等译. 上海：上海译文出版社，1983：503.

累累的心，生活在战后日渐繁华的日本，却洞察到物质繁华背后的精神荒原。深感与现实社会格格不入的他，选择栖身于荒诞世界的边缘地带坚守自我，并从边缘向现实社会投以审视的目光。于是，在《恐慌》等前期作品中，开高健将自己作为"看"的主体去描写外部世界，直到在《光辉之暗》中，他逐渐将自己的视线内移，终于在《夏之暗》中，让自己在作为"看"的主体的同时，又成为"看"的对象。而这种"看与被看正是日常这一场域中'我'的生态"①。开高健"看"到了在日常生活中因失去根基而处于悬浮、虚无状态的自己。他将这种被现实世界抛离、没有归宿的失落感称为"剥离"，并通过《夏之暗》中的主人公"我"、开高健的"第一分身"——一个四十岁的中年男子——表达出来。"《夏之暗》的'我'，觉察到自己面对着（自我）意识与自然的鸿沟。关于肉体的痛彻的感觉，也来自对这一落差的自觉。或许更应该这样说，这部作品正是基于这种自觉而写的。"②

在小说的开头，旅行中的"我"来到欧洲某国的首都，在那里的大学城住进了一间廉价的旅馆，过起了闭门不出、昏睡不起的日子。

> 没有人来，没有电话找，没有书，没有讨论。我在红色的蚕茧中睡着。苍白、松软的脂肪在我的脸颊、腹部膨胀、变厚，醒来后起身，感觉就像包裹着一层面粉。我回味着淤积在自己浑浊的肉体中这十年来的记忆，感到自己被可恶的倦怠感覆盖，热烈、欢喜、手、脚全都失去，只剩下薄暮中遥远的光景。它们像温室的蔓草一般生长，从盆里漫出，掉落到地板上，我自己连握起茎秆和枝叶的力气都没有却依然这样疯长着。从我体内散发的东西爬上墙壁，蔓延到屋顶，弥漫整个房间，内乱状态般的荒芜着。支离破碎的独白、语言和观念，支离破碎地缠绕、纠结着，长出叶子，伸出藤蔓，日渐繁茂。③

"我"在昏睡中回忆着自己这十年的生活。考虑到《夏之暗》发表的时间是1971年，那么这十年应该是指从1960年算起的十余年间。50年代末至60

---

① 菊田均. 空白の闇——開高健論［J］. 東京：文芸，1980：150.
② 同上，第148页。
③ 開高健. 開高健全作品·小説9［M］. 東京：新潮社，1974：3.

年代初爆发的"反安保"运动导致岸信介政府垮台，同时运动失败激化了国内的政治矛盾。为了缓和紧张的国内局势，转移群众视线，继岸信介上台的池田勇人首相将施政的重心放在经济上，提出了为期十年的"国民收入倍增计划"。至此，日本进入以建设、发展、稳定为核心的"经济时代"。加之 60 年代中期爆发的越南战争带来的特需订货和美国采取的向日本倾斜的对日贸易政策，1968 年日本国内生产总值超过联邦德国，一跃成为仅次于美国的资本主义经济大国。在 60 年代的十年间，日本先后经历了"岩户景气""奥林匹克景气""伊奘诺景气"，维持大约 10% 的经济高增长率。经济飞速发展的神话，是千千万万个和"我"年纪相仿的一代人用自己一生中年富力强的时光换来的。可是，被工作任务和生活压力推着往前走的"我们"却失去了生命的活力，失去了自己。富裕的物质生活给"我"带来的，除了在身上不断堆积的脂肪，就只剩下"可恶的倦怠感"，而且，它正在像藤蔓一般疯长，覆盖了所有生的感觉。"我"无法体会"热烈、欢喜"，甚至连自己手脚都感受不到。十年的人生记忆，只是"独白、语言和观念"等支离破碎的残片堆积，于"我"毫无意义。十年的日常，留给"我"的只不过是一片虚无。

在虚无的日常中，"我"感到自己的孤独无依。"我"处于与周围一切都丧失关联的"剥离"状态中，这种"剥离"感常常在"我"猝不及防的某个瞬间将"我"击倒。

> 但是，那个瞬间不管是否在旅行，无论是十八岁还是四十岁，都让人觉得有相同的强力。从小时候起我就被一些无名的东西突然袭击，感觉自己日益僵直，不断瓦解。因为害怕自己某个时候会被剥离，因此我无法拥有昂扬和热情。怀有热情是可怕的，觉醒也是可怕的。①

"剥离"感像是一种潜伏于体内的顽疾，它时常来袭，让"我""感觉自己日益僵直，不断瓦解"。屡屡发作的"剥离"让"我"不再信任这个世界，不敢拥有"昂扬和热情"。"我"麻痹着自己脆弱敏感的神经，渐渐地，"我"变成了一具没有灵魂的、干涸的躯壳。

---

① 開高健. 開高健全作品·小説 9［M］. 東京：新潮社，1974：145.

我感到自己快要被消磨殆尽，就像黏着剂风化后失去了黏性，稍微用手指碰一下都会瞬间化作无数的碎片散落一地。女人曾经说过，[……]如果发生"人格剥离"是很痛苦的，我不认为我有称得上"人格"的东西，但还是强烈地感到了"剥离"。①

从现实中"剥离"的"我"失去了与外部世界的联系，丧失了归属感。"我"像一棵无根的浮萍悬浮在现实世界中，漂流着、迷惘着。

瞬间在我一个人的时候、和他人一起的时候、在人群中的时候袭来；在东京地铁站内、在国外的小巷里袭来；在吃饭的半途、在偷情的当中袭来。它变化无常、残酷无情、不容分说、没有选择。当那一瞬间发生时，剥离总是劈头盖脸地重压过来，将所有粉碎然后扬长而去。对话、玩笑、机智、微笑、词语，一切都被夺走扔进垃圾桶。就连说声等一等的时间都没有。当有所意识时，一般都为时过晚。我茫然地僵直着，站在没有声音、没有气味、一片荒寂的河滩上，凝望着四周。酒瓶、盘子、水龙头、反光的玻璃门、摩天大厦，对我而言，仿佛都是庞大、冷酷的垃圾，是无法触及的碎片。我像一个突然降落在码头的移民，呆若木鸡。②

"剥离"不分时间地点地向"我"袭来，成了"我"的日常。"对话、玩笑、机智、微笑、词语"这些附属于"我"的东西被击碎、被抛弃，世界对"我"而言不过是"没有声音、没有气味的一片荒寂的河滩"，"酒瓶、盘子、水龙头、反光的玻璃门、摩天大厦"，都市里所有的事物"都是庞大、冷酷的垃圾，是无法触及的碎片"，是失去了用途和意义、索然无味的无机物。"我"是一个"移民"，彻底迷失在这本就不属于自己的幻灭的世界之中。

对于小说《夏之暗》的主题，宫内丰论述道："可以说这种存在论的内部

---

① 開高健. 開高健全作品·小説 9［M］. 東京：新潮社，1974：145.
② 同上.

疾患，是在主人公身上体现的这部小说的真实，也是主题。"① "剥离"感让《夏之暗》的主人公"我"感到自己与外部世界严重疏离，失去了在现实中的存在感。这种"存在论的内部疾患"，不仅反映了现代人的病态心理，更体现了同时代人的精神危机。正如江藤淳的评价："开高在这里，始终直面绝对不想动弹的自己。他开始用将沉默隐藏于内部的深沉的声音讲述。而且，如果向这一沉默的底部望去，那里是一片某些东西死灭过后被烧毁的风景。但凡是昭和元年至十年生人，都隐藏在内心深处的，那种荒凉、落寞的风景。"② 昭和五年（1930 年）出生的开高健在《夏之暗》中述说着他们这一代人共同的悲恸。他掀开了富裕、和平生活的面纱，暴露出那触目惊心的荒芜。荒芜，是因为生之意义的失落，而造成这一失落的，正是这温暾、瘀滞的日常。

（2）须臾的"异常"

相对于日常的"异常"是什么呢？恐怕，我们首先会想起《光辉之暗》的主题"战争"，而《夏之暗》中的"异常"，则是另外一种形式。它没有战争那么轰轰烈烈，却以一种潜在的姿态与日常默默地抗衡。《夏之暗》的主人公"我"被日常生活"剥离"，失去了生之意义。日常的无望使"我"感到痛苦，因为痛苦而想要逃离，为了逃离，"我"一直苦苦寻觅着属于自己的"异常"。置身于"异常"的短暂的兴奋和快乐让"我"在昂扬与倦怠之间浮浮沉沉。"异常"带给"我"的，是须臾的迷醉。

十年来，"我"以旅行的方式逃离日常。"我以我无法控制的渴望在十年间去了十三次国外，我痴迷于让自己一个旅行接着一个旅行地马不停蹄。"③ 逃离日本，来到国外的非日常环境；以旅行者而非常住者的非日常身份，到处漂泊而非生活的非日常行为，这些都是"我"为自己设计的"异常"。"异常"中陌生的一切给快要窒息的"我"带来新鲜的空气，尽管这空气会很快随风飘散，"我"仍然马不停蹄地去捕捉它、追随它。"我"在这个夏天来到了欧洲某国的首都，在位于大学城的一家廉价旅馆住下。

---

① 宮内豊. 現代のオブローモフ——「夏の闇」[J]. 國文學：解釈と教材の研究. 學燈社，1982，11（第 27 卷 15 号）：89.

② 江藤淳. 近頃は宝石に……. 悠々として急げ 追悼開高健 [M]. 東京：筑摩書房，1991：66.

③ 開高健. 開高健全作品・小説 9 [M]. 東京：新潮社，1974：77.

在这个"异常"的空间里，"我"每天喝着伏特加，眺望窗外雨季中的城市，然后便是没日没夜的睡觉。即便出门也是买了面包和火腿就径直回来，躺在床上吃了又接着睡。"我仿佛失去了形状，脑袋也开始融化，无论睡多久还是能继续睡着。"① 睡眠本属于日常生活最基本的一部分，但是没日没夜的睡觉却并非日常。对于这种嗜睡的"异常"，宫内丰认为："想要把握'生'而产生焦躁、空虚和人格剥离，神经的过度紧张产生疲劳感，因而嗜睡。"② 现实的重压让"我"不堪重负，对于现实，"我"无能为力、一筹莫展，唯一的办法就是陷入昏睡之中。睡眠能使"我"暂时忘却与外部世界的紧张关系，放松紧绷的神经，远离喧嚣现实的纷扰。"我"以这种"异常"的生活拒绝外部世界，继续一直以来的倦怠。

"我"在虚无的泥淖中愈陷愈深，就在这时，"女人"出现了。"我"与"女人"既不是夫妻，也不是恋人。十年前，我们是恋人关系；十年后，我们在异国重逢；一个夏天后，我们又分道扬镳。因此，我们之间的关系也非日常。这种"异常"的关系在一定程度上冲淡了"我"内心压抑的苦闷与倦怠。一周后，"女人"邀请"我"去她位于邻国首都的住处。远离喧嚣的闹市，穿过绿树成荫、安静幽寂的富人区，便到达"女人"居住的公寓。这是一座由玻璃和钢筋打造而成的现代化"城堡"：室内的温度、湿度通过一个按钮便能随意调节；玻璃的大门可以自动开闭；屋内摆放着各种豪华的家具和电器；瓷砖和金属制品焕发着夺目的光泽；整个房间一尘不染，素雅中带着刚健。"我"在这个玻璃盒子似的"异常"空间，继续着与世隔绝的生活，和"女人"疯狂地发泄着肉欲的享乐，追寻着感官的刺激。"我"整日躺在沙发床上喝着火酒，以酒精的作用来暂时忘却生存之痛，喝完酒"我"便又昏昏沉沉地睡去……

> 我将毯子盖在我裸露的腹部，漂浮在时而明朗、时而朦胧、无法触摸的巨大的空虚之中。"我"麻木的脑袋某处，想着去一个没有书本和议论的地方，但又觉得这个时代已经不存在无人岛之类的去处了。我想，不久

---

① 開高健. 開高健全作品・小説9 [M]. 東京：新潮社，1974：73.
② 宮内豊. 現代のオブローモフ——「夏の闇」[M]. 國文學：解釈と教材の研究. 學燈社，1982，11（第27巻15号）：91.

后，这里便是无人岛。一座被玻璃墙壁包围着的无人岛，一座空无中的岛。①

　　"我"幻想着逃离人的世界，栖身于一座"无人岛"。既然"无人岛"在现实中无处可寻，"我"就把"女人"的公寓当作"我"的"无人岛"，使这里成为"我"与世隔绝的"异常"。在这个"异常"的空间里，"我"借助肉欲、酒精、睡眠等形而下的方式来宣泄内心的孤独与痛苦，幻想着以本能欲望的满足来实现对现实的反抗，陶醉在忘我的瞬间之中。性爱、酒精、睡眠本应与学习、工作、人际交往等一起，分别以一定的比例平衡日常生活。排斥后者，仅仅剩下前者，势必造成比例的失衡，使生活陷入"异常"。"我"沉溺在这样的"异常"之中，在缥缈的满足感里慢慢走向虚无。

　　"我"在这"无人岛"里，死守着自己的"异常"，不让任何人打扰，拒绝所有的"日常"。

　　　　女人好几次提出想开个比萨派对，我感到害怕，恳求让她放弃这个想法。和陌生人见面、握手、讨论、窥视目光的明灭，同时一边越过对方的肩头将视线投向另一个男人的眼睛和侧脸上，还要应付、理解前后左右像乒乓球一样随时飞过来的话语……只要一想到那令人焦躁的空虚，我就连与那沾满汗液的巨大道具般的手握手的力气都没有。现在的我，只是为了努力让自己不要从沙发上掉下去就已经筋疲力尽。我不是能与人交往的存在。即使穿上鞋子出门，我能做的事也仅仅是为松鼠拧开水龙头，和为了防止从椅子上摔下来而死死地抓住桌沿。②

　　在"我"看来，人与人的交往不过是一系列察言观色、阿谀逢迎的无聊之事。"我"害怕、厌恶、拒斥着这种虚伪，一心想要远离人群。"我"可以为松鼠拧开水龙头，却不能和人握手。因为在"我"的眼中，这手不过是一个"道具"，没有灵魂与感情。极端的敏感加重了"我"的虚弱，"我"连维

①　開高健. 開高健全作品・小説 9 [M]. 東京：新潮社，1974：125.
②　同上，第 126 页。

持自己身体平衡的力气也快要没有了。

作为旅行者的"我"和作为昔日恋人的"女人",我们之间的关系是"异常"的。然而,在朝夕的相处中,"女人"开始渴望着日常的家庭生活,而"我"却期望着与她之间的"异常"关系不要被日常打破。

> 女人将这个房间染上了家的味道,她适应了主妇的角色,这让我感到恐惧。我想要让这种状态(的到来)往后拖延、推迟、逃避,哪怕是一瞬间也好。在朦胧中我预感到了那种胸口的憋闷。①

"我"的"异常"空间开始染上家的味道,"女人""适应了主妇的角色","女人"在一点点走向"日常","我"和"女人"的关系开始"变味"。这种转变让"我"预感到了"日常"的来袭,"我"想要拖延,想要逃避。"我"恐惧、憋闷、焦虑,可又束手无策。日常和"异常",让"我"和"女人"渐行渐远。

"我"躲进"异常"的空间,过着"异常"的生活,拒绝与人接触,惧怕与"女人"的关系"变味"。"我"拼命保护自己摇摇欲坠的"异常",依赖着那一点点虚幻的安慰孱弱地活着。"我"怀揣着萎缩的生命,可是却有一双清醒的眼睛。因此,片刻的昂扬之后总是更加长久的失落。在昂扬与失落的落差中,"我"越来越虚弱。"女人"注意到了这一点,为了拯救在虚无的泥淖中越陷越深的"我",她提议和"我"外出钓鱼。我们开始做钓鱼的准备。制作毛钩时,"我"发现自己长久以来散乱的心思终于集中在了手指上,平日里的碎片、裂痕骤然消逝,倦怠感也不见踪影。"我"感到一种久违的安宁与平静。另一种"异常"诞生了,它来自"物"的慰藉。这一慰藉,不仅仅产生于劳动中的"物",还有大自然的"物"。

> 第一次没有成功。我收回毛钩,扔了第二次,在绕了三四圈线时,抬起鱼竿的瞬间突然钓鱼线绷直了。电击(的感觉)从鱼竿传到手中,再从手中过遍全身。我迟疑着,猛地扬起鱼竿。估计这时鱼钩已经穿过鱼的

---

① 開高健. 開高健全作品·小説 9 [M]. 東京:新潮社,1974:119.

嘴巴陷入了骨头里。钓鱼线开始在水面左右摇晃。

　　"钓到啦！钓到啦！钓到啦！"

　　"真的?!"

　　我喊着，女人半信半疑地叫着，我们扔掉船桨站了起来。小船左右摇晃着。我被更新了。在一瞬间被更新了。我停止了消散，突然就能用手触碰到了。（身体的）全部都站立起来了，从边缘回到了整体上，眼睛看不见了。战栗传遍我的全身，一切都发出声音飞奔过来，冷酷、焦躁、杀意全消。①

　　生命的感觉如同"电击"般传来。在这一瞬间，"我被更新了"。生的感觉使"我停止了消散"，大自然的生命将"我"那垂死的细胞唤醒，体内所有一切站立起来，欢快地奔跑，我的生命被激活，"冷酷、焦躁、杀意"，这些曾经折磨"我"的负能量统统消失了。"我"陶醉于这属于"我"的"异常"世界，一个大自然的生命和无生命物体组成的，给"我"切实存在感的，广义上的"物"的世界。"我"将钓鱼获得的"更新"储存在身体里，来到了另一座城市。我们住进了宾馆，"女人"的身上又开始散发出主妇的味道，"我"还是在房间里昏睡，我们再次回到了从前的状态。"在湖上一举更新积蓄的东西已几乎耗尽，在令人窒息的暑热中我开始发酵。"②

　　"我"马不停蹄地在一个又一个国家旅行；"我"躲进封闭的空间与世隔绝；"我"沉溺于肉欲、酒精，没日没夜地昏睡；"我"拒绝与人接触；"我"害怕"女人"变成家庭主妇；"我"在"物"中找寻生的感应……"我"以各种"异常"的方式，表达着对现实世界的疏离和对抗，又在"异常"中寻求有关"生"的感觉。须臾的"迷醉"使"我"疲惫地穿梭于日常与"异常"之间，在昂扬与失落之间浮沉，承受着灵魂被虚无浸透的痛苦。"我"迷茫、焦虑，但是，"我"不愿放弃追寻。对"生"之意义的执着，注定"我"的追寻之路永无止境。这是"我"的命运，也是"我"的原型，作者开高健的命运。

---

① 開高健. 開高健全作品・小説 9 [M]. 東京：新潮社，1974：172.

② 同上，第 192 页。

2. 时代的"孤哀子"

早在《铅笔》的同人时期，开高健就被同好们取笑是"不会写女人"的作家。这一倾向在他登上文坛后，从《恐慌》到《日本三文歌剧》的每一部作品中都一直存在，直到《光辉之暗》，才终于有所改观。在《光辉之暗》中，开高健塑造了一个叫作"素娥"的越南妓女形象。在战火纷飞、人性黯淡的战争背景中，这一单纯温婉的女性形象给人耳目一新的感觉。但由于与主人公关系的限制，作者对其着墨并不多，对话也极为简短，在小说中仅作为一个附属存在。而在《夏之暗》中，这个没有具体名字，仅仅被称为"女人"的人物却是以小说第二主人公的形象存在。在小说中，"女人"的身份是一名大学研究员，她经济独立。更重要的是，"女人"已不仅仅是一个被"我""看"的存在，她具有"反看""我"的独立存在感。如同菊田均所说："我甚至认为，对于这位作家来说，描写如此充满存在感的他人，这个人物应该是首例吧。"① 开高健首次花大力气写的这位女性，和小说主人公是怎样的关系？又和作者有着怎样的关系？

吉田春生指出，《夏之暗》"毫无疑问是一部因分身的分身之双重映照的构造而具有浓烈韵味的小说"②。吉田所说的"分身"，是指作者开高健的分身——小说的主人公"我"，而"分身的分身"则是指主人公"我"的分身——"女人"。"双重映照"即是通过"我"和女人的相互烘托映衬，完整、深入地呈现出作者开高健，乃至同时代日本人共同的内心世界。笔者认为，对于现实世界，"剥离"代表着《夏之暗》的主人公"我"的感受，而"空白"则体现着第二主人公"女人"的感受。

"女人"将自己称为"孤哀子"。"孤哀子"这个词是"女人"研究室里一个教中文的教授告诉她的。在中文里，"旧时父丧称孤子，母丧称哀子，父母俱丧称孤哀子"。"女人"自幼失去了父母，又被亲戚抛弃，只有一个哥哥，但因为哥哥被别人家收养而改了姓，就此分开了。"女人"背负着命运的黑色玩笑，饱尝着艰辛长大。她想在日本成为自己专业领域的研究者，却遭遇学阀压制；想成为翻译者，不料出版社也被有资历者占据；思前想后决定当一名新

---

① 菊田均. 空白の闇——開高健論. 文芸. 東京：河出書房新社，1980：150.
② 吉田春生. 開高健・旅と表現者［M］. 東京：彩流社，1992：169.

闻撰稿人，在报社的画报杂志干了一段时间却实在是无法施展拳脚。失去了立足之地的"女人"不得不带着满腔的失望和憎恨离开了日本。只身在外的她，"一如既往的不屈、勤奋、精悍，充满着好奇心地前进着，她从一个国家移动到另一个国家，如饥似渴地求生存"①。十年里，"女人"在餐厅里洗过盘子，在酒吧里卖过烟，被刁难，被践踏。她经常伤心痛哭，甚至无数次想要自杀，但都下定决心即使死也不回日本。"女人"甚至不用日语写日记，她的心中充满对日本的憎恶。"女人"在"我"面前滔滔不绝地骂着日本和日本人：她骂人口超过一千万的东京只能将百分之六七十的粪便运到海里扔掉，却还在拼命修着摩天大楼和高速公路；她骂出版社、报社；骂日本的左翼和右翼；骂日本的新闻记者、学者、翻译家；骂那些在国外工作，拿着异地的高薪就不可一世的日本人，半路上搭顺风车、迅速与外国人勾搭上的日本姑娘，大言不惭、猥琐无能的日本绅士，见到酒店的门童和酒吧的卖烟女就送日本浮世绘邮票和小木偶人的日本游客……"女人"宣泄着内心无尽的憎恶。十年来，"女人"正是依靠这种憎恶活着，并将此当成自己在国外苦斗的动力。终于，"女人"找到了能够接纳自己的地方。她在一所大学当上了研究员，住进了一套现代化的豪华公寓，并且即将完成她的博士论文。

对日本的憎恶，支撑着"女人"走过不易的十年。这十年里，除了憎恶，还有浸透骨髓的孤独。"女人"是个独自在异国他乡漂泊的"孤哀子"，她没有亲人，没有爱人，没有家，有的只是漫无边际的孤独。在孤独的生活中，"女人"以"物"为伴。

> 女人打开门，哼着歌下了楼，她下到地下室，将那里储物间中所放的东西——夹在腋下带到房间里来。高保真收音机、吸尘器、榨汁机、丹麦产的灯、鞋子、鞋子、鞋子、羊皮大衣、海豹皮大衣。女人把这些东西堆了一地像是百货商店的特卖场一样。还说音波洗衣机和冰箱搬不动，所以只好留在那里了。
>
> …… ……
>
> 在这十年间，关于女人的孤独分泌出多少东西的错愕悄悄褪去后，某

---

① 開高健. 開高健全作品·小説 9［M］. 東京：新潮社，1974：77.

种荒寥清晰地呈现。女人像是被包围在一群孩子或是宠物之中，她微笑着，却彻底地剥离。①

"女人"是孤独的，她从小失去亲人，长大又被日本社会抛弃。她只身来到国外，在历尽千辛万苦后做出了一番成绩，可是内心却仍然无依无靠。孤独的她只好在"物"中寻找安定感和满足感。她被包围在各种各样的"物"中，可是这些"物"并不真正属于她，不会因为她的情绪、她的去留发生任何改变。一切只不过是她一厢情愿产生的幻觉，幻觉下的真相是"荒寥"。"女人"被现实世界绝对地孤立，被"彻底地剥离"，生活一片空白。

拿到博士学位，是"女人"在憎恶与孤独中前进的唯一目标。"我"和"女人"重逢的这个夏天，她的博士论文已经基本完成，正处于最后的修改和准备提交的阶段。"我"了解"女人"是怎样一路走来，也知道她的内心之痛。于是，"我"向"女人"提出这样一个问题：

> 你这么憎恨日本，我挺羡慕的。你因为这样而坚持到了现在。仅仅一个人坚持到了现在。我想问题就是今后。[……] 当上博士后你就能够对日本复仇。而这之后会怎样呢？你已经无法再像从前那样憎恨日本了。因为你完成了你的人生大志。于是，憎恨的冲动被抹杀掉了。你从迷醉中醒来。如果无法迷醉，那么生存下去会很痛苦的。接下来你将依靠什么而活呢？你考虑过这一点吗？还有什么可以让你继续沉醉、继续痴迷的吗？
>
> 黑暗中突然感到女人深吸了一口气。女人好像被意外地击中而沉默不语，身体僵硬。她的敏感让我既欣赏又难受。我把想要问自己的问题问了女人，刚才怒气冲天的雄辩似乎瞬间被沉默抑制，在这样的氛围里，清清楚楚传来了女人的恐惧。
>
> 过了一会儿，我自言自语，
>
> "我是没有的。"
>
> 女人吸了口气，低声说，
>
> "我也没有。"

---

① 開高健. 開高健全作品・小説 9 [M]. 東京：新潮社，1974：119.

又一会儿，女人从躺椅上起身，一声不吭地进了房间，许久也不见回来。我拖着（满身的）叶子和藤蔓来到房间里，看见女人正坐在沙发上，呆呆地看着脚下的牦牛皮垫。她的脸颊苍白，两眼无神，嘴唇略微张开。我从冰箱拿出火酒倒进两个杯子里。玻璃瞬间被细密的霜蒙上雾气变成了白色，女人无意伸手。

她缓缓低语：

"你真过分。说这样让人害怕的话。你触碰了我一直拼命掩盖一直恐惧的地方。不仅是触碰到了。你突然就瓦解了我的立足点。你把我为了踮脚拿到高处的东西而踩的脚踏子给取走了。你很聪明可是太无情了。"①

"女人"曾让"我"感到羡慕，因为她的这十年有憎恶来支撑，憎恶让她拥有向着目标前进的动力。她立志要以拿到博士学位、在自己的领域做出一番成就来证明自己，来向那个曾经排斥、抛弃她的日本社会复仇。现在，她就快做到了。可是，目标的实现和复仇的完成显然会大大冲淡一直以来浓稠的憎恶。对于一个一无所有、仅仅靠着憎恶坚持到现在的人而言，这唯一的依靠一旦失去，无疑是釜底抽薪。这个"女人"自己深知，但却不愿意面对之处，被"我""无情"地说中了。其实，这也是"我"想要问自己的问题。"我"也深知自己苦苦寻觅的"异常"所带来的只是虚幻的迷醉，可是如果没有迷醉，"我"就无法生存。"我"的质问让"我"和"女人"陷入了共同的焦虑与痛苦之中，我们的内心世界开始重合，并在重合中深入。菊田均指出："这里有着一种往复运动的感觉，确保了'我'即'女人'，'女人'即'我'的相对化视点。通过这一往复运动，此处可以确认二人（的形象）相互加深的侧面。"②

"我"和"女人"有着太多的相似之处，或者可以说我们就是同一个人。"女人"自幼失去了父母，感受不到亲情，可以说她的人生一开始就是残缺的；"我"的"少年时代的悲惨和（所遭受的）侮辱直到现在仍停留在身体里，让我无法从那只大手的阴影下逃离"③ ——我们同样有着黯淡和缺失的过

① 開高健. 開高健全作品·小説 9 [M]. 東京：新潮社，1974：157－158.

② 菊田均. 空白の闇——開高健論 [M]. 文芸. 東京：河出書房新社，1980：151.

③ 吉田春生. 開高健·旅と表現者 [M]. 東京：彩流社，1992：88.

往。"女人"不愿意作为一个"孤哀子"在日本委屈度日，她毅然流亡到国外；"我"无法融入日本现实社会，选择马不停蹄地在一个又一个国家之间奔波——我们都在逃离现实。"女人"在"物"中，在博士论文中寻找自己的存在感；"我"在"异常"的世界中，追寻须臾的迷醉——我们都在自我的空间里顾影自怜；十年来，"女人"在憎恶的支撑下辛苦打拼，而当这憎恶一旦被抽离，就再也无所凭靠；十年来，"我"四处漂泊，留下的却只是记忆残片的堆积，于"我"毫无意义——我们的人生都是一片空白；"女人"没有亲人，被日本社会抛弃，又即将失去心灵的支撑；"我"被现实世界"剥离"，失去了"生"的感受，只剩下一具空虚的躯壳——我们都是丧失一切、一无所有的"孤哀子"。

在小说《夏之暗》中，"我"和"女人"的关系既对立又统一，维持着一种张力。在这一张力下，作者开高健的轮廓愈显清晰。晦暗的童年和少年时代、逃离日本的愿望与行动、长久以来的"物"之情结、生活在现实中的空白、人生意义的失落，这些勾勒出的，是作者开高健的命运图景。男女主人公对现实深重的失望，正是开高健面对战后日本发出的嗟怨；男女主人公内心的苦痛，正是开高健审视自己而发出的悲鸣；男女主人公的迷惘，正是开高健在困境中的无力挣扎；男女主人公的相互质问，正是开高健对自己反反复复的省察。

《夏之暗》的男女主人公都没有姓名，他们仅仅以人称代词"我"和性别名词"女人"指代。姓名本是每个生命体的社会身份符码，它既代表个人的基本身份，又体现一定的社会属性。开高健对于主人公称谓的模糊化处理，显然带有强烈的意图，那就是消解身份、秩序、归属等社会属性，使其构成某种有力的象征，从而揭示形而下的人生境况，还原形而上的生存本质。如同文艺评论家小田切秀雄对《夏之暗》的思想主题的评价：这部小说"反映了日本青年男女在经济高速度发展形势下的精神空虚和绝望"[①]。开高健将男女主人公的哀伤、自我的精神困境，扩大到和自己一样，饱受战争的蹂躏后又被抛入战后重建的汹涌大潮、在时代的夹缝中丧失自我的同时代人，发出所有同龄人心灵深处的声音：我们创造了物质的繁华，却逃避不了生命的空白，这就是我

①　小田切秀雄. 現代日本文学史（下）[M]. 東京：集英社，1975：659.

们共同的宿命，我们是千千万万个时代的"孤哀子"。

3. "壁上人"

"如果无法迷醉，那么生存下去会很痛苦的。接下来你将依靠什么而活呢？你考虑过这一点吗？还有什么可以让你继续沉醉、继续痴迷的吗？"这是"我"质问"女人"也质问自己的问题。这里的"迷醉"来自何处？对"我"而言，旅行、性爱、酒精、嗜睡、"物"，这些"异常"都曾带给"我"须臾的迷醉。但是，深深烙在"我"灵魂深处的，却另有所在。

"我"被"剥离"而失去了在现实中的立足点，"我"的人生因为意义的失落而一片空白，但是，"我"不甘就此沉沦。于是，"我"制造各种"异常"来逃避现实、保全自己、追求生的实感。可是，这些"异常"总是转瞬即逝，让"我"无比焦躁。"我"在焦虑与迷惘中苦苦寻觅着，终于，一次偶然的机会让"我"再次看到了希望。某天清晨，"女人"在报纸上看到一则新闻，她说"真是写了一个大事件啊"，给"我"读了这则新闻。

新闻的内容是：根据在越南当地所观察之迹象，预计"北越"军将在近期内向西贡发动总攻。这是继今年二月的总攻后，"北越"政府策划的波及全国的第三次大暴动。对此，"南越"政府已向全体军民发出警告，将宵禁时限提前了一小时。美军司令部称他们已经做好随时反击的准备。这则刊登在报纸并不起眼的角落的新闻，却如一记重击落在"我"的心上。"我"强烈地感受到一场鏖战到来之前的风起云涌。这种战争的迫近感突然间将"我"这个夏天用来麻痹自己的种种"异常"全盘否定，并强有力地震动着"我"那倦怠得无法动弹的身体。于是，在"女人"外出后，"我"给她留了一张纸条便匆匆出了门。"我"来到车站，找到问讯处，问到了刊登那则消息的报社的电话号码和地址，然后坐上出租车直奔目的地。在报社，"我"找到该专栏的负责人，向其出示了自己三年前的临时特派记者证、美军的从军许可证等证件和相关物品。得知"我"的来意后，负责人给"我"拿来两三本文件。于是，"我"花了半天时间查阅这些资料。虽然几乎所有的资料都是政治新闻或者无数声明以及高官谈话的罗列，但是当"我"在这些文字中看见曾经经过或者停泊过的一座座小城的名字时，那些曾被"我"反复回忆、本已褪色的光景突然间鲜亮起来。回到住处后，"我"躺在床上却无法入睡，晚饭时"女人"兴高采烈地讲着她打听到的钓鱼信息，"我"却若有所思。从那天起，"我"

每天早上读报纸，在国际栏里捕捉有关越南的信息。读报的时候"我"感到自己像是在工作，所有的信息在脑中盘旋，感觉那遥远的景象依稀可辨，可是一放下报纸，"我"就又回到了空虚。

> 当女人将那则新闻读给我听时，我应该是感觉到那一直隐藏着的主题忽然出现了吧，应该是觉察到一直等待的东西忽然有了形状了吧。我体会到的昂扬感，难道不是因为我瞬间感知能够出发了吗？我应该是发现能够逃离出去了吧？①

越南是"我""一直隐藏着的主题"，那里有"我""一直等待的东西"。"我"用各种方式制造"异常"，"我"忍耐和逃离着"日常"，都是因为"我"心中隐藏着这个主题。当"我"苦心等待的东西开始浮现并日渐明晰时，"我"体会到了昂扬。"我"有了前行的方向，"我"终于可以逃离这令人绝望的虚无。

"女人"觉察到"我"的"异样"，并且敏锐地判断出"我"内心的打算。于是，她开始想方设法挽留，她再次提议去钓鱼，向"我"推荐地点，买来那里的地图，收集好相关的信息，甚至安排好了行程。可是，"我"已对此毫无兴趣。"我"的态度让"女人"感到失望，终于，这段时间以来"女人"心中的委屈和对"我"的抱怨倾泻而出。

> 到现在都一直就我们俩，你不见人，不外出，也不去散步。我想邀请史蒂芬·库克教授开比萨派对，可是无论怎么说你都不愿意。大学的研究室也只是因为碍于情面好不容易跟我去了一两趟。然后就是每天在房间里睡觉。睡了吃，吃了又睡，就只是这样。有一次你还因为有人来吓得藏到厨房里吧？你害怕我的歇斯底里只好和我去湖里钓鱼，尽管这样你见到人总是逃避着说话。但是，来到这里，一听到第三波，怎么样呢？你就一个人跑去街上，到一个陌生的通讯社，厚着脸皮把以前的从军证什么的给人家看，去查询电文的资料。做那件事也花了好几个小时，真让我吃惊啊！

---

① 開高健. 開高健全作品·小説 9［M］. 東京：新潮社，1974：210.

你的态度已经说明了一切。你完全是兴致高昂、无比充实啊！像个小孩子一样急不可耐。①

　　"我"的前后变化，"女人"——看在眼中，而对于是什么原因引起的这种变化，她更是了然于心。"女人"劝说"我"忘掉别国战争的事情，并表达了自己的理由：她认为，即使是"我"冒着生命危险去捕捉到的事实，也只会被左派和右派根据自己所需摘头去尾。而且这场战争之所以被关注是因为美国的介入，人们都是冲着"演员"去"看戏"，一旦美国退出，就再不理会。因此到头来"我"只不过是历史的消耗品。"女人"又问起"我"的朋友们的情况，问"我"是不是瞧不起这些过着普通家庭生活的人。"我"辩解道：

　　　　不是这样的。我没有瞧不起他们。这个你也是误解了。只是因为我无法忍受。待着不动我就感觉自己从脑袋开始腐烂。怎么打发每一天？就为这一点我就耗尽了全力。我太无力，太虚弱了。②

　　"女人"步步紧逼，让"我"无处逃遁。"我"承认自己安于日常就会崩溃，日常的生活已经让"我"不堪重负，现实世界中的"我""太无力，太虚弱"。而这"虚弱"，正是来自战后二十多年的"和平"生活下的"空白"，产生于被现实世界的"剥离"。

　　　　就是说你是因为害怕自己腐烂才像陀螺一样转个不停吧。转动的时候是立着的，一停下来就倒下了。③

　　"女人"将"我"的状况一语道破。曾经，"我"对"女人"的质问让她陷入束手无策的痛苦之中，而今，"女人"对"我"的剖析让"我"仿佛置身于高亮的无影灯下。在"我"与"女人"紧张的对峙中，"我"原形毕露。菊田均评价道："能够通过'女人'将'我'进行如此恰切的批判，从这一点

---

① 開高健. 開高健全作品・小説 9 ［M］. 東京：新潮社，1974：207.
② 同上，第210页。
③ 同上，第213页。

便可得知作者拥有成熟的视点。"① "女人"道出了"我"的生存状态，也明示着"我"的出路。"我"若浸泡于现实中一动不动，只会不断虚弱、腐烂。因此，为了活下去，"我"不得不像个陀螺，一直转动。而这"转动"，对"我"而言就是逃离。一直以来，"我"都"转动"在逃离现实的路上，"我""转动"的能量，来自那一个个"异常"，可那些短暂的能量让"我"的"转动"断断续续，使"我"疲惫不堪。现在，"我""一直隐藏着的""一直等待的"目标终于浮现，"我"无法控制自己不奔它而去。

> 闲聊是梅毒。内省也是梅毒。对于现在的我来说和平是梅毒。这些东西无法把控又无可逃避，却让我在阴森冷酷的气氛里腐烂，让我坐在椅子上（无法动弹）。②

"闲聊"无所事事，"内省"徒劳无益，"和平"让人麻痹，这些于"我"都是"梅毒"。它们只会将"我"的肉体和灵魂一寸寸地侵蚀，将"我"摧毁。为了求生，"我"必须逃离，而越南便是"我"逃离的出口，是连接着"生"的通道。在那里，可以在混沌中窥见真实；在那里，可以在出生入死中体会生命本质；在那里，可以寻回那失落已久的"生"之意义。

在出发的前一天，"我"和"女人"坐上了这座城市的环线电车。这座城市（从描述可推断是德国柏林）被一道墙分为东西两部分，我们便乘坐着这趟环线电车在东西之间来回。

> 过了一会儿，女人叫道
> "进入东边啦"
> 又过了一会儿，喊着
> "到了西边啦"
> …………
> 女人说

---

① 菊田均. 「空白の闇」——開高健論［M］. 文芸. 東京：河出書房新社，1980：154.
② 開高健. 開高健全作品·小説9［M］. 東京：新潮社，1974：215.

"又是东边了"

再一会儿说

"西边了"①

　　坐着环线电车在东西之间来来回回的情节，喻示了"我"的越南立场。"我"既不属于东，也不属于西，"我"在两边穿行，不会在任何一边停留。"我"已经为自己找到了立足点。

　　我不是任何一边的当事者。既不是这边，也不是那边的当事者。我无法摆出不是当事者还装作当事者的样子。想做的人去做好了。我是做不了的。我早就痛感过当事者与非当事者之间的巨大悬殊。因此无论是这里还是那里，我所在的位置，既不是墙壁的东边也不是西边。非要说的话应该是壁上吧。能看见东边就看东边，能看到西边就看西边。还可以看墙壁，看天空。既有不在墙壁东边的人就无从知晓的现实，也有不在墙壁西边的人就无以了解的现实。两边都想说这是唯一的本质。但是，应该也有不在壁上的人就无法把握的现实吧？那也是本质。对我来说唯一的本质是不存在的。眼睛所看到的，所有都是本质。②

　　"壁上"——一个被现实世界"剥离"的人为自己找到的立足点，也是一个唯"真实"至上的作家的不二选择。《夏之暗》中的"壁上"，《光辉之暗》中的"观察者"，都与开高健在现实中的"边缘人"一脉相承。从"边缘"关注现实，作为"观察者"直面黑暗，在"壁上"兼顾两边，无论何种方式，都体现着一个作家以自由独立之精神介入现实的坚定信念。开高健在当事者与非当事者、东与西、善与恶、明与暗、生与死、理想与现实、出世与入世之间找到了自己的答案。因为，"壁上"有当局者不能看到的真相，有一个作家坚守的信念，也有一种处于重重矛盾中剑拔弩张的紧张感。同时，"壁上"也意味着永远无解的解答、无尽的追寻。"入，则为生；出，则为死"——开高健

---

① 開高健. 開高健全作品·小説 9 [M]. 東京：新潮社，1974：223.

② 同上，第 209 页。

在"入"与"出"之间穿梭，"生"与"死"两极游走，他是守望真实的"壁上人"。

第四节
"崇物主义" ——开高健文学的归宿

"物"之情结贯穿着开高健的一生。童年时，他常常提着水桶去郊外捉鱼，上课时眼前仍然浮现鱼儿游来游去的情景；第二次世界大战的勤劳动员和打工经历中，那些工具和材料的触感让他体会到自我的存在；战争结束前后，那些被轰炸后一切回归"物"的废墟让他看到了"生"的希望。开高健在作品中表达着对"物"的眷恋：在《懒汉》中，他塑造了对现实感到幻灭，却能体会到自己与"物"之间的"紧密的纽带"，产生愉悦感的"堀内"；在《日本三文歌剧》中，他建构了一个与现代对峙的，由"物"与手之间的唯物感觉与信赖而生的"乌托邦"；在《夏之暗》中，他述说着一个在现实生活中疲惫不堪的中年男子在制作鱼钩和钓鱼时生命被"物"更新的欣喜。混沌、虚无的现实中，唯有"物"是可触碰、可感知、可依靠的。"物"是"彻底的无"，它没有死亡，没有痛苦，没有异化；"物"是"彻底的有"，它有形状、有触感，甚至有永恒的生命；"物"是虚无中的真实，是无常中的不变。开高健借助"物"来缓解在现实世界中的生存焦虑，以"物"来寻求"生"之实感。

吉田春生指出："从《光辉之暗》后，开高健将自己的作品作与'物'关联的创作。"[①] 笔者认为，或许这样说更为准确：从小说《光辉之暗》后，开高健以"物"为主题进行文学创作的倾向愈发明显。在越南战场上，战争的

---

① 吉田春生. 開高健・旅と表現者［M］. 東京：彩流社，1992：15.

黑暗和人性的扭曲加深了开高健对现实世界的失望。为缓解精神上的重压，他于 37 岁时拿起鱼竿，重拾童年的爱好。于是继《光辉之暗》后，开高健创作了《我的钓鱼大全》《fish·on》等垂钓游记。《夏之暗》的创作让开高健痛感战后和平生活带给自己的只是生命的空白与内心的虚无。深深的文化失望促使开高健踏上求"生"之旅。从 20 世纪 70 年代后半期开始，开高健在世界各地"徐徐疾行"。他在大川激流垂钓，创作出《OPA!》系列、《更远!》《更广!》等垂钓游记；他用胃来接触世界，联络自然，写成《罗马尼甘地·一九三五年》《最后的晚餐》《新的天体》《地球绕着玻璃杯沿儿转动》等关于美食、美酒的作品；他的《饱满的种子》，记录了自己在西贡的鸦片体验；他的《制作贝塚》，描写了越南战争下的垂钓和饮食生活；他的《战场上的博物志》，描写了在比夫拉、战后的大阪、阿拉伯、耶路撒冷、越南所见的各种动物。开高健执着地在"物"中寻觅精神的慰藉，直到晚年步入"玩物立志"之境。遗作《珠玉》是开高健"玩物"思想的集大成之作，在作品中，他将自我的情怀与对生命的哲思封存于"物"，以"物"为自己的文学画上句号，在"物"中寻求永恒。

开高健在"物"中寻求精神的松绑，以"物"来转移内心矛盾，忘却现世的烦恼。然而，"转移"并不等于"避免"，"忘却"也不一定如愿。在本节中，笔者以《OPA!》等垂钓游记为例考察开高健矛盾思想的呈现，并在此基础上分析其矛盾思想的最终归宿——遗作《珠玉》。

1. 充盈与虚无——《OPA!》等

开高健既是一名作家，也是一名钓鱼人。他留下了关于垂钓的大量游记，如《我的钓鱼大全》《fish·on》《OPA!》《OPA、OPA!!》《更远!》《更广!》等。对于这些垂钓游记，吉田春生评价道："开高的垂钓游记，涵纳万事万物，汇成波涛滚滚的大河。就这一点而言，可以说是为日本文学增加了全新的东西。"[1]

在这些垂钓游记中，开高健用雄浑而又柔丽的语言描绘大自然的壮美与灵秀，用洋溢的激情谱写与大鱼进行搏斗的生命进行曲，用重生的欣喜抒发大自然赋予灵魂的充盈感。然而，作为一名文学家，开高健始终无法完全地"出

---

① 吉田春生. 開高健·旅と表現者 [M]. 東京：彩流社，1992：188

世"，对于现实和人生意义的思考使他无法摆脱"灭形"的纠缠。在短暂的充盈消散后，仍然不得不面对内心深处的虚无。开高健在垂钓中获得的充盈，是生于虚无的幻影。

（1）充盈之闪光

就垂钓和旅行对于开高健的意义，佐佐木基一总结道："钓鱼和外国旅行，对于这位作家而言，是保持精神卫生不可或缺的常备药。"[①] 妻子牧羊子说，开高健热衷于钓鱼是因为他"珍视精神上的东西"[②]。垂钓对于开高健而言，已经不仅仅是娱乐，更是他的精神慰藉。在垂钓游记《OPA!》的扉页，开高健引用了一段中国的古谚语作为这篇作品的献词："想要一个小时的幸福，那就去喝酒吧。想要三天的幸福，那就结婚吧。想要八天的幸福，那就杀头猪享用。想要有永远的幸福，那么就学会钓鱼吧。"[③] 在开高健看来，垂钓是人生至上的幸福。跨入中年开始的垂钓，唤醒了年少时捉鱼的记忆，抚慰着一路走来内心背负的伤痛，带给了他生命久违的充盈。

垂钓游记《OPA!》取材于开高健 1977 年在巴西亚马孙河流域垂钓的经历，翌年由集英社出版，并在杂志 PLAYBOY（《花花公子》）上连载。对于《OPA!》这个作品名字，开高健解释道："无论发生什么事情，巴西人表达惊讶和感叹时，都会说'OPA!'。"[④] 开高健用这个感叹词为作品命名，其喜悦、激动、惊讶之情溢于言表。《OPA!》中写满了开高健置身于广袤的大自然，与各种各样的生命邂逅的欢快与好奇，为读者展开了一幅原始而神秘的自然画卷。这里，有繁茂的野生树林、两米长的蚯蚓、一天到晚像警笛一样传入耳边的猿猴的叫声，还有那跃动在亚马孙的湍急水流中一条条鲜活的生命。开高健用生动的文字描写了生猛无比、能在几分钟内把一条剖开的鳄鱼吃得精光的水虎鱼。为了钓到其他的鱼，开高健将已经钓到的活鱼作为诱饵挂到鱼钩上。刚一放入水中，这些水虎鱼便在几分钟内将这个活饵吃得只剩下脑袋、尾巴和骨头。而这条被吃得已经失去八成身子的鱼还在抽搐着，"那种神速，让人不由

---

① 佐々木基一. 外国旅行の意味. 開高健全作品〈小説 3〉付録［M］. 東京：新潮社，1971：280.

② 牧羊子. 悠々として急げ 追悼開高健［M］. 東京：筑摩書房，1991：76.

③ 開高健. OPA!［M］. 東京：集英社，1981：1.

④ 同上，第 17 页。

得想象：大概那条鱼在被吃的时候，只是感到些许凉凉的感觉"①。这就是远离现代文明的亚马孙的大自然，处处迸发出生命的光芒，处处扑来生命的气息。

关于"河之虎"鲯鳅的描写，是《OPA！》中钓鱼场景的高潮。鲯鳅体色金黄，跳动不止，难以驯服。捕获这样的"对手"，必然给钓鱼者带来极大的成就感。

> 不知道有多少条漏网之鱼，但最终捕获了三条。我将它们放进船上的竹篓里。兴奋和虚脱让我筋疲力尽。疯狂的喧嚣散去，鱼儿游走，水藻不再晃动，水柱消失。我和向导威尔逊用力地握手，拍着彼此的肩膀。他的长相酷似福克纳，眼睛和嘴角紧紧地绷着，而这时却露出满脸微笑，有力地和我握手，无数次地轻拍我的肩膀。在这一瞬间，清澈而又温暖、熠熠发光的潮水澎湃而至，冲遍了我的全身，自我肩上悠然地散去。②

在现实生活中失意的灵魂，在大自然中终于收获了成就感。这种成就感，来自生命与生命的搏斗。它化作新鲜的血液注入干涸的身躯里，犹如"清澈而又温暖、熠熠发光的潮水"汹涌而至，充溢全身。

同样的欣喜也流露在《OPA！》的续篇《OPA、OPA！！》中：

> 我浑身虚脱，一屁股坐下。我浑身发抖，胳膊发抖，手发抖，好彩香烟在抖。三十四个小时的焦躁、紧迫和疲劳烟消云散。我获得了一滴光芒。瞬间在手上形成。我因虚无的充实而光辉四溢。尽管甜蜜的痛苦渗入我身体的所有地方，但我还是从那苍白浑浊的冰河雪水中，攫取到些许力量。虽然是艰难取胜，但我还是没有逃避自己。我打破了十五年来的壁垒。终于打破了。这是一场孤注一掷的赌注。圆完成了。今后一段时间我应该可以继续活下去了。③

---

① 開高健. OPA！［M］. 東京：集英社，1981：103.
② 同上，第87页。
③ 開高健.『OPA、OPA！！』アラスカ至上篇［M］. 東京：集英社，1990.

这是开高健在钓起梦寐以求的重达 60 磅的鲑鱼王时抒发的一段感慨。和鲑鱼王的搏斗让开高健体力耗尽，却给他带来了精神上的活力。"三十四个小时的焦躁、紧迫和疲劳"，"十五年来的壁垒"，无时不在的"虚无"，统统消散。开高健"获得了一滴光芒"，这是生命之光，它让虚无的灵魂体味到充实，绽放出光彩。通过与强大生命的搏斗，开高健确认了自我的存在，获得了生命的力量，重拾了活下去的信念。这对于一个在现实中感到幻灭、虚无的人来说，无疑是如获至宝。钓鱼对于开高健，已成为一场生命的救赎。

在钓鱼中获得的充盈感让开高健迷恋，钓鱼与旅行逐渐成为他生活中的重要部分。1979 年，受朝日新闻社和三得利公司派遣，开高健一行五人踏上了驾车穿越南北美洲大陆的垂钓之旅。1980 年《更远!》《更广!》相继发表。在流经渥太华市中心的里多运河中，开高健钓起了体重 30 磅、凶猛无比的北美狗鱼。《更远!》记录了他当时的心情：

> 不能叫作"鱼"，而应该称为"野兽"；不能叫作"钓鱼"，而应该称为"狩猎"，望着这头有着符合这两个词语的体格、长着巨眼和獠牙的怪物，我想要用它来鼓舞深夜里衰退的自己。每当那个时刻，我感到自我消散、一片朦胧，却只能束手无策、垂头丧气，因此，我想依靠这种壮烈事物的力量活下去。或许我也快到玩物立志的年龄了吧?①

这头"长着巨眼和獠牙的"大自然的"怪物"让开高健惊叹不已。开高健向往着它那原始、野性、纯粹的生命力，想要借此鼓舞不断衰退的自己，唤醒那疲惫不堪的灵魂。开高健开始在自然之物中寻求生命的支点，想要"想依靠这种壮烈事物的力量活下去"。他将自己的这种心情称为"玩物立志"的情绪，而正是这个"玩物立志"，注定了他无法完成"暗之三部曲"的《花落之暗》，转而创作"物之极地"的作品——《珠玉》。

在捕获"河之虎"鳡鳅时，开高健引用海涅和尼采的话来渲染自己的喜悦：

---

① 開高健. もっと遠く!〈南北両アメリカ大陸縦断記〉[M]. 東京：文藝春秋，1981：103.

海涅说，男人只有在游戏的时候他才能成为自己。尼采说，能让男人热衷的，只有游戏和危机这两样东西。①

在这段话中，开高健的喜悦之情自不待言，但如果细读却不难发现这喜悦中的破绽。游戏和危机，都非生活的常态。在非常态中获取的快乐注定是短暂的。如同尼采所言，开高健正是热衷于游戏和危机。在第二次世界大战和越南战争中，他向死而生，而当战争远去时，他只能在游戏中寻求瞬间的充盈。而这建立在短暂和非常态之上的充盈显然是虚幻的。

我在追逐什么？又在被什么追逐？我忽然就不知道了。我感觉到自己一直紧紧抱住、完全凭靠的某种切实的东西带着声响剥落，让人战栗，甚至恐惧。我连忙朝前方望去，注视着一头从容吃着苔藓的野兽壮丽的双角，我对自己说：就是那个，是它，没错，就是它。然后强迫给自己套上铠甲，将剥落覆盖，并急忙将自己发酸的肉和嘎嘎作响的筋搬走。②

开高健深知自己内心的虚弱，深知"剥离"无处不在，深知"物"的慰藉并不可靠。但是除了"物"，他又别无所依，他只能不断地寻找，告诉自己"就是那个"，然后以此幻想出自卫的"铠甲"，在焦躁中匆忙逃离。"物"的"城堡"岌岌可危，因为它的底座是"剥离"与虚无。

（2）虚无之烙印

在《更广！》中，开高健引用了海明威的《一个干净明亮的地方》中的一段文字：

一切都是虚无，一切都是为了虚无，一切只不过是虚无。我们的虚无就在虚无之中，虚无是你的名字，你的王国也叫虚无，你将是虚无中的虚无，因为原本就是虚无。给我们这个虚无吧，我们日常的虚无，虚无是我们的，因为我们是虚无的，我们无不在虚无之中，可是，把我们从虚无中

---

① 開高健. OPA！[M]. 東京：集英社，1981：106.
② 開高健. 『OPA、OPA!!』アラスカ至上篇 [M]. 東京：集英社，1990.

拯救出来吧。为了虚无。欢呼全是虚无的虚无，虚无与汝同在。①

可以说，这段文字正是开高健内心的写照。无论是在现实生活中，还是在钓鱼的旅途中，虚无都深深地印在开高健的心底，挥之不去，无处逃离。虚无使开高健的垂钓游记在充盈中隐匿着感伤。

吉田春生指出："开高健的钓鱼，不过是在某种脆弱之上建筑的幻想性的城堡。"② 就在钓起"河之虎"鳒鳅，欢呼着"男人只有在游戏的时候他才能成为自己"的仅仅几天后，开高健便又重新跌入失落。

> 数日后我乘坐小型螺旋桨飞机返回库亚巴机场。我扛着鱼竿走在机场大厅的人群中，突然身后袭来"灭形"（幻灭感，笔者注）之感。有一种肩膀被打似的冲击，让我瞬间崩溃。空气、水、丛林、鱼筑成的东西像卡片的城堡一样轰然垮塌。……刹那间我崩溃了，那熟悉的、荒寥的、不可名状的忧郁笼罩着我。从今后我又将成为一摊没有形状的、腐臭的淤水度日。③

在困扰开高健一生的"灭形"面前，钓鱼中获得的充盈感不堪一击。"灭形"潜伏于开高健的体内，不分时间场合地突然袭来，那些好不容易珍藏在脑海中的"空气、水、丛林、鱼筑成的东西像卡片的城堡一样轰然垮塌"。"灭形"把开高健从美梦中唤醒，将他抛回他不愿面对，又不得不面对的现实。

即使在旅行途中，这样的感伤也盘踞在心中。在《更远!》中，开高健记述着自己在美国南部，乔治亚州和佛罗里达州交界的高速公路上，凝视公路两旁的树木上寄生的西班牙苔藓的内心活动：

> 这里是"南部"。和东南亚、非洲、中近东、西日本一样。在这让每一个毛孔都淤积着细密黏稠的汗液的湿气中，某种忧愁悄无声息，像麻风

① 開高健. もっと広く!〈南北両アメリカ大陸縦断記〉[M]. 東京：文藝春秋，1981：2.
② 吉田春生. 開高健・旅と表現者 [M]. 東京：彩流社，1992：193.
③ 開高健. OPA! [M]. 東京：集英社，1981：147.

一般将我融化。内心与此的隐秘争斗比与人和事物直白的斗争更让我衰退。在庞大的、柔软的、沉闷的、潮湿的热气包围我那一瞬间，我感觉到过去的种种音乐和光景一时浮现，我开始摇摇晃晃的同时，又因久违的怀念而湿润了眼眶，一面又为了不被侵犯、不被渗透，我立即将我贝壳质地的觉悟像铠甲一样覆盖在心上。我想，终归只有去习惯、忘却，忍这一个字。①

本该愉快的旅行，对于开高健却是如此的感伤。那苍郁繁茂的苔藓和沉闷潮湿的热气让他感到忧愁、衰退的同时，又唤起那遥远的记忆。"触景伤情"，是因为内心刻有伤痕，无法平复。然而又自知感伤、怀念也是枉然，只好条件反射地将自己的"外壳"合上，毅然而又无奈地回归一如既往的习惯、忘却和忍耐。

在开高健的垂钓游记中，还有大量因一无所获而感到疲惫、徒劳和虚无的内心倾诉。《更远！》中，有这样一段美丽而又感伤的文字：

> 北边是绵延不断的晚霞，清丽而爽朗。南边的晚霞短促、迷蒙，带着浓稠的雾霭，于是光线的乱舞化作无比壮烈、悲怆，又悄无声息的巨大喊叫。日复一日，像是罗马被烧毁的熊熊火焰，像是平安京的顷刻坍塌，又像是柏林的轰然瓦解。与这样的晚霞作别，没有钓到一条鱼的我返回到码头。[……] 我在所有的地方尝试了所有的方法和诱饵，大量的汗水、妄想、赤诚和创意的最后，收获的只有晚霞和疲劳。②

瑰丽的景色让人感到一种壮烈、悲怆的幻灭之美。一切悄无声息，却又使人心潮澎湃，感慨万千。"大量的汗水、妄想、赤诚和创意的最后，收获的只有晚霞和疲劳"，此时开高健内心的感觉应该早已超越了失望，而上升到对生命和存在的态度之上。生命本就虚无，无为即是存在。汗水、妄想、赤诚和创意化作虚无，融于晚霞，消失于天际。

① 開高健. もっと遠く！〈南北両アメリカ大陸縦断記〉[M]. 東京：文藝春秋，1981：57.
② 同上，第74页。

烙印于心的虚无加速了开高健从钓鱼之梦中的清醒。在开高健的垂钓游记中，多见未钓到鱼的惆怅。而在《OPA、OPA!! 阿拉斯加至上篇》中，却出现了钓到鱼仍然陷于忧郁的情况：

> ……一条、两条逐一钓起的过程中，我终于明白了什么，它成了忧郁的核心。在钓起第一条鱼时，全身心的昂扬使我双手颤抖，许久不能停下。这一两年里，是这样的，是那样的，所有都在想象中发酵、蒸馏，终于遇到了那一滴，因此而产生无法捕捉的、炫目、茫然的光辉。但是，人总是对于什么都会习惯。迅速就习惯了。于是，在这个钓鱼的场合，和光荣同样的苦痛和单调来到我的面前。①

这里所写的，是开高健在垂钓狭鳞庸鲽（俗称太平洋星鲽，多出现在北美洲西北部太平洋海岸一带）的场景。本是一场满心期待的钓鱼，换来的却是苦痛和单调。在这段文字中可以看出，开高健钓鱼的目的，除了之前提到的从自然之物身上获取生命力、追求充盈感之外，还有以"物"来唤醒自己的记忆。在钓起第一条狭鳞庸鲽时，这个目的似乎达到了，可是灵光乍现后又转瞬消失，习惯带着苦痛与单调随即而至。到此，钓鱼对于开高健的意义已开始改变，为开高健晚年的"宝石情结"做了铺垫。

在 1983 年发表的自传体回忆录《耳之物语》中，开高健谈及自己这几年来的钓鱼之旅和文学创作的关系：

> 尽管如此，"旅行"仍然是旅行，一旦记在心里，就再也没法停下来。从三十岁到四十五岁之间，我一直追着战争走，那以后则是一只手拿着鱼竿追着鱼跑。虽然有是流血还是流水的区别，但都属于现场，而不是书本、想象和书斋，这一点是完全一样的。这是一个大汗淋漓匍匐在地上的士兵的生活。即使到写下这部作品的五十三岁的现在，我也还是一名士兵。②

---

① 開高健. 『OPA、OPA!!』アラスカ至上篇 [M]. 東京：集英社，1990：32.
② 開高健. 耳の物語 [M]. 東京：株式会社イースト・プレス，2010：176.

对于现实，开高健一直在逃离；对于文学，开高健却以自己的生命与赤诚之心面对。他把自己比作一名士兵，把文学看成一场战役。无论是在枪林弹雨中九死一生，还是在沉潜于自然之中寻觅生命的充盈，开高健都是以最为虔诚的姿态身体力行。在他的垂钓游记系列中，在他的"物之情结"中，固然呈现着昂扬与失落、充盈与虚无的起起落落，但这些都是源于他对于生命意义的执着追求。开高健是一个与现实搏斗的士兵，因为信念，所以执着；因为求真，所以痛苦。

2. 怀世与忘世——遗作《珠玉》

小说《珠玉》发表于 1990 年 1 月号的《文学界》杂志，是开高健去世一个月后问世的作品。作为遗作的《珠玉》是开高健文学与人生探索的终结。这部由《掌中海》《玩物丧志》《一滴光》三部短篇构成的小说集，将"玩物"的主题贯穿始终，平野荣久将其称作"向物无限靠近的开高文学的极地"①，吉田春生也认为这是"垂钓游记的最终抵达之地"②。的确，在《珠玉》中，开高健将自我的情怀与对生命意义的哲思寄托于宝石，又将宝石、女人、自我同化为"物"，从而达到"物之极地"。但是，笔者认为，在向"物""无限靠近"的过程中开高健内心的矛盾不断。佐伯彰一曾在《珠玉》的解说词中表示"《珠玉》是浓缩的回忆式小说"，开高健在意识到生命将尽时写下这部作品，想要"用尽最后所剩不多的生的力量，集中地、全身心地对自己的一生进行再次点检、审视的努力"③。开高健的一生从矛盾中走过，那么这部对自己的一生进行再次检点的"回忆式小说"必将在矛盾中落幕。

（1）怀世与忘世之间——《掌中海》

据开高健的妻子牧羊子回忆，发现开高健的食道异常是在 1989 年 3 月 19 日，而珠玉的第一部《掌中海》在 1988 年秋便已经完成。《掌中海》讲述了一位"我"在酒吧认识的，名叫"高田"的年迈的父亲的沧桑故事。高田先生居住在九州的福冈市，有一家世代经营、规模可观的诊所，在当地算得上是屈指可数的富裕人家。高田先生每个月都会来东京，在旅店住上一周，晚上则

① 平野栄久. 闇をはせる光芒［M］. 東京：オリジン出版センター，1991：230.
② 吉田春生. 開高健・旅と表現者［M］. 東京：彩流社，1992：218.
③ 佐伯彰一. 解説——「浄福」の瞬間を索めて. 珠玉［M］. 文藝春秋，1993：200.

来酒吧喝两三杯威士忌然后返回旅店，每个月如此。高田先生来东京，是为了到警察厅的总部打听他潜海失踪的儿子的消息。然而，一直苦苦寻找了两年，也没有得到有关儿子的任何消息。既然妻子早已西去，儿子又找寻无果，那么房子、财产、地产便毫无意义。于是，高田先生解散了诊所，转让了地产，变卖了自家的住宅，住进了儿子生前在东京所住的公寓，并且成了一名船医。这位父亲认为自己当了船医，就能在儿子的身体融化的那片海上做儿子的守墓人，从而了此余生。航海中，高田先生每到一处都会购买海蓝宝石，用来祈祷航海平安。航海期间，他便从船舱中取出自己收集的这些宝石，"陶醉于（宝石）光芒的把玩之中"，并效仿古代中国文人，称之为"文房清玩"。这一颗颗散发着幽光的海蓝宝石成了高田先生丧子之后的精神支柱和灵魂寄托。

在结束一次漫长的航行后，高田先生出现在了酒吧。先生邀请"我"去了他的住处。这是一个位于一条阴暗胡同的两层楼公寓，每个房间外面都杂乱地堆着牛奶瓶和拉面碗，带着一种莫名的荒寥。先生的房间很小，没有厨房，卫生间也是楼道公用的。四面墙壁上有两面靠墙都堆着直到天花板的杂志和旧书，房间里没有电视机，仅有一台小型的冰箱。

> 剩下的便是榻榻米、墙壁、窗户，所有的都完完全全枯死。枯萎、破败、干涸。就连先生今天早上刚刚睡过的被褥也是枯萎、破败的，没有了气味。旧书堆的角落有一个沾满污垢和油渍的水手袋，活着的就只有这个了。[①]

对于自己的住处，高田先生说："人生原本就一无所有。"[②] 这是一个失去了亲人、没有了指望、对尘世心灰意冷的老人的心声。老人对自己的生活已经没有任何要求，他的住处只剩下几件必需品。房间里的一切不只是简陋，而是"枯死"。"枯死"，是因为住在这里的人完全将它们置于意念之外，将它们遗忘。忘却生活的高田先生，已处于"忘世"的边缘。

聊天中，高田先生拿出一个皮革袋子，他解开绳子，将里面的东西哗啦啦

---

① 開高健. 珠玉 [M]. 東京：文藝春秋，1993（1）：39.
② 同上。

地倒在小桌上，是一颗颗大大小小、形状各异的海蓝宝石。

突然间这个房间里有了核心。澄澈的淡蓝色闪光，将墙壁、窗户、书本吸收。轻而易举地就吸收了，不让人看到它的吸收。①

海蓝宝石是这个空间内的核心。它吸收了所有，不仅仅是墙壁、窗户、书本，也有"我"的神往，还有高田先生对亡子的思念和他对余生的寄托。这个海蓝宝石的"物"有着强大的、魅惑的力量。

每颗石子都璀璨夺目。用手指微微碰一下，瞬间切面就会反射出新的光芒。虽然是淡蓝色却不是单薄的蓝，而是强烈的、美妙的、散发着紧凑光芒的蓝。淡泊却强烈。同时又很畅达、悠然。不衰弱，也不是稚嫩的浅淡。这正是大海的颜色，但不是北边的海，应该是散漫阳光的地地道道的南边的海的颜色。这也不是深海，而是在少女的微笑中与日光嬉戏的岸边的细浪。它也许包含着浮游生物和蛋卵的相互拥挤，却完全排斥着一切的混沌和执着。②

开高健文学研究者认为《掌中海》是《珠玉》中抒情色彩最为浓郁的一部，而其中的点睛之处就是以上这一段话。这里流露着经历了人生的风风雨雨、潮起潮落的作者开高健的审美意趣——淡泊却强烈，悠然又畅达，有着温暖的阳光、少女的微笑、生命的迹象。这是生的气息，温暖、充满生机；这也是人生的体悟，淡泊中有不屈，悠然中有练达，"排斥着一切的混沌和执着"，走向中和与圆融。

高田先生关上灯，点起蜡烛，打开窗户。

蜡烛的火光摇曳着，闪耀着。没有黑暗的大都市的夜晚的微光将石头当作大海。手掌中出现了一片海。就像是从高空眺望地球。手掌中的夜晚

---

① 開高健. 珠玉［M］. 東京：文藝春秋，1993：41.

② 同上，第43页。

的海洋随着微风而光彩夺目，因绝对的纯洁而闪耀着。线消失后深渊出现，黑暗和光芒在一瞬间改变姿态相互格斗，相互戏弄，无言的颂歌澎湃浮现。被博大的清净洗濯。绝对无疑的净福。①

关上灯，点起蜡烛，打开窗户后，海蓝宝石已不仅仅是这个房间的核心，它变成了一座城市的夜空的海洋。宝石的光芒与城市的夜幕相互碰撞融合，合奏出无声却澎湃的颂歌。此时，无声胜有声。此时，"物"是绝对的清净，"物"带给人无疑的"净福"。

> 可是，高田先生并没有真正拥有此"净福"。
> "文房清玩是个好词啊！"
> "我很孤独。"
> "清玩说得很好。"
> "我很孤独。在九州的一国过着这样的生活，靠着石头得到安慰。有时候也会内心烦乱不已。太孤独，太孤独，我毫无办法。"②
> ［……］
> 先生啜泣着。压抑的声音发出来时他突然崩溃，先生盘腿坐着支撑着身体，垂着肩膀颤抖着放声哭泣。再也无所顾忌地颤抖着声音哭着。手弄湿了，膝盖弄湿了，眼泪不断地掉在发毛的旧床褥上。③

高田先生失去了妻儿，他心灰意冷，将财产、事业舍弃，背井离乡，随船全世界漂泊；他将日常的生活遗忘，说"人生原本就一无所有"；他沉醉在海蓝宝石的"清玩"之中，将生存之志寄托于此，一切看起来似乎已经"忘世"，可是他却意外地说着自己"太孤独"，并痛哭不止。高田先生到底还是无法在枯淡的境界中以"玩物"了却余生，他的内心渴望着亲情，渴望着陪伴，渴望着生活。在高田先生"忘世"的表象下，依然是割舍不下的"怀世"。

---

① 開高健. 珠玉 ［M］. 東京：文藝春秋，1993：45.
② 同上。
③ 同上，第46页。

（2）从怀世到忘世——《玩物丧志》

1989 年 4 月 17 日，开高健接受食管癌手术，同年 7 月 23 日出院。此时，他已经开始写作《玩物丧志》。或许是预感到了自己快要走到生命的尽头，或许是想要回顾自己的一生，在《玩物丧志》中，开高健将自己化身为一个思维枯竭、无法写作的作家，依靠阿勒曼德石榴石，来唤醒记忆，追寻灵感。一个叫作李文明的中餐店老板得知"我"缺乏灵感、无法创作的苦衷后，借给"我"一块红色的阿勒曼德石榴石。李氏的好意让"我"感激不已，那红色石榴石成为"我"生命记忆的触媒，为"我"打开了一扇扇锈迹斑斑的回忆之门。

"从那天晚上起有了核心。红色的核心形成在意识的某处，再也不消失。"① 红色石榴石将"我"黯淡、散乱的意识聚拢，"我"开始有了"核心"。"我"在书房里关上灯，点起蜡烛，观赏着宝石在火光下的明灭。渐渐的，"我"想起了二十年前那个"文房清玩"的高田先生。于是，"我"去了我们以前常去的酒吧，可是酒吧早已搬走，"我"凭着依稀的记忆，去寻找高田先生的住处，也未能如愿。"先生已经消失在掌中海里了。"②

在心灵无阻的移动中出离现实，任凭自我（思绪）飘散。③

石榴石那鲜艳的红色将"我"生命中那些与红色相关的记忆凝聚起来。在东南亚核的漫反射造成的染红天际的晚霞；在曼谷所见的那被激怒的斗鱼从身体里渗出的红色；阿拉斯加河中逆流而上的产卵期的鲑鱼群身上的"婚姻色"；一座位于西贡中华街的学校里，被恐怖分子射杀的老师那暗红色的血；那深深烙印在心底的，被枪击的越共少年流出的黑色的浓血；在越南的丛林中遭遇越共包围袭击，"我"身边的士兵被射击的伤口中迸射的鲜血，那能看得见肠子的腹部的大洞，那一个个无声无息，犹如叶片飘落般逝去的生命……石榴石的绯红唤醒了"我"的那些沉睡的记忆，引导"我"对自己的人生做了一次清算。对此，荻野安娜评价道："作品之'核'。宝石这个核像是磁铁一

---

① 開高健. 珠玉 ［M］. 東京：文藝春秋，1993：68.
② 同上，第 71 页。
③ 同上。

样将自身周围的事物全部召唤过来。森罗万象在石头的四周转动。"① 荻野认为，石榴石的核心，将"森罗万象"召唤。笔者认为这里应该进一步细化。石榴石的核心是它的红色，它所召唤的是与开高健生命中与红色有关的记忆，而这些越南战争、钓鱼旅游的经历都是开高健一生中刻骨铭心的。尤其是回忆中占绝大多数比重的越南记忆，其本质是介入现实，开高健对于这些回忆的难以割舍与苦苦寻觅正好显示了他的"怀世"。

> 已经快到两个月了吧。这块红色的石头成为每天核心后，我便无论清晨黑夜，无论室内室外，只要是想看就从皮革袋子里面取出看得出神。在书斋里我正大光明地看，在酒店的大厅我偷偷地看。在公园和车站的卫生间我也取出来，抚摸、摩挲。电灯、吊灯、火柴、蜡烛、打火机，我把凡是能想到的光线下，切面会发生怎样的变化，那种把玩的状态统统看了个遍。并玩味着每次都像点燃魔法的油灯一样浮现的绯红。在什么样的短篇、长篇，什么样的部分使用哪些形象好，这些我几乎都没有考虑，也没有去下功夫。联想飞跃、明灭、涌现和收缩总是在一瞬间，但是任何时候都没有强迫感，我便目送着它涌现到消失，也不会后悔不去追回它。如果想把这块石头当做什么东西的触媒的话，那就失败了。②
>
> ［……］
>
> 我痛感到皮革袋子的存在感从包里消失。寂寥步步逼近。深红的核消失了，今后就只是残影。沉默变得不再充足，追忆和回想化作遥远的抽象画。［……］就这样两个月来的日日夜夜，我耕种着自己的院子，但实际上不都只是借景吗？一直仅仅看着龙的眼睛，难道不是因为被石头蛊惑而被吞没的原因吗？我再次败给了事物的力量。③

曾经，开高健在垂钓游记《更远！》中写到自己已经步入"玩物立志"的年龄，而在这里又说自己"再次败给了事物的力量"，而这个短篇又是以"玩物丧志"命名。他的前后两种说法是否自相矛盾呢？笔者认为，这两者在本

---

① 荻野アンナ.「珠玉」玉砕 追悼·開高健［M］. 東京：文藝春秋，1990：316.
② 開高健. 珠玉［M］. 東京：文藝春秋，1993：125−126.
③ 同上，第128页。

质上是一致的。垂钓游记中的"玩物立志"，指的是在"物"中获取生命的力量而活下去，《珠玉》的"玩物丧志"是指自己想要写作的欲望败给了"物"，"我"以"玩物"立了生存之志，而丧失了文学之志。两个月间，"我"在石榴石那红色的核心唤起的"怀世"的记忆中游走，但最终文字的力量还是败给了"物"的力量。红色的核心已消散，那些以"物"假借的光景归于虚无，"我"从"怀世"走向"忘世"。

（3）以"物"忘世——《一滴光》

1989 年 10 月 13 日，开高健再次入院，同年 12 月 9 日逝世。《一滴光》是在 1989 年 9 月的第二个星期开始创作，离世前三个月内完成的短篇。可以说，《一滴光》的诞生伴随着开高健走向生命的终点，开高健将自己生命最后阶段的心路历程映射于此，就此长逝。司马辽太郎评价《珠玉》是开高健"度过自己的一生，为自己操办葬礼，为自己咏诵悼文"的作品，"本用来挖掘的土木机械，仅有发动机发出微弱的声音"，"唯有阴恺的寂光"照射的世界无比美丽。笔者认为，司马辽太郎所评价的这一特色在《一滴光》中体现得尤为明显。在《一滴光》中，开高健为自己的生命和文学找到了栖息之地，并以此画上了句号。

如同吉田春生的评价："第三部《一滴光》是可以感受到开高健某种决心的作品。某种决心——已经不是以宝石为触媒写作品，而是将自己交给玩物这一宿命的决心。这里有一种近乎疯狂的狂热。"① 在《一滴光》中，开高健在已从第一部《掌中海》的"怀世"与"忘世"的挣扎，经过第二部《玩物丧志》的"怀世"走向"忘世"，发展到了彻底的"忘世"。

"我"在一家店偶得一块月长石。"我"把玩着这个玲珑、高洁的小石块。忽然，中心浮出白色的光晕，蓝色的光芒一闪而过，又在一瞬间，白色的光晕消失不见，蓝色的光芒浸入石块。"我"被这捉摸不透的无言的魅力深深迷惑。

> 尽管这样，它还是一直冷冷地闪闪发光，一直保持着无心。比任何东西，都自始至终地无心。蓝色的石块亦是无心，红色的石块亦是无心。不

---

① 吉田春生. 開高健·旅と表現者［M］. 東京：彩流社，1992：222.

知道疲惫也不知道吝惜地散发着光芒，保持着无心。这是一种纯粹的超脱，但让人感到的不是畏惧，而是可爱。我被打动了。①

小小的月长石光芒时隐时现，扑朔迷离，它不受外界干扰，保持着自己的"无心"。这种"无心"，正是开高健在即将走到生命尽头时所追寻的虚无之境——放下妄执，忘情超然。开高健被这种"无心"深深打动，沉浸于宝石的魅惑之中。

> 把玩着这个发着蓝色光芒的小石块，仿佛看见月光下的白色大理石宫殿、夜幕中大钟下沉的深渊，还有曾经走过的高原、山庄、杂木林和夜晚的雾霭等光景在隐现。②

开高健完全沉醉于宝石的把玩之中。他在宝石中回味着"曾经走过的高原、山庄、杂木林和夜晚的雾霭等光景"；他在宝石中幻想着那"月光下的白色大理石宫殿"；他在宝石中感到自己像是夜幕中下沉的大钟。宝石寄托着开高健的回忆、憧憬和归宿，开高健开始将自我的一切引入"物"。

《一滴光》中，阿左绪是一个在报社工作，喜欢幻想的年轻女子。一次，"我"为了买一本旧书，联系到新潟一家书店，于是，"我"邀请阿左绪同去，在返回的路上，我们住进了一家温泉小旅馆。此时正值秋季，山上的枫叶已经变成红色，午后清风吹起，阳光透过云层，播撒金色的光芒。

> 阳光照在黄叶上，照在红叶上，于是，它们各自成群地将闪光乱舞，把山谷照得透亮。我将脖子一直埋到水里，入迷地看着这清洁而豪奢的色彩与光芒。这时，阿左绪轻轻地靠过来，欲言又止，眼眸湿润。望着使她的脸颊发着微光的明晰而无毒的血色和山谷的红叶，我突然为自己在几年前沉迷于阿勒曼德石榴石的红色研究时，为何没有想起这个感到不可思议。③

---

① 開高健. 珠玉［M］. 東京：文藝春秋，1993：141.
② 同上。
③ 同上，第183页。

　　红叶、阿左绪脸上的血色让"我"想起了当年对宝石的红色研究。这里，"我"已经开始将自然之物与女人作为"玩物"的对象，纳入"我"的"物"的王国。在一番肉体的欢愉之后，"我"在沉睡的阿左绪的唇上，又发现了一滴蓝色的光。

> 　　（……原来是女人）
> 　　这段时间一直飘荡在我耳边的怀疑和犹豫一下子冰消瓦解。消解后突然感觉这实在是幼稚，这不是一开始就完全清楚的事吗？但是，迷惑还是迷惑了。月下的白色宫殿留下了。大钟下沉的深渊也留下了吧。但是，核心出来了。在突然间，出乎意料地一瞬间形成。我再次像坠子一样缓缓沉入那甘美的、远离人世的、灼热的昏暗之中。
> 　　（原来是女人……）①

　　原来在那月白石扑朔迷离的光芒之下，深藏的答案是"女人"。"女人"即是宝石之核。"我"带着这个答案，带着寻觅这个答案的途中获得的白色宫殿、大钟下沉的深渊等种种意象，带着一切，走进"物"中，归于虚无。

　　一生被矛盾的二元拉扯、被现实"剥离"、被"灭形"折磨的开高健，在自己的生命之火即将熄灭的最后时刻，匆忙地把自己的所有悲喜统统封存于"物"，将宝石、女人、自然，包括自己，全部统一于"物"，在"物"中走向虚无，在虚无中希求永恒。"物"成为开高健文学矛盾的最终归宿。那个曾经的"壁上人"，带着满身的疲惫离开了他的"壁上"，离开了让他失望又牵挂的现世，像一个"坠子"，沉沉地坠入虚无的深渊……

　　开高健的一生处于矛盾重重的困境之中，文学创作是他宣泄心灵的痛苦和救赎自我的方式。开高健在文学作品中呈现自己所见所感所思之矛盾，并在混沌中寻找清晰，在失落中重拾意义。他尝试在文学里建构一个能完美处理这些矛盾的世界，以达到对现实的对抗和反思。

---

　　① 開高健. 珠玉［M］. 東京：文藝春秋，1993：192-193.

开高健将现实中的各种冲突悖论诉诸文本，呈现出现代人共同面临的人性、情感、道德、社会文明的困境。获得第 38 届芥川文学奖的《皇帝的新装》，通过童真与世俗的矛盾碰撞，暴露成人世界的自私卑琐、虚伪扭曲，抨击了成人的功利性思想对儿童天性的压抑，寄托着开高健对纯真世界的无限向往；习作期后的第一部长篇小说，也是打破获得芥川奖后的写作困境的《日本三文歌剧》，描绘了充满原始生机的自由空间，表现出乌托邦情怀和文学理想主义，又将现实引入想象，让自由接受荒诞之考验，使个体真实地面对命运的悖谬。想象与现实的矛盾使其乌托邦思想中闪现着辩证思维的光芒；被开高健称为第二处女作的《夏之暗》，书写了现代文明中生命的残缺与挣扎。主人公"我"同时拥有萎缩的生命和清醒的眼睛，不断逃离"日常"，在"异常"中苦苦追寻生的意义。"我"与"女人"的相互质问和剖析，揭露了作者以及同时代人共同的灵魂之痛。现实生活的"剥离"和空白、"异常"的短暂注定了"我"的越南逃离，在那里，"我"选择"壁上人"的立场。而这正体现了开高健对真实的坚守。

矛盾思维下的复眼式观察使开高健对现实有着透彻的认知，这种认知让他对现实感到失望，而失望的情绪必然导致内心的苦闷无依。尤其是《夏之暗》的创作，让开高健更加清晰地认识到现代文明对人的生命本体的损害。他自知对现实无能为力，只好把目光转向大自然，希望在自己一直信赖的"物"中找到心灵的依托。开高健重拾年少时的兴趣，扛着鱼竿游历世界的大川激流，让生命接受大自然的照耀和沐浴。他用诗性的语言记录自己与大自然中形形色色的生命邂逅的感动，创作出《OPA！》系列、《更远！》《更广！》等垂钓游记。在这些垂钓游记中，开高健抒发了自己漂泊的心灵在自然之物中得以寄托、得以唤醒、得以激发的欣喜，又吐露出自己在短暂的喜悦后重归虚无的失落。开高健的情绪在充盈与虚无之间起伏，为了留住这转瞬即逝的充实感，他不断地在各种"物"中寻求生命的支点，从钓鱼狩猎、品尝美食美酒，到赏玩宝石，逐渐走向"玩物立志"之境。遗作《珠玉》便是开高健"物"之思想的集大成之作。在这部由三个短篇构成的小说中，"玩物"的思想贯穿始终，也流露了作者"怀世"与"忘世"的矛盾心情。第一篇《掌中海》，在借"玩物"以"忘世"的表象之下，难掩"怀世"的悲泣；第二篇《玩物丧志》，"玩物"触发"怀世"之思，"怀世"之志又在"玩物"中败北；第三篇《一滴光》，女人与"物"同化，自我与"物"融合，最终在"物"中彻底"忘世"。开高健在生命即将结束时，用"物"将困扰自己一生的种种矛盾封存，为自己的文学之旅画上了句号。

第四章

开高健文学之矛盾美

　　大千世界的美，绚烂多彩，千姿百态。人类对于美的认知和感悟，随着历史的发展而不断演变。在传统的审美理念中，人们以和谐为美。古希腊最具代表性的哲人之一毕达哥拉斯曾明确提出"什么是最美——和谐"的论断。和谐是希腊古典美的基本品格，也是整个西方古典美学最基本的规律之一。东方古典美学与此遥相呼应，中国人素来推崇温柔敦厚的"中和之美"，力主天与人、主观与客观、感性与理性、自然与人文的和谐统一。先秦典籍《礼记·中庸》指出："致中和，天地位焉，万物育焉。"①"致中和"是天人合一的理想境界，是天下之大本与达道。日本随笔之嚆矢《枕草子》开篇以柔美的笔触和敏锐细腻的感受力描写春之拂晓、夏之夜晚、秋之黄昏、冬之清晨，四季的美景蕴含着人情的意趣，构成一幅美妙灵动的画卷。无论是清少纳言的《枕草子》，还是千利休的空寂茶、芭蕉的俳句，都呈现出人在自然中品味吟赏、流连其间的和谐意境，蕴含着日本民族自古形成的与自然共生共处的平和之美。

　　与和谐美一样，矛盾美同样是一个古老的美学命题。古希腊唯物主义哲学家赫拉克利特在其《论自然》一书中说："互相排斥的东西结合在一起，不同的音调造成最美的和谐；……"②矛盾的两面彼此有别，相互碰撞，甚至背道而驰，同时，它们又相反相成，珠联璧合，相映成趣。这些互相对立又互相联系的因素有机统一，以它们的方式传达更为复杂、深刻的情感，让艺术作品获得更加丰富的内涵。

　　到了近代，西方近代现实主义、浪漫主义艺术提倡把人与自然、主观与客观、情感与理智、内容与形式尖锐地对立起来，形成一种新的崇高的艺术。朴素的和谐美逐渐发展到对立的崇高。英国经验主义美学家柏克这样论述崇高的美学特征："伟大的东西则是凹凸不平和奔放不羁的。"③最能给人带来心灵震撼的是对立面的反差，对立反

---

① 子思.《中庸》［M］.南昌：江西美术出版社，2018：2.
② 北京大学哲学系外国哲学史教研室.赫拉克利特［M］//古希腊罗马哲学.北京：商务印书馆，1961：19.
③ 柏克.关于崇高与美的观念的起源的哲学探讨［M］//古典文艺理论译丛：第五册.北京：人民文学出版社，1963：65.

差产生充满张力的美的形象，真正的艺术永远是在冲突中产生的。绘画中色彩浓淡的对比，音乐中声调高低、长短的组合，舞蹈中节奏舒缓的交替、刚柔的并济……均体现出涵纳矛盾冲突后的圆融之美。同样，矛盾也给文学作品带来独特的美学效应。文本中感性形态上的强烈反差、情节模式上的"事与愿违"、作品人物精神世界的纠结挣扎、多重二元矛盾对立互构，在文本的动态存在与阐释过程中折射出动感丰富的美，文学审美的形而上意味由此产生，文学撼动人心的艺术魅力亦由此生成。西方现代派中的若干作品就是这种矛盾冲突美的例子。如斯特林堡的《鬼魂奏鸣曲》、卡夫卡的《变形记》、贝克特的《等待戈多》等，不管是思想内容，还是艺术手法，都具有激烈的冲突，它们将尖锐矛盾以及由此产生的精神创伤、变态心理、悲观绝望情绪演绎得淋漓尽致，使读者体会到的是张扬人性、向往生活的美。艺术的辩证法，往往相反相成。文本中矛盾的存在不仅相互对立，又相互观照联通，它们在冲突抗衡中取得调和，在矛盾中彰显独特的审美艺术性，共同构成一个完整和谐的文本结构。这便形成一种包蕴了各种矛盾冲突的大美——对立统一的和谐美。素朴的和谐美经过对立的拔高，再向对立统一的和谐美螺旋式发展，这一辩证的前进运动，使和谐美的内涵不断丰富和充实，成为完整而深邃的美学概念。

开高健深谙"矛盾"之道。他将切身体会、观察和思考的各种冲突悖论诉诸文本。一组组强烈的二元对立，曲体斡旋、顺逆相荡、张弛有致，体现了生活与人性的真实。矛盾的艺术辩证法，形成高度凝练的故事张力，产生新颖而警策的美学效果，构建起动人心魄又耐人寻味的文学世界。开高健的人生经历、个人精神世界，以及文学创作理念和手法的对立统一，均体现在文本中各种矛盾抗衡消长、动感激变的审美形态之中，甚至直到晚年二元矛盾的和谐统一，都无不贯注着开高健以矛盾法则为哲学依据的美学追求。开高健自由穿梭于明与暗、善与恶、美与丑的矛盾世界中，找到其平衡点，开拓出别样的审美领域。他的文学世界闪耀着矛盾造就的美学光芒。开高健文学是在矛盾夹缝中绽放出的奇美花朵。本章从矛盾美的角度，从矛盾的"丰盈"之美、"新生"之美、"隔"之美、"圆融"之美四个方面，品味开高健文学的矛盾之美，对开高健文学进行横向与纵向的综合分析研究。

第一节
"丰盈" 之美

　　矛盾，意味着差异、对立、冲突、映衬，它打破了生活常态中类的聚合、日常思维的逻辑，带来自由、新奇和丰富，营造出矛盾世界的奇美。矛盾世界的奇美，源于因矛盾构成因素的多重多维而生的色彩斑斓，源于矛盾双方既对立冲突又交织映衬所致的深刻隽永，源于矛盾两极在背道而驰的临界点上孕育着的勃勃生机。这种矛盾之美，一旦进入文学的殿堂，则会呈现出更加丰富多彩的艺术形式：文学创作手法的虚构与真实、浪漫主义与现实主义；故事情节安排的起与伏、张与弛、疏与密；人物形象刻画的多与一、善与恶、形与神；背景布置的动与静、悲与喜；思想主题设定的抑与扬、情与理；文学语言运用的繁与简、平与奇……一组组矛盾共同孕育着文学作品巨大的艺术表现力和叙事感染力。开高健的文学世界，同样存在着矛盾美的绝妙演绎。种种矛盾因素的相互博弈、映衬共鸣，生成开高健文学的"丰盈"之美。

　　开高健文学的"丰盈"之美，体现在文学创作手法和文本世界之中。丰盈，既展现出形式的多样，又包蕴着内涵的深刻。叙述模式上"内"与"外"长期此消彼长的博弈，使开高健在继《印象采集》《学生的忧郁》《某个声音》《圆上的裂痕》等倾吐自我内心哀歌的习作后，毅然退隐自我，选择"向外"。在《恐慌》《巨人与玩具》《皇帝的新装》《日本三文歌剧》《流亡记》等前期作品中，开高健把自己浓缩成一个"视点"，依靠"离心力"描述外部世界。他站在人生的堤岸从高处看人世，以特有的细腻与敏感洞察世态人情的毫末，又以智者的冷静和达观抒写人世的冷暖悲喜，创作出一幕幕可看可演可笑可叹的人生悲喜剧。自我退隐的叙述模式在一定程度上弥补了日本传统私小说那种主观色彩太过浓烈的局限性，使叙事显得相对客观、公正，呈现出冷静克制而又含义隽永的艺术效果，也使开高健因勇于探索的睿智和胆魄、不落窠臼的创作风格在日本战后文坛独树一帜。然而被压抑的自我总是蠢蠢欲动，在声称以"离心力"写作的同时，开高健又创作了袒露自我的作品《懒汉》、私小说系列《发胖了》等以及自传体小说《蓝色星期一》，呈现出自我在退隐和显露之间的剧烈摇摆。终于，在越南战场上遭遇的生死危机，让长期受压的自我全面爆发。从此，开高健的文学创作进入由"外"向"内"转的过渡期。小说《光辉之暗》体现了这一过渡期的相应特征：作品在真实反映现实的基础上，将现实纳入自我的视域进行思考、创作，以内心的真实感受书写对战争、生命、人性的思考。现实与自我的感受和认知的融合使开高健文学更具深度和震撼力，也使其文体得以确立并趋于成熟。从此，开高健放弃了"离心力"的写作方式，他开始走向心灵深处，以"向心力"的文学创作，表达自我对外部世界的感受。

在《光辉之暗》的姊妹篇《夏之暗》中，开高健将自我内心的感受寄托于小说的男女主人公，以对他们异化的生命状态的书写，来质疑日本战后社会的畸形发展，揭露出物质繁荣背后精神的黯淡，表达自己深深的文化失望和痛苦的追索。《OPA！》系列及《更远！》《更广！》等垂钓游记，记录了开高健在世界各地"徐徐疾行"，与自然亲密接触的体验和感动，又在字里行间流露出自我内心的虚无与倦怠。在遗作《珠玉》中，开高健将自我的情怀与对生命意义的哲思寄托于"物"，又将"物"纳入自我的精神空间，留下文学与人生之绝唱。"内"与"外"的矛盾，贯穿开高健一生的创作过程，经过对立、冲突、起伏、统一，最终消寂。这组矛盾使开高健文学各个时期的作品风格迥异，既体现出开高健分裂流动的矛盾灵魂，又展示了开高健创作手法的不拘一格、多彩纷呈。

开高健创作的多面性，还体现在对于纪实与虚构的多元文体游刃有余的驾驭上。开高健的文学创作，呈现出两条不同的轨迹。一方面，他以丰沛的想象力、细腻的感知力、精湛的笔力构筑起虚构性的小说空间，其小说《恐慌》《皇帝的新装》《日本三文歌剧》《流亡记》《夏之暗》等，在讲究虚构的纯文学领域颇具影响；另一方面，他又以新闻记者敏锐的观察力、"行动派"作家卓越的活动力和直面真实的力量，创作出《日本人的游玩场所》《东京即景》

《越南战记》《fish·on》《OPA！》等纪实文学作品，在日本非虚构文学领域留下光辉的足迹。同时，这两条轨迹并非毫无交点。在长篇小说《光辉之暗》中，开高健以非凡的作家智慧和文学修养将二者有机统一，以越南战争的史实为素材，融入其独特的生命体验，巧妙运用虚实相生的叙事技巧、跳跃式的时空布局、隐喻等文学手法，消弭了纪实作品与虚构文本的界限，赋予小说体裁以新的生机，形成了振聋发聩的艺术力量。开高健将纪实与虚构娴熟地区分、糅合，复调书写现实和人生，实现了其文学作品体裁的多元化。叙述模式上的"内"与"外"、作品文体上的纪实与虚构，代表着开高健文学在创作手法上的多样性，呈现出矛盾赋予的"丰盈美"。

这种"丰盈美"也反映在开高健文学的文本世界之中。矛盾因素的充分展开和对立冲突使作品呈现出丰富繁杂的特点，具体表现为人物的立体、叙事的跌宕、情感的饱绽等。《恐慌》的主人公俊介，置身于与上司、同事构成的官僚集团的矛盾之中，又面临自我内心的矛盾，在重重矛盾的夹缝中挣扎、反抗、选择。对于鼠灾的防治，俊介不遗余力，却又难逃徒劳的结局：他密切观察老鼠的繁殖情况，制订详尽的治鼠措施，奔走于各村调查，将自己的治鼠行为称为与"希腊神话中的九头蛇"做斗争。而当他看到老鼠集体自杀，自己的所有努力化作乌有时，陷入"巨大的、新鲜的无力感"。对于自我与集体的关系，在遭遇上司的反感和同事的排斥时，俊介曾以"孤独的奔走者"自居，而当鼠害过去，一切即将恢复原貌时，他发出了"人最终还是只能回归人类社会"的感叹；面对现代官僚体制，俊介敢于揭发科长贪污渎职的行为，积极践行自己的主张，而当他意识到自己在权力面前的渺小时，又在某种程度上妥协。俊介这一形象，鲜明地呈现出人物心灵世界的复杂性和丰富性。进取与困惑、乐观与悲观、抗争与妥协——种种矛盾因素的对立与展开使俊介的性格变得多面而立体。俊介这一角色在充满了生命辩证特征的运动过程里走向生动、趋于真实，显示出巨大的性格张力和真切的人性魅力，也折射出人物生存及心灵发展的本质。

在《日本三文歌剧》中，开高健在现实与理想的二元矛盾下，对"阿帕切"族进行"乌托邦"的建构和解构书写。一方面用原生态的生存方式和蓬勃的原始生命力支撑起自己心目中的"乌托邦"，以"自由公平，人尽其用"的理念完成对"乌托邦"的建构；另一方面又将现实引入想象，让自由接受荒诞之考验，使个体真实地面对命运的悖谬。开高健用浪漫主义的情怀孕育了自己心目中的"乌托邦"，托举它自由飞翔，再以现实主义的理性让"乌托邦"面临外来的挤压与侵蚀，使它在现实的暴风雨中折翼。而小说叙事的跌宕便在这飞翔与折翼、建构与解构之间形成，并让人在这跌宕中获得"乌托邦"耐人寻味的启迪。

在《OPA！》系列垂钓游记中，开高健用雄浑或柔丽的语言描绘着大自然的壮美与灵秀，用洋溢的激情谱写与大鱼进行搏斗的生命进行曲，用重生的欣喜抒发大自然赋予灵魂的昂扬与充实。然而，对现实和人生意义的思考又使他无法摆脱"灭形"的纠缠。因此，他总是在短暂的昂扬之后跌入更长时间的失落，哀叹那深潜于心底、挥之不去、时常袭来的虚无。开高健在昂扬与失落、充实与虚无之间起起落落，情感的两极在各有所指的同时，又相互包容、渗透，饱蘸着他对生的无限眷恋。

多重对立因素的矛盾冲突在横向上构成文本内涵的丰富与广博，而当矛盾因素透过表层对立走向联结调和时，又在纵向上创生文本思想的深刻与隽永。《皇帝的新装》中，一面是由忘却了父亲和丈夫的责任、沦为一部赚钱机器的父亲大田，受到丈夫冷落、将自我意愿强加在太郎身上的大田夫人，以山口为代表的一个个阿谀奉承、趋炎附势的画家、教育家、评论家组成的世俗的成人世界，一面是那带着小孩独有的"体嗅"，天真无邪、纯粹美好的童真世界。世俗与童真构成一组尖锐的矛盾，世俗压抑、吞没童真，"我"奚落世俗，让童真重新焕发光彩。《皇帝的新装》在世俗与童真表层的对立冲突下，表达作者向往美好、追求纯真的高尚品格，和希望重启成人生命的"童心"，让整个社会、整个教育回归生命的本真的诚挚愿望。

《光辉之暗》中，开高健诉说了自己作为一个被第三方国家派遣采访越战的记者，在别国的战场上被规定以中立的立场，只能通过"看"去体验、记录战争的残酷而产生的内心激烈的矛盾冲突——"看"的二律背反。一方面，"看"是开高健作为记者的使命，也是反映"真实"的必需手段。另一方面，开高健"看"着太多惨剧发生，他无力阻止，甚至为自己的"看"在无形中参与了暴行而痛苦自责。开高健挣扎于"看"的二律背反之中，陷入极度的精神困境，又在困境中下定决心，决定用眼之所"看"，用手中之笔，来捍卫"真实"。"看是徒劳的"与"看是必须的"的背反式矛盾，既对立又合一，体现了一个作家对生命的悲悯与敬畏，对社会的责任与良知，对文学的热情与虔诚。

《夏之暗》是开高健将创作视角由战争转向和平，从异常回归日常，对自我的人生历程和内心世界的审视，失落与追寻的矛盾主题贯穿小说始终。主人公"我"同时拥有萎缩的生命和清醒的眼睛，不断逃离"日常"，在"异常"中苦苦追寻生的意义。"我"与"女人"的相互质问和剖析，揭露了我们和现实中的作者以及同时代人共同的灵魂之痛。"我"在失落中不断追寻，最终踏上了前往越南的旅程。在那里，"我"选择"壁上人"的立场。失落与追寻的矛盾，是开高健对生命意义的探求和对真实的坚守。正是以上这些具有矛盾特质的因素在对立调和中最终完成了小说叙事的终极目标。这种调和将各种对立成分交融汇合在一起，充分展现矛盾，而作品的主题也通过矛盾因素的对立统一得到鲜明地显现和升华。

具有矛盾特质的因子纵横交错，它们充分展开对立冲突，使文学创作手法更加灵活多变，也使文本的人物形象更为立体，叙事更加跌宕，情感更显饱绽。矛盾超越表层的对立走向纵深的统一相生后，创生出文本思想的鲜明与深刻。横向的丰富广博与纵向的深刻隽永共同构成"丰盈"的矛盾美。开高健文学便是在这"丰盈"之美中给人广阔的认知、惊警的启迪、深沉的思辨、隽永的回味。

第二节
"新生" 之美

矛盾的艺术之美还表现为创作手法更新和文本情节推进的"新生美"。生动，即新质萌发之生与破壁而出之动。由于差异的存在，矛盾双方相互冲突并导致了彼此作用下的排斥，对立的两项在反作用力之下的背向而行，在相互抗衡和抵制的力量下渐行渐远。但是，矛盾双方绝不会无限间离，矛盾内部的统一性使相反对立的两项之间产生了张力，并且随着逆向运动的进行，张力的能量越来越大，当达到一定的量点时所显示出的力最强，这个量点就是张力最大的临界点。临界点上巨大的势能，使矛盾因素超越对立、相互介入、彼此渗透，进而产生妙不可言的生成性，带来新质的萌发。

矛盾临界点上张力的推动作用之于文学创作，便是实现创作手法的创新与提升，迎来"柳暗花明又一村"的境界。被誉为开高健文学转折点的小说《光辉之暗》正是开高健在叙述模式上"内"与"外"这一矛盾辩证关系的产物。开高健曾在"内"与"外"的矛盾两极间摇摆彷徨，而越南战场上极致的生死体验将这一矛盾冲突推至极点。巨大的张力使"内"与"外"在临界点上打破对立，走向合一与生成。它们共同凝结于小说《光辉之暗》中：一方面，作者真实、犀利、深刻并富有洞见地揭露了越南乃至世界的种种"现实之暗"与"人性之暗"；另一方面，作者又将《光辉之暗》作为一部自己的灵魂纪行，将自己在越南战争中的灵魂挣扎与蜕变如实呈现。"内"与"外"彼此呼应、相映成趣，在多音共鸣的华彩效应中凸显了作者眼中的真实，也使《光辉之暗》打破了传统报告文学和纯粹虚构小说的界线，为文学创作提供了一个将两者有机统一的跨文体、多元化视角，为小说体裁注入了新的活力。矛盾的对立冲突为开高健带来艺术的动机，促使其以非凡的艺术胆识进行出奇求异的创作探索，并在极致处开创新质萌发的"新生之美"。

矛盾临界点上张力的推动作用之于文学文本，便是蓄势待发、破壁而出的情节发展。在临界点上，矛盾双方的对立冲突达到最大化，情节叙事中蕴涵着不平衡的动态效果。这里拥有最有力度的动感，酝酿着剑拔弩张的对峙后破壁而出的爆发，带来饱和状态下由长期抑制到顷刻释放的畅快。《流亡记》中，小镇的百姓们曾因共同修建城墙而获得血脉相连的"共同体意识"和自我认同感，而当他们被强有力的制度牢牢控制起来，为修建毫无防御功能的长城沦为被时间、空间、数字量度并决定生死的可悲之"物"时，他们的徒劳感无以复加。在现实的禁锢与对自由的渴望之间的矛盾冲突的临界点上，他们中的一员——"我"用尽仅剩的一点力气望向在长城那边的沙漠中疾驰的匈奴人。此刻，这些匈奴人正沐浴着阳光，自由驰骋在广袤的沙漠之中。无拘无束的匈奴人让处于监禁状态的"我"无比震撼和向往。于是，"我"毅然决定扔掉肩上的砖头，不顾一切奔向这片自由之境。对此，平野荣久评价道："《流亡记》的与众不同，不仅是因为它发现并叙述了'不合理'，更在于当暴政达到极致，在自我放弃的顶点，解放的到来；在肉体极端痛苦的尽头，陶醉的产生。在此，'生之逆说'被现实性地呈现出来。"① 开高健利用矛盾临界点的张力，实现了文本基调由坠落到昂扬的飞升，情节由迂曲到跨越的推进，主题由绝望到希望的逆转。《光辉之暗》中，"我"带着战争在内心深处留下的伤痕，又感到与战后日本社会的隔离。当处于战争中的越南时，那些现实与人性之"暗"更让"我"痛苦与无力。现实与自我的矛盾不断将"我"抛入"灭形""流放"的深渊。"我"奋力挣扎，渴望挣脱。被枪杀的越共少年的汩汩鲜血、反战派老人的慷慨激昂、帕西军医的无辜丧命都在一点点为"我"的重生积蓄力量。终于，从林之战中生死攸关的经历使"我"冲破了现实与自我的矛盾对立。"我"扔掉背包，放下"自尊"，抛开一切现实的羁绊拼命逃生。此时，"瞬间的自由闪现，心情松弛下来"，生之灵光让"我"感受到生命的律动："耳朵里充满了心跳的声音"，"（我）开始哭泣，泪水顺着脸颊滴落到下巴"。在死亡的反衬下，生的方向无比清晰。在青苔静谧的芳香中，"我"朝着生命之源——森林——奔去；在现实与自我矛盾的临界点上，自我破壁而出，在无路处觅得新生之路。

《夏之暗》中，"我"时刻感到被现实生活"剥离"，于是为了逃离"日常"，"我"疯狂地在旅行、性爱、酒精、昏睡、"物"中寻求安慰。然而，这些"异常"带给"我"的仅仅是须臾的迷醉，迷醉之后总是更加长久的失落。"我"在"日常"与"异常"之间疲惫穿行，感到灵魂濒临枯竭，"我"位于失落与追寻矛盾的临界点。而一则关于越南的消息成为突破这一临界点上紧张对峙的契机。它让"我"看到了希望，有了前行的方向。小说结尾时，是"我"出发去越南的前一天，"我"和"女人"坐上环线电车，在城市的东西之间来回穿行。作者在矛盾的临界点上点到为止，推进情节的同时又留下了叙事中的空白，呈现出一种若隐若现、言有尽而意无穷的叙事智慧与技巧。

矛盾的两极正反相斥、顺逆相荡，当它们的对立冲突发展到临界点时，临界点上的巨大张力会促使文学创作手法的创新，开辟出崭新的艺术境界，也会

---

① 平野荣久. 闇をはせる光芒［M］. 東京：オリジン出版センター，1991：128.

推动文本情节的飞跃，生成无限遐想的可能性。新质的萌发与破壁的动感共同构成"新生"的矛盾美，赋予开高健文学蓬勃的生机。

第三节
"隔" 之美

矛盾不仅存在于文本之中，也产生于文本与读者之间。这就是作者所描绘的虚构世界与读者所处的现实世界之间的矛盾。读者置身于这一矛盾之中，感受到现实与虚构的关联或是反差，便会产生阅读接受的"隔"之感。虚构越强大，与现实的对立就越突出，"隔"之感便会愈发强烈。这种"隔"，表面上是"虚"与"实"的差异对立，深层次却是超越了对立之后两极相成的合一。"虚"与"实"的相反相成使彼此变得相对，虚构是为了更好地接近现实，现实使虚构更具价值。二者在辩证统一中相互指涉、共同生成，在"隔"中寄予真实，在"隔"中产生文学的艺术性和情感的感召力，"隔"激发人们去思考、体悟，传递文学的矛盾之美。

在文学创作中，开高健以敏锐的感知和不羁的想象进行了大量的虚构。这些荒诞、奇特、怪异的非常态意象，既有对现实的正面隐喻，又有对现实的反面衬托。它们与现实比较、映衬，使读者的思维不断在各极中往返游移，在多重观念影响下产生出"隔"之感。"隔"之感打破日常思维的逻辑，使读者沉浸在一种新奇而引人入胜的全新体验之中。开高健在"虚"与"实"之间匠心转换，在二者的相互碰撞和构建中带来情感的震慑、世相的思辨、人生的哲理，将"虚"与"实"的矛盾升华为文学的"隔"之美。

"虚"与"实"的对立，首先表现为关联中的对立。在关联的对立中，非常态和常态是相辅相成的，更是变通的。此时的"隔"，起到的是一种"照鉴"的作用。《恐慌》中，散发着恶臭的饲养室里那做出一副媚态向人摇尾乞怜的狐狸，以及那一只只瘦骨嶙峋、皮毛污秽，眼巴巴地等着饲养员带来食物的动物，它们身上早没了警惕性，捕食的本能也退化殆尽，已被彻底地驯化。动物属于相对于人类的非常态范畴，作者选取这一非常态，将丧失天性的动物作为描写对象，从而以双重的非常态，加大与现实世界的"隔"。"隔"将饲养室的动物和战后日本的民众联通，指涉并反映了当时日本人的真实生存状态——在日渐富裕的生活中麻痹自我的灵魂，忘却了对生命意义的思考，失去了生机与活力。老鼠可以说是小说《恐慌》的主角。这些胆小愚蠢，离开洞穴三米就找不到归巢道路的老鼠，在一夜间繁殖成灾，吃光市郊的庄稼，浩浩荡荡涌进市区，洗劫粮仓，毁坏房屋，咬死儿童。而就在人们陷入恐慌束手无策时，鼠群忽然又在一个早上集体跳湖自杀。鼠灾的肆虐让人匪夷所思，鼠群集体自杀的结局让人瞠目结舌。开高健以对老鼠集团的非常态描写，制造着强烈的"隔"之感，影射现实社会中的人类集体。一只胆小而敏感的老鼠一旦卷入鼠群，便会在不知不觉中被集体的惯性力量所同化。它们可以爆发巨大的力量给人类带来灾难，亦会在集体惯性的驱使下丧失正常的味觉和嗅觉，甚至无法判断死亡的气息。这正是第二次世界大战中和战后日本国民的写照：战争中的日本民众在军国主义的蛊惑下，高喊着为天皇效忠的口号，盲目赴死，他们丧失了自我意识，被战争思维主导，迷失于战争与暴力，滑向罪恶的深渊；战后，日本国民又被迅速编入战后重建队伍中，成为从属性的、部件化的"工具"。与战时一样，人们缺乏独立的个人意识，没有自觉的人格，在共同体的秩序氛围内茫然地跟随惯俗，再一次陷入集体无意识之中。开高健意识到了这种生存危机，运用夸张和想象的手法虚构出荒诞的非常态，以其与现实的"隔"使小说具有寓言般的象征性，揭示出盲目的集体力量将会导致新的灾难这一客观事实。

《流亡记》是一个以重构历史的非常态空间来借古喻今的典型文本。开高健将整个日本战后社会在小说文本中进行全景式缩影："城墙"象征以"天皇制"为中心的共同体社会意识；没日没夜修建毫无防御功能的城墙的民众，喻指精神上和价值观念被"天皇思想"完全支配的战前日本人民形象，和战后面对精神与物质双重打击不知何去何从的、无可奈何的日本民众的形象；"服装店一家被虐杀事件"影射战争给日本普通百姓带来的生存困境；"父亲之死"隐喻"天皇父权制"国家体制的彻底崩溃；"全国统一"指代"55 年体制"带来的自由民主党长达 38 年的连续执政；修建"万里长城"则是在政治上实现"全国统一"后，庞大的日本战后社会重建计划的开始；被编入"修建万里长城"的科层组织中，修建毫无防御功能的长城的盲目行为预示了在"重建战后社会"浪潮中，人们失去了个性和人性，一切终归徒劳的悲剧命运。① 古代的异域空间与现代日本社会遥相呼应。开高健便在这样的古今之"隔"与地域之"隔"中再现历史，言说现实，思索未来。"隔"延展了文本的外延空间，赋予了文本的警世意义，使《流亡记》成为新时代最佳的隐喻和启蒙思潮的载体。

"虚"与"实"的对立，亦体现为冲突中的对立。在冲突的对立中，非常态和常态相逆相斥、彼此隔断。而此时的"隔"，则起到一种"反观"的作用，使"实"获得接近"虚"的可能。《皇帝的新装》中，"我"带着太郎来到城郊的河边抓螃蟹。"我"和太郎屏息凝视着水里的世界，水中有森林般茂密的水藻、成群结队的鱼虾、神秘穿梭的影子，还有藻类和淤泥散发出来的清香，一切都是那么生机勃勃、天然美好。这样的水底世界和大田家的府邸形成鲜明对比：府邸华丽的大门遮蔽了"藻类和淤泥"的气息，那"华美、整洁、纤尘不染却莫名空虚"，"完全感觉不到任何声音"的室内，每个房间都被"美丽而厚重的墙壁"隔开，整个府邸就如同一个"死亡的细胞"，大田一家便被这个"死亡的细胞"包裹着。水底世界和大田府邸的对照，实际上是真实、健康、纯粹的理想世界与现实中虚伪、孱弱、空洞的物质化世界的抗衡。理想与现实的强烈反差，产生了"隔"。这种"隔"，促使读者注意到自己生存环境的荒芜，意识到自己已经沦为金钱、地位、名誉的奴隶，领会到作者希望人们重拾有别于现代文明的那种健康、淳朴的自然之美，寻回自己的本然存在的苦心。

在《流亡记》的结尾处，开高健塑造了在长城的另一边，匈奴人沐浴着阳光，在那广袤的沙漠之中自由驰骋的意象。匈奴人驰骋的那片沙漠，不受政府管辖，没有"方向"约束，充盈着野性的力量，身体和心灵自由飞翔，人与自然和谐相处，融为一体。这个闪烁着个体自由徜徉、独来独往的梦幻之光的地方，是小说的主人公"我"，也是作者开高健，更是无数现代人心中的理想之境。而反观自己的现实处境，自我早已被异化为国家这部巨大机器上的一

---

① 胡建军. 日本战后一代的空虚与悲哀——开高健文学研究［D］. 长春：吉林大学，2014：78-86.

个零部件，正在无条件地高速运转着。个人被集体紧紧束缚，毫无自由可言。那些个人的空间、爱好和梦想，因集体一个又一个经济目标而被无限推后。理想与现实的巨大落差再一次形成阅读审美的"隔"。开高健正是利用这种"隔"来促使现代人反思现实，使身处黑暗现实中的人们感受到自由之光亮，激起对自由的向往。

《日本三文歌剧》可谓是将理想与现实之"隔"发挥到最大化的现实主义空想小说。小说以20世纪50年代活跃在大阪市区原炮兵工厂的废墟上，将以偷盗此处掩埋的废铁为生的盗窃团伙为素材，大胆地运用开高式想象，进行了一次"乌托邦"的建构。这个被称为"阿帕切"的盗窃团伙，聚集着来自全国各地的赤贫者。"阿帕切"人被主流社会抛弃，却有一般现代人早已失去的强劲生命力：他们对着一大堆内脏杂食和辣椒大快朵颐，那旺盛的食欲、强大的消化功能，彰显着与自然完美契合的健康生命状态。他们背着几十上百斤的铁块在荒野中飞奔，爆发出地火运行一般的生命本真的热烈冲动，挥洒着惊人的体力。而这原生态的生存方式和蓬勃的原始生命力，正是在"自由公平，人尽其用"的部落理念下发挥到极致。这里没有现代文明的束缚，拥有一套属于自己的规范秩序和价值判断标准。雇主与劳工的关系靠个人的欲求自然维系，他们有极端利己主义倾向，但可以为了共同的目标团结在一起；有贪婪的欲望，但都通过劳动来满足；排斥等级制度，奉行平等主义的生活方式。"阿帕切"人完全从自己的本性出发，在部落里随意来去，充分挥洒着生活的自由意志。"阿帕切"部落俨然是生命个体自然自在的乐融之境。"阿帕切"族的成员，曾经由于能力、体质、学历、国籍等种种原因，被主流社会蔑视、排斥、抛弃。而在"阿帕切"部落，每一个人都能"人尽其用"，大家做着自己力所能及的事，各个环节相辅相成，汇聚成巨大的能量。身强力壮的"主力部队"挖起几十公斤的铁块扛在肩上在夜色中飞奔；"勘探员"们用一把洋镐摸清三十五万坪荒地埋藏"宝藏"的情况；独臂、跛子、佝偻等喽啰们二十四小时蹲点守候在警察局门口，一有动静，便在第一时间通风报信；普通队员们负责挖掘、捣碎、剥除等所有杂务；船夫用破船将堆积如山的废铁从"矿山"运回部落；潜水员潜入满是淤泥的河里打捞沉没的"战利品"。夜幕下的荒原上，神出鬼没、狡黠精明又干劲十足的"阿帕切"人奏响原始生命力的华彩乐章。开高健以"乌托邦"的建构形成与现实世界的"隔"。这种"隔"

蕴含着巨大的颠覆精神："阿帕切"族强劲的原始生命力和自由生存状态，反衬出现代人濒临枯萎的生命力和被驯化、奴化的生存状态；"阿帕切"部落平等、公平、自由的乐融之境，有效地戏弄和否定了集团化、秩序化、绝对化的现代社会体制；"阿帕切"部落"人尽其用"的人本理念，嘲讽了现代人被物化为单薄的分工角色、完完全全失去了自我的生存方式。这种"隔"蕴涵更积极的建构理念。它为既成的、稳定的现实世界引入异质因素，使人们习以为常的一切突然变得陌生，促进人们对自我的生存状态和既成社会文化结构产生怀疑和反思，从而引领人们去寻找人性的真实和人的本能的真实，并将"乌托邦"的形态塑造为现代社会回溯和参照的标本。

开高健通过诸多非常态意象，制造出各种"虚"与"实"之"隔"。在与现实关联的虚构中，"隔"拉近了"虚"与"实"的距离，赋予了文本寓言的效果，使人们更加清楚地认识和理解自己的现实处境与自身状态；在与现实对立的虚构中，"隔"如同一面反照现实的明镜，暴露出现实的缺陷，使现代人在异化的黑暗中反思自身、思索存在意义，达到反抗物化、化育人性的文学现实意义。无论是关联之"隔"，抑或是对立之"隔"，它们都将真实融入其中，等待和引导人们在惊诧、骇异之后，去长久地思索、体悟，这便是"隔"所蕴含的文学意义之美。

第四节
"圆融" 之美

日本哲学家西田几多郎指出："我认为现实世界是绝对矛盾的自我统一。"① 世间万物，充满矛盾。矛盾的两极差异对立、冲突抗争、背道而驰，

---

① 西田幾多郎. 西田幾多郎哲学論集：第三册 ［M］. 東京：岩波書店，1989：1-2.

同时又在总体统一的原则下互为前提、彼此联通、相合并济。矛盾不失通达，虽冲突对立而又总能圆融自洽。不计其数的单个矛盾体两极交融，又自然而然地汇聚到一起，相互交织、彼此影响，使世界呈现出色彩斑斓又浑融如一的和谐隽永之美。

和现实世界一样，开高健的文学世界也是一个充满矛盾美的世界。无论是开高健的人生经历、精神世界，还是其文学创作的理念和手法，抑或是其文学作品的表达，都包含丰富的矛盾。矛盾双方的差异对立使开高健的文学世界呈现出"杂多"的特质。而矛盾辩证统一的发展趋势又使每组矛盾的正题与反题彼此融合，走向统一的"合题"。各个"合题"汇聚在一起表达"整一"的思想，即开高健的文学理念和人生信仰，丰富而深邃的开高健文学世界便由此诞生。于是，我们既可以看到诸多矛盾在内部相生，又能体会到它们相互之间的交错迭用、彼此影响，更能领略到那包罗万象后的和谐统一。这便是一种包孕并超越了各种矛盾冲突后的"圆融"之美，所有矛盾共同"圆"在一起，以不同的声音传达相同的信念。

开高健迈步于一条布满矛盾的坎坷人生之路。早在年少时，开高健就遭遇了"生与死"的矛盾。一方面，他背负着"父亲之死"和"战乱之死"带来的沉重的死亡焦虑；另一方面，又亲眼所见、亲手触摸、亲身体会到"绝境之生"。而中年时期在越南战场上与死神擦肩而过的刻骨铭心的经历更让他对"生"有了独特的体悟。"生与死"的矛盾赋予开高健向死而生的生活态度。他尽情领略世俗生活的种种乐趣，从不停止对生存意义的追寻，尽管盘踞内心的死亡阴影使他时常怀疑意义本身，对未来感到迷惘。年少时形成的复眼式认知，让开高健看到了战后日本物质繁华背后的精神荒芜，深刻且敏锐地把握住了时代本质与社会核心问题。开高健以批判现实的手法，解构笼罩在经济高速发展的瑰丽神话中的日本战后社会，呈现出一个充满冲突抵牾和异化流浪的精神荒原；又用理想主义的信念，通过在文本中塑造具有自我意识的觉醒和主张的叛逆形象、建构与现实世界抗衡的理想之国等方式探索自我救赎与日本文化的出路。理想与现实的矛盾使开高健不得不选择栖身于荒诞世界的边缘地带，他忍受着边缘人的痛苦与无奈，以身体旅行和灵魂出走来逃避现实，用自己的笔表达边缘人眼中的客观与真实。"生与死""现实与理想"的矛盾在开高健心中交织，种种矛盾左右着他的情绪，使他躁郁的气质逐渐聚敛成型。开高健的一生，抑郁与躁狂起伏不定地发作，他的内心世界时而乌云遍布，时而阳光灿烂，时而又如暴风骤雨。开高健在人格的炼狱中挣扎，在混沌的内在世界中探索秩序。他将躁狂渗入文本，化作跃动的音符，又将悲伤驯服，把它锁入文字中，沉潜于文本深处，从而形成了文体的广度；他在抑郁中沉思，在躁郁的循环中反复揣摩、锤炼，从而拥有了文学意义上的深度，精神世界的矛盾终于诞生出"疯狂的美妙"。生与死的对峙、现实与理想的冲突、抑郁与躁狂的折磨，这些矛盾的图景，既在各自内部相生相克，又互为因果，复调行进于开高健的生命进程之中。它们共同构成开高健在矛盾中坚守真实的人生信念，成为开高健文学世界的底色。

文如其人，言为心声。开高健把自己分裂流动的灵魂和悖论式的艺术世界浑融地编织在一起，在矛盾中进行文学创作的探索。开高健文学的叙述模式，经历了自我的退隐与显露，即"内"与"外"的矛盾。开高健从一个沉浸于自我内心世界的孤独的青春吟唱者出发，到以"远心力"的外向型创作在日本战后文坛独树一帜，之后又徘徊在"向外"与"向内"的两极，摇摆于自我的退隐与显露之间。而在越南所经历的灵魂洗礼，使他改弦易辙，从旁观者变成倾诉者，将"远心力"转为"向心力"，在作品中袒露自我的灵魂，宣泄真挚的情感。在晚期作品中，他以诗化的语言描写自己与自然之物的接触，追求在纯粹的行为和感觉中净化心灵。"内"与"外"的矛盾带来了新质的创生。小说《光辉之暗》便是开高健饱尝这一矛盾后，一次探索性的、深思熟虑而又水到渠成的跨文体写作。小说以越战为素材，加入虚构、时空并置等文学手法，并诚实袒露自我情感，呈现出迥异于"非虚构"的纪实报道，又有别于传统"虚构"小说的崭新风貌，别出心裁，而又浑然天成。开高健在矛盾中不断思索、改变。这些文学创作中的矛盾，造就丰富多彩的文学作品，并最终殊途同归、兼容并蓄，勾勒出一条以真实为信仰的作家在文学之路上跋涉前行的轨迹。

文学作品作为开高健寄托人生信念、践行创作手法的载体，注定充满了矛盾。在其作品中，我们可以看到各种矛盾的展开、斗争与融合：《恐慌》中的个体与集体，《皇帝的新装》中的天真与世俗，《日本三文歌剧》中的现实与理想，《流亡记》中的坠落与昂扬，《夏之暗》中的失落与追寻、"日常"与"异常"，《OPA！》系列垂钓游记中的充盈与虚无，这些矛盾的公式纵横交错，打破了单一的平面描摹，寄予文学作品的丰富性和内蕴力，立体并深刻地展示出丰富细致的社会层面，烛照人性中隐藏的善与恶。唯其矛盾，方见张力。矛盾构成文本内在顺逆相荡的波折，形成焦灼突兀的紧张感，彰显出文本巨大的叙事感染力和艺术表现力。并且，每一部作品都在矛盾相反相成的基础上生成相应的主题。《恐慌》通过俊介与官僚集团的对抗、周旋，老鼠在鼠群中的疯狂、迷失，表达了作者对现代社会集体中的自我的思索。《皇帝的新装》通过童真与世俗的抗争，暴露出成人世界的自私卑琐、虚伪扭曲，抨击了成人的功利性思想对儿童天性的压抑，寄托着对纯真世界的无限向往。《日本三文歌剧》通过现实与理想的碰撞，让"阿帕切"的"乌托邦"在飞翔后折翅。飞翔与折翅、建构与解构，看似矛盾，但都统一于开高健对现实的关怀与思考。建构"乌托邦"，其目的是解构现实世界。解构"乌托邦"，是为了在解构现实世界的基础上改造现实世界；《流亡记》通过在修建长城的徒劳中坠入绝望深渊的"我"终于"扔掉背上的砖头，奔向沙漠"这一从坠落到昂扬的转变，在揭露战后日本经济建设对人的压抑的同时，表达了作者对自由的憧憬。《夏之暗》中作者的分身"我"在失落中苦苦寻觅，在"异常"与"日常"之间疲惫穿梭。它不仅书写了现代文明中生命的残缺和挣扎，更体现了作者对"生"之意义的追寻和对真实的恪守。《OPA！》系列垂钓游记中，作者抒发着自己漂泊的心灵在自然之物中得以寄托、得以唤醒、得以激发的欣喜，又吐露自己在短暂的喜悦后重归虚无的失落。而这充盈与虚无之间的起伏，均源于对生的无限眷恋和对生命意义的叩问。这些作品，虽然内容各不相同，表达手法各有千秋，但体现的都是作家开高健对人的生存的密切关注，对人性的深切关怀，对"生"全方位的表达，对真实的执着追求。

开高健的遗作《珠玉》集中体现了晚年开高健的审美。在《珠玉》中，我们可以看到开高健经过"怀世"与"忘世"的矛盾，最终将自我的情怀与对生命意义的哲思寄托于宝石，又将宝石、女人、自我同化为"物"，从而达到"物之极地"的心路历程。小说第一篇《掌中海》，作者在那一颗颗带着澄澈的淡蓝色光芒的海蓝宝石中感受到了温暖的阳光、少女的微笑、生命的迹象，这是浑融持中的生机与和谐。当打开窗户后，海蓝宝石变成了城市夜空的海洋，宝石的光芒与城市的夜幕相互碰撞融合，合奏出无声却澎湃的颂歌，这是洗尽铅华后的雄浑与壮阔。第二篇《玩物丧志》，石榴石那红色的核心唤起

"我""怀世"的记忆，"我"深陷于"物"的力量，矛盾之火熄灭殆尽，"我"从"怀世"走向"忘世"。第三篇《一滴光》，小小的月长石光芒时隐时现，扑朔迷离，它不受外界干扰，保持自己的"无心"。这种"无心"，是放下矛盾后的忘情超然。在月长石扑朔迷离的光芒中，"我"仿佛看见了"月光下的白色大理石宫殿"，"夜幕中下沉的大钟"。后来，"我"在沉睡的女人的唇上，又发现了一滴蓝色的光。"我"的疑问和寻觅有了答案，原来"女人"即是宝石之核。"我"带着这个答案，带着一切，走进"物"中，与万物同流。开高健由此境到彼境，由有限到无限，由凡俗向至高的精神境界皈依，达到"心与物游""同与大通"的"圆融"之境。

文学是作家生命体验的外化，是作家生命的载体。波澜起伏的人生历程和躁郁多变的人格气质形成了开高健丰富幽深的心灵之域，同时也注定了其文学创作的初衷、脉络及走向。开高健的文学创作尽管历经矛盾曲折，但终能不落窠臼、推陈出新，这源于他在文学中对于自己人生信念的执着践行。开高健将自己的审美理想和生命思索倾注在文学作品之中，以不同的创作手法全方位观照"生"之状态，演绎"生"之矛盾，追求"生"之真实。开高健的人生经历、精神世界、文学创作手法和文学作品表达中充满矛盾，种种矛盾以"真实"为圆心，绽放舒展，绚烂多姿，无限生成而又和谐统一，这便是开高健文学的"圆融"之美。

开高健的文学世界，是一个细腻敏锐的知识分子对社会、人生的透彻洞察和诗意体悟，同时，也是其在漫长的人生探索过程中灵魂世界的审美表达。

矛盾因素的非单一性，形成多重多维的特质；矛盾双方的对立冲突，带来激活与创生。这既表现在文学创作手法上，也体现在文本之中。文学创作中的"自我"的隐与显，纪实与虚构，人物中的多与一、善与恶、共性与个性，情节中的起与伏、张与弛、平与奇在广度上共同建构了开高健文学的丰富多样。同时，世相的思辨、人生的哲理、情感的震慑也在矛盾因子的对立抗衡中衍生，在深度上给予开高健文学思想内涵的深刻隽永。形式上的广度与主题上的深度纵横交织，构成开高健文学的"丰盈"之美。矛盾双方在对立冲突的临界点形成宛如成熟的果实即将破裂前的紧张感，推动着文本情节的推进、主题的升华和创作手法的创新，也让读者在紧张和震撼中感受到"新生"之美。

开高健通过对动物、自然界、历史空间、"乌托邦"等"非常态"意象的刻画与书写，以文学艺术的"非常态"与现实生活的"常态"对峙，使读者在接受意识上体会"隔"之感。"隔"产生了比常态叙事更为强烈的艺术表现力和感染力，带来发人深省的文学力量，生成矛盾形而上的美。开高健文学的矛盾，来自他的人生经历、精神世界、文学创作手法和文学作品表达。诸多矛盾不仅在单个矛盾体内部两极对立，更在多种矛盾之间相互观照交融。各种对立成分交织汇合在一起，共同构成开高健文学有机联系、完整和谐的总体特征，衍生出开高健文学的"圆融"之美。这种"圆融"之美是一种包蕴了各种矛盾冲突、因依、联结、交融之后的大美，是浑融如一、相合并济的和谐隽永之美。

开高健通过矛盾的独特形式，传递自我理念中的真美善，表达自己对理想的向往，开拓出矛盾的审美领域。"丰盈"之美、"新生"之美、"隔"之美、"圆融"之美等矛盾的美，共同演绎着文学艺术的矛盾之美。开高健文学承载着矛盾赋予的美学意义，引导读者走向审美超越与升华。

结　论

　　对于开高健思想上的矛盾性，平野荣久谈道："这些矛盾，谁都会多少存在。开高和别人不同的是，他不是将这些矛盾隐藏、平息，或是随便找个借口妥协，而是把这些矛盾进一步增强，并以此为杠杆取得颇丰的收获。"① 开高健曾评价自己"胆大心小"——既胆大冒险又谨小慎微。在自传体小说《蓝色星期一》中，开高健回忆他的母亲曾骂他"长着比目鱼的眼睛"，他感到这话"仿佛揭穿了他的原型"——他既有一双感性之眼又有一双观察之眼。开高健便是这样一个矛盾的存在。他的性格中，感伤与冷却同在，抑郁与躁狂并存；他的一生中，幸福与苦恼交织，希望与失望相随。开高健是独特的、傲世的。他具有强烈的分裂意识，却顽固地坚守诚实的灵魂；他深谙人生的终极虚无，却仍然不屈地反抗；他在混杂中追求澄明，虽携重负仍不息前行。开高健将自己矛盾的心灵与悖论式的文学艺术世界浑融地编织，既展示了其人格心理的复杂性、丰富性、深邃性，又赋予了解释其文学世界内涵的无限维度和深度，从而使开高健的文学世界产生了独特的文学价值和恒久的艺术魅力。

　　少年时代经历的战乱与艰辛是开高健矛盾性生命体验的起点，形成其矛盾思想的原发性认识。"生"与"死"夹缝中的磨砺养成了开高健向死而生的生活态度，使他能够辩证地看待人生的艰辛和欢乐、苦难和幸福。战后日本现实与个人理想的落差使开高健痛感现实世界的荒诞，于是选择作为"边缘人"，栖身于现实的边缘地带，一边承受着痛苦，一边不断地逃离。边缘人是不幸的，但边缘更能反映真实，带来透彻与深刻。"生与死""现实与理想"的矛盾在开高健心中交织着多重困境，种种矛盾左右着他的情绪，使他躁郁的人格气质逐渐聚敛成型。而躁郁的性格又影响了他的人生选择和作品表达。他将躁狂掺入文本，化作跃动的音符，又将抑郁驯服，将其沉潜于文本深处。开高健将混乱的情绪转化为有意义的思想和感受，诞生出"疯狂的美妙"。开高健人生经历和精神世界的矛盾，是其文学世界的底色，是照亮开高健文学前路的光束，也是开高健文学魅力的不尽源泉。

---

① 平野栄久. 開高健——闇をはせる光芒［M］. 東京：オリジン出版センター，1991：9.

开高健的艺术世界，是矛盾作用下生命之弦的一种紧张而丰富的演绎。矛盾使开高健的文学生命力得以不断激发，使其文学创作呈现动态。开高健的文学叙述模式，呈现出"内"与"外"此消彼长的博弈。他曾在内与外的抗衡中选择"向外"，依靠"远心力"描述外部世界。那些以尖锐的问题意识和宏阔的思维空间构筑的寓言性文本，针砭时弊的刀锋入木三分，暴露出战后日本社会的虚妄性。而那颗蠢蠢欲动的内心时常无法抑制，并终于在经历了越南战场上的生死危机后全面爆发。从此，他转变了自己的文学观念及话语方式，凭借"向心力"回归自我内部，以内心的真实感受书写对战争、现实、生命、人性的思考，实现了艺术的"诗"与"真"的完美结合。"内"与"外"的两极充分对立，又相互介入、彼此渗透，带来叙述模式的丰富多样和日趋完善。"内"与"外"的碰撞又产生新的火花，促使开高健以虚实相生的叙事技巧将纪实素材引入虚构的故事框架，创作出多文体兼容的新型文学艺术文本。开高健在世事的混沌中独立思考，运用矛盾的哲理思辨创造出自成一体的艺术形式和意蕴深厚的思想内涵。矛盾在开高健的文学创作中，既相违相反又相谐相合，凸显一种涵纳正反、兼容并蓄的审美张力。

开高健的文学作品，写满了作家奇崛的生命感受。开高健将自己分裂的人格心理与悖反式思维在文本中释放，以一种焦灼突兀的紧张感，在作品中呈现出种种矛盾的组合：个我与集体、天真与世俗、现实与理想、日常与异常、忍耐与逃离、充溢与虚无、怀世与忘世。种种矛盾的意象，是开高健对日本现实、历史乃至人性反思和表达的一种特殊方式，它们通过作家奇谲的想象力、通透的感觉、汪洋恣肆的语言巧妙地编织糅合，演奏出雄浑跌宕的矛盾交响曲，形成一种奇特的艺术张力。开高健在充满无数悖谬的文本世界中，驾驭着复杂的二元结构，既对立透视，又辩证思索。开高健将所有矛盾统一于探索自我价值与生命意义这一主题之中，从而使作品在"杂多"中实现了主题思想的"整一"。作品在"整一"的思想主题下，以多角度、多层次的表达，展现对日本社会不同层面的分析与判断、个体生命辩证的静止与运动、理想与现实的冲突和错位等，从而在多样化的悖论叙事中，使"整一"的主题思想得以凸显和深化，从"整一"走向"深刻"，建构并生成文本的价值与意义。开高健的文学作品，是其情理交织的复杂人格心理以及对矛盾的辩证思索融合灌注的结晶。开高健使矛盾的二元既分离又融合，从矛盾的相生相克中提炼出其闪光的一面，铸就丰富、圆熟、深邃的文学艺术世界。这种悖论式艺术使开高健的文学作品历久弥香，独具异彩。

矛盾的求索之路是无比艰辛的。二元矛盾的撕扯导致开高健内心深处安全感和确定感的缺失。于是，"物"便成为他在这个虚无多变的世界上唯一的精神支柱：幼时捉鱼的快乐记忆、战争中空袭后那蕴藏着无限生机的废墟、打工时各种工具和材料带来的亲近感……"物"一直是开高健逃避残酷现实，让灵魂得以片刻休憩的港湾。尤其是在经历越南战争，目睹战争中所有阴暗和丑恶后，开高健对现实彻底失望，他逐渐将目光从现实社会移向大自然，希望借助自然之力疗救自己疲惫的灵魂。《OPA!》等系列钓鱼游记是这一转变的标志，开高健在这些作品中以一个自然主义者的姿态书写与大自然接触的极致体验，又吐露出充实感转瞬消逝后的虚无。开高健不断借"物"逃离现实，逐步走向"玩物立志"之境。在遗作《珠玉》中，他终于将困扰自己一生的矛盾在"物"中封存，将自我与"物"同化，达到"心凝形释，与万化冥合"。

文学作品的矛盾冲突在美学上具有独特的价值和意义。文本中感性形态上的强烈反差、情节模式上的"事与愿违"、作品人物精神世界的纠结挣扎，多重二元矛盾对立互构，在文本的动态存在与阐释过程中折射出动感丰富的美，文学审美的形而上意味由此产生，文学撼动人心的艺术魅力亦由此生成。具有矛盾特质的因子纵横交错、充分展开、对立冲突，带来横向的丰富广博与纵向的深刻隽永，构成开高健文学丰盈的矛盾美。矛盾的对立冲突发展到临界点时，临界点上的巨大张力便促使文学创作手法的创新，开辟出崭新的艺术境界，也推动文本情节的飞跃，生成无限的可能性。新质的萌发与破壁的动感共同构成开高健文学"新生"的矛盾美。开高健文学的矛盾美，也体现为矛盾的"隔"之美。文本中荒诞、畸形、怪异等非常态现象与常态意识之间的反差和对立，产生文学审美中的"隔"。对立反差越突出，这种"隔"就越能形成对立相生的交汇冲击，带来情感的震撼，形成深刻的思想内涵，从而在"常态"与"非常态"的对立之"隔"中生成文学艺术之美。开高健文学的矛盾美，还体现为圆融之美。开高健文学的矛盾，来自他的人生经历、精神世界、文学创作手法和文学作品表达。诸多矛盾既有各自内部矛盾两极的相生相克，又互为因果地复调行进，在对立冲突、相辅相成的同时，又纵横交织、连锁反应，共同衍生出丰富、和谐、深邃的圆融之美。这种圆融之美是一种包蕴了各种矛盾冲突、因依、联结、交融之后的大美，是浑融如一、相合并济的和谐隽永之美。

综上，各种矛盾在开高健的人生经历、精神世界、文学创作和文本世界之中分流，又汇聚融合，共同生成开高健文学的矛盾美。开高健在暗夜里遥望光明，在光明中洞察黑暗，在暗夜与光明之间求索真理。矛盾是开高健文学的特质，矛盾赋予开高健文学以丰富、深刻、真实和魅力。

参考文献

柏克，1963．古典文艺理论译丛［M］．北京：人民文学出版社．

北京大学哲学系外国哲学史教研室，1961．赫拉克利特［M］∥古希腊罗马哲学．北京：
　　商务印书馆．

勃兰兑斯，1997．十九世纪文学主流［M］．张道真，译．北京：人民文学出版社．

弗洛姆，2007．逃避自由［M］．刘林海，译．北京：国际文化出版公司．

黑格尔，1980．小逻辑［M］．贺麟，译．北京：商务印书馆．

胡建军，2014．日本战后一代的空虚与悲哀——开高健文学研究［D］．长春：吉林大学．

杰米森，2013．天才向左 疯子向右（上）：躁郁症与伟大的艺术巨匠［M］．聂晶，译．杭
　　州：浙江人民出版社．

康德，1982．任何一种能够作为科学出现的未来形而上学导论［M］．庞景仁，译．北京：
　　商务印书馆．

拉康，2001．拉康选集［M］．褚孝泉，译．上海：上海三联书店．

莫尔，1982．乌托邦［M］．戴镏龄，译．北京：商务印书馆．

内野达郎，1982．战后日本经济史［M］．赵毅，等译．北京：新华出版社．

松原新一，矶田光一，秋山骏，等，1983．战后日本文学史·年表［M］．罗传开，柯森
　　耀，周明，等译．上海：上海译文出版社．

王文锦，2013．大学中庸译注［M］．北京：中华书局．

谢志宇，2005．20世纪日本文学史——以小说为中心［M］．杭州：浙江大学出版社．

叶渭渠，2009．日本文学思潮史［M］．北京：北京大学出版社．

中国社会科学院外国文学研究所，1980．海明威研究［M］．北京：中国社会科学出版社．

子思，2018．中庸［M］．南昌：江西美术出版社．

岸田国士，1948．日本人とは何か［M］．奈良：養徳社．

坂本忠雄，2010．開高健生誕80年記念総特集［M］．東京：河出書房新社．

大岡玲，川村湊，高樹のぶ子，等，1999．開高健 その人と文学［M］．東京：株式会社
　　ティビーエス・ブリタニカ．

谷沢永一，1992．回想開高健［M］．東京：新潮社．

谷沢永一，2002．開高健の鬱［J］．日本病跡学雑誌，第64号．下野：日本病跡学会．

吉本隆明，1969．吉本隆明全著作集：第13巻［M］．東京：勁草書房．

吉田春生，1992．開高健・旅と表現者［M］．東京：彩流社．

吉田永宏，1982．鑑賞日本現代文学〈24〉野間宏・開高健［M］．東京：角川書店．

菊田均，1980．「空白の闇」——開高健論［M］．文芸．東京：河出書房新社．

菊田匡祐, 2002. 開高健のいる風景 [M]. 東京：集英社.

開高健, 1957. 告白的文学論——現代文学の停滞と可能性にふれて [J]. 講座の「現代」. 第 10 巻. 東京：岩波書店.

開高健, 1970. 毒蛇は急がない [J]. 人間として. 季刊 3. 東京：筑摩書房.

開高健, 1973. 或る声 開高健全作品・小説 2 [M]. 東京：新潮社.

開高健, 1973. 日本三文オペラ 開高健全作品・小説 3 [M]. 東京：新潮社.

開高健, 1974. fish・on [M]. 東京：新潮社.

開高健, 1974. 開高健全作品・エッセイ 2 [M]. 東京：新潮社.

開高健, 1974. 開高健全作品・小説 5 [M]. 東京：新潮社.

開高健, 1974. 開高健全作品・小説 7 [M]. 東京：新潮社.

開高健, 1974. 開高健全作品・小説 8 [M]. 東京：新潮社.

開高健, 1974. 開高健全作品・小説 9 [M]. 東京：新潮社.

開高健, 1976—1977. 開高健全ノンフィクション [M]. 東京：文藝春秋.

開高健, 1981. 『もっと広く！〈南北両アフリカ大陸縦断記〉』[M]. 東京：文藝春秋.

開高健, 1981. OPA! [M]. 東京：集英社.

開高健, 1984. 風に訊け [M]. 東京：集英社.

開高健, 1985. 食後の花束 [M]. 東京：角川書店.

開高健, 1986. 新潮社版・函 [M]. 東京：新潮社.

開高健, 1989. 夜と陽炎 耳の物語 [M]. 東京：新潮社.

開高健, 1990. 『OPA、OPA!!』アラスカ至上篇 [M]. 東京：集英社.

開高健, 1993. 開高健全集・第 22 巻 [M]. 東京：新潮社.

開高健, 1993. 夏の闇 後記 [M]. 東京：新潮社.

開高健, 1993. 知的経験のすすめ [M]. 東京：青春出版社.

開高健, 1993. 珠玉 [M]. 東京：文藝春秋.

開高健, 2009. ああ。二十五年 [M]. 東京：潮出版社.

開高健, 2009. 混沌の魔力 [M]. 東京：筑摩書房.

開高健, 2010. 耳の物語 [M]. 東京：株式会社イースト・プレス.

開高健, 2010. 開高健の文学論 [M]. 東京：中央公論新社.

開高健, 山崎正和, 1982. 原石と宝石 [J]. 國文學：解釈と教材の研究, 第 27 巻 15 号. 東京：學燈社.

栗坪良樹, 2002. 新潮日本文学アルバム〈52〉開高健 [M]. 東京：新潮社.

牧羊子, 1991. 悠々として急げ——追悼開高健 [M]. 東京：筑摩書房.

平野栄久，1991．開高健——闇をはせる光芒［M］．東京：オリジン出版センター．

青木保，1999．日本文化論の変容［M］．東京：中央公論新社．

三浦信孝，2003．フランスの誘惑？日本の誘惑［M］．東京：中央大学出版部．

神島二郎，1985．現代日本の政治構造［M］．京都：法律文化社．

梶井基次郎，1972．檸檬［M］．東京：新潮社．

西田幾多郎，1989．西田幾多郎哲学論集：第3冊［M］．東京：岩波書店．

小久保実，1970．開高健と小田実『國文学』特集　文学・無頼の季節［M］．東京：學
　燈社．

小松左京，1981．滂沱の涙．読楽語楽［M］．東京：集英社．

小田切秀雄，1975．現代日本文学史：上冊［M］．東京：集英社．

須藤松雄，1979．梶井基次郎研究［M］．東京：明治書院．

野口武彦，1976．開高健大江健三郎集［M］．東京：筑摩書房．

野口武彦，2001．開高健 人と文学［M］．東京：筑摩書房．

仲間秀典，2004．開高健の憂鬱［M］．東京：株式会社文芸社．

佐々木基一，1967．戦後の作家と作品［M］．東京：未来社．

CLMENT C，1983．The lives and legends of Jacques Lacan［M］．Arthur Goldhammer．trans．
　New York：Columbia University Press．

后 记

　　《游走于暗夜与光明之间——矛盾视域下的开高健文学》能够再版，我感到非常荣幸。感谢四川大学出版社张晶、于俊二位老师对于这本书初版、再版的辛勤付出。

　　这个周末，我去了一趟当年写作的图书馆，站在自习室旁边，仿佛看到了当年那个坐在自习室里，时而一筹莫展、笔滞不前，时而又豁然开朗、奋笔疾书的自己。感谢自习室为我提供的安静一隅，让我得以走近开高健，品读他的作品，思索他的人生。

　　开高健的一生，贯穿着生与死的对峙、现实与理想的冲突、抑郁与躁狂的折磨。年少时遭遇的"生与死"的矛盾赋予开高健向死而生的生活态度，使他能够辩证地看待人生的艰辛和欢乐、苦难和幸福。他从死亡之痛中体悟生之可贵，从未停止对生存意义和未来归宿的追寻。带着对生死的独特感悟，开高健经历着日本战后现实与理想的矛盾，他选择栖身于荒诞世界的边缘地带，"灭形""失坠""剥离"成为体现其心理内涵的关键词，身体旅行和灵魂出走是他独特的边缘生存方式。"生与死""现实与理想"的矛盾在开高健心中交织着多重困境，种种矛盾左右着他的情绪，使他躁郁的人格气质逐渐聚敛成型。而他又以非凡的能力和毅力，将躁郁症的非理性之"物"逻辑地整合，将内心的变化和对立流畅地表达，将混乱转化为有意义的思想和感受。可以说，开高健的人生经历和精神世界的矛盾，是开高健文学世界的底色，是开高健文学的魅力源泉。

　　文如其人，言为心声。矛盾同样也影响、制约、推动着开高健的文学创作。开高健的文学创作之路充满了矛盾，矛盾使他迷茫痛苦、摇摆徘徊，又推动着他不断打破局限、推陈出新。叙述模式上自我的退隐或显露，文体上纪实与小说的转变、互融——矛盾带来了叙述模式的多样化、艺术风格的多元化，构筑起了独特而又深邃的开高健文学艺术空间。

开高健的文学作品，是其情理交织的复杂人格心理以及对于矛盾的辩证思索融合灌注的结晶。开高健作品中呈现出种种矛盾的组合：个我与集体、天真与世俗、现实与理想、日常与异常、忍耐与逃离、充溢与虚无、怀世与忘世……种种矛盾的意象，是开高健对日本现实、历史乃至人性反思和表达的一种特殊方式。开高健使矛盾的二元既分离又融合，从矛盾的相生相克中提炼出其闪光的一面，演奏出雄浑跌宕的矛盾交响曲，形成一种奇特的艺术张力。在矛盾中的求索之路是无比艰辛的。长期被二元矛盾撕扯导致开高健内心深处安全感和确定感的缺失。于是，"物"便成为他在虚无多变的世界上唯一的精神支柱。开高健借"物"逃离现实，在遗作《珠玉》中，他终于将困扰自己一生的矛盾在"物"中封存，将自我与"物"同化，达到"心凝形释，与万化冥合"的境界。

矛盾赋予开高健文学独特的美学意义。文学作品形式上的广度与主题上的深度纵横交织，构成开高健文学的"丰盈"之美。矛盾双方的对立冲突推动着文本情节的推进、主题的升华和创作手法的创新，孕育"新生"之美。开高健通过动物、自然界、历史空间、"乌托邦"等"非常态"的意象刻画与书写，与现实生活的"常态"对峙，使读者在接受意识上产生"隔"之感。"隔"产生了比常态叙事更为强烈的艺术表现力和感染力，带来发人深省的文学力量，生成矛盾形而上的美学意味。开高健文学的矛盾，来自他的人生经历、精神世界、文学创作手法和文学作品表达。诸种矛盾不仅在单个矛盾体内部两极对立，更在多种矛盾之间相互观照交融。各种对立成分交织汇合在一起，共同构成了开高健文学有机联系、完整和谐的总体特征，衍生了开高健文学的"圆融"之美。这种"圆融"之美是一种包蕴了各种矛盾冲突、因依、联结、交融之后的大美，是浑融如一、相合并济的和谐隽永之美。

开高健的人生与文学世界，犹如一部矛盾的交响曲。开高健在暗夜里遥望光明，在光明中洞察黑暗，在暗夜与光明之间求索真理。他以文学为载体，求索生命的真实与价值，奏响了人生苦难、精神挣扎、创作探索与美学追求的多重旋律。矛盾的视域不仅深化了我们对开高健文学的理解，也启示我们在更广阔的文学与文化语境中，珍视并探究那些在矛盾中熠熠生辉的艺术灵魂。

最后，希望读到这本书的朋友能从开高健的文学世界中汲取智慧与力量。愿你我：精神富足、内心强大、灵魂自由。

胡学敏

2024 年 4 月 18 日